Das Lächeln der Imperia

Antje Windgassen

Das Lächeln der Imperia

Roman

Südverlag

»Rom ist zweimal von den Göttern beschenkt worden – von Mars stammt das Imperium Romanum, von Venus die Imperia.«

Biosius Palladius alias Biagio Pallai

Inhalt

Prolog:
Die steinerne Imperia

IMPERIA LÄCHELTE.

Dann wandte sie sich ab – langsam. Und während ihre Blicke über die Stadt und über den Bodensee vor Konstanz schweiften, ließ sie keinen Zweifel daran, dass sie gehörig beschäftigt war. Immerhin musste die Statue sich binnen vier Minuten einmal um die eigene Achse drehen, dabei die ein- und ausfahrenden Schiffe grüßen, sich von zahlreichen Touristen bestaunen und fotografieren lassen und zudem die beiden schrumpeligen, splitternackten Zwerge auf ihren weit ausgestreckten Handflächen balancieren.

Wahrhaftig, es war kein leichtes Leben als Wahrzeichen einer Stadt – und sie hatte diese Stellung nun bereits seit vielen Jahren inne. In dieser Zeit war sie bewundert, aber auch verachtet und beleidigt worden. Weiß Gott, sie konnte sich noch sehr gut an das Theater erinnern, das es gegeben hatte, damals, im April 1993, als man sie an der Einfahrt des Konstanzer Hafens aufgestellt hatte …

Alles begann mit dem alten Molenturm am Kopf des Außenpiers. Er wurde 1842 errichtet, wobei als Sockel die Pegelmessstation diente, die bereits aus dem Jahre 1816 stammte und damit die älteste in Baden-Württemberg war. 1890 wurde der Molenturm wieder abgerissen – bis auf die Pegelmessstation. Auf ihr wurde nun ein Stahlgestell errichtet, das der Schifffahrt als Bake diente.

Zu Beginn der 1990er-Jahre fingen der Konstanzer Fremdenverkehrsverein, die Bodensee-Schiffsbetriebe und einige Geschäftsleute der Stadt an, darüber nachzudenken, ob man dieses schlichte Seezeichen nicht gegen ein interessanteres und beeindruckenderes Bauwerk austauschen könne. Es sollte von touristischem Reiz sein – so wie die Freiheitsstatue in New York zum Beispiel oder die Christo Redentor-Figur in Rio de Janeiro –, nur eben »ein paar Nummern« kleiner und auf Konstanzer Verhältnisse zugeschnitten. Historisch gesehen war das Konstanzer Konzil, das von 1414 bis 1418 abgehalten wurde, eines der spektakulärsten Ereignisse, das die Stadt in ihrer Geschichte erlebt hatte. Möglicherweise konnte die geplante Statue ja Bezug darauf nehmen? Der römisch-deutsche König Sigismund als »Konzilmacher« wäre vielleicht passend oder der Reformator Jan Hus und sein Mitstreiter Hieronymus von Prag, die beide während des Konzils als Ketzer verbrannt worden waren …

In Konstanz wurde noch hin und her überlegt, als irgendjemand erzählte, dass irgendwer den Vorsitzenden des Fremdenverkehrsvereins gemeinsam mit dem Bildhauer Peter Lenk am Pegelturm der Hafenmole gesehen habe, beide mit einem Zollstock hantierend. Sofort begann es in der Gerüchteküche zu brodeln, denn immerhin war Peter Lenk in Konstanz kein Unbekannter. Erst vor Kurzem hatte man den von ihm erschaffenen »Konstanzer Triumphbogen« auf dem Mittelstreifen der Straße »Untere Laube« errichtet – mit vier Pfeilern, zu deren Füßen jeweils ein Brunnenbassin arrangiert war. Der »Laube-Brunnen«, wie das Kunstwerk gemeinhin genannt wurde, karikierte das Geschehen auf der verkehrsreichen Straße auf skurrile Weise – und war von Anfang an höchst umstritten. Denn Putten mit Gasmasken, Säuglinge mit Steuerrädern, spuckende Rocker, eine dralle Nackte, die von fetten Erdferkeln mit Menschengesichtern angegeifert wurde, und der historische Kutschenunfall eines Papstes, in Begleitung zweier Huren, schienen nicht jedermanns Humor zu treffen. Die Reaktionen reichten jedenfalls von grandioser Begeisterung bis hin zu unverhohlenem Abscheu – ein Empfinden, das auch die Kirche teilte. Der Brunnen polarisierte, daher hatten sich die Stadtmütter und -väter darauf geeinigt, dass es kein weiteres Kunstwerk Peter Lenks in Konstanz geben sollte. Und nun wurde eben dieser Bildhauer am Pegelturm der Hafenmole gesehen? Den Spekulationen waren Tür und Tor weit geöffnet, und vorsorglich sprachen sich Gemeinderat und Kirche gegenüber dem Oberbürgermeister gegen eine weitere Skandalfigur aus der Werkstatt Peter Lenks aus – ohne zu wissen, was überhaupt geplant war.

Genau diese Ablehnung hatte der Bildhauer vorhergesehen. Und als der Vorsitzende des Fremdenverkehrsvereins Konstanz an ihn herantrat, um mit ihm über das Projekt im Konstanzer Hafen zu sprechen, willigte Lenk zwar ein, stellte jedoch eine Bedingung: Niemand sollte die noch zu erschaffende Statue zu Gesicht bekommen, bevor sie nicht an Ort und Stelle, nämlich auf dem Pegelturm der Hafeneinfahrt, aufgestellt worden war. Diese Bedingung konnte der Vorsitzende ohne Probleme annehmen. Schließlich wusste er, dass weder Gemeinderat noch Kirche zu diesem Thema entscheidungsbefugt waren. Der Pegelturm, auf dem die neue Hafenfigur stehen sollte, gehörte nämlich der Deutschen Bundesbahn. Und diese hatte bereits ihr Einverständnis signalisiert. Dennoch setzte sich der Oberbürgermeister mit dem Künstler in Verbindung, um den befürchteten Schaden zu begrenzen. Inständig bat er ihn darum, wenigstens keine nackte Frau als zukünftige Empfangsdame des Konstanzer Hafens aufzustellen. Das immerhin war der Bildhauer bereit zuzusichern.

Ansonsten war die Ausfertigung der Statue ein großes Geheimnis. Und damit es auch so blieb, mietete Lenk in aller Stille die erforderlichen Räumlichkeiten in Stuttgart an, um die Figur, abgeschirmt vor neugierigen Blicken, erschaffen zu können.

❧

Bei der Planung ließ sich der Bildhauer von einer Erzählung Honoré de Balzacs inspirieren. In der Geschichte ging es um »Die schöne Imperia«, eine Kurtisane, die laut de Balzac zur Zeit des Konzils in Konstanz geweilt hatte und mit ihrem exquisiten Aussehen, ihrem Charme, ihrer Intelligenz und ihrer Kompetenz in Sachen Liebestechniken die höchsten geistlichen und weltlichen Würdenträger für sich einzunehmen wusste:

> *Imperia war in der ganzen Welt bekannt als die hoffertigste und launenhafteste Kokotte, daneben galt sie für die schönste und dafür, dass keine es wie sie verstand, die Kardinäle wie die rauhen Landsknechte und Leuteschinder zu betören und einzuwickeln. Tapfere Hauptleute, Bogenschützen und große Herren wetteiferten darin, ihr zu Diensten zu sein. Es kostete sie nur ein Wörtlein, jemanden, der ihr Ärgernis bereitet hatte, verschwinden zu lassen; ein kleiner Wink ihrer schönen Augen genügte, um ein männermordendes Blutvergießen anzurichten ... Abgesehen von den Würdenträgern der hohen Geistlichkeit, denen zu Liebe die schöne Imperia ein wenig ihre Launen zügelte, ließ sie alles Männervolk nach ihrer Pfeife tanzen, und trotzdem hingen selbst die Tugendbolde und Frömmlinge an ihr, wie an einer Klette ...*[1]

So weit Honoré de Balzac in seinem Buch »Tolldreiste Geschichten«, in denen die erste Erzählung von der schönen Imperia handelte, die auf dem Konstanzer Konzil sogar dem Papst und dem König die Köpfe verdreht haben soll. Allerdings entsprang diese Hübschlerin nachweislich ausschließlich der Fantasie Balzacs – wobei nicht auszuschließen ist, dass der französische Schriftsteller eine berühmte Kurtisane als Vorlage nahm: »Imperia la Divina« – die göttliche Imperia. Sie hatte die Elite Roms zu Beginn des 16. Jahrhunderts in ihren Bann gezogen. Sogar dem berühmten Maler Raffael soll die blonde Schönheit mehrfach Modell gestanden haben – unter anderem für seine Darstellung der Sappho im vatikanischen Palast und für das Gemälde »Triumph der Galatea«.

Die Kurtisane, die Honoré de Balzac 1832 in seiner Erzählung beschrieb, die literarische Imperia also, konnte jedoch auf keinen Fall mit der historischen »La Divina« identisch sein. Denn tatsächlich war diese zur Zeit des Konzils noch nicht einmal geboren, erblickte sie doch erst 1486 das Licht der Welt und hatte in ihrem ganzen Leben nicht einmal einen Fuß in die Stadt Konstanz gesetzt. Peter Lenks Statue sollte also klar die literarische Imperia darstellen, wobei auch diese einen belegten historischen Kern besaß ...

Im Jahre 1378 hatte das Kardinalskollegium den Neapolitaner Bartolomeo Prignano zum Heiligen Vater gewählt, der den Papstnamen »Urban VI.« annahm. Da man mit seiner Amtsführung jedoch unzufrieden war, wurde noch im gleichen Jahr Clemens VII. zum Gegenpapst gewählt – und damit die Spaltung der Kirche ausgelöst. Auch der Tod Urbans VI. 1389 und das Dahinscheiden Clemens' VII. 1394 änderten nichts an der vertrackten Situation, da die Kardinäle, die die beiden Päpste umgaben, den jeweiligen Nachfolger aus ihren eigenen Reihen wählten. Und es sollte noch komplizierter werden: 1409 erklärte eine Gruppe von Kardinälen, die sich von den neu gewählten Päpsten Gregor XII. und Benedikt XIII. distanziert hatten, auf dem Konzil von Pisa die zwei Stellvertreter Christi für abgesetzt. An ihrer Stelle wählten sie nun einen dritten Papst: Alexander V. Das Problem lösten sie damit allerdings nicht. Weder Gregor XII. noch Benedikt XIII. dachten daran, diesen neuen Pontifex und ihre eigene Absetzung anzuerkennen. Als zwei Jahre später, im Jahr 1411, Sigismund von Luxemburg zum römisch-deutschen König gewählt wurde, stritten sich daher drei Päpste um die Herrschaft über die Kirche: Gregor XII. in Rom, Benedikt XIII. in Avignon und Johannes XXIII. in Pisa, dieser der Nachfolger des inzwischen verstorbenen Alexander V. Aus der »verruchten Zweiheit« hatte sich eine »trinitas non benedicta, sed maledicta«, eine nicht gesegnete, sondern verfluchte Dreifaltigkeit, entwickelt.

König Sigismund begriff sofort, dass die Einigkeit des Heiligen Römischen Reiches durch die Wirren dieses sogenannten »Abendländischen Schismas« massiv bedroht wurde, da die drei Päpste von verschiedenen europäischen Herrschern gestützt wurden, die allesamt ihren eigenen Vorteil aus der chaotischen Situation zu schlagen suchten. Nach Ansicht des Königs konnte nur ein Concilium, eine Zusammenkunft des gesamten Kollegiums der Apostel-Nachfolger also, die gefährliche Konstellation bereinigen. In der Sache wurde man sich sogar schnell einig, denn jeder der drei Heiligen Väter hoffte darauf, die alleinige Macht an sich reißen zu können. Nur was den Tagungsort anging, kam es zu langwierigen Verhandlungen. Straßburg und Basel waren im Gespräch, auch über Kempten im Allgäu wurde beratschlagt – und über Konstanz.

Sigismund stimmte für die Stadt am Bodensee als Austragungsort des Konzils. Zwar gehörten die drei infragekommenden Städte alle zum Reich, aber Konstanz wies weitere Vorteile auf: Es lag zentral, hatte durch seine Handels- und Wasserstraßen eine gute Infrastruktur und war zudem Sitz des Bistums. Unter dem Druck des Königs einigten sich sämtliche Parteien schließlich auf das neutrale Konstanz.

Plötzlich stand die alte, bisher recht beschauliche Stadt am Bodensee im Mittelpunkt des politischen und kirchlichen Interesses ganz Europas. Normalerweise lebten hier etwa sechstausend Menschen. Dazu kamen nun – nicht alle auf einmal, sondern über vier Jahre verteilt – etwa siebzigtausend Konzilsbesucher. Konstanz platzte bald aus allen Nähten. König Sigismund erschien mit einem riesigen Gefolge, das untergebracht werden musste. Auch der Hofstaat Papst Johannes' XXIII., der als Einziger der drei Päpste das Konzil persönlich besuchte, war äußerst umfangreich. Zudem reisten dreiunddreißig Kardinäle an, dreihundertsechsundvierzig Patriarchen, Erzbischöfe und Bischöfe, alle mit mehr oder minder großen Haushalten. Außerdem kamen mehr als zweitausend weltliche Doktoren nach Konstanz, rund fünfhundertfünfzig Mitglieder der verschiedenen Mönchsorden und – etwa siebenhundert Huren. Diese Zahlen nannte zumindest der zeitgenössische Konstanzer Chronist Ulrich von Richental.

Was die Dirnen anging, konnte Richental jedoch nur die in den sogenannten »Hurenhüsern« erfassen. Er relativierte seine Angabe mit den Worten: »ohne die haimlichen, die lass ich bleiben«. Heutigen Schätzungen zufolge wird die Anzahl der heimischen und angereisten »Hübschlerinnen«, die sich um das Wohlbefinden der weltlichen und geistlichen Elite Europas verdient machten, wohl etwa bei eintausendfünfhundert gelegen haben.

Ein anderer Zeitgenosse, der Minnesänger, Dichter, Komponist und Diplomat in Diensten des Königs, Oswald von Wolkenstein, der nach eigenen Angaben ein eifriger Besucher der »Hurenhüser« war, erklärte augenzwinkernd:

Willst du im Leid erheitert sein
und ungenetzt beschoren fein,
dann zieh nach Konstanz an den Rhein,
wenn sich die Reise füge.
Darinnen wohnen Fräulein zart,
die grasen einem um den Bart …[2]

Von Wolkenstein vermittelte in seinen Versen einen Eindruck des prallen Lebens, das sich neben dem offiziellen Konzilsprogramm in der Stadt abspielte, klagte darüber hinaus jedoch nicht ganz unzweideutig:

Denk ich an den Bodensee,
tut mir gleich der Beutel weh![3]

Der böhmische Reformator Jan Hus schließlich, hielt Hurerei ohnehin für Teufelswerk. Ihm wurde während des Konzils der Prozess gemacht. Als Ketzer verurteilt, wetterte er, bevor er den Flammen übergeben wurde:

Konstanz ist ein einziger Sündenpfuhl.

Alles in allem war die Idee, auf die Pegelmessstation im Hafen der alten Konzilsstadt am Bodensee das Denkmal einer Hure zu stellen, also gar nicht so weit hergeholt. Honoré de Balzac hatte der leiblich-lüsternen Facette des Konstanzer Konzils mit seiner Erzählung der »Schönen Imperia« ein literarisches Denkmal gesetzt – nun sollte darauf ein steinernes folgen.

Endlich war die Imperia fertiggestellt. Peter Lenk hatte sie entworfen, planungstechnisch in Teilstücke zerlegt und erschaffen – Kopf mit Schellenkappe, Rumpf bis zur Taille, Unterleib mit Oberschenkeln. Nun mussten die aus Beton gegossenen Einzelteile von Stuttgart nach Konstanz und von dort an den Kopf der Hafenmole transportiert werden. Letzteres war jedoch nur über den Seeweg möglich. Da der Konstanzer Gemeinderat sich bereits im Vorfeld geweigert hatte, für den Transport eine städtische Fähre zur Verfügung zu stellen, wurde schließlich ein Fährschiff aus Friedrichshafen geordert. Immerhin war die Bahn Eigentümer des dortigen Fährbetriebs, somit gab es keine Probleme. Zudem konnte der Termin geheim gehalten werden. Die Überfahrt sponserte ein Schweizer Unternehmen mit, wie es heißt, 20.000 Franken – unter der Bedingung, dass das Kunstwerk auch wirklich in Deutschland und nicht versehentlich auf dem Staatsgebiet der Eidgenossen aufgestellt wurde.

Vorsichtshalber führte man den Transport drei Tage vor der offiziellen Einweihung der Skulptur in einer Nacht- und Nebelaktion durch. Zu einer Zeit also, in der die Konstanzer Bürger und die Mitglieder des Gemeinderats, die sich vehement gegen die Statue, obwohl sie sie noch gar nicht kannten, zur Wehr setzten, friedlich und nichts Böses ahnend in ihren Betten lagen und schliefen. Die Nacht selbst war mondlos dunkel und regnerisch, als die Imperia im Licht diverser Scheinwerfer auf der Mole abgeladen, zusammengebaut und montiert wurde. Danach folgte die sorgfältige Verhüllung, bei der nahezu jedes Teilstück einzeln eingepackt wurde.

Drei ganze Tage mussten die Konstanzer darauf warten, ihre neue Hafenstatue in Augenschein nehmen zu können. Die Spannung stieg. Die abenteuerlichsten Vermutungen wurden angestellt, die seltsamsten Spekulationen. Und die verhüllte Figur gab ihr Geheimnis nicht preis. Nur ein Stück steinerner, in Falten gelegter Stoff blitzte unter der Verpackung hervor, aber das konnte alles Mögliche sein – ein Rock, eine Toga, ein Umhang? Die Wahrheit sollte alle Mutmaßungen übertreffen.

❧

Die Einweihung der Imperia erfolgte am 26. April 1993. Es war ein sonniger Tag. Tausende Konstanzer säumten die Ufer, und zahlreiche Schiffe der Bodenseeflotte, vollbesetzt mit Schaulustigen, umlagerten die Hafeneinfahrt. Über allem machte sich erwartungsvolle Volksfeststimmung breit. Und dann wurde die Statue langsam und Stück für Stück mit der Hilfe von Sportstudenten enthüllt.

Ein üppiges Vollweib, mit prächtigen Brüsten und langen Beinen kam zum Vorschein, nur mit einem tief dekolletierten Negligé bekleidet, das in der Taille notdürftig von einem Gürtel gehalten wurde und vorne weit auseinanderklaffte. Was für ein Skandal!

Um dem Ganzen die Krone aufzusetzen, trug die Statue auf ihren ausgestreckten Handflächen zwei schrumpelige, splitternackte Zwerge – rechts den römisch-deutschen König und späteren Kaiser Sigismund, unschwer an seiner Krone und dem zweigeteilten Bart zu erkennen, und links den auf dem Konzil gewählten Papst Martin V., der auf seinem Kopf eine Tiara hatte.

Zwar behauptete der Künstler Peter Lenk mehrmals, dass seine Imperia keine Liebesdienerin wäre und die Figuren, die sie auf ihren Händen trug, weder Papst noch König darstellen sollten, sondern allesamt Gaukler wären, die sich die Insignien der Macht widerrechtlich angeeignet hätten – das wäre schließlich unschwer an der Schellenkappe zu erkennen, die die Betondame auf ihrem Kopf trug, aber niemand glaubte ihm. Stattdessen interpretierte man die Statue als steingewordene Botschaft Honoré de Balzacs, der in seiner frivolen Imperia-Erzählung behauptet hatte, dass auch die Großen und Mächtigen dieser Welt letztlich durch ihre Gier nach Lust schnell zu manipulierbaren Zwergen werden würden. Das Augenzwinkern aber, das über Balzacs Geschichte lag und von dem Schöpfer der Statue übernommen worden war, übersahen viele der Schaulustigen vollkommen. Ihnen stach nur die provokante Nacktheit der üppigen Kurtisane ins Auge und die greisen Männlein, die sie auf ihren Handflächen trug. Genau darüber zeigten sie sich entsetzt – zumal sie etwas wesentlich »Würdevolleres« erwartet und nicht damit gerechnet hatten, dass ihre schöne Stadt tatsächlich einer »Hübschlerin« ein Denkmal setzte.

Die Einzige, die sich in diesem Tumult ein Lächeln bewahrte, war Imperia selbst. Nun ja, als steinerne Statue konnte sie nicht anders. Der Künstler hatte sie mit einem leichten Schmunzeln erschaffen, und das würde sie bis ans Ende ihrer Tage auf den Lippen tragen. Und doch – hatte sich dieses Lächeln angesichts all der Aufregung nicht ein wenig vertieft? Konnte es sein, dass die große Imperia den Empörten damit etwas sagen wollte? Vielleicht: »Was wisst ihr denn schon? Ihr habt doch keine Ahnung, wie es in meiner Zeit wirklich zuging – in einer Zeit, in der König und Papst gestandene, machthungrige Männer waren und alles andere als lächerliche Greise.«

Und dann ließ sie, sobald der drehbare Tisch, auf dem sie stand, es ermöglichte, ihren Blick weit gen Süden wandern – dorthin, wo alles begann …

Die fabelhafte Imperia

1. KAPITEL

Der Plan

VENEDIG IM SEPTEMBER 1414. Im Hafen hob sich ein Wald von Masten gegen den blauen Himmel ab. Große Segelschiffe aus aller Herren Länder lagen vor Anker. Planken knarrten, Taue und Segel seufzten im Wind. Möwen schrien, und die Luft roch nach Salzwasser, Tang und Teer.

Gabriella Cognati war gern am Hafen, vor allen Dingen hier, am östlichsten Ende der Insel Dorsoduro, genau an der Spitze der Punta della Dogana, der Zollstation. Hier konnte sie die schöne Aussicht genießen und die Ruhe. Während im übrigen Teil des Hafens Mehl und Getreide, Wollstoffe und Leinen, Eisen und Kupfer verladen wurden und ein dichtes Gedränge herrschte, ging es an der Dogana eher beschaulich zu. Ebenda trafen schließlich nur die kostbaren Waren aus Indien und dem Orient ein – Gewürze, Seide, Parfüms, Edelsteine, edle Metalle. Eben alle Handelsgüter, die Venedig zu einer reichen Stadt gemacht hatten.

Gabriella saß auf einem Stapel Kisten, verspeiste hungrig die blauen Beeren einer Weintraube, die sie gerade von einem unbewachten Handkarren gestohlen hatte, und beobachtete die Männer, die eine große Karacke löschten. Sack um Sack schleppten die muskulösen Stauer an Land, Fass um Fass rollte über die Planken, die das stolze Segelschiff mit dem steinernen Kai der Punta della Dogana verbanden. Zu gerne hätte Gabriella gewusst, um welche Kostbarkeiten es sich handelte, die in das prächtige Zollgebäude hinter ihr – ein zinnenbekrönter, festungsähnlicher Bau mit einem Turm – getragen wurden. Doch die Transportbehältnisse waren allesamt fest verschlossen und ließen keine neugierigen Blicke auf ihre Inhalte zu.

Achtlos warf Gabriella den Strunk der leergegessenen Traube in das Wasser des Bacino di San Marco, an dessen Ufer sie saß. Auf der anderen Seite des Beckens lag die Piazza San Marco mit dem Dogenpalast, der Basilica und dem Campanile, dem Glockenturm, der den Seefahrern ein festes Landzeichen bot und in der Nacht durch ein Feuer als Leuchtturm diente. Zu ihrer Linken mündete der Canal Grande in das San Marco-Becken, zu ihrer Rechten der Canale della Giudecca. Ein herrlicher Platz, über dem die Düfte der großen Welt lagen – ein Platz zum Träumen.

Und zum Träumen hatte die siebzehnjährige Dirne weiß Gott nicht oft Gelegenheit. Gabriella lebte und arbeitete im Quartiere di Rialto, dem Rotlichtviertel Venedigs. Sie war eine einfache Straßenhure und für sie jeder Tag ein Kampf um ein karges Auskommen. Ganz im Gegensatz zu den hochangesehenen Kurtisanen der Stadt, die schön und intelligent waren, großzügige Häuser führten, sich kostbar kleideten und erlesen speisen konnten.

Immerhin, auch Gabriella war schön, mit ihren außergewöhnlich hellblonden Haaren, den sanften braunen Augen, ihrem zu einem perfekten Oval geformten Gesicht und einem hinreißenden, üppigen Körper – auch wenn man es unter der ärmlichen, vielfach geflickten Kleidung, die sie trug, nicht gleich erkannte. Und Gabriella war intelligent, wenn auch nicht gebildet. Zwar beabsichtigten die Eltern, ihr eine gute Ausbildung zukommen zu lassen, sie starben aber, als das Mädchen fünf Jahre zählte. Danach wuchs sie bei ihrer Großmutter auf, die lediglich dafür sorgte, dass die Enkelin ein wenig zu lesen, schreiben und rechnen verstand – was schon außergewöhnlich genug war für ein Mädchen ihrer Zeit. Als die alte Frau erkrankte, pflegte Gabriella die Nonna bis zu ihrem letzten Atemzug. Dann war die damals Fünfzehnjährige auf sich allein gestellt. Medizin und Arztrechnungen hatten die letzten Ersparnisse aufgebraucht – Gabriella stand vor dem Nichts. Seitdem musste sie sich allein durchs Leben bringen, hatte für Bücher und Bildung kein Geld und konnte froh sein, wenn sie sich am Ende eines Tages genug zu essen kaufen konnte.

Vor Kurzem wäre es ihr fast gelungen, im Castelletto Aufnahme zu finden – einem öffentlich geführten Freudenhaus, das unter der Aufsicht der Capi di Sestiere, der Ordnungshüter des Stadtviertels, stand. Dort wären ihr Kost und Logis sicher gewesen, und sie hätte sich nicht mehr vor Überfällen und Vergewaltigungen fürchten müssen. Doch im Castelletto durften nur unbescholtene Dirnen Einzug halten – und gegen Gabriella lag inzwischen eine Anzeige vor, in der man sie der Ketzerei bezichtigte. Sie hatte Hunger gehabt und am heiligen Sonntag einen Freier bedient, was die Kirche streng verbot. Damit wäre sie vom christlichen Glauben abgewichen, hieß es. Und nun musste sie täglich damit rechnen, abgeholt und zu ihrem Vergehen vor dem Hohen Inquisitionsgericht der Stadt Venedig examiniert zu werden. Gabriella ängstigte sich davor. Sie wusste, dass Frauen ihres Standes nur selten Gerechtigkeit widerfuhr, und überlegte bereits, Venedig zu verlassen, hatte aber nicht die geringste Ahnung, wohin sie sich wenden sollte – zumal ihr Geldbeutel vollkommen leer war.

Aus den Augenwinkeln bemerkte sie in diesem Augenblick zwei Stauer, die zögernd auf sie zukamen. Es war nicht das erste Mal, dass man sie von ihrem Lieblingsplatz vertrieb; doch normalerweise wurde sie von den Zöllnern fortgeschickt und nicht von den Hafenarbeitern. Und diese beiden wirkten auch keineswegs unfreundlich, sondern eher unschlüssig. Konnte es sein, dass …?

Mit einem strahlenden Lächeln wandte sich Gabriella den Männern zu und nestelte an ihrem Brusttuch, das sie dabei wie unbeabsichtigt verschob und das die Ansätze ihrer vollen Brüste sehen ließ. Die Stauer grinsten. Bisher waren sie nicht sicher, ob es sich bei dieser üppigen Blondine tatsächlich um die Hure handelte, von der sie hatten reden hören – es gab nicht viele hellhaarige Dirnen in der Stadt. Auch die Kennzeichnung als

Prostituierte, weiße Bänder auf der linken Schulter, war nicht auszumachen. Doch bei dem einladenden Lächeln, das sie ihnen herüberwarf, verschwanden die Zweifel sogleich.

»Hast du Lust, dir auf die Schnelle ein paar Silbermünzen zu verdienen, Mädchen?«

»Silbermünzen?«, wiederholte Gabriella gedehnt. »Grossi oder Piccoli?«

Die Männer lachten gutmütig. »Wir sind nur einfache Hafenarbeiter. Da können wir schwerlich Grossi anbieten. Aber wenn du es uns so richtig besorgst, geben wir dir gerne zehn Piccoli. Einverstanden?«

Gabriella überlegte kurz. Es war ein guter Preis, aber sie brauchte dringend neue Schuhe, und allein die sollten acht Piccoli kosten.

»Es kommt darauf an, ob ihr einzeln oder zusammen bedient werden wollt«, führte sie die Verhandlung fort. »Zusammen wäre ich mit zehn Piccoli einverstanden. Aber wenn jeder von euch etwas erleben will, sodass ihm Hören und Sehen vergeht, wäre meine Forderung sieben Piccoli pro Nase.« Sie lächelte verheißungsvoll und fuhr sich mit den Händen durch die Haare, um den Freiern die ganze Pracht ihrer blonden Locken zu präsentieren.

Die Männer wechselten einen kurzen Blick. Und als der Kleinere der beiden leicht nickte, erklärte der Größere als Sprecher: »Es ist gut. Also sieben Piccoli.« Seine Stimme klang dabei heiser, und aufgeregt leckte er mit der Zunge über seine trockenen Lippen. »Und wo …?«

Zufrieden erhob sich Gabriella von der Kiste. Heute würde sie nicht hungrig ins Bett gehen müssen. Und die dringend benötigten Schuhe würde sie sich auch leisten können.

»Folgt mir«, sagte sie und fügte dann in einem Ton, der keinen Widerspruch duldete, hinzu: »Aber bezahlt wird im Voraus. Ich bin gern bereit, unseren Handel auf das Beste zu erfüllen, werde mich aber von euch ganz gewiss nicht übers Ohr hauen lassen.«

Die Stauer murmelten ihre Zustimmung.

Eine Stunde später wanderte Gabriella über den Markt von Rialto. Sie kaufte ein wenig geräucherten Fisch und Brot, setzte sich auf eine Treppe und verspeiste beides mit Heißhunger. Danach seufzte sie zufrieden. Wie gut es doch tat, einen gefüllten Magen zu haben! Sie packte die Reste ihres Mahles zusammen und setzte ihren Weg fort. Vor dem Stand eines Schuhmachers hielt sie inne. Sie wusste genau, was sie wollte, denn schon oft hatte sie hier gestanden und die Schuhe, die sie zu kaufen gedachte, längst ausgesucht. Sie waren nicht besonders modisch, wiesen keine langen Schnäbel und keine verzierten Schnallen auf. Aber sie waren solide, aus Rinds- und nicht aus billigem Ziegenleder, und die Ösen, durch die Lederschnüre zum Binden gezogen wurden, waren mit einem Streifen verstärkt.

Gabriella versuchte zu feilschen, aber der Schuhmacher war nicht bereit, seine Ware preiswerter abzugeben. »Es bleibt bei acht Piccoli«, sagte er. »Und damit basta.«

Also zahlte sie die geforderte Summe und machte sich mit ihren neuen Schuhen auf den Heimweg.

Die schmale Gasse, in der das kleine Häuschen ihrer Nonna stand, lag im Schatten der alten Kirche San Giacomo di Rialto. Es besaß nur zwei Räume, und durch das Dach tropfte es bei Regen, aber es war sauber und ein Heim.

Bevor Gabriella die Hütte betrat, klopfte sie zuerst bei der Nachbarin. Die winkte, als sie des jungen Mädchens ansichtig wurde, sogleich ab. »Nein, es ist niemand da gewesen. Die Schergen des Hohen Inquisitionsgerichts haben auch heute nicht nach dir gefragt.« Sie senkte ihre Stimme: »Aber ich verstehe wirklich nicht, worauf du wartest. Wenn sie dich holen, könnte es zu spät sein. Man hat schon Leute wegen geringerer Vergehen eingekerkert.«

»Ich weiß es doch«, nickte Gabriella niedergeschlagen. »Aber wohin soll ich denn gehen, allein und ohne Geld?«

Die alte Frau, die eine Freundin ihrer Nonna gewesen war und sie von klein auf kannte, wusste natürlich um das Problem. Heute hatte sie eine Lösung: »Ein Freund meines Enkels sucht ein Haus in Venedig. Er ist Maurer, hat sein Auskommen und bietet dir zwei Golddukaten für deine Kate. Ich denke, das Angebot solltest du dir nicht entgehen lassen.«

»Ich danke Euch sehr, Signora. Und das Gebot ist wirklich großzügig. Aber gestattet mir, dass ich erst noch darüber nachdenke«, erklärte Gabriella ausweichend. »Es ist keine leichte Entscheidung, sich von dem einzigen Zuhause, dass man besitzt, zu trennen.«

Mitfühlend strich die Nachbarin dem jungen Mädchen über die Wange. »Das verstehe ich sehr gut. Es sind ja auch die Erinnerungen an deine Eltern und deine Großmutter, die du preisgeben würdest. Nur eines solltest du bedenken, Gabriella: Schutz und Geborgenheit bietet dir das Häuschen nicht mehr. Du hast die Aufmerksamkeit des Hohen Inquisitionsgerichtes erregt; und wenn sie dich suchen, dann suchen sie dich hier.«

»Ich weiß«, gab Gabriella traurig zurück. »Aber bisher ist kein Gerichtsdiener erschienen. Was ist, wenn sie mich einfach vergessen haben, wenn niemand mehr kommt, um mich zur Rechenschaft zu ziehen? Dann hätte ich umsonst meine Heimat verlassen, um mich in der Fremde allein durchzuschlagen.«

Die alte Frau kicherte bitter. »Diese Möglichkeit ist so gering, dass du nicht einmal einen Gedanken daran verschwenden solltest. Die Mühlen der Republik Venedig malen manchmal langsam, aber trefflich klein. Unser neuer Doge, Tommaso Mocenigo, weilt derzeit nicht in der Stadt, weil er den Kampf gegen die Piraterie organisiert. Und sämtliche Gerichte Venedigs sind angewiesen, eingefangene Korsaren vorrangig abzuurteilen. Damit haben die Herren Richter zur Zeit alle Hände voll zu tun. Ein kleines Dirnlein wie du, das aus Hunger einmal vergessen hat, den Sonntag zu heiligen, ist dagegen nicht ganz so wichtig.«

Verwirrt sah Gabriella die Nachbarin an. »Woher wisst Ihr das alles, Signora?«

»Die Sache mit den Piraten meinst du?«

Das junge Mädchen nickte.

»Der Mann, der deine Kate kaufen will, hat es erzählt«, erklärte die alte Frau. »Er hat während der Renovierungsarbeiten am Palazzo Arian ein Gespräch zwischen dem Bauherrn und einem Sekretär des Rates mitbekommen.«

Gabriella begriff. »Dann habe ich also den Piraten gewissermaßen zu verdanken, dass ich noch auf freiem Fuß bin?«

Die Nachbarin kicherte abermals, diesmal belustigt. »Das kann man so sagen. Da siehst du mal, wozu diese Seeräuber alles gut sind.«

Die Dirne verabschiedete sich nachdenklich: »Gute Nacht, Signora. Ich bin Euch zu großem Dank verpflichtet. Ich werde wohl verkaufen, aber lasst mir noch eine Nacht Zeit, darüber zu schlafen. Morgen werde ich erneut bei Euch vorsprechen.«

Gabriella verließ die Nachbarin und betrat gleich darauf ihre Kate. Sie besaß nur ein kleines, glasloses Fenster, das tagsüber, wenn die Sonne brannte, durch einen Laden geschlossen werden konnte. Dann war die einzige Lichtquelle der Rauchabzug im Dach. Einen großen Vorteil hatte das Häuschen aber dennoch: Es besaß zwei Türen. Während die Eingangstür zur Gasse hinaus führte, gab die Hintertür den Zugang zu einem winzigen Gärtlein frei. Bis zur gegenüberliegenden Hausmauer waren es nur wenige Schritte, aber die Mauer war mit Efeu bewachsen und damit immergrün. Ein alter Oleanderbusch, inmitten von wildem Salbei, und ein grob gezimmertes Bänkchen waren alles, was der kleine Garten aufzuweisen hatte. Dennoch war er für Gabriella ein Refugium, ein ruhiger Rückzugsort. Auf ihn zu verzichten, würde ihr am schwersten fallen. Heute wollte die Friedlichkeit, die der kleine Garten ausstrahlte, jedoch nicht bei Gabriella ankommen. Die Sorge um ihre Zukunft, die Angst vor dem Inquisitionsgericht, die zwiespältigen Gedanken, die sie beschäftigten, ließen ihr keine Ruhe.

Es wurde langsam kühl, und Gabriella ging zurück ins Haus. Eigentlich wollte sie sich niederlegen, doch dann hörte sie vor ihrer Tür scharrende Geräusche. Sie wusste sofort, was es war, und verzog das Gesicht. »Nicht schon wieder«, murmelte sie und öffnete die Tür.

Ein junger Mann kniete vor ihrer Schwelle und grub mit einer Schaufel nach …

»Es sollte mich wundern, wenn es dort überhaupt noch Steine zu finden gibt«, meinte Gabriella spöttisch.

Der abendliche Besucher zuckte mit der Schulter. »Ich halte es ja auch für ein Ammenmärchen«, grinste er. »Aber meine Mutter schwört darauf, dass drei Steine aus dem Hauseingang einer Hure schwere Leiden heilen können. In ihrem Auftrag bin ich hier und hoffe, dass Ihr mir nicht zürnt. Ich habe als Ersatz auch Steine vom Strand mitgebracht.« Bei diesen Worten wies er auf ein kleines Häuflein Kiesel, das neben ihm lag.

Gabriella musste unwillkürlich lachen. »Seid Ihr sicher, dass die Steinchen gleichfalls ihre Wirkung tun, wenn man sie einem Kranken auf die Brust legt?«

Der Fremde schmunzelte. »Wenn die Kiesel nur lange genug vor Eurer Tür liegen – warum nicht? Auf jeden Fall werden sie gewährleisten, dass Ihr auch weiterhin einen festen Tritt habt und bei Regen nicht im Schlamm versinkt.«

Gabriella kicherte. »Das ist wirklich vorausschauend von Euch gedacht. Ich danke dafür, wünsche Euch Glück beim Auffinden und danach eine gute Nacht.«

Amüsiert trat sie zurück ins Haus. Es war schon erstaunlich, was für Hirngespinste in den Köpfen einiger Menschen herumspukten.

Durch den kleinen Vorfall war ihre Müdigkeit verflogen. Sollte sie noch einmal auf die Straße gehen? Vielleicht ließ sich da draußen ja doch ein Freier finden. Schließlich würde jeder Piccolo mehr in ihrem Beutel ihr, wenn sie tatsächlich fortmusste, ein wenig mehr Sicherheit geben. Kurzentschlossen griff Gabriella nach ihrem Umhang, prüfte, ob sich die weißen Bänder am richtigen Fleck befanden, legte ihn um und verließ das Haus. Der

Steinesucher war bereits verschwunden, hatte aber ihren Eingangsbereich ordentlich hinterlassen.

❧

Es war nur ein kurzer Weg bis zu dem streng reglementierten Aufenthaltsbereich zwischen dem Campo delle Beccarie und dem Campo San Cassiano, der den Huren Venedigs zugeteilt war. Die Capi hatten strikte Anweisung, sorgfältig darauf zu achten, dass die venezianischen Dirnen auch tatsächlich nur hier ihrem Gewerbe nachgingen.

Als Gabriella das Gassengewirr verließ, schlug die Turmuhr von San Giacomo di Rialto zur zehnten Stunde. Es war Ende September. Der Herbst schickte bereits seine Vorboten, und die Tage wurden spürbar kürzer. Sogar die sonst so belebte Einkaufsstraße Rugadei Oresi, in der die Fischhändler ansässig waren, lag schon im Dunkeln. Gabriella machte es nichts aus. Sie war es gewohnt, zu später Stunde durch die Straßen Venedigs zu wandern.

Es war nebelig und begann nun auch noch zu regnen – feiner, bis auf die Haut dringender Nieselregen. Sie zog die Kapuze ihres Umhangs auf und schritt eiliger aus. Die Nacht war ungewöhnlich dunkel und verschluckte fast die Lichter, die die Händler in ihre Fenster gestellt hatten.

Da, ein Geräusch! Waren das nicht Schritte? Gabriella sah sich um, doch ihre Augen, obwohl bereits an die Dunkelheit gewöhnt, konnten weit und breit nichts erkennen. Wenig später überquerte sie die Ruga Vecchia und erreichte die Ruga di Spezieri, in der die Gewürzhändler bei Tage ihre duftenden Waren aus dem Orient feilboten. In der Ferne konnte sie bereits den von Kienspänen erhellten Campo delle Beccarie sehen. Dort befanden sich das Gebäude des Fischmarktes und die Geschäfte der Metzger. Zudem markierte der Platz den Anfang des Rotlichtviertels.

Plötzlich hörte sie die Schritte wieder. Sie waren nun direkt hinter ihr. Als sie sich umwandte, erhielt sie einen schweren Schlag an die Schläfe. Sie schrie laut auf und sank zu Boden. Der

Mann, der sich über sie beugte, roch nach Wein und war offensichtlich sehr betrunken. Lallend beschimpfte er sie: »Du dreckige Hure. Du gerissenes kleines Miststück. Dich will ich lehren … Nie wieder wirst du einen Kunden betrügen.« Bei jeder Anschuldigung drosch er mit den Fäusten auf sie ein.

Gabriella wusste nicht, wie ihr geschah. Unwillkürlich nahm sie die Arme hoch, um ihren Kopf zu schützen. Sie hatte keine Ahnung, was der Mann von ihr wollte. Vermutlich handelte es sich um eine Verwechslung, und er war einer anderen Dirne auf den Leim gegangen. Laut um Hilfe zu rufen, traute Gabriella sich jedoch nicht. Noch befand sie sich außerhalb des genehmigten Hurenbereichs. Und wenn ein Capo ihre Rufe hörte, würde er sie zwar vor dem rasenden Mann beschützen, ihren Namen aber auch zur Meldung bringen. Und das war das Letzte, was sie jetzt brauchen konnte.

Unterdessen fuhr der Freier mit seinen Beschimpfungen fort. Er hatte sich erhoben und war nun zu Fußtritten übergegangen. Da er jedoch selbst unsicher auf den Beinen stand und torkelte, traf er sie nicht immer.

Ich muss hier fort, war das Einzige, was Gabriella denken konnte. Sonst bringt mich dieser Verrückte um!

Mühsam gelang es ihr aufzustehen, doch bevor sie davonlaufen konnte, schlug der Mann ihr erneut mit der Faust ins Gesicht. Das Letzte, was sie noch mitbekam, waren zwei junge Frauen, die auf sie zugelaufen kamen. Dann wurde ihr schwarz vor Augen. Als sie wieder zu sich kam, war ihr Angreifer fort. Eine der beiden Frauen – offensichtlich Huren wie sie selbst – wischte Gabriella das Blut aus dem Gesicht.

»Ah, da bist du ja wieder. Erheb dich. Wir müssen auf den Campo, bevor wir auffallen und Gefahr laufen, mit den lästigen Fragen eines Capo behelligt zu werden.«

Die beiden Frauen halfen der verletzten Gabriella auf die Füße, nahmen sie in die Mitte, hakten sie unter und eilten mit ihr die letzten Schritte zum Campo delle Beccarie.

»Wo ist er? Was wollte er von mir?«, keuchte Gabriella, noch immer ein wenig benommen.

»Das wissen wir auch nicht«, antwortete die eine Hure, deren lange schwarze Locken aufgesteckt waren. Und die zweite, die einen dicken geflochtenen Zopf trug, entgegnete: »Der Kerl war voll wie ein Sack. Er konnte keine vernünftigen Antworten mehr auf unsere Fragen geben. Doch nachdem wir ihn ein wenig beruhigt hatten, war er über seine Tat, glaube ich, selbst erschrocken. Dir war die Kapuze vom Kopf gerutscht, und er kam nicht umhin, dein helles Haar zu bemerken. Er murmelte nur noch etwas von einer Verwechslung und verschwand in der Dunkelheit. Zuvor warf er jedoch das hier auf die Straße.« Bei diesen Worten drückte die junge Frau Gabriella einige Münzen in die Hand. »Vermutlich sind sie als Entschädigung für dich gedacht.«

Die Dirne mit den aufgesteckten Haaren grinste breit. »Es sind neun Piccoli. Geld genug, um uns, als Dank für unsere Hilfe, bei Antonio zu einer heißen Suppe einzuladen, meinst du nicht? Das wird uns allen dreien guttun.«

Gabriella nickte erschöpft. Zwar schmerzte sie jeder Knochen im Leibe, und sie war sich nicht sicher, ob sie überhaupt etwas zu sich nehmen konnte, ließ sich von den beiden Huren aber ohne Widerspruch zu besagtem Antonio führen. Er war der Inhaber einer Taverne, direkt am Campo delle Beccarie und somit nur wenige Schritte entfernt.

Es waren nicht mehr viele Gäste anwesend, und ein freier Tisch war schnell gefunden. Als der Wirt herbeikam, bestellte die Dirne mit dem Zopf, ohne lange zu fragen, drei Minestrone und drei Becher roten Weines. Der Wein und ein Holzteller mit etwas Brot wurden sofort serviert. Hungrig griffen die beiden Huren zu und bissen herzhaft in das Brot, während Gabriella ihren Anteil zerbröckelte und sich vorsichtig eine Krume in den Mund schob. Irgendwie fühlten sich zwei ihrer Schneidezähne locker an, und die aufgeplatzte Lippe darüber brannte.

Mühsam sagte sie: »Ich bin euch zu größtem Dank verpflichtet.

Ohne euer mutiges Eingreifen hätte dieser Bastard mich vermutlich totgeschlagen.«

»Schon möglich«, antwortete die Dirne mit dem Zopf und seufzte schwer. »Außerhalb des Hurendistrikts sind wir bei Nacht wie Freiwild für die Kerle. Das ist auch einer der Gründe …« Sie unterbrach sich, weil der Wirt in diesem Augenblick die Suppe auftischte.

Aus den hölzernen Schüsseln dampfte und duftete es außerordentlich appetitlich. Für die nächsten Minuten blieb es still am Tisch. Auch Gabriella hatte ihren Hunger wiedergefunden und aß voller Behagen ihre Minestrone, die so dick und cremig war, dass der Holzlöffel förmlich darin stehen blieb. Als alle drei ihre Schüsseln geleert hatten, lächelten sie einander zufrieden an.

»Das hat wahrlich gutgetan«, stellte Gabriella fest. »Es war eine gute Idee von euch, hier einzukehren – obwohl mich die übrigen Gäste schon sehr befremdlich mustern.« Sie sah ihren Begleiterinnen nun offen ins Gesicht. »Sehe ich wirklich so schlimm aus?«

»Ziemlich geschwollen und hübsch bunt«, meinte die Dirne mit den aufgesteckten Haaren. »Aber das geht vorbei, und gebrochen scheint zumindest nichts zu sein. Arbeiten wirst du für ein paar Tage allerdings nicht können«, grinste sie. »Die Freier, denen du schöne Augen machtest, würden schleunigst das Weite suchen.«

Die Verletzte verzog den schmerzenden Mund. »Ohne euch zwei wäre es wahrlich noch schlimmer gekommen. Ach, übrigens, ich heiße Gabriella, und es ist mir eine große Freude, euch kennenzulernen.« Sie hob ihren Becher.

Die beiden Dirnen taten es ihr gleich.

»Ich heiße Sofia«, sagte die mit den aufgesteckten Haaren. »Und meine Freundin hier hört auf den Namen ›Giulia‹. Wir haben dich schon öfter gesehen. Durch dein blondes Haar bist du im Viertel bekannt wie ein bunter Hund. Leider werden wir nicht viel Zeit haben, unsere Bekanntschaft zu vertiefen. Giulia und ich planen nämlich, Venedig schon bald zu verlassen.«

»Tatsächlich?«, vergewisserte sich Gabriella. »Aber warum denn nur? Natürlich seid auch ihr mir nicht vollkommen fremd, und ich glaube zu wissen, dass ihr beide einen Platz im Castelletto habt. Oder irre ich mich?«

»Nein, das stimmt schon«, entgegnete Sofia gedehnt. »Aber ein Ort der Freude ist das auch nicht gerade. Gewiss, man ist dort sicher und muss sich nicht von einem betrunkenen Freier verprügeln lassen. Aber dieser Schutz will auch teuer bezahlt werden. Wir müssen Miete und Kostgeld berappen, dann hält der Hausmeister seine Hand auf und natürlich die Capi. Was übrig bleibt, ist zum Leben zu wenig und zum Sterben zu viel.«

»Und darum haben wir uns entschieden«, fuhr Giulia fort, »Venedig den Rücken zu kehren. Wir haben von einem Ort erzählen gehört, der Konstanz heißt. Dort findet zur Zeit ein Konzil statt, wo sich viele mächtige und reiche Männer treffen und wo die örtlichen Huren gar nicht alle Freier bedienen können. Da gibt es viel Geld zu holen.«

»Der einzige Nachteil ist«, ergänzte Sofia, »dass Konstanz auf der anderen Seite der hohen Berge liegt, die man ›Alpen‹ nennt. Es ist eine weite und beschwerliche Reise dorthin. Doch wir haben uns bereits erkundigt. Von Verona aus ziehen viele Wagenzüge mit Händlern in den Norden. Bei ihnen kann man eine Reisebeteiligung erstehen. Das ist zwar nicht gerade billig, aber dafür hat man die Möglichkeit, in den drei Wochen, die die Fernfahrt dauert, zu arbeiten. Die Händler haben Geld, sind die Zeit über ohne Frauengesellschaft und sollen sich, wie es heißt, sehr spendabel für ein wenig Abwechslung zeigen.«

Interessiert hatte Gabriella den Ausführungen der beiden Dirnen gelauscht. »Aber wenn die Reise so lang und mühevoll ist, lohnt sich der Aufwand dann überhaupt? Ich meine, wie lange währt so ein Konzil – ein paar Wochen vielleicht, Monate allenfalls. Und was wollt ihr danach anfangen? Nach Venedig zurückkehren?«

»Um ›das Danach‹ müssen wir uns, wohlhabend wie wir dann sind, keine Sorgen mehr machen«, gab Sofia großspurig zurück.

Gabriella machte große Augen. »So viel Geld gibt es dort zu verdienen? Seid ihr sicher?«

»Aber gewiss doch«, grinste Giulia anzüglich. »Wenn man ein bisschen hübsch ist und sein Handwerk beherrscht, dann schon.«

Gabriella nickte nachdenklich. Wäre dieses Konzil in der fernen Stadt Konstanz vielleicht auch eine Lösung ihrer Probleme? Laut fragte sie: »Wann gedenkt ihr aufzubrechen?«

Bevor Sofia antwortete, sah sie Giulia fragend an. Die nickte leicht und murmelte: »Ich denke, wir können ihr vertrauen.«

»Nun gut.« Sofia strich sich eine dunkle Strähne aus dem Gesicht, die sich aus ihrem Haarknoten gelöst hatte. »Dazu musst du wissen«, sagte sie mit gesenkter Stimme zu Gabriella, »dass wir dem Castelletto für zwei Jahre im Wort stehen und erst die Hälfte der Zeit vergangen ist. Aus diesem Grund dürfen wir Venedig eigentlich nicht unerlaubt verlassen. Wir haben darum für unsere Abreise den Tag gewählt, an dem unser neuer Doge, Tommaso Mocenigo, vereidigt wird. Zu diesem Anlass müssen, wie du gewiss weißt, die Vorbestraften, zwielichtiges Gesindel und alle Huren Venedig verlassen. Schließlich soll die Stadt rein und aufrichtig sein. Man wird uns also des Morgens mit einem Küstensegler zum Festland, nach Mestre, bringen und am Abend wieder zurück. Auf eben diese Rückreise werden wir jedoch verzichten und stattdessen weiter nach Verona wandern. Der Weg ist lang, und wir werden gewiss drei oder vier Tage dafür benötigen – es sei denn, wir haben Glück und treffen unterwegs auf einen Bauern oder einen Kaufmann, der uns auf seinem Fuhrwerk ein Stück mitfahren lässt. In Verona sammeln sich die Händler, um in einer möglichst großen Gruppe nach Norden und über die Berge zu fahren. Und einem dieser Trosse werden wir uns anschließen.«

Gabriella hatte aufmerksam zugehört. »Und wisst ihr, wie viel man für eine Reisebeteiligung zahlen muss?«

Giulia lachte. »Du bist ganz schön neugierig. Warum willst du das alles …« Sie unterbrach sich und verstand: »Spielst du am Ende mit dem Gedanken, uns zu begleiten?«

Gabriella zögerte mit einer Antwort. Doch dann beschloss sie, Aufrichtigkeit mit Aufrichtigkeit zu begegnen. Leise erzählte sie von der ihr drohenden Vorladung vor das Hohe Inquisitionsgericht. »Ihr wisst selbst, dass man es bei Dirnen wie uns mit der Gerechtigkeit nicht so genau nimmt«, fuhr sie fort. »Und ja, darum könnte diese Reise auch für mich eine Lösung sein – wenn ihr denn einverstanden wärt, dass ich mich euch anschließe.«

»Aber natürlich!«, antworteten die beiden Huren, ohne zu zögern. »Vorausgesetzt natürlich, du hast genug Geld. Vier Grossi wird es kosten, bis Konstanz zu kommen. Darin ist alles enthalten, Verpflegung und Übernachtung eingeschlossen. Und wie gesagt, das Geld kann man sich zurückholen, wenn man ausreichend freundlich zu den Händlern ist. Aber zunächst muss man die Summe natürlich auf den Tisch legen. Für uns haben wir das Geld schon beisammen. Wie steht es mit dir? Aushelfen können wir dir nämlich nicht.«

Gabriella wehrte ab. »Oh nein, das würde ich auch niemals erwarten. Ich könnte mein kleines Häuschen verkaufen, das ich von meiner Großmutter geerbt habe. Es gibt auch bereits einen Interessenten, der mir einen guten Preis zahlen will. Bisher habe ich gezögert. Zwar weiß ich, dass es gewiss klüger ist, Venedig zu verlassen, aber die Entscheidung, alles aufzugeben, das mir lieb und teuer ist, fällt mir schon schwer. Außerdem hatte ich bislang keinen Plan, wusste nicht, wohin ich mich wenden sollte. Doch nun denke ich, dass eine Reise nach Konstanz auch für mich nicht die schlechteste Lösung ist. Wann wird denn die Vereidigung des Dogen erfolgen?«

Sofia zuckte mit den Schultern. »In etwa einer Woche, denke ich. Die Vorbereitungen zu dem Festakt sind bereits alle getroffen. Nun wird nur noch auf den durchlauchtigsten Mocenigo gewartet, der derzeit nicht in Venedig weilt. Wie es heißt, soll er jedoch bereits in wenigen Tagen eintreffen.«

Gabriella plante ihre Reise sorgfältig. Der Verkauf des Häuschens erfolgte problemlos. Sie bekam das Geld ausgezahlt, durfte sogar noch einige Tage in der Kate wohnen bleiben – bis zu ihrer Abreise, von der sie selbst ihrer alten Nachbarin nichts erzählte.

Die Sorge, dass das Hohe Inquisitionsgericht sie doch noch zu ihrem Prozess abholen würde, steigerte sich mit jedem Tag. Gabriella lebte daher sehr zurückgezogen. Auf keinen Fall wollte sie auffallen. Arbeiten konnte sie ohnehin nicht, da die Verletzungen nur langsam abheilten. Sie verließ das Haus lediglich zum Einkaufen. Ein neues Kleid erstand sie und einen wollenen Umhang mit Kapuze, der gut wärmte und den man des Nachts als Zudecke nutzen konnte. Gewiss würde es in den Bergen schon recht kühl werden. Den Großteil ihres Geldes nähte sie sorgfältig in den Saum dieses Umhangs ein. Die vier Grossi, die sie benötigte, um die Passage über die Alpen zu zahlen, wurden in einer geheimen Tasche des Kleides verborgen, die sie selbst anfertigte. In ihren Geldbeutel, den sie wie üblich am Gürtel trug, wanderten lediglich ein paar Piccoli für den täglichen Bedarf.

Einen Tag vor der feierlichen Vereidigung des Dogen packte Gabriella ihr Bündel. Viel war es nicht, was sie mitnehmen wollte – zum einen, weil es bequemer war, mit leichtem Gepäck zu reisen, zum anderen, weil ein großes Bündel am Ende aufgefallen wäre –, schließlich befand sie sich auf der Flucht vor der Obrigkeit.

Ein Brustband, ein Unterkleid aus Leinen, ihr altes, sorgsam geflicktes Kleid, eine Gugel und zwei Paar noch von ihrer Nonna gestrickte Strümpfe, das war alles, was Gabriella einpackte. Nur der schwere Umhang ließ sich nicht im Bündel unterbringen. Ihn zu tragen, würde bei dem milden Wetter aber auffallen, also rollte sie ihn kurzerhand zusammen und versah ihn mit einem Gurt. So würde sie ihn, ebenso wie den ledernen Trinkschlauch, über der Schulter mit sich führen können. Sie konnte nur hoffen, dass sie mit ihrem Gepäck, das letzlich doch zu umfangreich für die wenigen Stunden war, die sie aus Venedig verbannt wurden, keine

Aufmerksamkeit erregte. Ein wenig Mundvorrat – Brot, Speck und Käse – würde sie am nächsten Morgen kaufen.

Als alles beisammen war, setzte Gabriella sich ein letztes Mal in ihr Gärtlein. Der Abschied schmerzte, Tränen brannten in ihren Augen, doch sie wusste, dass es kein Zurück mehr gab.

2. KAPITEL

Der Aufbruch

VENEDIG, »LA SERENISSIMA«, hatte sich für diesen Festtag besonders glanzvoll herausgeputzt. Farbenprächtige Tuchbahnen hingen aus Fenstern und von Balkonen, und die Türme und Giebel waren mit Fahnen und Bannern geschmückt. In den Straßen der Stadt feierten die Menschen schon seit Sonnenaufgang. Auf der Piazza San Marco wurde bereits Aufstellung zur feierlichen Prozession genommen. Und an der Mole vor der Löwensäule lag der goldglitzernde Bucintoro bereit, das doppelstöckige Ruderschiff, das den Dogen zu seiner traditionellen »Vermählung mit dem Meer« am Lido vorbei in die offene Adria bringen sollte.

Die Vereidigung eines neuen Dogen, die Promissione Ducale, enthielt nicht nur den Treueschwur zur Republik Venedig, sondern zugleich eine Reihe von Versprechungen: aufrecht und unparteiisch zu regieren und zu beschließen, die Geheimnisse des Staates zu wahren, keinen direkten Briefwechsel mit ausländischen Fürsten zu führen oder sich nicht in die Wahl des Patriarchen von Venedig einzumischen.

Da die feierliche Promissione Ducale nicht durch die Anwesenheit anrüchiger Venezianer gestört werden durfte, mussten die betroffenen Personen in dieser Zeit das Zentrum der Stadt verlassen und wurden auf das Festland gebracht. Zu den schimpflichen Personen gehörten unter anderem die Huren, die sich am Tag der Vereidigung morgens, in aller Frühe, an der Mole des

Stadtteils Santa Croce einfanden, um mit Barken fortgeschafft zu werden. Der Hafendamm war auch der Treffpunkt der drei Dirnen Gabriella, Sofia und Giulia, die beabsichtigten, Venedig nicht nur vorübergehend, sondern für immer zu verlassen.

Die eintägige Ausquartierung der Verfemten verlief ohne Zwischenfälle. Doch während die Huren, ihre Kuppler und andere Sünder sich rund um den Kai am Canal Salso in Mestre niederließen, um auf ihre Rückführung zu warten, wanderten Gabriella, Sofia und Giulia die hohe, zinnenbewehrte Stadtmauer entlang. Das erste Tor wollten sie nehmen, um auf die Landstraße nach Padova zu gelangen. Doch noch wussten sie nicht, ob die Wachen sie einfach, ohne Fragen zu stellen, passieren lassen würden.

»Hast du eine Kopfbedeckung?« Fragend sah Sofia die neben ihr gehende Gabriella an. »Wir sollten, wenn wir das Tor passieren, so wenig wie möglich auffallen; und du weißt ja, eine Frau ohne Haube oder Schleier gilt als liederlich und würde nur die Aufmerksamkeit der Wächter erregen.«

»Ich habe meine Gugel«, entgegnete Gabriella. »Die wird ja wohl ausreichen.«

Sofia schüttelte den Kopf. »Für eine Gugel ist es viel zu warm. Daher würde auch sie auffallen. Eine schlichte Leinenhaube wäre am besten. Ich habe eine, aber die benötige ich natürlich selbst.« Prüfend sah sie die Straße entlang, doch es wäre gewiss zu viel des Zufalls gewesen, wenn sich ausgerechnet in der ruhigen Gasse an der Stadtmauer das Nasenschild eines Schneiders oder Hutmachers aufgetan hätte. Überhaupt schien es hier nur einen Händler zu geben – einen Riemer, der gerade seinen Verkaufskarren vor seine Werkstatt zog und Sofia damit auf eine ganz andere Idee brachte.

»Ich besitze auch nur eine einzige Haube«, ließ sich Giulia nun vernehmen. »Aber ich habe zudem einen Schleier in meinem Bündel. Weißt du ihn zu winden?«

Gabriella schüttelte den Kopf. »Ich habe nie einen Schleier getragen. Schließlich ist er nur verheirateten Frauen vorbehalten.

Ich weiß gar nicht, ob Dirnen, wie wir es sind, sich überhaupt verschleiern dürfen.«

Giulia lachte. »Ich glaube nicht. Aber wer A sagt, muss auch B sagen. Wir wollen Venedig verlassen. Und das ist für uns alle drei nicht ganz rechtmäßig. Also werden wir uns schon auf eine kleine Verkleidung einlassen müssen, um das Stadttor unauffällig passieren zu können.«

Auch Gabriella grinste nun. »Ja, natürlich. Ich könnte mir den Schleier einfach über den Kopf legen und im Nacken verknoten. Das habe ich schon des Öfteren bei Landfrauen gesehen und ...«

»Kommt mal her, ihr beiden«, rief Sofia, die inzwischen am Verkaufskarren des Riemers stand. Sie hatte ihr Bündel abgesetzt und wand gerade zwei Lederriemen darum, sodass diese zwei Schlaufen bildeten. »Unsere Packen sind zwar nicht sonderlich schwer«, sagte sie dabei, »aber sie in der Hand zu tragen, ist doch unbequem.« Während Sofia sprach, steckte sie ihre Arme durch die beiden Schlaufen. Das Bündel lag nun auf ihrem Rücken und war dadurch natürlich wesentlich leichter zu händeln.

Die beiden anderen Dirnen waren begeistert, und auch der Riemer, der daneben stand, nickte zustimmend und überlegte bereits, wie er diese Manier zu einer neuen Geschäftsidee machen konnte. Eilig taten es Gabriella und Giulia ihrer Reisegefährtin gleich, und wenig später konnten alle drei mit ihrem Bündel auf dem Rücken weiterziehen.

Als der trutzige Torre Belfredo mit seinem spitzbogigen Tor in Sichtweite kam, hielten die jungen Frauen abermals inne. Nun galt es, die weißen Bänder auf ihren linken Schultern zu verstecken, die sie als Dirnen kennzeichneten. Danach setzten Sofia und Giulia ihre Magdhauben auf, während Gabriella sich den Schleier um den Kopf wand. Da alle drei schlichte, aber sittsame Kleider trugen, war ihnen ihre Stellung nicht mehr anzusehen, und sie wirkten wie Landmägde, auf dem Weg zu den Feldern.

Dennoch zögerten sie, das Tor zu passieren. War ihr Verschwinden vielleicht bereits aufgefallen? Einige ihrer Kolleginnen aus dem Castelletto hatten schon merkwürdig dreingeschaut, weil sie für die paar Stunden Abwesenheit ein Bündel bei sich trugen. Hatte eine von ihnen vielleicht die Capi informiert? Sie wussten es nicht. Es konnte möglich sein, dass die Stadtwachen bereits Befehl hatten, nach ihnen Ausschau zu halten. Ein Berittener hätte sie in Mestre sicher leicht überholen können.

»Es ist mehr als unwahrscheinlich«, sagte Sofia nun nachdenklich an Gabriella gewandt, »dass die Schergen des Hohen Inquisitionsgerichtes dich ausgerechnet heute, am Tag der Vereidigung des neuen Dogen, verhaften wollen. Zum einen wissen sie ja, dass du nach Mestre gebracht worden bist, zum anderen haben sie gerade heute andere Probleme. Daher denke ich, dass wir uns trennen und du, die du am wenigsten von uns dreien Gefahr laufen solltest, dem Wächter unangenehme Fragen zu beantworten, als Erste das Tor passierst. Wir werden ja sehen, ob die Pförtner überhaupt auf dich achten. Wenn du das Tor durchschritten hast und die Landstraße erreichst, wendest du dich nach links, Richtung Padova, gehst ein paar Schritte und wartest dann auf uns. Giulia und ich werden dir einzeln folgen.«

Gabriella nickte und machte sich, ohne länger zu zögern, auf den Weg. Als sie sich dem Tor näherte, erkannte sie, dass es mit zwei Wächtern und zwei Zöllnern besetzt war. Die vier Männer unterhielten sich lautstark, schienen miteinander zu streiten und blickten nicht einmal auf, als Gabriella das Tor durchschritt. Ungehindert konnte sie passieren und die hölzerne Brücke überqueren, die über den sichernden Wassergraben führte. Nun hatte sie die Strada Padovana, die Landstraße nach Padova, erreicht und wandte sich nach links. Niemand folgte ihr.

Hier draußen, vor der Stadtmauer Mestres, war das Land flach und eben. Kein Gebäude, kein hoher Baum, hemmte den Blick auf eventuell heranrückende Feinde, versperrte das freie Schussfeld der Stadtkanonen. So weit das Auge blickte, gab es nur Felder. Als Gabriella weit genug vom Tor entfernt war, so, dass sie es noch gut zu sehen vermochte, aber selbst nicht mehr auffiel, setzte sie sich an den Rand eines Ackers und wartete.

Sofia und Giulia hatten sie aufmerksam beobachtet. Und da keiner der Wächter Gabriella beachtet hatte, durften auch sie sich nun sicherer fühlen. Also trat Giulia den Gang an und erreichte unbehelligt die Landstraße nach Padova. Wenig später machte sich dann auch Sofia auf den Weg und traf bald darauf mit den beiden Wartenden zusammen. Zwar befanden sie sich noch immer auf dem Gebiet der Republik Venedig, aber wer sollte sich wohl die Mühe machen, zwei aus dem Castelletto entflohene Huren wieder einzufangen? Die Einzige, die weiter in Gefahr schwebte, war Gabriella. Bis ihr Verschwinden jedoch auffallen konnte, würden noch ein paar Tage vergehen. Bis dahin hatten sie längst Verona erreicht. Natürlich, auch die Stadt an der Etsch gehörte seit neun Jahren der Republik Venedig an, aber wenn Gabriella außerhalb der Stadttore blieb, war die Gefahr der Entdeckung gering.

Erleichtert lächelten die jungen Frauen einander zu. Den ersten Teil ihrer langen Reise hatten sie erfolgreich gemeistert. So richteten sie sich nun wieder ihrem Dirnenstand gemäß her, nahmen Hauben und Schleier vom Kopf und befestigten die weißen Bänder gut sichtbar an ihren linken Schultern.

»Ich habe gehört«, ließ sich Sofia vernehmen, »dass die Huren in anderen Regionen andere Kennzeichen tragen müssen.« Sie kicherte. »Diesen Umstand sollten wir unbedingt im Auge behalten. Nicht auszudenken, wenn uns die Freier fortblieben, nur weil sie uns nicht erkennen.«

Giulia grinste. »Wie wahr. Das wäre sehr ungünstig für unser Geschäft. Aber ich nehme an, es wird nicht schwierig sein, die Information über die Huren in Konstanz zu bekommen. Alle anderen Orte können wir doch außer Acht lassen. Schließlich wollen wir nur in diese Stadt, die während des Konzils die wichtigste der Welt ist und die uns sagenhafte Reichtümer bescheren soll.«

Gabriella nickte zustimmend und fuhr mit den Fingern durch

die weißen Bänder, die nun wieder an ihrer Schulter prangten. »Diese hier sind zumindest für die Republik Venedig gültig. Und da wir uns noch einige Zeit auf deren Boden befinden, sind wir somit für das Hier und Jetzt richtig ausgewiesen. Wer weiß, vielleicht wartet bereits an der nächsten Ecke ein wohlhabender Freier, der gewillt ist, unsere Reisekasse ein wenig aufzubessern.«

Alle drei lachten und machten sich auf den Weg. Sie fühlten sich frei und waren offen für all die Abenteuer, die auf sie warteten.

Tatsächlich war ihr erster Kunde außerhalb Venedigs kein reicher Mann, sondern nur ein kleines Bäuerlein mit einem leeren Lastkarren, vor den zwei braune Maultiere gespannt waren. Und er dachte auch nicht daran, ihre Barschaft zu erhöhen, sondern bot ihnen lediglich eine Mitfahrgelegenheit bis Padova. Dennoch war er willkommen, und Giulia, die die Zeche für alle drei zu zahlen hatte, verschwand mit ihm in ein Gebüsch am Straßenrand. Ihre Füße, ebenso wie die Gabriellas und Sofias, schmerzten schon sehr von dem ungewohnt langen Marsch.

Der Bauer zeigte sich dankbar. Er ließ die drei Dirnen nicht nur erst kurz vor der Stadtmauer von seinem Wagen steigen, sondern wies ihnen auch eine Scheune, in der sie übernachten konnten, und zeigte ihnen zudem den kürzesten Weg, Padova zu umgehen, ohne ein Stadttor passieren zu müssen.

»Die Route, die rechts um die Stadt führt, ist bedeutend länger. Also haltet euch links«, riet er. »Und bleibt immer auf dem Weg, der der Stadtmauer folgt. Dann gelangt ihr zwangsläufig auf die Straße nach Verona. Und einen letzten Rat will ich euch geben: Beschafft euch einen Wanderstab. Damit fällt das Gehen leichter, und ihr hättet bei Bedarf zugleich eine Waffe. Es ist zwar recht unwahrscheinlich, dass ihr einem Wolf oder einem Bären begegnet – sie werden euch von selbst aus dem Wege gehen –, aber die Wildschweine sind zahlreich. Seid also auf der Hut.«

Die Dirnen dankten ihm, und der Bauer schnalzte mit der

Zunge, woraufhin die Maultiere gehorsam anzogen. Gemächlich fuhr er in Richtung Stadttor davon, während sich die Zurückgebliebenen in der Scheune einrichteten. Ein einfaches Abendmahl beendete ihren Tag.

Am nächsten Morgen erhoben sich Gabriella, Sofia und Giulia zeitig und setzten ihren Weg fort. Auch um Padova war der Blick frei. Erst als sie die Stadt hinter sich gelassen hatten und auf der Straße nach Verona weiterwanderten, blieben die Felder zurück und wechselten über in Heidekraut- und Graslandschaften. Vereinzelt tauchten abgelegene Bauernhöfe auf, wuchsen Oliven- und Lorbeerbäume. Eine Mitfahrgelegenheit ergab sich an diesem Tag nicht. Die Fuhrleute, die an den jungen Frauen vorbeirumpelten, schienen es alle zu eilig zu haben, um anzuhalten.

Und dann kam der Wald. Anfangs waren es nur kleine Kieferngruppen, die aber immer dichter wurden und schließlich in einen Mischwald aus Zypressen, Kastanien und Buchen übergingen. Die drei Dirnen, die die Warnungen ihres Fuhrmanns nicht vergessen hatten, suchten und fanden hier passende Knüppel, die sie als Wanderstöcke benutzen konnten. Dennoch waren sie beunruhigt, weil der Wald kein Ende nehmen wollte. Die Sonne schickte sich bereits an unterzugehen, als sie endlich aus dem Schatten der Bäume treten konnten. Ein großes, bereits abgeerntetes Weizenfeld lag nun vor ihnen, auf dem, welch Glück, eine Scheune stand. Erleichtert suchten sie den sich bietenden Unterschlupf auf.

Gegen Mittag des folgenden Tages erreichten Gabriella, Sofia und Giulia das Dorf Orgiano, das sie frei betreten konnten, da es weder eine schützende Mauer noch bewachte Tore gab. In der Mitte des Dorfes befand sich die Allmende – eine große Wiese, die als Gemeindegut galt und auf der Markt gehalten wurde. Zwischen den Verkaufskarren pickten und scharrten etliche Hühner, grunzten Schweine und stolzierte eine kleine Herde Gänse.

Die Möglichkeit, ihre Vorräte zu ergänzen, kam den drei Dirnen gerade recht. Sie kauften Brot und Käse und freuten sich über ein schmackhaftes Angebot aus gerösteten Maroni – groß, süß, leicht zu schälen und mit rötlich glänzender Schale.

Obwohl die Bewohner Orgianos normalerweise sehr gastfreundlich waren, wurden die drei Reisenden mit den weißen Bändern von den Frauen misstrauisch und von den Männern neugierig beäugt. Man beeilte sich an den Ständen, sie zu bedienen, und hoffte, dass sie alsbald weiterziehen würden.

Sofia amüsierte sich über das provinzielle Gehabe und schlug vor, eine ausgiebige Rast auf der Allmende einzulegen, doch ihre beiden Begleiterinnen widersprachen. Es fehlte ihnen an Zeit und Beweggrund, die Dörfler mit ihrer Gegenwart zu verstimmen. Sofia gab nach, allerdings nicht ohne dem einen oder anderen Burschen im Vorbeigehen schöne Augen zu machen. »Wenn sie heimkommen, werden sie gewiss Vorhaltungen von ihren erbosten, aber tugendhaften Eheweibern bekommen«, kicherte sie.

Am Abend dieses Tages wollte sich keine Scheune als Nachtlager finden lassen. Stattdessen lag wieder ein Wald vor den jungen Frauen. Unsicher, ob sie tatsächlich unter den Bäumen, im Freien, schlafen sollten, entdeckten sie ein verlassenes Holzfällerlager am Waldrand. Erleichtert, für die Nacht doch noch ein Dach über dem Kopf gefunden zu haben, betraten sie eine der Katen.

In dem Dorf San Martino trafen Gabriella, Sofia und Giulia am nächsten Tag auf drei Planwagen, vor die jeweils vier schwarze Pferde gespannt waren.

»Könnte das ein Kaufmann sein, der Fernhandel betreibt?«, überlegte Giulia. »Gewiss will auch er nach Verona, und wenn wir Glück haben, sogar über die Alpen. Wollen wir ihn fragen, ob er uns mitnimmt?«

Wie üblich war es Sofia, die die Verhandlungen führte: »Wir sind auf der Suche nach einer Passage in den Norden, Herr«, sagte sie mit einem freundlichen Lächeln. »Habt Ihr vielleicht den gleichen Weg und ein wenig Platz auf Eurem Wagen für drei müde Wandersfrauen?«

Der Mann wandte sich um und musterte die vor ihm stehenden

Dirnen abschätzig. Er war prächtig gekleidet, mit samtenem Barett, pelzverbrämter Schaube und Schnabelschuhen, die besonders lange Schuhspitzen aufwiesen. Als er die weißen Bänder an den Schultern entdeckte, grinste er. Der Ton, in dem der Händler antwortete, war denn auch leicht anzüglich, jedoch nicht unhöflich: »Ah, drei Hürlein auf dem Weg zu den fetten Futtertrögen in Konstanz, nehme ich an?«

Sofia nickte schweigend.

»Ich bedaure sehr«, fuhr der Händler fort. »Aber meine Reise geht in die entgegengesetzte Richtung – zurück nach Florenz. Ich kann euch höchstens bis Verona mitnehmen. Doch dort werdet ihr gewiss ohne Schwierigkeiten eine Mitfahrgelegenheit finden. Viele Kaufleute reisen derzeit in die Konzilsstadt, weil der Bedarf dort riesig ist und sich gute Umsätze machen lassen – auch für Frauen eures Gewerbes.«

Mit diesen Worten hatte er natürlich sofort die Aufmerksamkeit und die Neugier der drei Dirnen geweckt.

»Ihr wart in Konstanz?«, vergewisserte sich Sofia sofort.

Er nickte. »Aber ja. Schon mehrmals.«

»Und Ihr glaubt, dass die weite Reise dorthin auch für uns lohnenswert wäre?«

»Mit Sicherheit«, gab der Händler zurück. »Zumal das Konzil ja noch nicht einmal richtig angefangen hat. Bislang sind nämlich weder König Sigismund noch einer der derzeitigen drei Päpste in Konstanz eingetroffen. Und die braucht es schließlich, um das Konzil offiziell zu eröffnen. Doch nun müsst ihr mich entschuldigen. Ich muss weiterziehen. Meinethalben könnt ihr mitfahren – gegen eine kleine Dienstleistung versteht sich. Danach können wir das Gespräch gerne fortsetzen.«

Der Händler Giovanni De Rosa war ein Mann, der Komfort und Bequemlichkeit schätzte. Dazu gehörte unter anderem, dass er sich in einem seiner Planwagen ein kleines Refugium eingerichtet hatte. Dort fanden sich, auf einem kostbaren Orientteppich, ein zierlicher, aber reich geschnitzter Sekretär, ein bequemer Stuhl und eine kunstvoll verzierte Bettlade, auf der sich Seidenkissen und Pelzdecken türmten. Das kleine Gelass war mit einem Vorhang abgeteilt. Dahinter befand sich die Ladung – Kisten, Fässer und Ballen.

Auf De Rosas Zeichen hin brachte ein Bediensteter eilig eine kleine, hölzerne Treppe herbei, auf der man problemlos in den Planwagen treten konnte.

»Macht es euch bequem«, forderte der Händler die drei Dirnen auf. »Sobald wir abfahrbereit sind, werde ich mich zu euch gesellen.« Er schmunzelte. »Und dann würde ich gerne so viel nackte Haut wie möglich zu Gesicht bekommen.«

Gabriella, Sofia und Giulia folgten seiner Aufforderung und kletterten in den Wagen. Dort entkleideten sie sich vollständig und setzten sich nebeneinander auf die Bettstatt.

»Mehr nackte Haut geht nicht«, kicherte Sofia. »Wenn uns dieser draufgängerische Kaufmann jedoch allen dreien beiwohnen will, muss er zahlen. Sonst wäre es zu viel des Guten für die nicht mehr gar so weite Strecke bis Verona.«

Gabriella und Giulia stimmten ihr zu.

Wenig später bestieg De Rosa den Planwagen und befestigte die hintere Stoffbahn mit einer Schnur.

»So«, sagte er und rieb sich zufrieden die Hände. »Bis zum Pferdewechsel werden wir ungestört sein.« Er schob den Stuhl so, dass er die Dirnen gut sehen konnte, setzte sich und betrachtete die drei jungen Frauen eingehend. Dabei öffnete er einen Kasten neben sich und entnahm ihm eine Flasche Wein. »Leider bin ich in meiner kleinen Reisekammer nicht auf Besuch eingestellt«, erklärte er. »Daher habe ich auch nur einen Becher. Ihr müsst ihn euch teilen.«

De Rosa füllte das Trinkgefäß und reichte es Sofia hinüber. Dann nahm er selbst einen herzhaften Schluck aus der Flasche und lehnte sich zufrieden zurück, die drei jungen Frauen nicht aus den Augen lassend.

In diesem Augenblick setzte sich das Gefährt in Bewegung. Da die Straße in dem Dorf recht eben war, rollte der Wagen ruhig dahin. Doch als sie die Siedlung hinter sich ließen und zahlreiche Schlaglöcher den Weg erschwerten, rumpelte und schlug es so sehr, dass die Insassen sich kaum auf ihren Sitzen halten konnten. De Rosa schien es nicht zu stören. Er war diese Art zu reisen gewöhnt. Mit Behagen trank er seinen Wein und beobachtete weiter seine Fahrgäste. Hin und wieder gab er eine Anweisung: »Dreh dich um. Heb deine Arme. Spreiz deine Beine.«

Als die Flasche geleert war, stand der Händler von seinem Stuhl auf, entkleidete sich und legte sich zu den Dirnen. Er forderte sie auf, ihn zu streicheln und zu küssen, am ganzen Körper. Dann war es Gabriella, die er erwählte, sich rittlings auf ihn zu setzen …

Als der Kaufmann seine Lust gestillt hatte, zog er sich wieder an und ließ sich erneut auf seinem Stuhl nieder. Er brachte eine zweite Flasche Wein zum Vorschein, nahm einen großen Schluck, füllte auch den Becher der Dirnen noch einmal und bedeutete ihnen, sich gleichfalls anzukleiden.

»Wir sprachen über Konstanz, nicht wahr?« Als wäre nichts gewesen, nahm De Rosa die frühere Unterhaltung wieder auf. »Und ihr wolltet wissen, ob sich der weite Weg dorthin für euch lohnt.«

Sofia nickte bestätigend.

»Ich denke, dass es derzeit keinen Ort auf der ganzen Welt gibt, an dem Frauen eures Gewerbes besser verdienen können. Konstanz besitzt zwar nur ein Hurenhaus«, fuhr er grinsend fort, »aber das geht von Stadttor zu Stadttor. Das soll heißen, ganz Konstanz ist ein einziges Bordell, und für Frauen eures Schlages gibt es dort sehr viel zu tun. Ihr dürft nur nicht den Fehler machen, euch einem öffentlichen Haus anzuschließen. Natürlich, die Hurenwirte suchen händeringend nach Frischfleisch, weil es stets mehr Freier als Freudenmädchen gibt. Aber sie nehmen die Dirnen, die für sie arbeiten, nach allen Regeln der Kunst aus. Die Frauen müssen für Kost und Logis zahlen – und das nicht wenig. Außerdem müssen sie sich, wenn sie ihre Arbeit aufnehmen, neu einkleiden.

Die hohen Kosten dafür übernimmt zunächst der Wirt, fordert das Geld jedoch von den Huren zurück. Das bedeutet: Sie stehen von Anfang an in seiner Schuld, und daran ändert sich auch nichts, egal, wie lange sie bleiben und wie viele Liebesdienste sie anbieten. Daher kann ich euch nur raten, selbstständig zu bleiben. Nehmt euch eine Wohnung, die ihr immer schön sauber haltet. Sucht euch einen Beschützer, den ihr gut bezahlt, der stark ist und notfalls zu kämpfen versteht. Bleibt reinlich und kleidet euch ordentlich und ansprechend. Behandelt eure Freier ehrlich und diskret. Bietet ihnen einen Waschzuber, bewirtet sie mit einem guten Wein und einem kleinen Imbiss. Sorgt einfach dafür, dass sie sich bei euch wohlfühlen. Wenn ihr diese Ratschläge beherzigt, kann ich euch versprechen, dass ihr reich werdet – alle drei.«

Gabriella, Sofia und Giulia hatten dem Händler mit wachsendem Staunen gelauscht.

»Das hört sich wunderbar an«, ließ Sofia sich nun vernehmen. »Aber diesen Plan umzusetzen, ist gewiss auch sehr teuer.«

De Rosa zuckte mit den Schultern. »Natürlich. Umsonst ist der Tod. Aber die Ausgabe jedes Groschen wird sich lohnen. So ein ›Haus der mannigfaltigen Freuden‹ gibt es nämlich bisher nicht in Konstanz. Zumindest nicht mit freien Huren – die Mätressen, die lediglich einen Kunden haben, ausgenommen. Die Freien drücken sich in den Straßen herum und wohnen ihren Kunden auf die Schnelle in irgendeinem Hauseingang oder hinter einem Verkaufsstand bei. Sie schlafen auf der Straße, in Fässern und Kisten, tragen verdreckte und zerdrückte Kleider und sind auch selbst schmutzig. Gewiss, auch sie verdienen sehr gut. Aber wenn man den Anspruch hat, reich werden zu wollen, ist das nicht der richtige Weg. Ihr dürft nicht vergessen, dass viele Konzilsbesucher sehr vermögend sind. Und sie zahlen gerne, wenn ihnen etwas Besonderes geboten wird.«

»Ist es denn überhaupt möglich, in einer Stadt, die so viele Gäste beherbergt, freie Wohnungen zu finden?«, wollte Gabriella zweifelnd wissen.

De Rosa grinste. »Aber ja, die gibt es schon. Viele Konstanzer vermieten ihre Häuser ganz oder teilweise und streichen dafür hohe Beträge ein. Doch mit ein wenig Einfallsreichtum bekommt man auch preiswertere Unterkünfte. Wenn ihr in Konstanz seid, wendet euch getrost an den Garnhändler Ulrich Imholtz im ›Haus zur Sonne‹ in der Sankt-Paulsgasse. Sagt ihm einen Gruß von mir. Er soll euch behilflich sein. Mietet euch zum Beispiel einen Stall oder eine verlassene Werkstatt. Säubert die Räumlichkeiten gründlich, lasst die Wände weißen oder mit Tuchen bespannen und belegt den Boden mit schlichten Wollteppichen. Es muss ja alles nicht lange halten, sollte aber einladend aussehen und seinen Zweck erfüllen.«

Bei den letzten Worten nahm De Rosa seinen Beutel vom Gürtel und öffnete ihn. »Ihr seid drei schöne, ehrgeizige Frauen und – wie ich eben selbst feststellen durfte – galante Dienerinnen der Liebe. Ich vertraue euch und möchte euch daher ein Angebot machen.«

Gabriella, Sofia und Giulia horchten neugierig auf.

Er entnahm seinem Beutel einige Geldstücke und legte sie auf die Kiste, in der er seinen Wein verwahrte. »Das sind fünf Rheinische Goldgulden. Vom Wert her sind sie in etwa mit den venezianischen Golddukaten vergleichbar. Auf jeden Fall ist es genug Geld, um die Pläne, die ich euch aufgezeigt habe, umzusetzen. Wenn euch mein Angebot gefällt, gebe ich sie euch als Darlehen. Ihr zahlt sie mir zurück, sobald ihr es könnt, zudem zehn Prozent eurer Einkünfte. Dafür müsst ihr natürlich über eure Einnahmen und Ausgaben ordentlich Buch führen, aber das werden die Konstanzer Kämmerer ohnehin von euch verlangen.«

Bei diesem Vorschlag kam sogar Sofia ins Stottern. »Aber … aber wenn … wenn wir das Geld nicht zurückzahlen können, oder Ihr uns in Konstanz nicht findet.«

De Rosa schmunzelte. »Wenn ihr euch genau an meinen Rat haltet, werdet ihr schon bald zahlen können. Und es wird für mich kein Problem sein, euch in Konstanz zu finden, weil euer

Haus stadtbekannt werden wird. Dessen bin ich mir ganz sicher.«

»Aber warum wollt Ihr uns überhaupt helfen?« Gabriella stellte die Frage und musterte den Kaufmann dabei aufmerksam.

De Rosa nickte ernst. »Ich verstehe dein Misstrauen. Aber überleg selbst, ich kann euch gar nicht schaden. Ich verlange weder Zinsen noch die Rückzahlung des Darlehens zu einem festen Termin. Ja, es wird noch nicht einmal einen schriftlichen Vertrag geben. Ich vertraue euch, ihr könnt schalten und walten, wie ihr wollt, und ich werde nur ein stiller Teilhaber sein.« Nach einer kurzen Pause fuhr er, an Gabriella gewandt, fort: »Du willst wissen, warum ich euch den Vorschlag mache? Nun, zum einen, weil ich überzeugt davon bin, dass es für uns alle ein gutes Geschäft wird; zum anderen, weil mir der Gedanke gefällt, in Konstanz ein festes Quartier zu haben. Und es gibt auch noch einen dritten Grund.« Lächelnd trat er näher und fuhr mit der Hand durch ihr goldblondes Haar. »Ich möchte dich unbedingt wiedersehen.«

Verblüfft sahen sich die drei Dirnen an. Vor allem Gabriella glaubte, sich verhört zu haben.

Giovanni De Rosa hingegen schmunzelte. »Du weißt es vielleicht selbst noch nicht, wirst es aber zweifellos in Konstanz feststellen: Wenn man dich ins rechte Licht stellt, kann aus dir eine Frau werden, die aufgrund ihrer Schönheit und ihrer Anmut große Macht über Männer erlangen wird. Wenn du dich auch noch als klug genug erweist, die richtigen Freier zu wählen – ich spreche von großen und mächtigen Männern –, kann dein Triumph als Hure grenzenlos werden.« Abermals lachte er. »Ja, und eben darum will ich gern für das richtige Licht sorgen, deinen Lebensweg weiterverfolgen und von deinem Erfolg profitieren.«

Für einen Augenblick blieb es still zwischen ihnen. Dann streckte De Rosa ihnen die rechte Hand entgegen. »Schlagt ein, Mädchen. Es soll euer Schaden nicht sein.«

Zur nämlichen Zeit erreichte eine Reisegruppe aus Pisa die Ponte Pietra bei Verona. Auf dem großen Platz vor der steinernen Brücke, die über den Fluss Etsch führte, versammelten sich die Fernhändler mit ihren Planwagen. Hier wurden die Trecks zusammengestellt, die über die Alpen nach Norden ziehen wollten – oder gen Süden nach Rom. Da es in den Bergen zahlreiche Räuberbanden gab, war es immer sicherer, in großen und damit wehrhaften Gesellschaften zu reisen.

Innerhalb der engen Stadtmauern Veronas gab es nicht genug Raum für einen Sammelplatz. Aber der Standort hier draußen, nur durch die Etsch von der alten Römerstadt getrennt, bot viele Annehmlichkeiten. Er war großzügig geschnitten und ausreichend für viele Fuhrwerke. Händler mit Verkaufskarren boten Produkte des täglichen Bedarfs feil und nahmen Bestellungen für Reiseproviant entgegen. Und wenn man einmal ein Badehaus aufsuchen wollte, einen Arzt oder Veterinär benötigte oder auf der Suche nach einer speziellen Ware war, musste man nur die Ponte Pietra überqueren. Sie führte direkt zu einem Turm, durch dessen Tor man Verona betreten konnte.

Ein Mann in einer schlichten schwarzen Soutane stieg gerade vom Pferd. Er war mit dem Händlertreck aus Pisa gekommen, hatte es aber vorgezogen, zu reiten und nicht seinen mitgeführten Reisewagen zu benutzen. Der würde gewiss auf der langen Reise nach Konstanz noch zum Einsatz kommen. Der Name des Mannes war Oddo di Colonna, und er entstammte altem römischen Adel. Dass er zudem ein Geistlicher war, ließ sich unschwer an seiner Kleidung erkennen. Und dass er sogar den Titel eines Kardinals trug, wurde durch die gold-rote Schnur mit roter Quaste, die an seinem breitkrempigen schwarzen Hut prangte, deutlich.

Kardinal di Colonna übergab die Zügel seines Pferdes einem Bediensteten und ging allein zur Ponte Pietra hinüber. Die steinerne Brücke mit den fünf Bögen stammte noch aus der Römerzeit und war etwa einhundert Jahre vor Christi Geburt erbaut worden. Er überquerte auf ihr die ruhig dahinfließende Etsch und betrat die

Stadt. Der Gang zur Diözese war nicht weit. Und obwohl der Kardinal ihn nicht kannte, wies ihm die Kathedrale Santa Maria Matricolare, als höchstes Gebäude der Stadt, unzweifelhaft den Weg.

Im Bischofssitz, in unmittelbarer Nähe des Domes, wurde di Colonna bereits erwartet. Seine Exzellenz Guido Memo, seines Zeichens Bischof von Verona, und drei Kardinäle – zwei aus Rom und einer aus Avignon – traten ihm in der Halle entgegen.

»Gelobt sei Jesus Christus«, grüßten sie den Neuankömmling, der darauf obligatorisch antwortete: »Von nun an bis in Ewigkeit.«

»Amen.«

Bischof Memo führte seine Gäste zu Tisch. Ein kleiner Imbiss erwartete sie und ein guter Burgunder. Der Raum, in dem sie sich niederließen, war alles andere als prunkvoll und wirkte eher düster – eine dunkle Holztäfelung an den Wänden, ein teppichloser Steinfußboden und dunkles schlichtes Mobiliar. Bischof Memo war ein sparsamer Kirchenmann, der niemals Geld für überflüssigen Luxus ausgab. Abgesehen davon galt er als Anhänger des römischen Papstes Gregor XII., ebenso wie die beiden römischen Kardinäle. Der Kardinal aus Avignon indessen war ein Anhänger des dortigen Papstes Benedikt XIII. So wie Oddo di Colonna aus Pisa sich an diesem Tisch als Vertreter des Papstes Johannes XXIII. zeigte.

Alle Anwesenden stammten also aus verschiedenen Lagern, und da mochte es nicht verwundern, dass die Stimmung bei Tisch nur wenig herzlich war. Nichtsdestotrotz hatten die Kardinäle sich in Verona verabredet, um sich über den aktuellen Stand der Dinge auszutauschen und um die Neuigkeiten in die Konzilsstadt tragen zu können.

Nach der Mahlzeit, die recht schweigsam verlief, führte der Bischof seine Gäste in seine private Bibliothek, bot ihnen hölzerne Lehnstühle zum Sitzen an und ließ ihre Becher abermals füllen. Dann erklärte er: »Da meine Anwesenheit in Konstanz nicht unbedingt erforderlich ist, habe ich aufgrund meines anfälligen Gesundheitszustands entschieden, in Verona zu verbleiben. Die lange Reise über die Alpen wäre mir gewiss nicht zuträglich.«

Die Kardinäle aus Rom warfen Memo einen verächtlich-bösen Blick zu. Natürlich war ihnen bewusst – wie jedem Geistlichen der katholischen Kirche –, dass das Konzil in Konstanz unbedingt nötig war, um das Abendländische Schisma endlich zu überwinden. Schließlich waren bei drei Päpsten eindeutig zwei zu viel. Dennoch wünschte sich jeder Kardinal, schon aus dem eigenen Machterhalt heraus, dass »sein« Papst die Wahl für sich entschied und zum alleinigen Oberhaupt der römisch-katholischen Kirche ernannt wurde. Was nun Memo anging: Auch wenn er als Bischof voraussichtlich nicht dem Konklave angehören würde, das in Konstanz den neuen Papst wählen oder einen der derzeitigen Päpste bestätigen sollte, so galt er natürlich als Parteigänger Gregors XII., der ihn fünf Jahre zuvor als Bischof von Verona eingesetzt hatte. Die Loyalität, die man dafür von Memo erwartete, hätte er nun unter Beweis stellen können, indem er in Konstanz für die Wahl Gregors XII. warb. Seine Entscheidung, an dem Konzil nicht teilzunehmen, kam für die römischen Kardinäle daher einem Verrat gleich – zumal die Aussichten Gregors XII., die Wahl für sich zu entscheiden, nicht gerade hoffnungsvoll waren. Zu diesem Thema nahmen sie in dieser Runde allerdings keine Stellung. Es war ihnen nämlich eine andere Aufgabe auferlegt worden.

»Wir haben die Mitteilung zu machen«, ließ sich einer der Römer nun vernehmen, »dass auch der Heilige Vater auf eine Reise …«

Kardinal di Colonna unterbrach den Redner sogleich mit scharfen Worten: »Von welchem Heiligen Vater sprecht Ihr, Eminenz? Immerhin gibt es derzeit drei Männer, die diesen Titel für sich beanspruchen und wider alle Vernunft an ihm festhalten.«

Der Römer warf di Colonna einen giftigen Blick zu und begann seinen Satz erneut: »Wir haben die offizielle Mitteilung zu überbringen, dass sich Papst Gregor XII. gleichfalls entschieden hat, dem Konzil fernzubleiben. Seine Ärzte haben ihm dazu aufgrund seines hohen Alters geraten.«

Kardinal di Colonna lachte leise, aber mit deutlichem Hohn: »Seine Heiligkeit ist also zu schwach, um nach Konstanz zu reisen, aber stark genug, das Amt des alleinigen Oberhauptes der römisch-katholischen Kirche zu übernehmen? Ist das nicht ein Widerspruch in sich selbst?«

Entrüstet sprang der Römer von seinem Stuhl auf. »Ich muss doch sehr bitten, Eminenz. Eure Worte sind in hohem Maße respektlos, bewegen sich am Rande der Blasphemie und …«

Oddo di Colonna ließ den römischen Kardinal auch diesmal nicht aussprechen und grinste provozierend: »Und was wollt Ihr dagegen tun? Mich anzeigen und vor Gericht bringen? Macht Euch nicht lächerlich, Eminenz.«

Bischof Memo hob beschwichtigend die Hände. »Aber, aber, meine lieben Brüder. Beruhigt Euch. Wir sind doch nicht hier, um zu streiten.« Um abzulenken, wandte er sich nun an den Kardinal aus Avignon: »Was wisst Ihr zu berichten, werter Freund. Wird Papst Benedikt XIII. nach Konstanz reisen?«

Der Befragte schüttelte den Kopf. »Auch Seine Heiligkeit aus Avignon«, bei diesen Worten warf er di Colonna einen herausfordernden Blick zu, »hat sich entschieden, dem Konzil fernzubleiben. Gründe dafür hat er keine genannt. Ich vermute, dass er sich mit Recht übergangen fühlt, weil es Papst Johannes XXIII. war, der die Versammlung in Konstanz, ohne Rücksprache zu nehmen, einberufen hat.«

Kardinal di Colonna verzog das Gesicht. »Warum um alles in der Welt hätte er Rücksprache nehmen sollen und vor allen Dingen mit wem? König Sigismund bat Johannes XXIII., das Konzil einzuberufen, und er hat es aus gutem Grund getan. Inzwischen muss doch wohl jedem bewusst sein, dass das Abendländische Schisma die römisch-katholische Kirche empfindlich spaltet. Dennoch halten drei Päpste hartnäckig am Stuhle Petri fest – rücksichtslos und nur, um ihre eigene Macht zu erhalten. Dabei werden sie unterstützt von ihren Kardinälen, die gleichfalls nach nichts anderem streben, und von Fürsten, die ihren Einfluss vergrößern wollen. Macht, Macht, Macht – um nichts anderes geht es mehr! Egal, ob unsere Heilige Mutter Kirche und das Reich leiden. Damit versündigt Ihr Euch alle – gegen Gott und das gesamte Christentum! Das muss ein Ende haben. Und darum wurde dieses Konzil einberufen.« Mit der flachen Hand schlug di Colonna, wie zur Bekräftigung seiner Worte, auf den Tisch. »Vielleicht ist es unsere letzte Gelegenheit, die Kirche wieder zu einen und das Reich zu erhalten. Und Ihr schwafelt von der Verdrießlichkeit eines unrechtmäßigen Papstes, der sich übergangen fühlt?«

Oddo di Colonna sprang von seinem Stuhl auf und wandte sich jetzt direkt an Bischof Memo. »Ich danke Euch für Eure Gastfreundschaft, Exzellenz, muss noch verkünden, dass sich Papst Johannes XXIII. bereits auf dem Wege nach Konstanz befindet, und ziehe mich damit zurück. Bei Gott, es ist mir unmöglich, diese unchristliche Ignoranz auch nur eine Minute länger zu ertragen.«

❧

Zornbebend verließ der Kardinal den Bischofssitz und passierte wenige Minuten später das Stadttor Veronas. Erst auf der Ponte Pietra hielt di Colonna inne, lehnte sich an das steinerne Geländer und blickte auf die träge dahinfließende Etsch hinab. Langsam beruhigte er sich.

Gewiss, es war ihm bewusst, dass er sich gerade den Bischof von Verona und drei Kardinalskollegen zu Feinden gemacht hatte, aber es war ihm gleichgültig. Immerhin, das Konzil war einberufen, und die Versammlung würde, so Gott wollte, erfolgreich enden. Bis dahin hatte er jedoch noch alle Hände voll zu tun, denn auch das Verfahren gegen den Ketzer Jan Hus, das er seit vier Jahren leitete, musste vorangetrieben und beendet werden. Die Kirche, geschwächt durch Uneinigkeit, war angreifbarer denn je. Da musste man mit ihren Feinden hart ins Gericht gehen. Und dann kam ihm ein anderer Gedanke: Allein die Tatsache, dass die beiden Päpste Benedikt XIII. und Gregor XII. dem Konzil fernblieben, verbesserte natürlich die Aussichten von Papst Johannes XXIII. Zwar war di Colonna bei Weitem nicht mit allem einverstanden, was dieser Pisaner Papst sagte und tat. Aber im Vergleich zu seinen beiden Kontrahenten aus Avignon und Rom war Johannes XXIII. ganz gewiss das kleinere Übel. Bei allem Ärger: Eigentlich konnte er mit dem Verlauf des Treffens im Bischofssitz zufrieden sein.

Kardinal di Colonna schlenderte gemächlich zu dem Sammelplatz zurück. Als er seine Gefolgsleute erreicht hatte, umringten sie ihn sogleich.

»Möchtet Ihr speisen, Eminenz?«, wollte sein Koch wissen. »Ich hätte eine Schale Hirsebrei zu bieten und frischen Fisch, gerade selbst gefangen.« Bei diesen Worten blickte er zum Fluss hinüber.

Di Colonna nickte. »Frischer Fisch klingt wunderbar. Gib noch etwas Brot dazu und einen großen Becher Wein.«

Neben dem Koch wartete bereits ungeduldig Thore Ragnarsson, ein Hüne von einem Mann, mit rostroten Haaren und ebensolchem Bart – dies ein Erbteil seiner nordmännischen Vorfahren. Er war der Hauptmann des Geleitsschutzes und zudem ein guter Freund des Kardinals.

»Wie werden wir weiterreisen, Oddo?«, wollte er wissen. »Allein? Oder soll ich uns einen Treck suchen?«

»Ich habe mich noch nicht entschieden«, entgegnete di Colonna. »Unser ursprünglicher Plan, hier, in Verona, mit drei weiteren Kardinälen zusammenzutreffen und gemeinsam mit ihren Gefolgschaften in einem starken Tross nach Konstanz zu reisen, ist gerade hinfällig geworden. Was meinst du, Thore, wie sollen wir nun vorgehen?«

»Ich habe mich ein wenig umgehört«, gab Ragnarsson zurück. »In den Bergen treiben räuberische Sarazenen und andere Diebesbanden ihr Unwesen. Vor allem enge Täler sollen für Wegelagerer hervorragend geeignet sein. Vermutlich werden wir uns gegen sie durchsetzen können, aber warum ein Risiko eingehen? Ich denke, wir sollten uns einer Reisegesellschaft anschließen.«

Di Colonna nickte. »Es wird wohl besser sein. Also halte nach einem Händlertreck Ausschau, Thore. Ich möchte Verona auf jeden Fall so schnell wie möglich verlassen.«

Nach diesen Worten machte sich der Hauptmann auf den Weg. Inzwischen kam ein Bediensteter angelaufen, brachte einen Stuhl und einen kleinen Tisch, an dem der Kardinal speisen konnte. »Sollen wir das Zelt aufbauen, Eminenz, oder zieht Ihr es vor, in Eurem Reisewagen zu nächtigen?«

»Ich denke, wir setzen unsere Reise morgen, spätestens übermorgen, fort«, gab di Colonna zurück. »Da lohnt sich der Zeltaufbau kaum. Außerdem wird die Zeit gebraucht, um ausreichend Proviant für zwei Wochen zu besorgen. Und natürlich Heu und Hafer für die Pferde. Es ist meine erste Alpenüberquerung, und ich weiß nicht, ob es auf dem Weg Verpflegungsmöglichkeiten gibt. Besser, wir sind auf alles vorbereitet. Ach ja, und prüfe bitte, ob wir über ausreichend Reparaturmaterial für die Räder unserer Fahrzeuge verfügen. Die alte Via Imperii, auf der wir reisen werden, soll stellenweise in recht schlechtem Zustand sein.«

Der Bedienstete nickte, als Zeichen, dass er verstanden hatte, und eilte geschäftig davon, während sich sein Herr an den Tisch setzte.

Nachdenklich griff der Kardinal nach dem Becher mit Wein, den der Koch bereits serviert hatte. Die kurzfristig geänderten Reisepläne brachten ihn in eine neue Situation. Musste dafür noch etwas bedacht oder veranlasst werden? Ach was! Oddo di Colonna nahm einen tiefen Zug aus dem Becher. Ob er nun in Begleitung der Kardinäle über die Alpen zog oder mit einer Reisegesellschaft – die Vorbereitungen blieben doch die gleichen.

Der Koch brachte nun den Imbiss. Zwar war di Colonna bereits im Bischofssitz verköstigt worden und verspürte eigentlich keinen Hunger mehr, aber der Zander roch so köstlich, dass er herzhaft noch einmal zugriff. Er grinste bitter. Zumindest konnte er jetzt mit Appetit speisen, da er sich nicht in Gesellschaft befand, die ihm durch ihre bloße Anwesenheit die Kehle zuschnürte.

Während der Kardinal den heißen Fisch mit den Fingern aß, beobachtete er eine Gruppe von drei Fuhrwerken, die gerade auf den Sammelplatz rollte. Die Planwagen wirkten gepflegt, und die schwarzen Pferde, die sie zogen, waren kräftig und standen gut im Futter.

Der kleine Tross hielt an. Ein Diener, der neben dem Kutscher gesessen hatte, sprang vom Bock und brachte eilig ein Holztreppchen an das hintere Teil des Fuhrwerks. Daraufhin stiegen vier Personen aus – ein elegant gewandeter Mann und drei junge Frauen, die durch weiße Bänder an der Schulter als Huren ausgewiesen wurden.

Der Kardinal grinste. Offensichtlich hatte sich dieser Händler seine Reise recht kurzweilig gestaltet.

Im nämlichen Augenblick sah eine der Frauen zufällig zu ihm herüber. Sie war bestrickend schön, mit herrlichen blonden Locken, einem ebenmäßigen Gesicht und einer Figur, die jedem Mann das Blut in die Lenden treiben musste. Für einen Moment begegneten sich ihre Blicke, und Oddo di Colonna spürte eine Anziehung, wie er sie bisher noch nicht gekannt hatte. Gewiss, dieses junge Wesen war eine Hure, aber – was für eine wunderbare, was für eine prachtvolle Frau! Er konnte gar nicht anders, als sie weiterhin wie eine Erscheinung anzustarren, obwohl ihre Augen längst weitergewandert waren.

Ungeduldig winkte di Colonna einen seiner Diener herbei. Er musste sich räuspern, bevor er sprechen konnte: »Finde heraus, wer die blonde Frau dort drüben ist«, sagte er mit immer noch belegter Stimme. »Ich will alles über sie wissen. Dass sie eine Hure ist, kann ich selbst sehen. Aber wie heißt sie, woher kommt sie, wohin will sie? Alles ist für mich von Interesse, verstehst du? Einfach alles!«

Der Diener nickte, wollte sich umwenden und den Befehl ausführen, doch sein Herr hielt ihn noch einmal zurück: »Selbstverständlich bitte ich mir bei deinen Nachforschungen äußerste Zurückhaltung aus. Es muss niemand wissen, für wen du deine Erkundigungen einziehst.«

Verwirrt sah sein Diener ihn an. »Diskretion? Aber warum, Eminenz? Sie ist eine Hure.«

»Befolge einfach meine Befehle«, gab di Colonna gereizt zurück. Dann fiel sein Blick auf das Wams des Dieners – schwarz, mit den Farben der Colonna: ein rotes Wappenschild mit silberner Säule, über der eine goldene Fürstenkrone prangte. »Und vor allem wechsele deine Kleidung. So wirst du kaum verheimlichen können, in wessen Diensten du stehst.«

Der Bursche nickte und verschwand eilig in Richtung Bagagewagen. Als er wieder auftauchte, trug er ein schlichtes schwarzes Wams und eine braune Ledergugel. In dieser Aufmachung tauchte er im Getümmel des Sammelplatzes unter.

Während der Kardinal ungeduldig auf seine Rückkehr wartete, gesellte sich Thore Ragnarsson wieder zu ihm. »Morgen, in aller Frühe, bricht der nächste Treck in Richtung Norden auf, Oddo. Einige der Händler wollen zwar nach Nürnberg, aber die meisten nach Konstanz an den Bodensee. Wir werden also bis zu unserem Ziel Geleitschutz haben.«

»Das hört sich gut an«, entgegnete der Kardinal zerstreut. »Hast du uns schon als Mitfahrer angemeldet?«

»Ja, das habe ich«, entgegnete Thore. »Obwohl die Herren Händler einige Bedingungen hatten.«

»Bedingungen?«

Der Hauptmann grinste. »Ja, genau. Offensichtlich haben sie es sehr eilig, da in der Konzilsstadt gute Geschäfte warten. Deshalb beabsichtigen sie, vom ersten bis zum letzten Tageslicht zu fahren – von den Pausen für die Pferdewechsel natürlich abgesehen. Um keine Zeit zu verlieren, wollen sie nicht in Herbergen nächtigen, sondern direkt neben dem Handelsweg. Und für die Verpflegung ist jede Gruppe selbst zuständig. Da diese Bedingungen für uns kein Problem darstellen, habe ich sie akzeptiert. Oder bist du anderer Meinung?«

»Nein, nein«, entgegnete di Colonna. »Natürlich nicht. Wir sind ja auf das Beste für diese Reise ausgestattet und …« Er unterbrach sich, als er den Diener bemerkte, der zurückkehrte. Und nun bewies der Bursche, dass er mitdenken konnte. Er kam nämlich nicht sogleich zu seinem Herrn, sondern ging weiter, schlug einen kleinen Haken und näherte sich dann unauffällig dem Bagagewagen. Hier schlüpfte er erneut in die Kleider, die die Farben der Colonna trugen, und suchte erst danach den Kardinal auf, um Bericht zu erstatten: »Sie heißt Gabriella Cognati, Eminenz, und ihre beiden Kolleginnen, mit denen sie zusammen reist, nennen sich ›Sofia‹ und ›Giulia‹. Alle drei kommen aus Venedig und sind auf dem Wege nach Konstanz, wo sie als Huren ihr Geld verdienen wollen. Wie es aussieht, hat der Händler, der sie bis Verona mitgenommen hat, gerade eine Mitfahrgelegenheit für die drei Frauen bei einem befreundeten Kaufmann besorgt. Und dieser beabsichtigt, mit dem Treck, der morgen aufbricht, zu reisen.«

Di Colonna lachte und rieb sich zufrieden die Hände. Dann warf er dem Burschen als Belohnung ein Geldstück zu, das dieser behände auffing. »Das hast du gut gemacht. Ich danke dir.«

Stolz zog der Diener davon, während Hauptmann Ragnarsson den Freund fragend anblickte. »Was hat das zu bedeuten, Oddo?«

Di Colonna winkte ab. »Lass gut sein, Thore. Es hat dich nicht zu scheren.«

Der Freund schmunzelte. »Es geht um ein Frauenzimmer, nicht wahr? Die Worte des Burschen waren schließlich unschwer zu verstehen. Genau genommen sogar um drei Weiber, die, wie wir, die Reise nach Konstanz antreten wollen. Da wird ja wohl die Frage erlaubt sein, ob du sie alle für dich haben willst oder ob eines der Täubchen für mich abfällt?«

Der Kardinal schüttelte belustigt den Kopf. »Mein lieber Freund. Wir gedenken, morgen eine weite, strapaziöse und nicht ungefährliche Reise über die Alpen anzutreten. Da wir bereits Oktober haben, ist auf den Pässen mit Schnee zu rechnen. In den Tälern könnten wir von Räuberbanden überfallen werden. Zudem wird der Treck aller Wahrscheinlichkeit nach von drei, mir feindlich gesonnenen Kardinälen begleitet werden. Glaubst du nicht, dass du als mein Hauptmann im Augenblick ganz andere Probleme hast und dich nicht durch Weiberröcke ablenken lassen solltest?«

Unvermittelt wurde Thore Ragnarsson ernst. »Du musst dir keine Sorgen machen, Oddo. Ich habe alles im Blick – auch die drei Kardinäle, die sich dem Treck tatsächlich gleichfalls angeschlossen haben. Einer meiner Männer gehört bereits zu ihrem Gefolge. Falls sie etwas gegen dich im Schilde führen, werden wir es früh genug erfahren. Du weißt doch, dass du auf mich zählen kannst.«

Begütigend legte der Kardinal eine Hand auf die Schulter seines Freundes. »Natürlich weiß ich das, Thore. Nicht umsonst vertraue ich dir immer wieder blind mein Leben an. Und was die drei Frauenzimmer angeht – bei ihnen handelt es sich um Huren aus Venedig. Aber ich bin einzig an einer interessiert, an der blondhaarigen Gabriella. Frag mich nicht, warum. Ich wüsste dir keine Antwort zu geben. Aber es erfüllt mich mit Freude, dass auch sie dem Treck angehört, wir auf dieser Alpenüberquerung Reisegenossen sein werden. Und dass wir das gleiche Ziel haben – Konstanz.

Ragnarsson lachte schallend. »Du interessierst dich für eine Hure, Kardinal?«, wollte er belustigt wissen und wies mit der Hand zum Himmel empor. »Dann lass dich nur nicht von deinem Herrgott dort oben erwischen.«

3. KAPITEL

Der Treck

Es war noch früh am Tag, und die aufgehende Sonne warf ihre ersten Strahlenbündel auf die Dächer Veronas, als sich der Treck in Bewegung setzte. Wagen um Wagen ruckte schwerfällig an und rumpelte auf die Landstraße hinaus.

Gabriella, Sofia und Giulia richteten sich, so gut es ging, in dem kleinen Abteil ein, das ihnen der Kaufmann zugewiesen hatte. Er war ein Freund ihres neuen Partners De Rosa und hatte sich bereit erklärt, alle drei zu insgesamt zwölf Piccoli nach Konstanz zu bringen. Die Verpflegung war in dem Preis enthalten, allerdings keine Übernachtungen in Gasthäusern. Stattdessen sollten sie im Wagen schlafen. Der war mit großen Leinwandplanen bedeckt, dick und fest genug, um vor Schnee und Regen zu schützen. Eine Strohmatratze diente den jungen Frauen als Lager. Sie war mit Fellen und Kissen bedeckt, die sie weich und warm ruhen lassen würden. Bei Tag konnten sie die Kissen auftürmen und als Bank benutzen, von der aus sie die Möglichkeit hatten, durch die aufgeknüpfte hintere Plane ins Freie zu schauen. Dieses kleine Abteil würde also in den nächsten zwei Wochen ihre Unterkunft sein.

Die Fahrt verlief zunächst ohne Schwierigkeiten, und der Tross kam gut voran. Er folgte der Etsch in Richtung Trient, und schon bald hatten die Reisenden endgültig das Gebiet der Republik Venedig verlassen.

»Nun bist du frei, Gabriella«, stellte Sofia lächelnd fest und reichte der Freundin einen Becher mit einem köstlichen Wein, den De Rosa ihnen als Abschiedsgeschenk vermacht hatte. »Du musst dich nicht mehr verstecken. Wenn das kein Grund zum Feiern ist.«

Die drei jungen Frauen prosteten einander zu. Sie waren bester Laune. Immerhin hatten sich ihre Zukunftsaussichten durch das Angebot De Rosas um ein Vielfaches verbessert. Sie hatten jetzt einen Plan für ihr Leben in Konstanz. Und wie es schien, war es ein gutes und sehr erfolgversprechendes Vorhaben.

»De Rosa hat berichtet, dass es einen regen Handelsverkehr zwischen Venedig und Konstanz geben soll«, meinte Gabriella nun nachdenklich. »Was zwangsläufig bedeutet, dass sich in der Konzilsstadt auch zahlreiche Venezianer aufhalten. Vielleicht sollte ich daher lieber Vorsicht walten lassen. Es ist zwar unwahrscheinlich, aber nicht unmöglich, dass ich einem Händler als flüchtige Verbrecherin auffalle. Ketzerei ist schließlich ein schweres Vergehen. Und ich möchte unsere verheißungsvolle Zukunft auf keinen Fall gefährden.«

»Nun ja«, ließ sich Sofia vernehmen. »Selbst wenn du erkannt wirst, kann dir doch nichts geschehen. In Konstanz bist du weit außerhalb der Gerichtsbarkeit Venedigs.«

»Das ist richtig«, bestätigte Gabriella. »Aber im Falle einer Entdeckung könnte man mich auch in Konstanz anzeigen. Ketzerei wird überall geahndet.«

»Ich sehe die Gefahr sehr gering«, erklärte Giulia. »Aber wenn du besorgt bist deswegen – was gäbe es zu tun?«

»Ich könnte zumindest meinen Namen ändern«, erklärte Gabriella und fügte augenzwinkernd hinzu: »Ohnehin finde ich, dass man als Hure nicht den Namen eines Erzengels tragen sollte. Das ist höchst unpassend und – wer kennt sich schon mit den Gesetzen aus – vielleicht sogar ketzerisch.«

Ihre Freundinnen lachten.

»Gut, die Änderung deines Namens ist keine große Angelegenheit«, stellte Sofia amüsiert fest. »Wie willst du dich denn von nun an nennen? Bella vielleicht? Oder nach deinen blonden Locken: Bionda?«

Auch Giulia wusste schmunzelnd Vorschläge zu machen: »Venus wäre doch treffend, oder vielleicht doch lieber Luzie? Luzifer war zwar auch ein Engel, aber immerhin ein gefallener und …« Sie unterbrach sich und stöhnte leise, weil der Wagen in diesem Augenblick durch ein Schlagloch fuhr und sie sich den Kopf an dem Gerüst, das die Plane trug, anschlug. »Dieses ewige Stoßen und Rütteln des Fuhrwerks ist sehr lästig«, murrte Giulia. »Und überhaupt, wir sind gerade erst losgefahren, und schon jetzt schmerzt jeder Muskel meines Körpers, der am Abend im Übrigen mit blauen Flecken übersät sein dürfte.«

Sofia lachte. »Ich glaube nicht, dass es Gabriella und mir anders ergehen wird. Wir müssen lockerer werden, dürfen uns nicht so steif halten, dann wird es gewiss bald besser. Denkt an De Rosa, der hat es auch gelernt. Abgesehen davon dürft ihr eines nicht vergessen: Uns geht es so gut wie selten in unserem Leben. Oder hat eine von euch schon einmal so viel Geld, wie wir gerade in unseren Börsen tragen, ihr eigen nennen dürfen?«

Die beiden Freundinnen schüttelten lächelnd die Köpfe.

»Na bitte«, fuhr Sofia fort und hob erneut ihren Becher. »Auf uns, auf Konstanz und auf eine erfolgreiche Zukunft.«

Gabriella und Giulia erwiderten gern den Trinkspruch, wurden dann aber von erbostem Geschrei abgelenkt. Neugierig blickten sie hinaus und bemerkten einen Bauern, der die Straße mit seiner kleinen Herde Gänse überqueren wollte und warten musste, bis der lange Tross an ihm vorbeigezogen war. Die Gänse schnatterten wie wild, und der Mann drohte mit seinem Hirtenstock. »Das ist die Via Imperii!«, rief er zornig aus. »Eine freie Reichsstraße, die jedermann nutzen darf!«

Einer der Fuhrleute versuchte, ihm im Vorbeifahren zu erklären, dass sie sich gerade auf einer Steigung befänden und der Treck nicht anhalten könne, um ihn passieren zu lassen. »Es würde die Pferde unnötig Kraft kosten, wieder anzuziehen.« Der

Griesgrämige hörte jedoch gar nicht zu, zeterte weiter und drohte mit seinem Holzknüppel.

Lachend winkte Sofia ihm zu. »Gräm dich nicht, Alterchen«, rief sie. »Davon bekommt man nur …« Sie unterbrach sich. Zum einen, weil sie ohnehin schon zu weit entfernt waren, als dass der erboste Bauer sie hätte verstehen können, zum anderen, weil ihr gerade eine Idee gekommen war. »Wie heißt die alte Römer- und Handelsstraße, auf der wir gerade fahren?«

»Ich glaube, De Rosa hat sie ›Via Imperii‹ genannt«, entgegnete Gabriella. »Und der Mann hat den Namen eben auch gerufen.«

Sofia nickte. »Genau. Und davon leiten wir deinen künftigen Namen ab: Imperia!«

Zweifelnd sah Gabriella die Freundin an. »Imperia? Was soll das bedeuten?«

Sofia grinste. »Meines Wissens bedeutet Via Imperii ›Reichsstraße‹ – und reich willst du doch wohl werden, oder?« Sie lachte schallend. Als sie sich wieder beruhigt hatte, fuhr sie fort: »Gut, das ist nur ein Wortspiel, aber Imperia ist immerhin ein wohlklingender Name. Findet ihr nicht?«

Giulia war ganz ihrer Meinung. »Der Name ist für Gabriella perfekt. Er prägt sich schnell ein und steht in Verbindung mit dem Wort ›imperare‹ – ›herrschen‹. Eine Hure als Herrscherin? Kann es einen ehrgeizigeren Vorsatz geben?« Auch sie lachte nun.

»Imperia«, murmelte Gabriella nachdenklich. Und noch einmal: »Imperia.« Langsam freundete sie sich mit diesem Namen an. »Auf jeden Fall klingt es bedeutend«, schmunzelte sie endlich und beschloss dann: »Nun gut. Es ist entschieden. Ab sofort nenne ich mich ›Imperia Cognati‹.«

❧

Am Abend, als die Sonne unterging, schlug der Treck sein Nachtlager auf. Dafür wurde mit dem Planwagen ein Karree gebildet – eine kleine Festung, in deren Innerem Menschen, Tiere und Güter vor etwaigen Angriffen sicher waren.

»Guten Abend, Deerntjes!« Der Kaufmann, der den drei Huren die Mitfahrgelegenheit geboten hatte, trat grüßend zu ihnen. Er stammte aus Flandern und hieß Luc van Branden. »Das Wetter lässt es heute zu, dass mein Koch die Speisen im Freien zubereiten kann«, sagte er. »Bis zum Essen wird es jedoch noch eine Weile dauern. Es wäre schön, wenn eine von euch mir bis dahin die Zeit vertreiben könnte.«

Sofia lächelte, zog Imperia, wie sich Gabriella nun nannte, und Giulia neben sich und antwortete: »Aber ja, Signore. Gerne doch. Und Ihr habt sogar die freie Auswahl.«

Der Händler zögerte nicht lange. Er winkte Sofia zu sich und verschwand mit ihr in einem Planwagen. Auch Giulia war wenig später verschwunden, um einem anderen Kaufmann einige aufregende Augenblicke zu bereiten.

Imperia blieb allein zurück und beobachtete Miel, den Koch van Brandens, der gerade begann, eine Grube für die Feuerstelle auszuheben. Anschließend schichtete er Holz hinein und entzündete es. Während die Scheite durchglühten, rammte er zu beiden Seiten seines Feuerlochs zwei starke eiserne Stangen in den Boden, die er mit einer Querstange verband. Daran hängte er einen Kessel mit einem appetitlich duftenden Eintopf, den er bereits in Verona vorbereitet hatte. Es gab noch einen zweiten, kleineren Kessel, den Miel nun über das Feuer hängte. Erstaunt beobachtete Imperia, wie er Bier darein gab, um es zu erhitzen. Natürlich hatte auch sie hin und wieder Bier getrunken, obwohl sie dem bitteren Trank nicht viel abgewinnen konnte und ihm eindeutig Wein vorzog. Das Bier war jedoch immer kühl gewesen, und es zu erwärmen eine vollkommen fremde Sitte für sie.

Schon bald verströmte das Gebräu einen würzigen Duft, den Imperia nicht als unangenehm empfand, für die Nase Thore Ragnarssons, der gerade vorbeiging, aber unwiderstehlich zu sein schien: »Wird hier etwa Warmbier gebraut?« In seiner Stimme lag unverkennbar größtes Entzücken.

Miel nickte lächelnd. »Aber ja doch. Mein Herr ist des ewigen

Weines schon lange überdrüssig und hat mir aufgetragen, einen Kessel zuzubereiten.«

Thore, der Hüne mit rostroten Haaren und ebensolchem Vollbart, leckte sich mit der Zunge begeistert über die Lippen. »Was muss ich tun, um einen Becher dieser Köstlichkeit abzubekommen?«

Miel schmunzelte. »Ich bin mir sicher, dass Herr van Branden nichts dagegen einzuwenden hat, wenn ich Euch etwas abfülle. Wir haben mehr als genug davon. Ihr müsst mir nur ein Gefäß dafür bringen und Euch ein wenig gedulden. Es wird noch ein Weilchen dauern, bis das Warmbier fertig ist.«

Thore Ragnarsson wandte sich auf dem Fuße um und eilte davon. Wenig später, kam er mit einem irdenen Becher zurück, kauerte sich in die Nähe der Feuerstelle und atmete tief den herben Duft des Gebräus ein. In Rom und Pisa, wo er die letzten Jahre verbracht hatte, war Warmbier völlig unbekannt, und so hatte er viele Jahre darauf verzichten müssen. Wie sehr es ihm abgegangen war, wusste er allerdings erst jetzt, da er das würzige Aroma wieder entdeckte.

Voller Vorfreude auf den Genuss sah der Hauptmann sich um und bemerkte dabei Imperia, die sich unweit von ihm auf einer Kochkiste niedergelassen hatte. Ein Blick auf ihre blonden Haare machte ihm bewusst, dass es sich bei ihr um die Hure handeln musste, die seinen Herrn und Freund di Colonna so beeindruckt hatte. Und er konnte Oddo verstehen: Bei Gott, die kleine Dirne war tatsächlich eine Schönheit, mit einer ganz besonderen Ausstrahlung.

Er sprang auf und verneigte sich lächelnd. »Ich fürchte, ich muss um Verzeihung bitten, Madonna. Der verlockende Duft des Warmbiers hat mich tatsächlich meine gute Kinderstube vergessen lassen. Wenn ich mich vorstellen darf: Mein Name ist Hauptmann Thore Ragnarsson, und ich stehe in Diensten Kardinal Oddo di Colonnas.«

»Guten Abend, Signore … Verzeiht, aber Euren Nachnamen

vermag ich beim besten Willen nicht auszusprechen«, gab Imperia lächelnd zurück. In ihrem ganzen Leben hatte sie bisher noch niemand mit »Madonna« angesprochen, ein Umstand, der ihr diesen Hauptmann sofort angenehm machte. »Darf ich Euch trotzdem eine neugierige Frage stellen?«

»Aber gewiss doch. Ich werde mich bemühen, eine Antwort darauf zu finden.«

»Dann erklärt mir bitte, Hauptmann, Eure Leidenschaft für aufgewärmtes Bier.«

Thore Ragnarsson schmunzelte. »Aber Madonna, Warmbier ist doch nicht einfach aufgewärmter Gerstensaft. Es werden noch diverse Zutaten wie Ei, Mehl, Butter und Gewürze dazugegeben. In den nördlichen Ländern Europas, aus denen ich stamme, trinkt man es nahezu zu jeder Mahlzeit. Es ist nahrhaft, wohlschmeckend und wärmt den Magen – das reinste Labsal.« Er lachte. »Nun, Ihr werdet es ja gleich kosten. Gewiss wird Euch der Geschmack anfangs ungewohnt erscheinen, aber ich verspreche, dass auch Ihr die Vorzüge des Getränks binnen Kurzem schätzen lernen werdet.«

Bald darauf gesellten sich Kaufmann van Branden und Sofia zu ihnen. Und als das Warmbier endlich ausgeschenkt werden konnte, kam auch Giulia zurück.

Der Hauptmann und der flämische Händler tranken das Gebräu schweigend und mit Genuss. Sofia kostete es zwar, aber nicht, ohne dabei das Gesicht zu verziehen. Giulia schlug es ganz aus und zog dem Warmbier einen Becher mit Wasser oder Wein allemal vor. Imperia empfand den Geschmack des Getränks, wie Ragnarsson es vorhergesagt hatte, als ungewohnt, aber keineswegs unangenehm. Des Hauptmanns Begeisterung konnte sie aber dennoch nicht verstehen.

Als die drei Frauen sich wenig später zur Nacht niederlegten, erfreuten sie sich abermals an dem gnädigen Geschick, dass sie zu dieser Reise geführt hatte. Sie lagen warm und weich auf ihrer Bettstatt, waren wohl gesättigt, die Arbeit, die sie zu verrichten hatten, hielt sich in Grenzen und wurde sehr gut bezahlt. Weiß Gott, sie hatten schon schlechtere Tage gesehen!

Schnell wurde es ruhig zwischen ihnen, und alle drei waren bereits auf dem Wege ins Land der Träume, als Sofia noch etwas einfiel: »Dieser große Rothaarige – wie heißt der noch gleich?«

»Hauptmann … Keine Ahnung. Ich kann mir den Namen nicht merken«, gähnte Imperia.

»Ich auch nicht«, gab Sofia zu und fuhr dann fort: »Erinnert ihr euch noch an die Worte De Rosas? Er riet uns, einen starken Beschützer zu suchen, der es versteht zu kämpfen. Nun, ich glaube dieser Hauptmann wäre genau der richtige Mann dafür.«

»Ja, mag sein«, gab Imperia müde zurück. »Aber wie du weißt, ist er nicht frei, sondern steht in den Diensten eines Kardinals. Ich glaube nicht, dass er diesen Posten aufgeben wird, um in Zukunft in einem Bordell als Leibwache zu arbeiten.«

»Wer weiß«, gab Sofia schläfrig zurück, drehte sich auf die andere Seite und zog die warmen Decken über die Schultern. »Wenn wir ihm ein gutes Angebot machen, überlegt er es sich vielleicht.«

❧

Auch am nächsten Morgen brach der Händlertross bei Sonnenaufgang auf. Immer noch ging es an der Etsch entlang, den Alpen entgegen. Die Berge, die das nebelverhangene Tal rechts und links markierten, waren nun deutlich höher, schienen immer enger zusammenzuwachsen und wirkten damit fast ein wenig bedrohlich. Die Luft war rau und kühl, sodass die drei jungen Frauen am liebsten zwischen ihren wärmenden Decken liegen geblieben wären.

Sie waren etwa zwei Stunden gefahren, als Miel herangeritten kam und ihnen das Frühstück in den Wagen reichte. Dabei handelte es sich lediglich um Wasser, Brot, Käse und eine Handvoll Trockenfrüchte. Erst am Abend, wenn der Treck sein Nachtquartier eingerichtet hatte, würde es wieder eine richtige Mahlzeit geben.

»Wenn ihr es wünscht, kann ich euch auch einen Kübel mit Wasser zum Waschen bringen«, bot der Koch an. »Aber es ist frisch aus der Etsch geschöpft und sehr kalt.«

Die drei Huren baten trotzdem darum. Und suchten, während sie auf das Wasser warteten, Leinentücher und gemahlenen Marmor heraus, um die Zähne säubern zu können. Nachdem sie ihr Mahl verzehrt und sich gereinigt hatten, teilten sie die Trockenfrüchte – Trauben und Feigen – miteinander und nahmen wieder ihren Platz am hinteren Teil des Wagens ein. Von hier aus konnten sie die Landschaft, durch die sie fuhren, eingehend betrachten, wurden aber auch selbst gesehen und zeigten damit eventuellen Freiern an, dass sie bereit waren, ihnen ihre Dienste anzubieten.

Die Etsch, in Verona noch ein ruhig dahinfließendes Gewässer, war inzwischen zu einem reißenden Fluss geworden, der tosend durch sein Bett floss. Auf der gegenüberliegenden Seite wurde der Lauf der Etsch durch hohe Felsen beschränkt. Auf dieser Seite verlief die alte Römerstraße. Sie war nicht sonderlich breit und wurde einerseits vom Fluss und andererseits gleichfalls von hohen Felsen begrenzt.

»Diese Enge erzeugt bei mir ein beklemmendes Gefühl«, murrte Sofia. »Wir Venezianer sind eben an die Weite des Meeres gewöhnt.«

Giulia pflichtete ihr sofort bei. »Ich werde froh sein, wenn wir Konstanz erreicht haben und die Berge hinter uns liegen. Irgendwie wirken sie auf mich beunruhigend, diese hohen Felsen.«

Die drei jungen Frauen bemerkten nun einen Reiter, der sein Pferd an den hinter ihnen fahrenden Wagen vorbei lenkte und zu ihnen aufschloss.

»Das ist der Hauptmann«, stellte Imperia fest. »An seinen roten Haaren erkennt man ihn schon von Weitem.«

Gleich darauf hatte Thore Ragnarsson sie auch schon erreicht. »Guten Morgen, meine Schönen«, grüßte er lachend. »Ich hoffe, Ihr hattet eine angenehme Nacht.«

»Wir können nicht klagen«, gab Sofia schmunzelnd zurück.

»Und ich kann Euch sogar verraten, Hauptmann, dass Ihr in unseren Gedanken vor dem Einschlafen eine Rolle gespielt habt.«

Erstaunt sah Ragnarsson die junge Dirne an. »Was für eine Ehre. Darf ich fragen, in welchem Zusammenhang?«

»Natürlich dürft Ihr«, grinste Sofia. »Aber die Antwort auf diese Frage werden wir Euch nicht geben – zumindest jetzt noch nicht.«

»Ihr macht mich wirklich neugierig«, gab der Hauptmann feixend zurück. Aber ich werde mich in Geduld üben und einstweilen den Befehl meines Herrn ausführen.« Mit diesen Worten wandte er sich an Imperia. »Seine Eminenz, Kardinal di Colonna, bittet Euch um eine Unterredung, Madonna. Erlaubt Ihr, dass ich Euch zu ihm führe?«

Die blonde Dirne war zwar überrascht, aber auch sofort bereit, der Einladung zu folgen. Ein Kardinal als Freier? Das versprach, ein lohnenswerter Einsatz zu werden. Ragnarssons Anordnungen Folge leistend, stellte sie sich an den Rand der Pritsche, sodass er ihre Taille mit einem Arm umfassen und sie auf sein Pferd ziehen konnte. Dann ritt er mit ihr davon.

»Er bittet sie um eine Unterredung?«, belustigte sich Sofia. »Hast du das gehört? Diese Pfaffen nutzen wirklich die wunderlichsten Umschreibungen.«

Giulia konnte ihr nur kichernd zustimmen.

Der Kardinal fuhr ganz am Ende des Trosses. In seinem Gefolge standen Soldaten, Diener, ein Arzt, ein Jäger, ein Koch, ein Hufschmied sowie Pferdeburschen und Hilfsmägde. Ein Mann wie Oddo di Colonna war stets auf alles vorbereitet und bemüht, diese weite Überlandfahrt so bequem wie möglich zu gestalten. So war auch sein Reisewagen, der wie ein kleines Holzhaus auf Rädern anmutete, auf das Exquisiteste ausgestattet. Als Imperia ihn betrat, staunte sie nicht schlecht über mit goldenem Tuch ausgeschlagene Wände, ein Bett mit roten Samtportieren, aus Korb geflochten, ebenso wie das übrige, bequem anmutende Mobiliar.

Oddo di Colonna erwartete sie bereits und lächelte freundlich. »Die Stücke sind aus Schilfrohr, weil sie für eine Alpenüberquerung so leicht wie möglich sein müssen. Sonst könnten die Pferde die schwere Last nicht über die Berge ziehen.«

Imperia verstand. Bevor sie jedoch etwas erwidern konnte, fuhr der Kardinal fort: »Ich freue mich sehr über Euer Kommen, weiß aber nicht, wie ich Euch anreden soll. Man hat mir zwei Namen zugetragen: Gabriella und Imperia. Welcher ist der richtige?«

»Nennt mich ›Imperia‹, Eminenz«, antwortete sie, ohne sich ihr Erschrecken anmerken zu lassen. Wieso kannte er ihren richtigen Namen? Wusste er etwa, dass sie in Venedig als Ketzerin verurteilt werden sollte? Für ihn, einen hohen Mann der Kirche, war es gewiss ein Leichtes, sie in der nächsten Stadt anzuzeigen und vor Gericht zu bringen.

»Imperia also«, lächelte er freundlich, sodass ihr Argwohn ein wenig schwand. »Darf ich Euch etwas anbieten, Imperia? Wein vielleicht, kandierten Ingwer oder Pinienkonfekt?« Er wies dabei auf die Leckereien, die auf einem Tischchen angerichtet waren.

Imperia lief das Wasser im Munde zusammen. Und voller Staunen stellte sie fest, dass die Trinkgefäße wie Kelche geformt waren und aus Glas bestanden. Was für ein grandioser Luxus! Sie bediente sich und beobachtete dabei den Kardinal, der in seiner schlichten schwarzen Soutane vor ihr saß. Er mochte etwa fünfundvierzig Jahre alt sein, und in seinen dunklen, leicht gelockten Haaren fanden sich bereits die ersten grauen Strähnen. Von der Tonsur einmal abgesehen konnte er mit der kühn geschwungenen Adlernase, den blitzenden Augen und der fürstlichen Haltung durchaus als gut aussehender Mann gelten. Aber – was wollte er von ihr?

Da di Colonna sie nur schweigend anblickte, fragte Imperia nun rundheraus: »Warum habt Ihr mich rufen lassen, Eminenz?«

Der Kardinal lehnte sich zurück und schlug die Beine übereinander. Mit einem leichten Schmunzeln sagte er: »Auf eine offene Frage will ich Euch gern eine ehrliche Antwort geben. Ihr seid mir bereits in Verona aufgefallen, und ich glaube, nie eine schönere

Frau gesehen zu haben. Ich weiß, Ihr seid eine Hure, und ich kann Euch jederzeit als Freier gegenübertreten. Doch ich möchte mehr. Und darum wollte ich Euch eine Frage stellen: Würde es Euch gefallen, meine Mätresse zu werden?«

Imperia schnappte überrascht nach Luft. »Eure Mätresse? Aber Ihr seid ein Kardinal. Ist es Euch überhaupt erlaubt, eine Konkubine zu halten?«

Di Colonnas Lächeln vertiefte sich. »Gewiss, ich bin ein Mann der Kirche und habe als Kardinal Ehelosigkeit gelobt – aber niemals Keuschheit, da ich keine Priesterweihe empfangen habe. Ich denke schon, dass mir eine Mätresse erlaubt ist, und wüsste auch nicht, wer es mir verbieten sollte.«

Noch immer fassungslos sah Imperia ihr Gegenüber an. »Ihr sucht also eine Gefährtin für die Zeit des Konzils? Wie habt Ihr Euch das vorgestellt?«

Di Colonna zuckte mit den Schultern. »Wer weiß? Wenn wir uns gut verstehen, gewiss auch für die Zeit danach. Vorerst würde ich Euch in Konstanz eine komfortable Wohnung suchen, wo Ihr angenehm leben könntet – natürlich mit ausreichender Dienerschaft und angemessenen Einkünften. Sollten wir beschließen zusammenzubleiben, würden wir uns vermutlich in Rom, vielleicht aber auch in Pisa oder einer anderen Stadt niederlassen. Das Konzil wird entscheiden, wohin mich mein Weg zukünftig führen wird. Aber wo auch immer das sein wird, es wird Euch an nichts fehlen, und ich werde Euch immer mit Respekt begegnen, Imperia. Das verspreche ich.«

Ungläubig hatte die Dirne den Worten des Kardinals gelauscht. »Das ist ein wahrhaft verlockendes Angebot, Eminenz«, entgegnete sie nun. »Gestattet mir die Frage, warum Ihr es ausgerechnet mir unterbreitet? Schließlich kennt Ihr mich ebenso wenig wie ich Euch.«

Oddo di Colonna beugte sich vor und griff nach ihrer Hand. »Als ich Euch zum ersten Mal in Verona sah, Imperia, war es um mich geschehen. Und das lag nicht allein an Eurer strahlenden

Schönheit. Auch Eure Anmut, die Art, wie Ihr Euch bewegt, Euer Lachen – das alles wirkte auf mich vom ersten Augenblick an unwiderstehlich.«

Imperia senkte den Blick. »Aber Ihr wisst doch überhaupt nichts über mich«, wiederholte sie verlegen murmelnd.

Der Kardinal lachte leise. »Wo ist das Problem? Männer und Frauen treten vor den Traualtar und geben sich vor Gott ihr Ja-Wort für ein ganzes Leben, ohne einander zu kennen, ja, oftmals ohne sich vorher überhaupt gesehen zu haben.«

»Aber das machen sie nicht freiwillig«, gab Imperia zu bedenken. »Sie beugen sich lediglich den Wünschen ihrer Familien.«

Oddo di Colonna gab ihre Hände frei und lehnte sich zurück. »Ich verstehe natürlich. Mein Angebot kommt für Euch überraschend, und ich verlange auch nicht, dass Ihr Euch sofort entscheidet, Imperia. Denkt einfach darüber nach.«

Er erhob sich und drückte Imperia ein Geldstück in die Hand. »Für Eure Zeit, die ich beansprucht habe. Mein Hauptmann wird Euch zurückbringen. Lasst es mich wissen, wenn Ihr einen Beschluss gefasst habt. Ich werde voller Ungeduld auf Eure Entscheidung warten.«

Erst als Imperia wieder hinter Ragnarsson auf dem Pferd saß, öffnete sie ihre Hand. Darin lag ein Golddukat! So viel Geld für eine halbe Stunde! Und dabei hatte der Kardinal ihr noch nicht einmal beigewohnt. Sie konnte es kaum fassen.

❧

Der Treck zog weiter durch das Alpenvorland und erreichte am Nachmittag des folgenden Tages die alte Stadt Trient, die auf einer weiten Ebene im Tal der Etsch lag. Hier wollten die Reisenden ihr Nachtlager aufbauen und in der Stadt ihren Proviant vervollkommnen.

Imperia, Sofia und Giulia schlenderten durch die Gassen Trients, innerhalb der Stadtmauer. Als sie ein Badehaus entdeckten, konnten sie nicht widerstehen. Der Bader, der das Haus betrieb, achtete streng darauf, dass Frauen und Männer getrennt in die Bottiche stiegen. Den drei Dirnen war es recht. Sie suchten keine Freier, sondern wollten in einem hölzernen Zuber das heiße Wasser, dem die Baderin eine kräftige Handvoll Zitronenmelisse beigefügt hatte, ausgiebig genießen. Der Wein, der ihnen dazu serviert wurde, war zwar herb, aber er mundete und erfrischte sie dennoch.

Zwei Tage später hatten die Reisenden Trient schon wieder hinter sich gelassen. Nun ging es in die Alpen. Die Einfahrt in die Tiroler Berge erschien Imperia streng und düster. Es wurde deutlich kühler. Wo waren sie hin, die Sonne und die Wärme Venedigs?

Schon bald konnten sie, hoch auf den Felsen über dem Fluss, Burgen ausmachen – aufgereiht wie an einer Kette. Wenn der Tross im Tal die Festungen passierte, begannen die Bewohner, von den Mauern aus ihre Hörner zu blasen und ein lautes Geschrei anzustimmen. Die drei Huren erschraken zu Tode.

»Was soll das? Wollen die uns überfallen?«

Kaufmann van Branden konnte das Geschehen aufklären: »Die Ritter auf diesen Burgen sind alle verarmt und betätigen sich gern als Strauchdiebe und Wegelagerer. Mit dem Lärm, den sie machen, versuchen sie, uns einzuschüchtern. Doch ihr müsst euch keine Sorgen machen, Deerntjes. Unser Treck ist zu wehrhaft, als dass sie es wagen könnten, uns anzugreifen.«

Sofia war nicht überzeugt. »Aber wenn diese Ritter sich zusammenschließen? Es scheinen viele Burgen zu sein, die dort auf den Höhen stehen.«

Luc van Branden lachte. »Sich zusammenschließen? Diese Ritter? Niemals. Das Austragen von Fehden gehört zu ihrer Lebensweise. Demzufolge sind sie auch alle mehr oder weniger untereinander zerstritten.«

Die drei Frauen gaben sich mit der Erklärung zufrieden und beruhigten sich. Doch als sich das Getöse an der zweiten und dritten Burg wiederholte, schreckten sie doch wieder auf.

»Ich habe wirklich keine Lust, hier, in dieser barbarischen Wildnis, mit aufgeschnittener Kehle zu enden«, brummte Sofia und zog, um sich ein wenig sicherer zu fühlen, ein kleines, aber immerhin zweischneidiges und scharfes Messer aus ihrem Bündel.

Als der Tross am Abend hielt, um das Nachtlager aufzuschlagen, bestürmten die drei Huren Hauptmann Ragnarsson und baten ihn um seine Einschätzung. Thore zuckte nur gleichmütig mit den Schultern. »Sollen sie doch kommen, die Herren Raubritter. Wir werden ihnen tüchtig Eisen geben.« Doch dann erkannte er die Sorge seiner Reisegenossinnen und beruhigte sie nun seinerseits. »Die Ritter werden keinen Angriff wagen. Wir sind zu viele. Nicht nur Kaufleute, sondern auch bewaffnete und kampferprobte Landsknechte. Vergesst nicht, in diesem Tross reisen, einschließlich meines Herren, vier Kardinäle, von denen jeder über einen eigenen Trupp Soldaten verfügt. Das können die Strauchdiebe, von ihren Ritternestern aus, deutlich erkennen und werden gewarnt sein. Ängstigt euch also nicht, meine Schönen, und schlaft friedlich und ruhig bis zum Morgen.«

Die drei Dirnen legten sich zur Nacht nieder und schliefen auch tatsächlich bald ein. Nur Imperia schreckte zu später Stunde noch einmal auf. War da nicht ein Geräusch? Vorsichtig lugte sie durch den Spalt der hinteren Plane. Draußen war es stockdunkle Nacht. Das einzige Licht kam von Miels Kochstelle, an der noch ein kleines Feuer brannte. Im Schein der Flammen erkannte Imperia einen Mann – Ragnarsson, der Wache hielt und gerade ein Holzscheit nachlegte. Beruhigt schlüpfte sie wieder unter die Decken und schlief traumlos bis zum Morgen.

Am nächsten Tag erreichte der Treck Tramin, ein kleines Dorf, von zahllosen Weinbergen umgeben. Eigentümlicherweise war der Boden, in dem die Rebstöcke standen, weiß, und die drei jungen Frauen glaubten schon, dass dort Schnee liegen würde, wurden von Miel, der ihnen den mittäglichen Imbiss brachte, jedoch eines

Besseren belehrt: »Nein, nein. Das ist kein Schnee. Seht ihr die steil aufragenden Berge, die das Dorf eingrenzen? Sie bestehen aus Marmor. Und dieser bricht immer wieder in kleinen Stückchen ab, bedeckt den Boden und erweckt diesen hellen Anschein.«

Noch immer folgte der Tross der Etsch und gelangte, hinter Meran, zur Passstraße, die zwischen zwei Gipfeln anstieg. Die Pferde mussten tüchtig ziehen, um den Weg zu bewältigen. Dennoch war der Abstieg weitaus schwieriger als der Aufstieg. Die Straße fiel steil ab und führte, in langen Kehren, hinab. Der Weg war eng, zur einen Seite von steilen Felsen begrenzt, während auf der anderen Seite ein tiefer Abgrund drohte. Eine furchterregende Strecke!

Als die Reisenden das Tal erreicht hatten, dämmerte es bereits. Ein Lagerplatz, der groß genug war, um das obligatorische Planwagen-Karree zu bilden, war bald gefunden. Erleichtert stieg Imperia vom Wagen, dehnte ihre vom langen Sitzen müden Glieder und beobachtete, wie die Fuhrleute die Pferde ausspannten und versorgten. Dann holte sie sich ihr Essgeschirr und gesellte sich zu Miel, der gerade seine Töpfe aufhängte.

Er schmunzelte, als er sie bemerkte. »Einen Augenblick Geduld wird es noch kosten«, meinte er. »So schnell sind Eintopf und Bier nicht erwärmt.«

Auch Imperia lächelte. »Ich weiß, Miel, und ich schäme mich meiner Ungeduld«, entschuldigte sie sich bei dem Koch, kam aber nicht umhin zu fragen: »Fügst du dem Bier heute wieder Zimt zu? Das war gestern wirklich köstlich.«

»Heute versuchen wir es einmal mit Muskat«, gab Miel zurück. »Ich bin schon neugierig, wie das munden wird.«

Während sie sprachen, hatte Miel einen zähen Brotteig hergestellt, den er nun in schmale Streifen rollte und um dünne Stäbe wickelte. Anschließend steckte er die Stäbe schräg in die Erde, sodass sie über dem Feuer zusammenstießen. Zwar mussten sie ständig gedreht werden, damit der Teig nicht anbrannte und von allen Seiten durchgebacken werden konnte; aber was dabei herauskam, war knuspriges frisches Brot, das mit Butter bestrichen und warm verzehrt wurde. Es war köstlich.

In der Nähe der Töpfe breitete sich langsam ein appetitlicher Wohlgeruch aus, der Imperia prompt in die Nase stieg. Ihr Magen begann zu knurren. »Ich habe Hunger wie ein Wolf«, gestand sie verschämt.

Doch Miel lachte nur. »Das ist in Ordnung. Wenn den Leuten mein Essen nicht schmeckt, macht mir die ganze Kocherei keinen Spaß.«

❧

Als sie am nächsten Morgen aufbrachen, gelangten sie schon bald an eine Weggabelung. Hier verlief die Via Imperii weiter in Richtung Innsbruck, während der abzweigende Weg nach Konstanz führte. Der Tross musste sich an dieser Stelle aufteilen. Doch es waren nur wenige Händler, die auf der Via Imperii weiterreisten. Die weitaus meisten Fuhrwerke hatten die Reichsstadt am Bodensee zum Ziel.

Die nächsten Tage kam der Tross gut voran. Imperia, Sofia und Giulia hatten sich inzwischen gut in das Reiseleben eingefunden und sich an die zahlreichen Geräusche, die der Händlertreck ständig erzeugte, gewöhnt – das Wiehern der Pferde, das ächzende Rollen der Räder, das Geschrei der Wagenlenker. Gewiss, die Reise war strapaziös, aber der brave Luc van Branden bemühte sich, sie für seine Mitfahrerinnen so erträglich wie möglich zu machen. Dass der weitaus härteste Teil der Strecke noch vor ihnen lag, ahnten die drei jungen Frauen allerdings nicht. Einstweilen fuhren sie tagelang durch tiefe, aneinandergereihte Täler, die zu Füßen hoher Berge lagen und dicht bewachsen waren mit Tannen, Fichten, Zypressen, Bergeschen und Buchen.

Schließlich erreichten sie einen weiteren Pass, der so steil hinaufging, dass die Zugpferde geführt werden mussten. Schon bald kam ein anderes Problem dazu: der Schnee. An manchen Stellen lag er über zehn Fuß hoch. Ein schmaler Pfad führte durch den

Schnee, der für die Menschen vollkommen ausreichend war, nicht aber für die Fuhrwerke. Die an den Zügeln geführten Pferde hatten schwer zu ziehen. Und wenn sie mit den Hufen vom Pfad abkamen und in den tiefen Schnee gerieten, mussten sie mit großer Mühe auf den Weg zurückgeleitet werden.

Auch Imperia, Sofia und Giulia mussten nun ihr Planwagenabteil verlassen und den Weg zur Passhöhe zu Fuß gehen – und der war bei Gott abenteuerlich: enge Schluchten, nackte Felsen und Brückenstege ohne Geländer, auf die seinen Fuß zu setzen man sich kaum traute. Der aufkommende Sturmwind, der die dicken Schneeflocken durch die Luft wirbelte und die Reisenden kaum atmen ließ, erschwerte den Aufstieg zusätzlich. Als sie endlich die Passhöhe erreicht hatten, sahen die drei Dirnen sich erschöpft um.

»Wie satt ich es habe«, brummte Sofia keuchend. »So weit man blickt: nur bis in die Wolken ragende Berge, Felsen, schneebedeckte Gipfel und Höhen. Ich kann es kaum erwarten, endlich unser Ziel zu erreichen.

Der Abstieg über zahllose Serpentinen war halsbrecherisch. Für die ersten Fuhrwerke verhinderte der Neuschnee zwar die Glätte, doch alles, was nachfolgte, musste seine Füße sehr vorsichtig setzen – und das auf einem Weg, dessen Breite wegen der Schneeverwehungen nicht ersichtlich war und daher ständig ein Abstürzen, den Abhang hinab, drohte. Mensch und Tier atmeten erleichtert auf, als sie die Schneegrenze erreicht hatten und wieder ein sicherer Weg erkennbar war.

Ein Nachtlager wurde in der Nähe der wohlhabenden Stadt Feldkirch aufgeschlagen. Hier erklärte Miel, während er das Abendessen bereitete: »Das Schlimmste haben wir hinter uns. Morgen Abend werden wir den Fähranleger am Rhein erreichen. Und von dort aus sind es nur noch zwei Tagesreisen bis Konstanz.«

Die Nachricht war erfreulich. Und so legten sich die drei Dirnen nach dem Abendmahl entkräftet, aber zuversichtlich nieder.

Nur Imperia konnte keinen Schlaf finden. Spätestens in Konstanz würde sie dem Kardinal eine Antwort geben müssen. Die Entscheidung fiel ihr unendlich schwer. Gewiss, in Venedig hatte sie die Kurtisanen, die sich von einem wohlhabenden Galan aushalten ließen und in Saus und Braus lebten, beneidet. Und genau so ein erstrebenswertes Leben bot ihr nun di Colonna. Indes, Sofia, Giulia und sie hatten eigentlich andere Pläne. Und gewissermaßen stand sie den beiden Freundinnen im Wort, genau wie ihrem Gönner Giovanni De Rosa. Abgesehen davon wäre ein Leben, wie der Kardinal es ihr bot, ein Dasein in ständiger Abhängigkeit. Sie würde seine Launen stets freundlich ertragen müssen, und wenn sie ihm nicht mehr gefiel, konnte er sie einfach fortschicken. War es da nicht erstrebenswerter, die Selbständigkeit zu wählen? Natürlich konnte der Plan, den De Rosa geschmiedet hatte, fehlschlagen. Aber hätte er, der erfahrene Kaufmann, so viel Geld investiert, wenn ihm das Risiko zu hoch erschienen wäre? In Konstanz ein kleines, aber liebenswürdig ausgestattetes Freudenhaus einzurichten, war nach wie vor eine hervorragende Geschäftsidee, mit der sie sich ihren eigenen Wohlstand erarbeiten konnten.

Imperia hatte sich entschieden. Nein, sie konnte und wollte Sofia und Giulia nicht im Stich lassen. Und sie musste die große Chance einfach wahrnehmen, die sie vielleicht für den Rest ihres Lebens unabhängig machen würde. Gleich morgen wollte sie den Kardinal benachrichtigen. Und letztlich, wenn ihm wirklich etwas an ihr lag, blieb ihm ja die Möglichkeit, sie aufzusuchen, so oft es ihm beliebte. Erleichtert schloss sie die Augen und schlief ein.

❧

Unten, am Rheinufer, befand sich der Schiffsanleger der Fähre, die den Tross über den Strom bringen sollte. Eine Prahm lag am Anleger und wurde bereits mit den ersten Fuhrwerken beladen.

»Nie im Leben bekommen die mehr als zwei Wagen auf ihre Nussschale«, stellte Sofia mürrisch fest. »Das kann also dauern, bis wir an der Reihe sind.«

»Seht doch.« Giulia wies mit der Hand auf eine zweite Fähre, die gerade herangestakt wurde. »Sie ist zwar auch nicht größer, aber mit ihrer Hilfe halbiert sich zumindest die Wartezeit.«

»Da drüben ist ein Gasthaus«, ließ sich Imperia vernehmen. »›Rheinecker Fährkrug‹ heißt es. Dort ist man bestimmt auf die Wartenden eingestellt. Schließlich ist unser Tross hier, am Fähranleger, keine Ausnahme, sondern eine Alltäglichkeit.«

Die beiden anderen nickten ihr Einverständnis, und so betraten sie wenig später zu dritt die Schenke. Imperia, Sofia und Giulia bestellten Wein. Und als sie um einen kleinen Imbiss baten, empfahl der Wirt ihnen seine Dünnele, die gerade frisch aus dem Ofen gekommen wären.

»Also drei Dünnele«, entschied Sofia kurzerhand, ohne zu wissen, um was es sich bei dieser Speise überhaupt handelte. Was sie dann aber wenig später serviert bekamen, duftete vortrefflich und mutete an wie ein dünnes Fladenbrot, das mit Speck, Zwiebeln und saurem Rahm belegt war. Es schmeckte köstlich.

Die drei Huren nutzten die Zeit, um einen Kassensturz zu machen. Sie alle hatten während der Reise gut verdient, beschlossen, aus dem gemeinsamen Topf nur die Reisekosten zu entnehmen und den Rest zu den fünf Goldstücken zu legen, die sie von De Rosa bekommen hatten.

Sofia seufzte zufrieden. »Damit verfügen wir über ein respektables Kapital, mit dem es uns nicht schwerfallen sollte, unsere Pläne umzusetzen.«

»Darauf trinke ich«, rief Giulia vergnügt.

Und auch Imperia hob fröhlich ihren Becher – als sie den Kardinal di Colonna bemerkte, der gerade in Begleitung Ragnarssons das Gasthaus betrat. Sofort verschwand das Lächeln aus ihrem Gesicht. Seit der kleinen Unterredung, in der sie ihm ihre Entscheidung mitgeteilt hatte, war er ihr aus dem Weg gegangen. Und auch jetzt ließ er sich an einem Tisch auf der anderen Seite des Schankraumes nieder. Offensichtlich war Oddo di Colonna wegen ihrer Weigerung, seine Mätresse zu werden, ehrlich verstimmt.

Imperia bedauerte seine Ablehnung. Schließlich konnte sie ihn sehr gut leiden. Und wenn sie einander nur wenige Wochen früher begegnet wären, hätte sie sein Anerbieten gewiss mit großer Freude angenommen. Aber nun? Ihr Leben hatte sich in der letzten Zeit vollkommen verändert. Das erste Mal seit Jahren hatte sie wieder ein Ziel, eine Zukunft, die ihr ein Dasein ohne Hunger, Not und Angst versprach und die in ihren eigenen Händen lag. Kein noch so gutes Angebot würde sie dazu bringen können, diese Chance preiszugeben.

4. KAPITEL

Ankunft in der Konzilsstadt

MAN SCHRIEB DEN 4. NOVEMBER 1414, als der Treck sein Ziel erreichte. Das Wetter war denkbar schlecht an diesem Tag. Es war recht windig, mal regnete es, mal schneite es, und manchmal tat es beides zu gleicher Zeit. Dennoch waren die Reisenden bester Laune. Händler, Fuhrleute, Dienstboten – sie alle freuten sich. Man hatte es wieder einmal geschafft, die Alpen erfolgreich zu bezwingen. Und das, ohne Verluste zu erleiden – weder an Menschenleben noch an Tieren oder Gütern.

Die letzte Station machte der Treck am Kloster Kreuzlingen, vor den Mauern der Stadt Konstanz. Hier blieben die Kardinäle mit ihrem Gefolge zurück. Während der Reise hatten sie einander kaum eines Blickes gewürdigt, doch nun sollten sie, als Mitglieder eines Konzils, gemeinsam beraten und Lösungen suchen. Da schien es ihnen erforderlich, zu einem halbwegs vernünftigen Umgang zu finden. Und wo sollte ihnen das besser gelingen als in der Zurückgezogenheit eines Klosters?

Einige Fahrzeuge des Trecks wurden auf dem weitläufigen Platz, gegenüber der Abtei, abgestellt. Die flachen Gebäude, am Rande errichtet, waren Unterkünfte für die Fuhrleute und Ställe für die Pferde. Mensch und Tier waren erschöpft und zufrieden, sich ein wenig Ruhe gönnen zu können.

Die übrigen Wagen wollten durch das Kreuzlinger Tor in Konstanz einfahren. Die Torwächter hielten sie jedoch zurück:

»Der Heilige Vater, Papst Johannes XXIII., hat die gesamte, in Konstanz anwesende Geistlichkeit zu einer feierlichen Prozession gerufen. Da kommt Ihr mit Euren Wagen jetzt nicht durch.« Sie wiesen auf ein freies Feld. »Stellt Eure Fahrzeuge einstweilen dort ab, bis die Straßen wieder frei und befahrbar sind.«

Luc van Branden verzog das Gesicht, fügte sich aber in das Unabänderliche und hieß seine Fuhrleute, die Pferde auf das angewiesene Feld zu lenken.

»Kommt, Deerntjes«, forderte er die drei Dirnen auf. »Wenn wir schon warten müssen, können wir uns auch die Prozession ansehen und den päpstlichen Segen einholen. Das ist immerhin ein schönes Willkommen für euren Einzug in Konstanz.«

Miel schloss sich ihnen an, und zu fünft zogen sie los. Schon bald kamen sie durch ein weiteres Stadttor, das offensichtlich zu einer älteren Verteidigungsanlage gehörte. Als sie es passiert hatten, begannen die Glocken der Konstanzer Kirchen zu läuten.

»Unser Reisewirt Luc van Branden hat recht«, stellte Sofia schmunzelnd fest. »Konstanz begrüßt uns tatsächlich auf das Festlichste.«

Ihre beiden Freundinnen nickten zustimmend. Fast war ihnen ein wenig feierlich zumute.

»Konstanz ist keine große Stadt«, referierte van Branden. »In der Länge misst sie so weit, wie zwei gute Bogenschüsse reichen, und in der Breite reicht es sogar nur für einen Schuss. Dennoch ist es ein reicher Ort mit einem für die Breitengrade recht milden Klima. Die Lage am Bodensee ist idyllisch zu nennen, die Bebauung wohl gelungen, Handel und Handwerk werden äußerst fleißig betrieben. Außerdem ist Konstanz durch seine unbestreitbar gute Anbindung an Land- und Wasserstraßen ein Knotenpunkt des Fernhandels. Daher ist es den etwa sechstausend Einwohnern auch möglich, die gut zwanzigtausend Besucher, die sich bisher eingefunden haben, zu versorgen. Man wird sehen, wie die Stadt mit weiteren Tausenden von Gästen fertig wird, die noch erwartet werden. Einstweilen hat das Konzil ja nicht einmal begonnen, und auch unser Herr, der römisch-deutsche König Sigismund, ist noch nicht eingetroffen.«

Imperia, Sofia und Giulia lauschten van Branden gebannt und sahen sich immer wieder neugierig um. In dem Gewirr der Gassen, das sich vor ihnen ausbreitete, standen die Häuser, durchweg drei- und viergeschossig, dicht an dicht. Errichtet waren sie zumeist auf einem Steinfundament, während die oberen Geschosse als Fachwerk erbaut waren. In den Räumlichkeiten, die auf Gassenhöhe lagen, befanden sich häufig Läden oder Werkstätten. Und es gab sogar noch höhere Gebäude, die aus der Front der Bürgerhäuser hervorstachen, gewiss fünf Stockwerke aufwiesen und – wie Luc van Branden erklärte – von wohlhabenden und einflussreichen Patriziern bewohnt wurden. Ein Kranz von Kirchtürmen überragte jedoch auch sie, während das im Zentrum stehende Münster »Unserer Lieben Frau«, ehrwürdig und dreischiffig, alles beherrschte.

Die drei Venezianerinnen zeigten sich, obwohl sie die prächtigen Palazzi der Lagunenstadt gewohnt waren, sehr beeindruckt von der Schönheit der Konzilsstadt. Dies war also der Ort, an dem sich ihr Leben grundlegend ändern sollte. Bei Gott, sie hätten es schlechter treffen können!

»Im Vergleich zu Venedig erscheint mir Konstanz als recht saubere Stadt und …« Sofia unterbrach sich erstaunt, da sie im gleichen Augenblick einige freilaufende Schweine gewahrte, die grunzend in einem Kübel mit Gemüseabfällen wühlten.

Van Branden war ihrem Blick gefolgt und lachte: »Ach ja, die Schweine. Nördlich der Alpen gehören sie zum Stadtbild. Allerdings hat der Rat von Konstanz erst kürzlich verfügt, dass jeder Bürger nur noch ein Schwein frei durch die Gassen laufen lassen darf. Auch sonst bemühen sich die Konstanzer, ihre Stadt sauber zu halten, und lassen den Unrat auf den Straßen täglich aufsammeln.« Und dann wies er mit der Hand in Richtung Paulskirche. »Seht nur, sie kommen.«

Tatsächlich konnte man nun die litaneiartigen Gesänge hören

und die Kreuzträger des Münsters erkennen, die die Prozession anführten. Ihnen folgten die Schüler des Jesuiten-Collegiums, immer zwei nebeneinander. Die Mönche der Bettelorden gingen dahinter, danach die Kapläne, die Domherren, die Pröpste und Äbte, die Bischöfe, die Erzbischöfe mit ihrem goldenen Doppelkreuz und die Kardinäle. Die Torwächter hatten recht gehabt: Alle in der Stadt befindlichen Geistlichen – hiesige und Gäste – waren in dieser Prozession zusammengekommen. Den Kardinälen folgten die Sänger des Papstes, und schließlich erschien Seine Heiligkeit persönlich – ein ungewöhnlich großer Mann, in schlichten Kleidern aus weißem Tuch und mit einer gleichfalls weißen Bischofsmütze auf dem Haupt. Johannes XXIII. schritt unter einem goldenen Baldachin dahin, der von vier der edelsten Herren Konstanz' getragen wurde. Und während der Papst immer wieder die Hand zum Segen hob, hielten die päpstlichen Büttel das Volk zurück, das sich um den Heiligen Vater drängte.

Die drei Dirnen waren so ergriffen, dass sie auf die Knie sinken wollten, doch van Branden hielt sie zurück. »Hebt euch diese Ehrerbietung für den richtigen Papst auf. Johannes XXIII. ist nur einer von dreien und damit, zumindest in meinen Augen, kein wirklicher Pontifex Maximus. Schließlich kann es auf Erden nur einen einzigen Stellvertreter Christi geben. Ich für meinen Teil werde froh sein, wenn der Missstand mit den drei Päpsten von diesem Konzil endlich aus der Welt geschafft wird.«

Während seiner kleinen Ansprache war der lange Zug der Prozession weitergezogen und befand sich nun auf dem Weg zum Münster – auch wenn die Gesänge noch immer deutlich in den Gassen zu hören waren.

»Ich denke, wir können zu den Wagen zurückkehren«, meinte van Branden. Doch dann überlegte er es sich anders: »Ach was, das ›Haus zur Sonne‹, zu dem ich euch auf De Rosas Wunsch geleiten soll, ist nur noch wenige Schritte entfernt. Wir werden dem Gevatter Imholtz sogleich einen Besuch abstatten. Du«, wandte er sich an Miel, »gehst allein zurück. Die Fuhrleute sollen schon zum Kaufhaus am Hafen fahren und mit dem Abladen beginnen. Ich komme dann direkt dorthin.«

Das Haus, das den Namen »zur Sonne« trug, befand sich in der Sankt-Paulsgasse. Es war von eindrucksvoller Größe, vierstöckig und wies im Erdgeschoss rundbogige Fenster und Türen auf. Auf ihr Klopfen öffnete ein Diener, der van Branden und die drei jungen Frauen gleich darauf ins Kontor führte, in dem der Garnhändler Ulrich Imholtz hinter einem großen und reichgeschnitzten Schreibtisch saß.

Die beiden Herren, gut miteinander bekannt, begrüßten einander auf das Freundlichste. Anschließend beantwortete van Branden die Fragen zu der gerade beendeten Reise. »Im Übrigen habe ich dir einen Gruß unseres gemeinsamen Freundes Giovanni De Rosa zu überbringen. Ich traf ihn in Verona, kurz bevor wir in Richtung Konstanz aufbrachen.«

Imholtz zeigte sich erfreut. »Das ist überaus freundlich von dir, Luc. Wie geht es dem alten Dukatenzähler?«

Eine Weile tauschten die beiden Kaufleute Nettigkeiten und Erinnerungen aus. Doch bevor sie ins Fachsimpeln gerieten, wollte der Garnhändler, mit einem neugierigen Seitenblick auf van Brandens Begleiterinnen, wissen: »Ich vermute, dass du nicht nur vorbeigekommen bist, um ein Schwätzchen zu halten, Luc. Du hast doch gewiss noch ein anderes Anliegen?«

Der Flame nickte. »Das ist richtig, Ulrich. Und Giovanni schickt mich, damit ich dir diese Angelegenheit vortrage. Er bittet dich nämlich, diesen drei venezianischen Schönen eine Unterkunft zu besorgen.«

»Eine Unterkunft?« Imholtz verdrehte die Augen. »Das ist so ziemlich das Einzige, das sich in Konstanz derzeit nicht finden lässt. Ich bedaure aufrichtig, der Bitte eines Freundes nicht nachkommen zu können. Tatsächlich sind alle privaten Unterkünfte der Stadt registriert und werden von den Konzilsplanern verteilt. Ich selbst habe in meinem Haus nicht einen einzigen Raum, über den ich frei verfügen könnte.«

»Nun, es müsste nicht gerade eine Wohnung im herkömmlichen Sinne sein. Und mit einem Zimmer wäre meinen Begleiterinnen ohnehin nicht gedient. Sie befinden sich auf der Suche nach Räumlichkeiten, in denen sie nicht nur leben, sondern auch arbeiten können.«

Prüfend musterte Imholtz die drei Frauen. »Darf ich fragen, welchem Gewerbe sie nachgehen?«

Van Branden lächelte vielsagend. »Sie sind Huren, Ulrich, und wollen ein kleines, aber feines Freudenhaus eröffnen – an dem De Rosa, nebenbei bemerkt, beteiligt ist.«

Imholtz grinste. »Dieser Fuchs. Er weiß doch noch immer am besten, wo das Geld auf der Straße liegt. Tatsächlich gibt es viel zu wenige Hübschlerinnen in unserer Stadt, in die jeden Tag, den Gott werden lässt, weitere Mannsleute strömen. Ich habe sagen hören, dass die städtischen Frauenhäuser vollkommen überlastet sind, ebenso die privaten Bordelle, denen Hurenwirte vorstehen. Nachdenklich legte er seine Stirn in Falten. »Ihr wollt also ein eigenes Haus des Eros eröffnen?«, wandte der Garnhändler sich nun direkt an die drei Besucherinnen.

Sofia nickte. »Ja, Herr. Meister De Rosa hat uns dazu geraten. Und es soll ein Haus werden, in dem, abgesehen von der eigentlichen Dienstleistung, auch gegessen und getrunken, gespielt, getanzt und gebadet werden kann. Ein Ort des umfassenden Vergnügens also.«

Imholtz schmunzelte anerkennend. »Ah, ich verstehe. Eine vorzügliche Idee. Nur, wie bereits gesagt, es wird schwer werden, dafür die erforderlichen Räumlichkeiten zu finden.«

»Es könnte auch ein Stall sein oder eine Werkstatt«, warf van Branden ein. »Die Venezianerinnen sind von Giovanni gut mit Geld ausgestattet und in der Lage, jede Räumlichkeit nach ihrem Bedarf zu gestalten.«

»Gut, gut, ich werde mich umhören«, versprach Imholtz. »Wo kann ich euch erreichen?«

Da Imperia, Sofia und Giulia darauf selbst keine Antwort wussten, sagte van Branden: »Die Deerntjes sind seit Verona Mitreisende von mir. Solange ich mich in Konstanz aufhalte, werden sie ein Abteil in einem meiner Planwagen bewohnen. Das bedeutet, dass du sie in den nächsten Tagen über mich erreichen kannst. Wie es danach weitergeht, ist einstweilen noch nicht bekannt.«

Der Garnhändler nickte. »Es ist gut. Ich werde euch zu finden wissen, wenn ich etwas Geeignetes aufgetan habe.«

Man verabschiedete sich. Die drei jungen Frauen zeigten sich sichtlich enttäuscht, da sie mit Schwierigkeiten dieser Art nicht gerechnet hatten. Imholtz geleitete seine Besucher noch bis zur Haustür. Als sie jedoch auf die Gasse hinaustraten und er die Tür bereits hinter ihnen schließen wollte, hielt der Garnhändler plötzlich inne. »Wartet!«, rief er ihnen hinterher. »Mir kommt da gerade eine Idee.«

Sofort kehrten der Flame und die drei Dirnen um. Imholtz ließ sie jedoch gar nicht erst wieder eintreten, warf sich stattdessen einen Umhang über und sagte: »Folgt mir. Es sind nur wenige Schritte.«

Während des Wegs erklärte er: »Vor Jahr und Tag habe ich von Meister Richental ein kleines Nebengebäude gepachtet, das ich lange als Garnlager nutzte. Inzwischen habe ich jedoch ein größeres Lager gebaut und benötige das alte nicht mehr. Da der Pachtzins sehr niedrig war, habe ich den Vertrag nie gekündigt. Irgendwie geriet das Lager in Vergessenheit. Gerade entsann ich mich seiner.«

Inzwischen hatten sie den Oberen Markt überquert, auf dem der städtische Pranger stand, wie Imperia schaudernd feststellte. Gleich darauf bogen sie rechts in eine Gasse, durchschritten ein geöffnetes Torhaus und befanden sich in einem weitläufigen Hinterhof. Hier stand eine Zeile von vier zweigeschossigen Fachwerkhäusern, und Imholtz steuerte auf das erste zu. Aus einem schweren Bund suchte er den richtigen Schlüssel heraus und öffnete die Tür. Gemeinsam traten sie ein.

Es war ein großer Raum, in dem sie sich wiederfanden. Zwei

kleine Fenster erhellten ihn nur notdürftig. Der Fußboden bestand aus Lehm, die Wände waren mit bröckelndem Kalkputz versehen. Ganz links befand sich eine Holztreppe, die nach oben führte. Einige zerstörte Holzregale lagen auf dem Fußboden, und ein kleiner Ofen befand sich an der Rückwand. Ansonsten war der Raum leer.

»Nun ja«, stellte Imholtz fest. »Es ist schon arg heruntergekommen. Das wiederum hat den Vorteil, dass dieses alte Gemäuer mit Sicherheit nicht von den Konzilsplanern als Wohnraum registriert wurde. Glaubt ihr, es ist für eure Pläne zu nutzen?«

»Es wäre wunderbar«, gab Sofia eifrig zurück. »Alles, was uns fehlt, können wir herrichten lassen. Es muss ja nur für die Dauer des Konzils halten.«

Ihre beiden Freundinnen nickten zustimmend, trauten ihrem Glück aber noch nicht so ganz.

»Was müssen wir tun, um Euren Pachtvertrag übernehmen zu können?«, wollte Imperia wissen.

»Ich müsste lediglich die Erlaubnis von Meister Richental einholen«, gab der Garnhändler zurück. »Und natürlich würdet ihr sein Einverständnis brauchen, dass ihr auf seinem Boden ein Freudenhaus eröffnen wollt. Ich nehme an, dass er den Pachtzins erhöhen wird, sehe aber ansonsten keine Schwierigkeiten. Aber wir können ihn ja sogleich fragen. Sein Haus befindet sich ganz in der Nähe.«

»Können wir zuvor noch rasch das obere Stockwerk besichtigen?«, ließ sich Giulia vernehmen.

Imholtz lachte. »Ich denke, es wird gesünder sein, wenn ihr das vorerst unterlasst. Die Treppe war nämlich damals, als ich das Lager pachtete, bereits morsch. Da ich die oberen Räumlichkeiten nie genutzt habe, wurde die Stiege nie repariert. Ich fürchte, sie wird in der Zwischenzeit nicht besser geworden sein.«

❧

Sie hatten Glück. Der Kaufmann Ulrich Richental hielt sich gerade daheim auf – in seinem »Haus am goldenen Bracken« am Sankt

Stephansplatz, gegenüber der Kirche, die dem Erzmärtyrer, dem Heiligen Stephanus, geweiht war.

Als ein Bediensteter Richental die Namen »Imholtz« und »van Branden« meldete, war er bereit, die Gäste zu empfangen, rief ihnen aber, als sie noch in der Tür seines Kontors standen, bereits zu: »Keine Zeit! Keine Zeit! Meine Konzilseinquartierung wird jeden Augenblick erwartet – der polnische Bischof Jakobus von Plock. Und danach muss ich sogleich ins Münster, weil das Konzil heute offiziell vom Heiligen Vater eröffnet werden soll. Was immer ihr also vorzubringen habt, fasst euch kurz.«

»Heute ist die Konzilseröffnung?«, verwunderte sich Imholtz. »Aber der König ist doch noch gar nicht eingetroffen.«

Richental zuckte mit den Schultern. »Papst Johannes XXIII. hat es so beschlossen. Wer sind wir, dass wir eine Entscheidung des Heiligen Vaters hinterfragen dürften? Aber nun zur Sache, bitte. Mir läuft die Zeit davon.«

Imholtz nahm den Kaufmann beim Wort und haspelte in kurzen Sätzen den Grund ihres Besuchs herunter. Während der Garnhändler sprach, schob er die drei Huren in den Vordergrund.

Richental musterte die Schönen erstaunt. Er brauchte einen Augenblick, bis er begriff. Dann kicherte er. »Ach, ihr meint das Lagerhaus in der Krotengasse. Und dort soll ich auf meine alten Tage noch zum Hurenwirt werden? Was für eine Idee! So ein Vorschlag kann auch nur in Konzilszeiten vorgebracht werden.« Dann wurde er jedoch schnell wieder ernst. Schließlich war er in Eile. »Es ist gut. Ich bin einverstanden. Der Rat hat entschieden, dass Hurenhäuser in dieser Zeit nützlich sind, um den Frieden aufrechtzuerhalten. Also handele ich in seinem Sinne. Allerdings werde ich den Pachtzins auf einen Goldgulden jährlich erhöhen. Könnt ihr euch das leisten?« Mit strengem Blick sah er die drei jungen Frauen an.

Sofia nickte und zog ihren Beutel hervor. »Wenn Ihr es wünscht, können wir die erste Jahrespacht sofort begleichen.«

Richental wehrte ab. »Nein, nein. Nicht jetzt. Ich werde, wie es sich gehört, einen Vertrag aufsetzen lassen. Und bei der Unterzeichnung wird auch der Pachtzins fällig. Seid ihr des Schreibens kundig?«

Imperia trat vor. »Ja, Herr.«

Ungeduldig winkte der Kaufmann sie heran, gab ihr Feder und Papier und verlangte: »Dann schreib mir eure Namen auf, damit ich weiß, auf wen ich den Vertrag ausstellen soll.

Imperia tat wie ihr geheißen. Richental legte das Papier in ein Fach und erhob sich. »Ich muss jetzt wirklich aufbrechen, um meinen Gast einzuholen. Es wird sicher ein bisschen Zeit vergehen, bevor ich dazu komme, mich um diesen Vertrag zu kümmern. Dann melde ich mich.«

»Aber wir können mit den Umbauten bereits beginnen?«, fragte Sofia vorsorglich nach.

»Gewiss doch«, bestätigte Richental. »Zwar haben wir bisher nur eine mündliche Absprache, aber das ist doch auch ein gültiger Vertrag, der vor Zeugen abgeschlossen wurde, nicht wahr? Also könnt ihr schalten, wie es euch beliebt, und müsst euch keine Gedanken machen.«

Der Besuch war beendet. Richental, groß, hager, grauhaarig, mit weitem Umhang und roter Filzkappe auf dem Kopf, eilte davon. Imholtz, van Branden und die drei jungen Frauen folgten ihm hinaus auf die Gasse, sahen ihn noch einmal, als er geschwind in eine Toreinfahrt bog, um zu den Pferdeställen zu gelangen.

»Ja, ja, der Richental«, schmunzelte Imholtz teils belustigt, teils anerkennend. »Er ist immer beschäftigt, immer in Zeitnot. Gerade geht das Gerücht um, dass er beabsichtigt, eine Konzilschronik zu verfassen. Das traue ich ihm zu – neben seinen Handelsgeschäften, seinen häufigen Reisen und seinen Diensten für Konstanz, um die ihn Rat und Kirche immer wieder bitten. Auf jeden Fall habt ihr mit ihm einen redlichen Vermieter gefunden, auf den ihr euch verlassen könnt.«

Der Garnhändler händigte den Venezianerinnen nun den Schlüssel zu dem Lagerhaus aus und bot an: »Wenn ihr eine Leiter benötigt, um euch das obere Stockwerk anzuschauen, könnt ihr sie bei meinem Hausknecht ausleihen. Er kann euch auch die Namen von Handwerkern nennen, die für den erforderlichen Ausbau vonnöten sein werden. Mich müsst ihr jetzt aber bitte entschuldigen. Meine Geschäfte rufen.«

Imperia, Sofia und Giulia dankten dem Garnhändler herzlich für seine Unterstützung. Van Branden und die jungen Frauen begleiteten Imholtz noch zu seinem »Haus zur Sonne«, um sich besagte Leiter sofort auszuleihen. Immerhin waren die drei Huren neugierig und ungeduldig und konnten es kaum erwarten, ihre angemieteten Räumlichkeiten bis in den letzten Winkel hinein gründlich zu untersuchen.

Bald darauf standen sie erneut vor dem Lagerhaus in der Krotengasse. Zum ersten Mal durften sie nun selbst die Tür des Gebäudes aufschließen, das sie mit Beziehungen und viel Glück hatten pachten können.

Als van Branden die Treppe, die ins Obergeschoss führte, untersuchte, stellte er sogleich fest, wie recht der Garnhändler gehabt hatte. Das Holz war so morsch, dass man es mit der bloßen Hand beiseite räumen konnte. Dann stellte der Flame die Leiter an, und die Dirnen stiegen hurtig empor. Sie fanden sich auf einem engen, rechteckigen Flur wieder, von dem vier kleine, türlose Räume abgingen. Fenster gab es hier oben keine, nur schmale Lichtschlitze, die aber kaum Helligkeit brachten. Der Fußboden bestand aus rohgezimmerten Dielen, die gleichfalls dringend ausgetauscht gehörten. Die Zimmer waren, bedingt durch die Dachschräge, winzig klein und dunkel. Bei Gott, dieses Obergeschoss machte einen verwahrlosten Eindruck, dennoch jubelten die Frauen. Jede von ihnen würde über einen eigenen, wenn auch kleinen Raum verfügen.

Sie stiegen die Leiter wieder hinab und besichtigten den unteren Raum noch einmal gründlich. Sofia ging zu dem kleinen Eisenofen und legte die Hand darauf. »Hier könnte ein Kamin entstehen, dort drüben«, sie wies jetzt auf die gegenüberliegende

Wand, »bequeme Sitz- und Ruhemöbel und dahinten ein Badezuber.«

Giulia stimmte ihr zu. »Und dazwischen ein langer Esstisch, der auch zum Spielen taugt.«

Imperia konnte ebenfalls Ideen beisteuern: »Unter dem Zuber sollte ein Steinfußboden entstehen, im Rest des Raumes jedoch ein Holzfußboden. Die Wände könnten wir mit Tuchen bespannen – mit ganz einfachen aus sehr hellbraunem Stoff. Darauf würden sich ein paar Wandteppiche gewiss gut ausmachen.«

Luc van Branden lachte. »Ich sehe schon, an Fantasie mangelt es euch nicht. Ihr werdet aus diesem heruntergekommenen Lagerraum gewiss ein Schmuckstück zaubern. Nur eines fehlt noch: ein einprägsamer Name für euer Haus der mannigfaltigen Freuden.«

»Oh, da habe ich mir auch schon etwas überlegt«, erklärte Imperia eifrig. »Ich würde es ›Aphrodite‹ nennen. Und hier draußen«, sie ging hinaus und wies rechts neben die Tür, »könnte ein breiter Streifen verputzt werden. Darauf soll uns ein Maler eine Aphrodite malen – eine lebensgroße Göttin der Liebe, vielleicht mit dem Apfel des Paris in der Hand.«

Sofia und Giulia klatschen vor Freude in die Hände. »Das ist eine wunderbare Idee, Imperia. Genauso machen wir es.«

Als sie das Lager schließlich verließen, begannen die Glocken der Konstanzer Kirchen zu läuten. Das Konzil im Jahre des Herrn Jesus Christus 1414 in der Freien und Reichsstadt Konstanz war nun offiziell eröffnet.

❧

Die Nacht verbrachten Imperia, Sofia und Giulia in ihrem Planwagenteil. Allerdings waren alle drei zu aufgeregt, um lange Schlaf zu finden. Sie hatten es tatsächlich geschafft und in dem völlig überlaufenen Konstanz einen Ort gefunden, an dem sie ihren Plan verwirklichen konnten. So richtig konnten sie ihr Glück noch immer nicht fassen.

Am nächsten Morgen erhoben sie sich schon in aller Frühe. Auf dem Platz vor der Stadtmauer, wo die Fahrzeuge van Brandens ihr Lager aufgeschlagen hatten, war noch alles ruhig – Fuhrleute und Pferde schienen noch zu schlafen. Ja, selbst von Miel, normalerweise der Erste, der sich des Morgens erhob, war weit und breit nichts zu entdecken.

»Nun gut, auf ein Frühstück werden wir also verzichten müssen«, stellte Sofia schulterzuckend fest. »Deswegen werden wir sicher nicht gleich Hungers sterben.«

Imperia nickte. »Gewiss finden wir später in der Stadt eine Kleinigkeit zu essen. Jetzt ist erst einmal das Wichtigste, dass unser Häuschen bewohnbar wird. Schließlich müssen wir irgendwo schlafen, wenn unser Reisewirt Luc van Branden Konstanz verlässt – und das wird spätestens in einer Woche der Fall sein.«

Es begann gerade zu dämmern, als sich die drei Dirnen auf den Weg machten. Das Kreuzlinger Tor war noch geschlossen. Nur eine kleine Pforte ermöglichte es Fußgängern, Konstanz zu betreten. Auch in Stadelhofen, im Bezirk, der erst vor Kurzem durch eine erweiterte Stadtmauer geschützt wurde, war noch alles ruhig. Doch als sie in die innere Stadt kamen, fanden sich schon viele Frühaufsteher, die emsig werkelten.

Zu den zahllosen Konzilsgästen, die Konstanz überfluteten, gehörten nämlich nicht nur kirchliche und weltliche Würdenträger, sondern auch Händler und Arbeiter der verschiedensten Handwerke. So wurden nun überall in der Stadt, auf Straßen und Plätzen, zahlreiche Holzbuden und Leinenzelte errichtet, um den Zugereisten Verkaufsmöglichkeiten und Schlafstätten zu bieten. Immerhin hatte der Rat der Stadt jüngst sämtliche Zunftzwänge für die Dauer des Konzils aufgehoben. In Konstanz konnte derzeit also ein jeder ohne Einschränkungen arbeiten. Krämer, Tuch- und Gemüsehändler hielten ihre Waren feil, ebenso wie Goldschmiede, Gürtler, Spengler, Töpfer, Böttcher und Schreiner. Bauhandwerker boten ihre Dienstleistungen an und Garküchen warme Mahlzeiten wie Grützen, Eintöpfe und am Spieß gebratenes Fleisch. Bäcker mit fahrbaren Öfen buken auf der Straße ihr Brot, und Metzger zerteilten mit Knochenäxten ihr Fleisch. Es war ein buntes Bild, das wie an jedem Morgen in diesen Konzilstagen zu pulsierendem Leben erwachte.

Sofia schüttelte ungläubig den Kopf. »Ich glaube, hier gibt es nichts, was es nicht gibt. Das reinste Schlaraffenland – zumindest, wenn man im Besitz des nötigen Kleingeldes ...« Sie unterbrach sich, weil jemand sie am Ärmel zupfte.

»Verzeiht. Könnt ihr mir sagen, wo die Armenspeisung heute ...«

Die Frau, in dem verschlissenen Mantel, der ihren mageren Körper nur notdürftig verhüllte und der sie ganz gewiss nicht mehr zu wärmen vermochte, sank erschöpft zu Boden. Sofia reagierte sofort und versuchte, die Frau zu stützen, konnte aber nur noch verhindern, dass ihr Kopf in den Straßenschmutz fiel. »Schnell!«, rief sie ihren Freundinnen zu. »Holt Wasser, um sie zu erfrischen. Sie ist ohnmächtig geworden.«

Wasser? Imperia sah sich suchend um. Ein öffentlicher Brunnen war nicht weit entfernt. Aber womit sollte sie das Wasser schöpfen? Mit der hohlen Hand? Hastig erstand sie bei einer Krämerin eine Holzschüssel und kehrte gleich darauf zu den anderen zurück. Vorsichtig versuchte sie, der ohnmächtigen Frau ein paar Tropfen Wasser einzuflößen. Sofia beobachtete sie kopfschüttelnd, nahm ihr die Schale aus der Hand und goss den Inhalt in das bleiche Gesicht der Frau. Spuckend und prustend kam diese zu sich. Sofort wollte sie sich erheben, doch die Beine trugen sie noch nicht. Imperia lief abermals los, um Wasser zu holen. Diesmal konnte sie die Schale an die Lippen der Geschwächten setzen. Die Frau trank durstig. »Bitte«, wiederholte sie nun ihre Frage, »wo ist die Armenspeisung?«

Die drei Huren wussten darauf keine Antwort. Schließlich kannten sie sich selbst in Konstanz noch nicht aus. Aber wenn die Frau nicht krank, sondern lediglich vor Hunger entkräftet war, konnten sie ihr helfen.

Giulia machte sich sogleich auf die Suche nach einem Laib

Brot, während Imperia die Schale an sich nahm und von einem der Garköche füllen ließ. Als sie zurückkehrte, brach Giulia gerade einen Brocken von dem Brot und reichte ihn der Frau. Imperia hielt ihr die Schale entgegen. »Hier kannst du die Krumen eintunken, Mütterchen«, sagte sie mitfühlend. »Es ist Suppe vom Huhn, hat der Garkoch zumindest behauptet. Auf jeden Fall ist sie heiß, und ein paar Fettaugen schwimmen auch drauf.«

Die alte Frau aß langsam und mit Bedacht. Sie hatte die Schüssel noch nicht geleert, als ihr Gesicht wieder etwas Farbe bekam. Immer noch auf der Erde sitzend, sah sie zu ihren Wohltäterinnen empor. Mit dem warmen Gefühl im Magen konnte sie sogar schon wieder ein wenig lächeln. »Ich danke euch vielmals«, sagte sie mit noch immer schwacher Stimme. »Bei Gott, ihr seid meine Rettung. Seit fast einer Woche habe ich nichts mehr zu essen bekommen.«

Sofia half der Alten auf die Beine und nannte ihre Namen. »Wir stammen aus Venedig«, sagte sie dabei. »Aber du bist auch nicht von hier, oder?«

Die Frau nickte. »Ich komme aus der Stadt Köln. Und als ich dort meine Arbeit verlor, riet man mir, nach Konstanz zu gehen. Dort gebe es mit Sicherheit gut bezahlte Stellungen für eine Frau meines Metiers. Ich bin nämlich Köchin, müsst ihr wissen. Und beileibe keine schlechte. Unglücklicherweise wurde ich auf meiner Reise überfallen. Man nahm mir meine gesamte Habe, einschließlich meiner Ersparnisse und meines Mundvorrats. Bis Konstanz habe ich es immerhin noch geschafft, doch dann verließen mich meine Kräfte.«

»Aber nun geht es dir wieder besser, Mütterchen?«, vergewisserte sich Imperia.

»Ja. Dank euch. Und mich nennt man übrigens Griet.«

»Möchtest du noch ein Schüsselchen Suppe, Griet?«

»Nein«, wehrte die Frau ab. »Aber zu einem weiteren Stückchen Brot würde ich nicht Nein sagen.«

Giulia gab der Alten den Rest des Laibes, den sie noch immer in den Händen hielt.

»Ich stehe tief in eurer Schuld«, bedankte sich Griet. »Gott weiß, ihr habt ein gutes Herz. Und ganz gewiss werde ich euch in meine Gebete einschließen.«

Man trennte sich in aller Herzlichkeit, allerdings nicht, ohne der Frau die Adresse des Lagerhauses gegeben zu haben.

»Wir hoffen sehr, dass du bald Arbeit findest, Griet«, sagte Sofia freundlich. »Bevor du jedoch noch einmal in so eine missliche Notlage gerätst, wende dich lieber an uns. Ein Stück Brot und eine Schüssel Suppe werden wir stets für dich übrighaben.«

❧

Die drei Dirnen setzten ihren Weg fort.

»Vorhin, als ich nach einem Bäcker gesucht habe, um das Brot zu kaufen, habe ich den Verkaufsstand eines Steinmetzen gesehen«, ließ Giulia sich vernehmen. »Er hatte in seiner Auslage eine Steinfliese in einer sehr ansprechenden Farbe – ein helles Braun mit dunkler Maserung. Lasst uns zuerst bei ihm vorbeigehen.«

Wenige Augenblicke später standen die drei jungen Frauen vor einem aus groben Leinen gefertigten Zelt, in dem, auf einem rohgezimmerten Tisch, verschiedene Baumaterialien ausgestellt waren. Der Mann, der hier Rede und Antwort stand, kam, wie sich schnell herausstellte, aus der Toskana. Er trug Arbeitskleidung – eine wärmende Gugel, einen knielangen Kittel und eine schwere Lederschürze.

Auf die Steinfliese angesprochen, erklärte er bereitwillig: »Der Stein nennt sich ›Aquädukten-Marmor‹. Er wird aus den Verkalkungen alter römischer Wasserleitungen gewonnen und zumeist als Wandschmuck oder für Grabplatten benutzt. Einen Fußboden habe ich damit bisher noch nicht belegt. Aber zumindest kann ich dazu eines sagen: Das wird eine teure Angelegenheit.«

»Der Stein soll uns als Untergrund für einen Badezuber dienen«, erläuterte Sofia.

»Ich verstehe«, antwortete der Steinmetz. »Da kann ich euch aber einen anderen Vorschlag machen. Was haltet ihr von einem

Steinfußboden, in dem Bruchstücke des Aquädukten-Marmors eingelegt sind? Das sieht recht hübsch aus, ist natürlich deutlich preiswerter, und das überschwappende Wasser aus dem Zuber kann keinen Schaden anrichten.«

Die Dirnen zeigten sich sehr angetan von dieser Empfehlung. Und während Sofia noch Einzelheiten verhandelte, wandte sich Imperia ab und betrachtete eingehend das Zelt des Steinmetzen. »Die Leinwand wirkt wirklich widerstandsfähig«, stellte sie fest. »Glaubt ihr, dass sie sich für ein Küchenzelt eignet?«

Giulia und Sofia wandten sich verwirrt um. »Ein Küchenzelt? Brauchen wir eines?«

»Aber ja!«, lachte Imperia. »Wir wollen doch Speisen anbieten, können aber natürlich keine offene Feuerstelle in dem uns zur Verfügung stehenden Raum einrichten. Das wäre zu gefährlich und würde zu viel Platz benötigen. Ganz abgesehen von belästigendem Qualm und Küchengerüchen. Da scheint mir ein Zelt neben dem Haus eine praktische Wahl zu sein.«

Sofia und Giulia nickten zögernd. So weit hatten sie noch gar nicht gedacht. Imperias ursprüngliche Frage wurde von dem Steinmetz beantwortet: »Die Leinwand ist robust und wasserdicht. Wenn ihr wollt, kann ich euch ein Küchenzelt errichten – einschließlich einer gemauerten Feuerstelle und der Vorrichtung, mehrere Kessel aufzuhängen. Sogar einen Drehspieß könnte ich euch herstellen.«

Erstaunt sah Imperia ihn an. »Dann bist du also nicht nur Steinmetz, sondern auch Maurer und Schmied?«

»Maurer: Ja, Schmied: Nein. Aber die Gerätschaften, die Eisenstangen und das übrige Material lässt sich hier«, er machte eine Handbewegung, die ganz Konstanz einschloss, »ohne Probleme einkaufen. Das Angebot ist sehr vielfältig. Außerdem gibt es zahlreiche Garküchen auf den hiesigen Märkten, die so eingerichtet sind. Man muss sich nur bei den Betreibern erkundigen.«

»Wunderbar«, lächelte Imperia. »Würdest du dich darum kümmern?«

Der Steinmetz nickte eifrig. »Aber gern«, grinste er. »Für klingende Münze tue ich fast alles.«

Imperia musterte den Mann prüfend, warf dann einen fragenden Blick zu Giulia und Sofia hinüber und sagte, als die beiden ihr Einverständnis bekundet hatten: »Dann kommen wir ins Geschäft.« Ein Handschlag besiegelte den Vertrag.

»Nun brauchen wir noch einen tüchtigen Schreiner«, stellte Giulia fest. »Hast du dazu vielleicht auch eine Empfehlung für uns?«

Nachdenklich kratzte sich der Steinmetz am Kopf. »Was soll gebaut werden?«

»Ein Holzfußboden und eine Treppe«, antwortete Sofia. »Zunächst einmal.«

»Leider nein«, entgegnete der Mann. »Aber ich kann euch ein Angebot machen: Stellt mich als Bauleiter für euer Vorhaben ein. Dann beschaffe ich euch alle Handwerker, die ihr benötigt, kümmere mich um das erforderliche Material und sorge dafür, dass die Leute zuverlässig arbeiten. Was haltet ihr davon?«

»Ein wahrhaft verlockendes Angebot«, entgegnete Sofia. »Die Frage ist nur, ob wir uns das leisten können.«

Der Steinmetz grinste fröhlich. »Ich versichere euch, bei meiner Ehre, dass ich das Geld, das ich euch koste, an anderer Stelle durch mein Verhandlungsgeschick einsparen werde.«

»Nun gut«, erwiderte Sofia. »Wie es scheint, bist du ein wahrer Glücksgriff für uns. Versuchen wir es also. Vertrauen gegen Vertrauen.«

Zufrieden ging man auseinander. Nur Imperia wandte sich noch einmal um. »Ach ja. Wie heißt du eigentlich?«

»Mein Name ist Matteo Baldi«, lautete die Antwort des Steinmetzen. Und sie war verbunden mit einer höflichen Verbeugung. Imperia, Sofia und Giulia setzten ihren Weg in die Krotengasse fort, erstanden unterwegs ein helles Brot und verspeisten es, Brocken für Brocken, im Gehen.

»Glaubt ihr, dass wir diesem Steinmetz, diesem Matteo, vertrauen können?«, fragte Giulia gedankenvoll.

Sofia zuckte mit den Schultern. »Das kann man vorher nie wissen. Natürlich werden wir ihm genau auf die Finger schauen müssen. Aber was gehen wir für ein Risiko ein? Einstweilen hat er schließlich noch kein Geld gesehen. Und bevor er welches bekommt, finde ich, wird er sein Können zunächst unter Beweis stellen müssen – sein handwerkliches sowie sein organisatorisches.«

Die drei Freundinnen sahen sich in stiller Übereinkunft an. Einstweilen konnten sie mit ihrem Einzug in Konstanz sehr zufrieden sein.

5. KAPITEL

Vom Lagerhaus zur »Aphrodite«

JEDEN MORGEN, WENN IMPERIA, SOFIA UND GIULIA durch Konstanz gingen, um in die Krotengasse zu gelangen, staunten sie, weil der Weg sich schon wieder verändert hatte. Immer neue Buden und Zelte wurden erbaut, und jeden Tag herrschte mehr Gedränge in der Stadt. Es kamen ständig weitere illustre Konzilsgäste an und, gewissermaßen in ihrem Kielwasser, neue Händler und Handwerker. Doch auch die Bauern der Umgebung strömten jeden Tag herbei, um ihre Waren zu verkaufen – Eier, Fleisch, Getreide, Obst und Gemüse, Wolle und Linnen, von ihren Frauen gesponnen und gewoben. Die Stadt, die täglich mehr Gäste zu verpflegen hatte, war dankbar für ihr Erscheinen und die Bauern froh über das schnelle Geld, das sie verdienten, da ihnen die Waren quasi aus den Händen gerissen wurden. Dass die Preise dabei nicht in astronomische Höhen stiegen, war dem Rat der Stadt zu verdanken, der Obergrenzen festgesetzt hatte. Inzwischen wurden diese Preisgrenzen sogar unterboten, da von überall her Lebensmittel und sonstige Waren nach Konstanz gebracht wurden und das Angebot mehr als ausreichend war.

Imperia, Sofia und Giulia suchten sich ihren Weg durch die Stände und Zelte. Dabei priesen die Budenbesitzer ihre Waren mit Stimmen an, die bis Mittag gewiss heiser sein würden. Zwischen den Hütten tummelten sich Feuerfresser und Stelzenläufer. Gaukler machten ihre Späße, Reliquienhändler boten in Bauchläden

Gebeine, Haare und Nägel von mehr oder weniger bekannten Heiligen an, und auf einem Tisch, der rasch aus zwei Fässern und einem Brett gebaut worden war, führte ein Mann dressierte Flöhe vor. Quiekende Schweine und flatterndes Geflügel suchten zwischen den Menschenmassen nach Futter.

»Immer mehr ähnelt Konstanz einem großen Jahrmarkt«, stellte Sofia belustigt fest und entdeckte eine neu angekommene Schaustellertruppe, die auf einer Bretterbühne Theaterstücke aufführte. Eine dichte Menschentraube umlagerte das Holzpodest und beobachtete gespannt die Geschehnisse darauf. Auch die drei Dirnen blieben stehen und verfolgten die gebotene Darbietung, die von blutrünstigen Mord- und Gräueltaten nur so strotzte.

Nach einer Weile bemerkte Imperia: »Warum um alles in der Welt genügt es nicht, wenn sich die Schauspieler scheinbar erstechen oder erschlagen? Geben sich die Zuschauer denn wirklich erst zufrieden, wenn die Opfer blutüberströmt zusammenbrechen? Die Welt ist doch, weiß Gott, schon grausam genug.«

Sofia pflichtete ihr bei: »Der Schadenfrohe schlägt Purzelbäume, der Verzweifelte wirft sich auf den Boden und rauft sich die Haare, der Gekränkte heult seinen Kummer laut heraus. Es muss doch möglich sein, Gefühle natürlicher darzustellen. Und der Hanswurst setzt dem Ganzen die Krone auf.«

»Das stimmt!«, lachte Giulia. »Für die Handlung der Stücke ist er eigentlich vollkommen überflüssig. Aber ich finde den Hanswurst trotzdem lustig.«

Die beiden Freundinnen warfen ihr einen verständnislosen Blick zu.

»Ich kann wirklich nicht verstehen«, ließ sich Imperia vernehmen, »warum die Zuschauer seine rohen Späße so mögen. Ihm ist jede Unflätigkeit erlaubt, ja, man erwartet sie geradezu von ihm; in dieser Beziehung übertrumpft er sogar noch den geistlosesten Schauspieler.«

Sofia war ganz Imperias Meinung, ihre Stimme klang sogar ein wenig sehnsuchtsvoll, als sie jetzt sagte: »Ach ja, wenn ich eine eigene Schauspielbühne hätte: Der Hanswurst wäre der Erste, den ich nach Hause schickte. Ich würde überhaupt vieles ganz anders machen. Sinnvolle Theaterstücke, mit festgelegten Dialogen, kein ungeordnetes Herumtoben auf der Bühne, sondern durchdachte Rollen. In Venedig gelingt es doch auch.«

Erstaunt sah Imperia sie an. »Höre ich da etwa eine rege Leidenschaft für das Theater heraus?«

Sofia zuckte mit den Schultern. »Die Möglichkeit, in verschiedene Charaktere zu schlüpfen, hat mich schon immer interessiert. Früher hegte ich sogar einmal den Wunsch, mich einer Wanderbühne anzuschließen. Nun ja, das Leben hat eben anders entschieden.«

Nachdenklich musterte Imperia die Freundin. Erst jetzt fiel ihr auf, dass sie eigentlich gar nichts von ihr wusste. Wie war es dazu gekommen, dass Sofia und auch Giulia zu Huren geworden waren? Schließlich war es nicht gerade ein Traumberuf, und vermutlich hatten sie ihn nicht freiwillig erwählt. Es war jedoch nicht üblich, dass man eine Dirne nach ihrem Schicksal fragte. Entweder sie sprach von allein darüber, oder sie behielt ihre Geschichte für sich. Bisher hatten sie sich alle drei an dieses ungeschriebene Gesetz gehalten – obwohl es während der langen Reise über die Alpen genug Gelegenheiten gegeben hätte.

Imperia seufzte leise. Gewiss, inzwischen konnte sie Sofia und Giulia ihre Freundinnen nennen, und sie wusste, dass sie sich stets auf die beiden verlassen konnte. Doch egal, wie nahe man sich kam, diese Wand blieb offensichtlich trotzdem bestehen.

Die drei jungen Frauen setzten ihren Weg fort und hatten wenig später das alte Lagerhaus erreicht, das diese Bezeichnung allerdings immer weniger verdiente. Jeden Morgen, wenn sie eintrafen, waren Imperia, Sofia und Giulia überrascht, wie weit die Arbeiten vorangegangen waren. Inzwischen hatte Matteo den Steinfußboden geschaffen, der mit dem eingelegten Aquädukten-Marmor-Bruch wirklich ein kleines Kunstwerk geworden war. Überhaupt hatte sich der Steinmetz als zuverlässiger Helfer erwiesen. Er hatte dafür gesorgt, dass der Holzfußboden verlegt und die Treppe in das Obergeschoss gebaut wurde. Auch der Kamin und die Feuerstelle für das Küchenzelt waren bereits gemauert. Jetzt war Matteo gerade damit beschäftigt, einen breiten Streifen neben der Eingangstür zu verputzen.

»Stellt euch vor, ich habe einen Maler gefunden, der die von euch gewünschte Liebesgöttin malt. Er kommt nachher vorbei. Der Fußboden oben ist auch fertig geworden, und die Schreiner sind bereits damit beschäftigt, eure Bettstellen aufzubauen. Es geht gut voran, wie ich meine.«

Imperia, Sofia und Giulia waren hocherfreut und besichtigten sogleich die Neuerungen. Überall arbeiteten fleißige Hände – einige Schreiner im Obergeschoss, andere unten, wo sie die neuen Tierblasen in die Fensteröffnungen spannten und die Schlagläden instandsetzten. Ein weiterer Gehilfe Matteos befestigte über der Tür einen kräftigen Nasenhaken aus Eisen, der eine Laterne halten sollte.

Sofia seufzte. »Ich hoffe nur, dass der ganze Aufwand lohnt und das Konzil lange genug andauert, um die Kosten decken zu können. Unsere Barschaft rinnt uns jedenfalls wie Sand durch die Finger.«

Giulia zuckte mit den Schultern. »Ich vertraue auf De Rosa. Er hat den Plan entwickelt und das nötige Geld zur Verfügung gestellt. Er ist der Fachmann und wird sich gewiss etwas dabei gedacht haben.«

Auch Imperia meinte: »Hör auf zu jammern, Sofia. Wir sollten uns lieber aufmachen, denn wir haben für heute eine lange Einkaufsliste, die erledigt werden muss.« Und an Matteo gewandt, fuhr sie fort: »Sollen wir auch die Tuche für die Wandbespannung schon besorgen?«

Der Steinmetz nickte. »Aber ja. Die Schreiner haben vorgeschlagen, die Tuche mithilfe von Leisten an die Wände zu bringen. Dann liegen sie nicht auf der nackten Mauer auf, werden bei Regen nicht so schnell klamm und können dementsprechend nicht so geschwind schimmeln. Ach, übrigens, die Schreiner wollen heute noch mit dem großen Esstisch beginnen. Habt ihr euch inzwischen überlegt, wie viele Stühle es dazu brauchen wird?«

»Ich denke, wir belassen es erst einmal bei zehn«, ließ sich Sofia vernehmen. »Wenn wir dann feststellen, dass es zu wenige sind, können wir ja gewiss noch einige in Auftrag geben.«

»Vielleicht könnten wir ja auch Bänke nehmen«, überlegte Imperia. »Müsste der Preis dafür nicht eigentlich günstiger sein?«

»Ganz gewiss«, bestätigte Matteo. »Bänke also. Mit oder ohne Rückenlehnen?«

»Mit«, entschied Sofia und ihre Freundinnen nickten zustimmend. »Unsere Gäste sollen es doch bequem haben.«

»Gut, gut. Ich werde die Schreiner entsprechend anweisen«, entgegnete der Steinmetz und fuhr dann fort: »Der Böttcher hat zugesagt, den Badezuber Anfang der nächsten Woche zu liefern. Ein Brett mit Kerben für den Zuberrand, auf dem man Speisen und Getränke servieren kann, wird auch gleich dabei sein. Und ehe ich es vergesse: Die Leinwandbahnen für das Küchenzelt sollen morgen geliefert werden.«

»Du bist ein wahrer Schatz, Matteo«, lächelte Sofia. »Was hätten wir nur ohne dich anfangen sollen?«

Der Steinmetz grinste stolz: »Da die Ideen alle von euch stammen, wären die Umbauten genauso durchgeführt worden. Der einzige Unterschied: Mit meiner Unterstützung geht alles schneller und ist wohl auch ein wenig preiswerter, weil keiner da ist, der euch übers Ohr hauen kann.«

»Da du gerade davon sprichst«, meinte Sofia nun. »Wir müssen den gestrigen Tag noch abrechnen.«

Man hatte sich angewöhnt, die Handwerker über Matteo täglich zu bezahlen, und damit gute Erfahrungen gemacht. Auch die Arbeiter waren nicht unzufrieden mit dieser Regelung. Schon oft hatten sie gute Arbeit geleistet und anschließend keine Bezahlung erhalten – gerade bei besonders wohlhabenden Auftraggebern, die die paar Pfennige nicht auf der Rechnung hatten. Hier wussten sie verlässlich, dass sie ihr Geld jeden Tag erhielten, so die Arbeit sauber verrichtet worden war.

»Wir können abrechnen, wenn ich mit dem Verputz fertig bin. Einverstanden?«, ließ Matteo sich vernehmen. »Es ist nicht gut, die Arbeit jetzt zu unterbrechen. Schließlich soll es die Unterlage für ein Gemälde werden, und die muss ebenmäßig und sauber sein.«

❧

Die jungen Dirnen machten sich auf den Weg und tauchten gleich darauf erneut in das Marktgetümmel der Gassen ein. Schnell wurden sie fündig. Sie erstanden zunächst die große Laterne, die über die Eingangstür gehängt werden, nächtlichen Besuchern den Weg weisen und die noch zu malende Liebesgöttin ins rechte Licht setzen sollte. Zudem kauften sie drei kleine Lampen, die sie für ihre eigenen, fensterlosen Schlafräume verwenden wollten. Alle Leuchten waren aus dünnem Blech gefertigt, hatten eine Verrichtung, um die Kerze zu halten, und waren mit dünnen Hornplatten gegen Zugluft ausgestattet.

Bei jedem Einkauf feilschte Sofia, was das Zeug hielt. Dabei diente ihr nicht nur die kleinste Beschädigung der Ware als Argument, sondern sie behauptete auch frech, ein ähnliches Produkt an einem anderen Stand deutlich günstiger gesehen zu haben. Die Taktik verfing fast immer. Und auch wenn es nur Heller-Beträge waren, die sie damit einsparten, konnte Sofia sich darüber wie ein Kind freuen.

Bei einem Kerzenzieher erstanden sie eine erkleckliche Menge Kerzen aus Bienenwachs, aber auch welche aus Rindertalg. Die waren deutlich preisgünstiger, hatten aber den Nachteil, dass sie unangenehm rochen und rußten, wenn die Dochte nicht ständig nachgeschnitten wurden. Eine schmiedeeiserne Radleuchte, die, mit Kerzen bestückt, an die Decke gehängt werden konnte, und mehrere zweiflammige Tisch- und Wandleuchter aus Ton wurden anschließend erstanden.

Ein wenig hilflos sahen sich die drei jungen Frauen am Ende an. »Wie um alles in der Welt sollen wir den ganzen Kram transportieren?«, wollte Imperia belustigt wissen.

Ein hünenhafter Mann, der sie, zwanglos an einen Brunnen gelehnt, schon eine Weile beobachtet hatte, grinste nun breit und sagte laut: »Kann ich den Damen vielleicht beim Tragen behilflich sein?«

Die drei Huren fuhren herum. »Thore Ragnarsson! Wie schön, dich zu sehen.« Herzlich begrüßten sie ihn und nutzten dabei wie selbstverständlich das vertraute »Du«. Die distanzierte Anrede »Ihr« war ja nur höherstehenden Personen, Geistlichen und Fremden vorbehalten. Ansonsten duzte sich alle Welt. So wäre es ihnen seltsam erschienen, den ehemaligen Reisegefährten, den sie wirklich zu schätzen gelernt hatten, weiter zu »ihrzen«.

Auch der Hauptmann zeigte sich sehr erfreut über das Wiedersehen. »Seit Tagen suche ich euch, meine Schönen. Schließlich ist es keine Art, einfach und ohne ein Lebenszeichen zu verschwinden.«

»Wir dachten, dein Herr und du haltet euch noch immer in dem Kloster auf«, erklärte Sofia. »Wie hätten wir dir dahin eine Nachricht senden können?«

Thore lachte. »Ich weiß doch. Mein Vorwurf war auch nur als Scherz gedacht. Tatsächlich befindet sich Kardinal di Colonna noch immer in der Abgeschiedenheit der Klostermauern und streitet sich mit seinen Amtsbrüdern herum. Mir ist es dort jedoch zu langweilig geworden, und so habe ich gedacht, dass es das Klügste wäre, mich auf die Suche nach euch zu machen. Wie ist es euch ergangen?« Bei diesen Worten nahm er einen der Körbe und die Radleuchte, die im Durchmesser bestimmt vier Fuß maß, an sich.

»Oh«, lachte Imperia, »ich denke, das sollten wir dir besser zeigen. Es ist alles sehr aufregend gewesen, Thore. Und um es vorwegzunehmen, wir haben großes Glück gehabt. Aber komm, folge uns, wir zeigen dir unseren Palast.«

Zu viert wanderten sie über die Plattengasse, die als einzige Konstanzer Straße über einen steinernen Belag verfügte und auf der man selbst bei anhaltendem Regen nicht im Schlamm versank, als Giulia plötzlich an einem Karren stehen blieb. Ein altes Weib bot hier grobgewebtes Leinen in schmutzig-grauer Farbe feil. Es handelte sich dabei eindeutig um eine mindere Qualität und war somit, wie Giulia sehr richtig erkannt hatte, genau das, was sie für ihre Wandbespannung suchten. Die Alte hatte nur zwei Ballen im Angebot, aber die Menge würde gewiss ausreichen. Dabei war der Preis so günstig, dass Imperia freiwillig ein paar Heller dazulegte. Erfreut über die gute Einnahme und den raschen Ausverkauf, wollte das Weiblein sofort im nächsten Wirtshaus verschwinden, doch Imperia hielt sie zurück. »Dürfen wir deinen Karren für kurze Zeit ausleihen? Wir bringen ihn auch gewiss wohlbehalten zurück.«

Die Alte zeigte sich einverstanden, und so konnten die Einkäufe bequem in die Krotengasse transportiert werden. Hauptmann Thore Ragnarsson zog den Karren, und wenig später erreichten sie das Lagerhaus. Als der Handwagen leergeräumt und alle Einkäufe ins Haus gebracht waren, wollte Matteo wissen: »Wie lange dürfen wir das Gefährt behalten? Ich frage deshalb, weil man mit ihm bequem ein paar Ballen Stroh für eure Betten besorgen könnte. Es ist gerade ganz frisches eingetroffen, auf einem Schiff, das an der Anlegebrücke im Hafen liegt.«

»Die Besitzerin des Karren wartet in einem Wirtshaus«, gab Imperia zurück. »Bestimmt will sie so bald als möglich heim und nicht ewig auf ihr Eigentum warten.«

»Ach, was«, meinte der Steinmetz unbekümmert. »Ich beeile mich. Vielleicht ist ja der Hauptmann bereit zu helfen. Dann sind wir noch schneller zurück.«

Natürlich war Thore einverstanden. Er hatte von dem Müßiggang der letzten Tage ohnehin genug und war froh, endlich wieder etwas zu tun zu haben.

Die beiden Männer brachen sofort auf. Als sie mit dem Karren vom Hof rollten, kam gerade ein Besucher um die Ecke. Matteo sprach kurz mit ihm und wies dann auf die drei jungen Frauen, die mit vereinten Kräften die Laterne an dem Nasenhaken über der Tür befestigten.

»Gott zum Gruße«, sagte der Neuankömmling höflich und mit einer kleinen Verbeugung. »Ich heiße Caspar Lorenz und bin der Maler, der die Liebesgöttin abbilden soll. Wo wollt Ihr die Aphrodite denn platziert haben?«

Sofia wies auf den frischen Putz neben der Tür, und der Künstler prüfte den Untergrund eingehend. »Ja, das wird gewiss gelingen. Eine Skizze habe ich bereits angefertigt.« Er zog eine Papierrolle aus seiner Tasche. »Entspricht diese Göttin Euren Vorstellungen? Ich habe sie einer Statue nachempfunden, die im Garten der Villa Adriana, der Sommerresidenz der römischen Kaiser nahe Rom, aufgestellt ist und die ich dort vor Jahren besichtigen durfte.«

Neugierig beugten sich die drei Dirnen über den Entwurf, der eine nackte, ebenmäßig gewachsene, wunderschöne Frau zeigte. In der rechten Hand trug sie einen Apfel, in der linken einen Schleier, der ihre Scham verhüllte.

Imperia zeigte sich begeistert. »Aber ja!«, rief sie erfreut aus. »Genau so habe ich es mir vorgestellt. Und dieses Motiv könnt Ihr in Lebensgröße auf den Putz bringen, Meister Lorenz?«

»Wenn Ihr es wünscht, wird es mir eine Freude sein«, lächelte der Maler. »Allerdings würde ich mit dem Beginn der Arbeit vorsichtshalber ein paar Tage warten, da der Putz noch nicht vollständig ausgehärtet ist.«

Sofia nickte. »Nehmt Euch die Zeit, die Ihr braucht. Wir zahlen aber erst bei Fertigstellung.«

Der Künstler war mit den Konditionen einverstanden und wollte neugierig wissen: »Was soll das hier eigentlich werden? Doch gewiss kein Wohnhaus, oder? Ein Wirtshaus vielleicht?«

»Es wird ein Haus der mannigfaltigen Freuden«, antwortete Giulia, schenkte dem jungen Mann dabei ein lockendes Lächeln und fuhr ihm mit der Hand zärtlich durch das störrische Blondhaar.

»Ah, ich verstehe«, entgegnete Caspar Lorenz und errötete unwillkürlich. Dann verabschiedete er sich hastig.

»Ich mag schüchterne Kerle«, stellte Giulia grinsend fest. »Leider sind sie als Freier so zögerlich. Was meint ihr, ob sich dieser Maler noch ›erziehen‹ lässt? Er gefällt mir wirklich ungemein.«

Imperia und Sofia musterten die Freundin belustigt.

Bald darauf kamen Matteo und Thore zurück. Der Karren war hochbeladen mit Stroh. Während die Männer die Ballen nach oben trugen, machten sich Imperia, Sofia und Giulia rasch auf den Weg, um das Gefährt der wartenden Besitzerin zurückzubringen. Und als sie wieder in der Krotengasse eintrafen, waren Matteo und Thore gerade damit beschäftigt, das erste Feuer in dem neuen Kamin zu entzünden.

»Es wird für alle Gewerke gut sein, wenn sie ein wenig Wärme bekommen«, erklärte Matteo beim Eintreten der Frauen. »Eure Betten sind übrigens fertig und auch bereits mit Stroh gefüllt. Wenn ihr wollt, könnt ihr euch aus dem Leinen, das für die Wandbespannung gedacht ist, drei Laken schneiden. Es ist ja genug davon da, und ich denke, das Material ist dicht genug, um keine stechenden Halme durchzulassen. Ach ja, es ist auch noch ein wenig Stroh übrig. Wir haben es zunächst in den vierten Raum geschafft, der im Augenblick noch nicht gebraucht wird. Was soll überhaupt damit geschehen?«

Imperia zuckte mit den Schultern. »Darüber haben wir uns bisher noch keine Gedanken gemacht. Ich finde aber, wir sollten ihn für De Rosa einrichten. Er legt großen Wert darauf, bei seinem nächsten Besuch eine Bleibe in Konstanz zu haben.«

Während Sofia und Giulia nickten, meinte Matteo belustigt: »Das nenne ich feudal. In einer Stadt, in der die Betten zumeist mit zwei Personen belegt sind, ein ganzes Zimmerchen für einen Kaufmann vorzuhalten, von dem keiner weiß, ob und wann er erscheint.«

Alle lachten, und Imperia erwiderte schmunzelnd: »Ehre, wem Ehre gebührt. Schließlich schulden wir unserem Gönner großen Dank, und den sind wir gern bereit abzustatten.«

»Also sollen die Schreiner gleich ein zusätzliches Bett bauen?«, vergewisserte sich Matteo.

»Ja, natürlich«, antwortete Sofia. »Was fertig ist, ist fertig. Zumal das Stroh ja bereits vorhanden ist.«

Gleich darauf war Thore den jungen Frauen behilflich, mit seinem scharfen Messer drei ausreichend große Stoffstücke von den Leinenballen zu schneiden. Damit machten sich die Dirnen daran, ihre Betten fertigzustellen.

»Wenn wir jetzt ein paar Felle hätten, wie die in unserem Planwagenabteil, dann könnten wir schon die erste Nacht hier verbringen«, stellte Sofia fest.

Und Imperia schlug vor: »Wir können Luc van Branden fragen, ob er uns die Decken, Kissen und Felle verkauft. Was soll er sonst damit anstellen?«

❧

Als es an diesem Tag zu dämmern begann, brachte Hauptmann Ragnarsson die drei Dirnen zum Lager des Flamen. Dieser rüstete bereits für seine Abreise: Allenthalben wurden Waren auf den Planwagen verstaut – vor allem Leinen und Wollstoffe, doch auch einige Fässer mit Bier und rheinischen Weinen. Viele Fässer hatte Luc van Branden den Winzern und Brauern allerdings nicht abschwatzen können, weil ihre Waren vorrangig in Konstanz gebraucht wurden. Immerhin war es dem Kaufmann gelungen, seine Gefährte halbwegs voll zu bekommen. So musste er nicht mit leerer Fuhre heimfahren.

»In drei Tagen will ich aufbrechen«, berichtete van Branden den jungen Frauen, als sie im Lager eintrafen. »Werdet ihr bis dahin eine Unterkunft haben?«

»Ja, die haben wir«, bestätigte Sofia. »Vor deiner Abreise musst du unsere ›Aphrodite‹ auf jeden Fall noch einmal besichtigen. Sie hat sich sehr verändert seit deinem letzten Besuch. Du wirst das alte Lagerhaus nicht wiedererkennen, Luc. Wenn du einverstanden bist, könnten wir dort sogar deinen Abschied feiern. Und bring gerne auch Herrn Imholtz und ein paar weitere Freunde mit. Dann können wir zu deinen Ehren ein richtiges Fest veranstalten.«

Van Branden nahm die Einladung erfreut an. »Ist euch eigentlich bewusst, wie viel Glück ihr gehabt habt? In den Tagen seit unserer Ankunft sind wieder Hunderte Besucher neu in Konstanz eingetroffen. Heutzutage ist es schwer, auch nur ein Bett zu mieten, geschweige denn ein Zimmer oder ein ganzes Haus.«

»Ich bin deswegen sogar ein wenig in Sorge«, gab Imperia zu. »Nun, da wir das alte Lagerhaus so schön hergerichtet haben, könnten ja immerhin städtische Beamte ihre Hand drauflegen, um es an Konzilsgäste weiterzugeben.«

Sofia und Giulia erschraken. So weit hatten sie selbst noch gar nicht gedacht, doch van Branden beruhigte sie. »Das Gebäude gehört immer noch Ulrich Richental, und der wird sein Eigentum zu schützen wissen. Außerdem ist das Konzil einstweilen noch mit hohen Kosten verbunden. Habt ihr gesehen? Im Münster wird umgebaut. Dort sollen die Konzilssitzungen stattfinden, deshalb ist es erforderlich, für die zahlreichen Teilnehmer Sitzgelegenheiten zu schaffen. Sogar der große Altar im Chor wurde aufwändig abgedeckt, ein neuer Altar aus Holz erbaut, zudem ein bequemer Sessel für den Heiligen Vater hergestellt. Das alles kostet natürlich Geld. Und deshalb wird der Rat von Konstanz mehr auf die Steuereinnahmen schielen, die ihr ihm mit eurer ›Aphrodite‹ einbringt, als auf zusätzliche drei Betten.«

Imperia lächelte. »Damit hast du gewiss recht, Luc, und ich mache mir ganz unnütze Gedanken. Da wir jedoch gerade über unsere Betten sprechen: Was geschieht eigentlich mit unserer Bettstatt auf deinem Planwagen? Brauchst du die Felle, Kissen und Decken noch? Oder können wir sie dir abkaufen?«

»Ihr könnt das gesamte Bett mit allem Drumherum haben«,

gab der Flame zurück. »Und ihr müsst mir dafür auch nichts zahlen. Für die Kosten der Bettstatt ist nämlich euer Freund De Rosa aufgekommen, damals, in Verona. Es gehört also ihm, und ich werde es euch gerne zu treuen Händen überlassen. Zumal ich normalerweise keine Reisegäste aufnehme und ich dadurch wieder Platz für Waren gewinne. Sagt mir nur, wann meine Leute es euch in die Krotengasse bringen sollen.«

In diesem Augenblick rief Miel zum Nachtmahl. Es gab einen kräftigen Eintopf und das obligatorische Warmbier. Erst jetzt wurde den drei jungen Frauen bewusst, dass sie nicht mehr lange den Vorteil genießen durften, sich an den Kesseln des Kochs zu laben.

Imperia nahm einen tiefen Zug aus dem Becher, wischte sich mit dem Handrücken den Mund ab und meinte: »Wenn du nicht in Diensten deines Herrn stehen würdest, dem wir zu großem Dank verpflichtet sind, würden wir dich liebend gerne als Koch abwerben.«

Miel lachte vergnügt. »Wenn ich nicht in Diensten meines Herrn stehen würde, dem auch ich zu Dank verpflichtet bin, würde ich euer Angebot liebend gerne annehmen. Aber ich mache euch einen anderen Vorschlag. Wann werdet ihr die letzte Nacht bei uns verbringen?«

»Wenn die Männer deines hochgelobten Herrn uns morgen die hiesige Bettstatt samt Innenleben in die Krotengasse bringen, wird dies heute unsere letzte Nacht in eurem Lager sein«, entgegnete Sofia.

Van Branden, der zugehört hatte, zeigte sich sogleich einverstanden: »Das werden wir hinbekommen, im Laufe des Tages.«

»Nun gut«, meinte Miel daraufhin, »dann werde ich mich morgen früh freiwillig zeitiger erheben und euch ein letztes Frühstück richten, bevor ihr in die Stadt aufbrecht. Außerdem stelle ich mich als Koch für euer Fest zur Verfügung. Einverstanden?«

Voller Freude nahmen die drei jungen Frauen sein Angebot an.

Miel hielt Wort. Als die drei Dirnen am nächsten Morgen ihr Planwagenabteil verließen, wartete bereits würziges Warmbier und knuspriges, frisches Brot auf sie. Bei Gott, sie würden die Koch- und Backkünste des jungen Flamen wirklich vermissen!

Bald darauf zogen sie, ihre Bündel auf die Rücken geschnallt, in Richtung Krotengasse. Trotz der frühen Stunde war Matteo bereits da und beaufsichtigte das Aufstellen des Küchenzeltes. Sogleich informierten sie ihn darüber, dass die Schreiner kein viertes Bett zu bauen brauchten, weil das aus ihrem Planwagenabteil noch heute geliefert werden würde.

»Es ist gewiss ein wenig zu groß für den winzigen Raum«, erklärte Imperia. »Aber es umzubauen, ist bestimmt weniger aufwändig als ein Neubau. Auf jeden Fall lässt sich somit Material sparen.«

»Das ist gut«, stellte Matteo fest. »Durch die Umbauten im Münster ist Holz derzeit nämlich knapp und teuer. Dann können die Schreiner, sobald sie die Wandbespannung fertiggestellt haben, mit dem langen Tisch und den Bänken beginnen.«

»Was meinst du? Wie lange werden sie dafür brauchen?«, wollte Sofia sogleich wissen. »Wir planen für morgen Abend nämlich ein kleines Fest, zu Ehren des flämischen Kaufmanns, der uns sicher über die Alpen gebracht hat und nun den Rückweg antreten will. Da wäre es gut, wenn wir ein paar Sitzgelegenheiten und einen Tisch zur Verfügung hätten.«

Matteo lachte. »Nun, hexen können die Schreiner nicht. Aber ich werde mir etwas einfallen lassen, keine Sorge. Seid ihr übrigens mit dem Maler gestern handelseinig geworden?«

In Erinnerung an Caspar Lorenz verzog Imperia belustigt das Gesicht. »Ich hoffe es. Seine Skizze hat uns sehr gut gefallen. Aber dann ist Giulia dem jungen Mann ein wenig zu nahe getreten, und er hat fluchtartig das Weite gesucht.«

Matteo schmunzelte. »Der arme Kerl. Aber ich werde ihn schon wieder zu beruhigen wissen.«

Die drei Huren betraten das Haus und begutachteten die Wandbespannung, die, zusammen mit dem prasselnden Kaminfeuer und dem Radleuchter an der Decke, den Raum zugleich um vieles wohnlicher werden ließ.

»Ich würde sagen, wir sind auf dem richtigen Wege«, sagte Sofia triumphierend. »De Rosa wird zufrieden mit uns sein.«

Wenig später kamen die Männer van Brandens, um die Bettstatt zu liefern. Sie waren die Ersten, die den neuen, schmucklosen Türöffner betätigten. Schnell stellten sie ihre Last ab und eilten davon. Für sie gab es noch viel zu tun, so kurz vor der Abreise.

Der Nächste, der klopfte, war Hauptmann Thore Ragnarsson. Er hatte ein kleines Fässchen geschultert. »Das ist Met«, erklärte er. »Honigwein. Ich habe ihn in einem nahen Kloster gefunden, wo die Mönche ihn brauen. Und ich bringe ihn zu euch, weil ich gehört habe, dass hier morgen ein Fest stattfinden soll, zu dem doch gewiss auch ich eingeladen bin. Nicht wahr?«

Imperia lächelte. »Aber natürlich, lieber Freund. Du wirst jederzeit ein willkommener Gast in der ›Aphrodite‹ sein.«

Nachdenklich sah Sofia den Hauptmann an. »Erinnerst du dich, Thore, dass ich dir während des Trecks einmal gesagt habe, dass du in unseren Gedanken vor dem Einschlafen eine Rolle gespielt hast?«

»Ja, gewiss«, bestätigte Ragnarsson grinsend. »Ihr habt mir damals aber nicht verraten wollen, in welchem Zusammenhang.«

»Nun, dann werde ich es heute tun. Ich komme darauf, weil Imperia dich gerade als Gast bezeichnet hat. Und eigentlich wünschen wir uns alle drei, dass du mehr als ein Gast wirst und als unser Beschützer und als Hüter der ›Aphrodite‹ in unsere Dienste trittst.«

Verwirrt sah Thore in drei ihn erwartungsvoll anblickende Augenpaare. »Ich fürchte, ich verstehe nicht. Ihr wisst, dass ich ein Mann Kardinals di Colonna bin, sein Hauptmann und sein Freund. Verlangt ihr etwa, dass ich diesen Dienst quittiere?«

»Nein, natürlich nicht«, erklärte Imperia beruhigend. »Wir dachten nur, dass der Kardinal für die Dauer des Konzils deines

Schutzes nicht bedarf. Du langweilst dich doch jetzt schon, weil du keine Aufgaben hast. Wir aber brauchen unbedingt einen Mann, der uns Sicherheit gewährt und dem wir bedingungslos vertrauen können. Es wäre also nur eine vorübergehende Gefälligkeit, die du uns erweisen würdest – für die Dauer des Konzils und selbstverständlich mit Zustimmung des Kardinals.

Ragnarsson begriff. »In der Tat. Es wäre klug, euch des Schutzes eines Mannes zu versichern, der auch in der Lage ist, diesen Beistand zu gewährleisten. Und von daher fragt ihr mit mir sicher den Richtigen.« Er grinste, selbst überzeugt von seinem Kampf- und Waffengeschick. »Ich werde darüber nachdenken und gegebenenfalls mit Seiner Eminenz reden. Lasst mir ein paar Tage Zeit. Immerhin kann ich euch versprechen, dass ich euch bis zu meiner Entscheidung den Schutz gewähren kann – als Freund. Ist euch damit vorerst gedient?«

Dankbar und erleichtert umarmten die drei jungen Frauen den Hauptmann. Sie waren sich gewiss, dass er, auch wenn der Kardinal gegen die Vereinbarung sein sollte, eine andere Lösung finden und sie nicht im Stich lassen würde.

Während Thore sich nun zu den Schreinern verzog, um sich von ihnen Material geben zu lassen, das er für ein ganz besonderes Überraschungsgeschenk benötigte, stiegen die drei Dirnen in den oberen Stock, um Decken, Felle und Kissen zu verteilen. Als sie ihr Werk beendet hatten, hatte jede von ihnen ein gutes Bett zur Verfügung.

»Ich glaube, es ist an der Zeit, unsere Barschaft zu prüfen«, stellte Imperia fest. »Die ganze Zeit geben wir Geld aus und müssen daher dringend wissen, wo wir eigentlich stehen.«

Auf einem kleinen Tischchen, das zur Aufbewahrung der Laternen dienen sollte, breiteten sie das noch vorhandene Geld aus und zählten es.

»Ich denke, wir stehen gut da«, stellte Sofia fest. »Wir haben noch etwa die Hälfte von De Rosas Geld und etwa einen Goldgulden von unseren eigenen Einlagen.«

»Den können wir schon abrechnen, weil er für die Pacht draufgehen wird«, gab Imperia zu bedenken. »Außerdem steht noch die Rechnung für den Badezuber aus. Aber du hast natürlich recht, Sofia. Wir haben gut gewirtschaftet. Nicht zuletzt mit der Hilfe Matteos, der uns so manchen Pfennig eingespart hat. Immerhin werden wir uns ohne Probleme die Kessel für das Küchenzelt leisten können, Geschirr und Besteck. Ob wir auch Teppiche für Wand und Boden kaufen können, hängt von den Preisen ab. Aber ein paar Kissen für die Holzbänke sollten wir uns gewiss leisten können. Schöne bunte und weiche Kissen. Das sieht hübsch aus und schafft Bequemlichkeit für unsere Gäste. Nun gut, gehen wir also wieder einkaufen? Ein bisschen Zeit bleibt noch bis zum Dunkelwerden und …« Jäh wurde Imperia unterbrochen.

»Hier ist Besuch eingetroffen, der euch dringend zu sprechen wünscht!« Thore stand am Fuß der Treppe und rief die Nachricht hinauf. Sofort stiegen die drei Dirnen hinab. Auf der ersten, der bereits errichteten Bänke saß, einem Häufchen Elend gleich, das alte Weib, das sie unlängst in den Gassen von Konstanz getroffen hatten – Griet aus Köln.

»Verzeiht, dass ich euch noch einmal zur Last falle«, stammelte die alte Frau mühsam. Aber ich …« Sie brach ab, offensichtlich zu kraftlos, um weiterzusprechen. Doch es war auch so offensichtlich, was sie benötigte.

»Wir haben noch etwas Brot im Haus«, ließ sich Giulia vernehmen. »Aber ich denke, eine Schüssel heiße Suppe wird Griet besser helfen. Seht nur. Sie ist vollständig durchnässt.«

Sofia trat zu der Frau und berührte sie an der Schulter. »Komm, Griet. Setz dich ans Feuer. Dort wird dir wieder warm werden.«

Imperia, die das alte Weib stützen wollte, rief aus: »Sie ist glühend heiß und gehört in ein Bett! Bitte, Thore, kannst du mir helfen, Griet nach oben zu bringen?«

Der Hauptmann nickte und hob die Kranke einfach auf seine Arme. »Mein Gott«, murmelte er bestürzt, »sie besteht ja nur noch aus Haut und Knochen.«

»Du hast recht, Giulia«, sagte Imperia und kam auf den Vorschlag der Freundin zurück. »Eine heiße Suppe wird Griet gewiss guttun. Magst du eine besorgen? Schüssel und Löffel stehen in einem Regal im Küchenzelt.« Dann eilte sie Thore hinterher und führte ihn in ihre eigene Kammer. »Ziehst du ihr bitte den nassen Mantel aus?«, bat Imperia, während sie ein Leinenhemd aus ihrem Kleiderkasten nahm.

Wenig später lag Griet in Imperias Bett, warm zugedeckt. Da kam Giulia bereits mit der Suppe zurück. Sie, die so selten selbstständig handelte, hatte eigens dafür einen kleinen Kessel mit Deckel gekauft und die Suppe gleich dort hineinfüllen lassen. »Wir können ihn später gewiss für das Warmbier benutzen«, sagte sie fast entschuldigend.

»Das hast du sehr gut gemacht, Giulia«, lobte Imperia. »So ist die Suppe wenigstens heiß geblieben, und ganz bestimmt werden wir eine Verwendung für den Kessel finden. Magst du Griet die Suppe einflößen? Ich hole rasch das Brot.«

Zwei Stunden später verlangte die Kölnerin bereits aufzustehen. »Ich kann euch gar nicht genug danken. Aber nun geht es mir wieder gut, und ich werde euch ganz gewiss nicht länger als nötig zur Last fallen.«

Imperia ließ es zu, dass Griet sich erhob, führte sie aber dann in die vierte Kammer, in der das Bett inzwischen hergerichtet war.

»Hier legst du dich nieder, bis du dich erholt hast. Keine Widerrede. Schlaf eine Weile. Dann werden wir über deine Zukunft beraten.«

Griet gehorchte, wenn auch mit denkbar schlechtem Gewissen. »Ihr seid alle so gut zu mir. Ich weiß nicht, wie ich euch das je entlohnen kann.«

»Darüber reden wir später«, sagte Imperia in einem Ton, der keinen Widerspruch duldete. »Jetzt schlaf und wärme deine alten Knochen. Wenn du wieder erwachst, wird es dir besser gehen.«

Thore hatte die jungen Frauen und ihr Gebaren um die Kranke aufmerksam beobachtet. Er war zufrieden, auch damit, dass ihn seine Menschenkenntnis nicht getrogen hatte. Gewiss, die drei waren Huren und wurden gemeinhin als sündhaft bezeichnet. Aber ohne Zweifel besaßen sie ein gutes Herz und hatten es verdient, dass man sie unterstützte.

Während Griet tief und fest schlief, machten sich die Dirnen auf, die erforderlichen Einkäufe zu tätigen. Thore begleitete sie.

»Bestimmt benötigt ihr wieder einen Packesel«, erklärte er schmunzelnd. »Ich stelle mich dafür freiwillig zur Verfügung.« Dankbar wurde sein Anerbieten angenommen.

Bis zum Oberen Münsterhof waren es nur wenige Schritte. Hier standen die Buden, Hütten und Zelte inzwischen dicht an dicht, schmale Gassen für die Kauflustigen bildend. Die Körbe füllten sich rasch: Kienspäne und die dafür erforderlichen Halter, Feuereisen und Zunderschwamm, Krüge und Becher aus Steinzeug, hölzerne Brettchen, Platten aus Zinn, zwei Kesselhaken, an deren Zähnen man die Töpfe höher oder niedriger über das Feuer hängen konnte.

Da der Weg nicht weit war, brachte Thore die Einkäufe zwischendurch in die Krotengasse. Als er zurückkehrte, hatten Imperia, Sofia und Giulia bereits einen großen gusseisernen Kessel erstanden und bequeme Leinenkissen mit Federfüllung. Nun verharrten sie vor einer Bude, in der Teppiche feilgeboten wurden. Doch die Preise waren entschieden zu hoch für ihre Verhältnisse.

»Vielleicht sollten wir uns mit einem dicht gewirkten Wollstoff begnügen?«, überlegte Sofia.

Imperia schüttelte den Kopf. »Das rutscht und wellt. Man müsste den Stoff schon festnageln. Aber wie sieht das dann aus? Als hätten wir gewollt, aber nicht gekonnt. Nein, dann, denke ich, sind die blanken Holzdielen entschieden besser.« Während sie sprach, betrachtete sie einen Wandteppich, der eine nackte Frau zeigte: Sie hatte es sich auf einem Ruhemöbel zwischen Kissen und Laken bequem gemacht, zeigte dem Betrachter ihre Kehrseite und blickte ihn, über die Schulter hinweg, herausfordernd an.

»Dieser Wandteppich wäre natürlich wunderbar«, sagte Giulia

leise. »Aber ich würde mich noch nicht einmal trauen, auch nur nach dem Preis zu fragen.«

»Ich auch nicht«, kicherte Imperia. »Es ist auch überflüssig, da wir uns das Kunstwerk auf keinen Fall leisten können. Aber mir gefällt das Motiv. Und ich habe von bemalten Leinwänden reden hören, die einen preiswerten Ersatz für einen Wandteppich darstellen können. Ich denke, wir sollten einmal mit diesem Maler sprechen – wie hieß er noch gleich?«

»Caspar Lorenz«, antwortete Giulia prompt.

Imperia lächelte. »Eben der. Er hat dir wirklich gefallen, nicht wahr?«

Die Freundin zuckte mit betonter Gleichgültigkeit die Schultern. »Ein armer Künstler. Was sollte ich wohl mit dem anfangen?«

Imperia ging nicht weiter darauf ein. Die Frage konnte sich Giulia nur selbst beantworten. »Jedenfalls sollten wir mit ihm darüber reden. Vielleicht hat er ja eine Idee.« Grinsend fuhr sie fort: »Wenn er denn überhaupt noch einmal wiederkommt.«

»Das wird er gewiss«, gab Giulia zurück. »Ich habe mit Matteo gesprochen. Und er meinte, dass Caspar dringend Geld benötigt und den Auftrag daher auf jeden Fall ausführen wird.«

»Dann solltest du aber darauf achten, ihn nicht gleich wieder zu erschrecken«, riet Imperia schmunzelnd.

Sie waren weitergegangen und hielten nun an einem Stand, der fertiggenähte Kleidung bereithielt. Kurz entschlossen erstanden die jungen Frauen hier ein Untergewand aus Leinen und ein schlichtes Obergewand aus brauner Wolle, das in der Taille von einem Gürtel gehalten wurde. Beides war für Griet gedacht.

Thore trug den schweren Kessel und die Dirnen die leuchtend bunten Kissen. Unterwegs überredeten sie einen Bäcker, der sein Öfchen auf einen Karren geladen hatte und frischgebackene Dünnele feilbot, sie in die Krotengasse zu begleiten. Dort hielten sie alle zusammen einen Schmaus ab – auch Matteo und die Schreiner.

Nur Griet war noch zu schwach, um aufzustehen. Imperia

brachte ihr eines der mit Speck und Zwiebeln belegten Fladenbrote hinauf. Als sie die kleine Kammer betrat, in der die Kranke lag, weinte diese herzzerreißend. Imperia erschrak. »Was ist geschehen? Hast du Schmerzen, Griet? Soll ich nach einem Medicus schicken lassen?«

»Nein, nein«, wehrte die alte Frau ab. »Mir geht es schon viel besser. Es ist nur …« Wieder brach sie in Tränen aus.

Imperia setzte sich zu ihr auf die Bettstatt und reichte ihr das Holzbrett mit dem Dünnele. »Iss das, solange es warm ist. Und dann erzählst du mir von deinem Kummer.«

Griet gehorchte und biss hungrig in das Gebäck. Imperia beobachtete, wie sie kaute und schluckte und das Dünnele hinunterschlang, als hätte sie Sorge, es würde ihr jemand fortnehmen. Als sie auch die letzte Krume verspeist hatte, fragte Imperia: »Wie ist es dir ergangen, Griet, seit unserer ersten Begegnung? Gab es keine Armenspeisung? Hast du keine Arbeit gefunden?«

»Doch, die Armenspeisung gibt es. An zwei Tagen in der Woche sogar. Doch es waren viele Menschen, die dort anstanden. Man musste lange warten, bis man an der Reihe war. Und dafür hat meine Kraft nicht gereicht. Alle, die hinter mir standen, zogen an mir vorbei, bis die Töpfe leer waren. Ich habe nichts abbekommen. Aber eine Arbeit habe ich gefunden. Als Köchin in einem Wirtshaus. Allerdings nur für zwei Stunden. Dann hat man mich davongejagt, weil ich zu schwach war, um die erforderlichen Aufgaben zu erledigen.« Schon wieder rannen ihr die Tränen über die ausgemergelten Wangen. »Ich bin zu nichts mehr nutze und weiß beim besten Willen nicht, wie ich mein Leben fristen soll. Am liebsten würde ich nach Köln zurückkehren. Da habe ich wenigstens Freunde, die mir helfen würden. Aber die Reise ist weit, und ohne Geld … Vermutlich würde ich auf irgendeiner Landstraße sterben.«

»Nun sei nicht mutlos, Griet. Zunächst bist du ja bei uns und kannst wieder zu Kräften kommen. Dann wird man weitersehen«, tröstete Imperia und drückte der Kranken einen Becher in die

Hand. »Trink das. Es ist ein guter roter Landwein. Er wird dich stärken. Ich komme gleich zurück.«

Imperia hatte eine Idee und fragte sich, warum sie nicht schon längst darauf gekommen war. Bevor sie Griet jedoch davon erzählen konnte, musste sie sich erst mit Sofia und Giulia beraten.

Eilig stieg sie die Stufen hinab und hielt plötzlich inne. Es war eine gute Treppe, die die Schreiner gebaut hatten. Sie war nicht mit Schnitzereien geschmückt, aber solide und haltbar – wie das ganze Haus, das ihnen ein Glücksfall beschert hatte. Und plötzlich verspürte sie eine innige Freude. Sie hatte wieder ein Heim, und sie war nicht mehr allein, sondern hatte gute Freunde gefunden. Das Leben hatte es ausnahmsweise gut mit ihr gemeint. Da war es nur recht und billig, dass sie der armen alten Frau dort oben ein Stück von ihrem Wohlergehen abgab.

Wenig später saß Imperia mit ihren Freundinnen zusammen.

»Ich glaube, dass Griet nicht nur schwach ist, weil sie so viele Entbehrungen erleiden musste, sondern auch aus großer Sorge um ihre Zukunft. Deswegen will ich euch einen Vorschlag machen.« Kurz hielt Imperia inne, bevor sie fortfuhr. »Wir haben ein wunderbares Küchenzelt, mit allem, was dazugehört. Aber haben wir uns eigentlich schon Gedanken darüber gemacht, wer von uns darin kochen soll?«

Erstaunt sahen die Freundinnen sie an.

»Nun ja«, antwortete Sofia. »Wer gerade Zeit und Lust hat, denke ich. Das wird sich ergeben.«

»Ja, vielleicht«, entgegnete Imperia. »Aber was haltet ihr davon, wenn wir Griet fragen, ob sie nicht als Köchin bei uns bleiben will? Gewiss wird es billiger sein, selbst zu kochen, als jeden Tag das Essen in einer Garküche zu erstehen. Außerdem wollen wir in der ›Aphrodite‹ doch auch Speisen anbieten, nicht wahr? Das aber ist mit einigem Aufwand verbunden – vom Einkauf bis zur Zubereitung. Ich für meinen Teil muss zugeben, dass es mit meinen Kochkünsten nicht weit her ist.«

Giulia war sofort von dem Vorschlag begeistert. Nur Sofia

zögerte. »Die Idee gefällt mir zwar«, gab sie zu. »Es ist nur: Unsere Kosten steigen natürlich, wenn wir Griet auch noch mit durchfüttern. Als Köchin steht ihr ja zudem ein Lohn zu. Können wir uns das denn leisten?«

»Ich glaube, dass sie zunächst bereit sein wird, gegen Kost und Logis für uns zu arbeiten«, vermutete Imperia. »Hauptsache ist doch, dass sie erst einmal wieder zu Kräften kommt. Dann kann sie sich immer noch nach einer anderen Stellung umsehen. Abgesehen davon: Wenn unser Geschäft so läuft, wie De Rosa es ausgemalt hat, können wir gewiss mehr verdienen, wenn wir unsere Zeit nicht im Küchenzelt verbringen müssen.«

Diese Argumente überzeugten auch Sofia. Also eilte Imperia wieder zu der Kranken und unterbreitete ihr den Vorschlag: »Ich will ehrlich mit dir sein, Griet«, erklärte sie. »Die ›Aphrodite‹ soll ein Freudenhaus werden. Du musst selbst wissen, ob du trotzdem für uns arbeiten willst. Auch können wir dir am Anfang keinen Lohn zahlen. Aber du hättest eine warme Bleibe und müsstest keinen Hunger mehr leiden. Überlege es dir.«

Aus großen Augen sah Griet sie an. »Ist dein Angebot ernst gemeint? Würden euch meine Dienste wirklich nutzen? Ein Almosen will ich nämlich nicht von euch.«

Imperia lächelte. »Aber ja. Deine Unterstützung wäre sehr hilfreich für uns. Ganz gewiss.«

Schon stiegen Griet wieder die Tränen in die Augen. Doch diesmal waren es keine Tränen der Verzweiflung, sondern Tränen der Erleichterung. »Dann werde ich sehr gerne in eure Dienste treten und mich glücklich schätzen, eine Stellung bei so gottgefälligen Frauen bekommen zu haben.«

»Naja«, meinte Imperia gedehnt. »Wir sind Huren. Und die gelten nicht unbedingt als gottgefällig.«

Doch Griet schüttelte den Kopf. »Ihr seid ehrliche und gute Christenmenschen. Das habe ich schließlich am eigenen Leibe erfahren. Und als solche, davon bin ich überzeugt, wird unser lieber Herrgott seine Freude an euch haben.«

6. KAPITEL

Eine makellose Liebesgöttin

GANZ KONSTANZ WARTETE auf die Ankunft des römisch-deutschen Königs Sigismund. Nahezu täglich trafen Botschafter ein, die vermeldeten, dass sich Seine Majestät und sein Gefolge auf dem Weg befänden. Auch die drei Huren in der »Aphrodite« harrten gespannt des Eintreffens des Königs. Nicht dass sie einen Nutzen davon gehabt hätten, aber sie waren einfach neugierig, einen der mächtigsten Männer der Welt in Konstanz einziehen zu sehen.

An diesem Tag verschwendeten Imperia, Sofia und Giulia jedoch keinen Gedanken an den berühmten Herrn. Stattdessen planten sie den Abschied von Luc van Branden, der mit allen Ehren gefeiert werden sollte.

Tatsächlich hatten es die Schreiner geschafft, die Sitzbänke fertigzustellen. Der große Tisch war zwar noch nicht gebaut, aber man konnte zumindest die Platte nutzen. Matteo ließ sie auf drei Weinfässer legen. Ein großes Tafeltuch sorgte dafür, dass der kleine Schönheitsfehler nicht weiter auffiel.

Im Küchenzelt hatte Griet ihre Arbeit aufgenommen. Obwohl Imperia sie immer wieder warnte, dass sie damit die Fortschreitung ihrer Gesundung gefährde, ließ sie es sich nicht nehmen, zu diesem Anlass eigenhändig das Festmahl zuzubereiten. Miel stand ihr, wie er es versprochen hatte, dabei zur Seite, und Hauptmann Ragnarsson erklärte sich bereit, die erforderlichen Einkäufe zu erledigen.

»Es ist schwierig zu planen«, seufzte Sofia. »Da wir nicht die geringste Ahnung haben, auf wie viele Gäste wir uns einrichten müssen.«

Imperia lachte. »Wir werden lernen müssen, damit umzugehen. Schließlich werden wir auch in Zukunft nie genau wissen, mit wie vielen Besuchern wir zu rechnen haben. Aber lass mal sehen: Wir sind zu dritt. Mit Thore, Matteo, Griet und Miel zählen wir sieben Personen. Der Schreinermeister ist der achte und unser Ehrengast Luc van Branden der neunte. Außerdem haben wir den Garnhändler Imholtz eingeladen, was bedeutet, dass wir zumindest mit zehn Personen rechnen müssen. Unser Vermieter Richental ist nicht in der Stadt und wird somit nicht erscheinen. Da wir allerdings davon ausgehen können, dass van Branden und Imholtz Begleiter mitbringen, denke ich, dass wir uns auf zwölf Personen einrichten sollten.«

»Gut«, murmelte Sofia. »Dann haben wir genug Sitzgelegenheiten, ausreichend Holzbretter, Schüsseln, Löffel und Becher.« Sogleich begann sie damit, die lange Tafel zu decken, während Imperia die Leuchter mit Kerzen versah.

Kurz darauf brachte ein Schreiner das Gestell für das Weinfass. Er strahlte. »Es ist gerade noch rechtzeitig fertiggeworden. Seht her. Es lässt sich ausklappen. So findet zu dem großen auch noch ein kleineres Fass Aufnahme.«

Stolz präsentierte er die Vorrichtung, und Sofia und Imperia sprachen gebührend ihr Lob aus. »Ihr seid allesamt Künstler eures Fachs«, stellten sie anerkennend fest, und der Mann zog zufrieden wieder von dannen.

Wenig später trat Thore ein. »Der Wein ist geliefert worden«, verkündete er. Als er das Gestell bemerkte, nickte er anerkennend. »Euer Matteo hat seine Leute wirklich im Griff. Wunderbar, wie alles Nötige schon bereitsteht. Und obwohl noch einiges fehlt, sieht es in der ›Aphrodite‹ jetzt schon sehr ansprechend aus.«

Der Steinmetz, der gerade hereinkam und die letzten Sätze gehört hatte, grinste. »Vielen Dank für die lobenden Worte, Herr

Hauptmann. Ich finde auch, dass die ›Aphrodite‹ mit jedem Tag mehr zu einem Schmuckstück wird. Und nun komm, fass mit an. Oder soll ich das Fass etwa allein schleppen?«

Der erste Gast, der eintraf, war Luc van Branden. Er zeigte sich begeistert von den Umbauten und brachte sogar ein Geschenk mit: eine Statue der Aphrodite, etwa vier Fuß hoch und auf einem hölzernen Sockel stehend, der noch einmal zwei Fuß maß. Die drei Dirnen dankten ihm herzlich und ließen die Figur neben den Kamin stellen, wo sie sich gar prächtig ausnahm.

Sofia klatschte vor Freude in die Hände. »Wie schön das aussieht, Luc! Was für eine wunderbare Idee!«

Um ihm ihre Dankbarkeit zu beweisen, aber auch weil die übrigen Gäste noch nicht eingetroffen waren, führte sie den Kaufmann nach oben und verschwand mit ihm in ihrer Kammer. Schließlich war es nicht das erste Mal, dass die beiden einander beiwohnten. Während der Reise hatte van Branden Sofia mehrmals in sein Planwagenabteil gebeten. Eigentlich konnte sie ihn als einen Stammfreier bezeichnen. Da war es natürlich nahe liegend, dass auch zwischen ihnen ein intimer Abschied gefeiert werden musste.

Wenig später meldete Griet, dass die Speisen zubereitet wären. Sie ließ sich schwer auf eine Bank nieder, wirkte erschöpft, aber zufrieden und bat Miel, dass Auftischen zu übernehmen. Es gab Kohl und Braten von Schwein und Huhn. Außerdem einen vorzüglichen Hirsebrei und natürlich Brot und Käse.

Der Tisch war reich gedeckt, als Garnhändler Ulrich Imholtz eintraf. Und er kam nicht allein. »Darf ich vorstellen: Mein Freund Oswald von Wolkenstein, seines Zeichens Sänger, Dichter, streitbarer Ritter sowie Diplomat in Diensten seiner Durchlaucht Herzog Friedrichs IV. von Österreich.«

Imperia und Giulia knicksten ehrerbietig, murmelten etwas von der Ehre, den edlen Ritter in ihrem Haus begrüßen zu dürfen, und musterten von Wolkenstein ansonsten neugierig, aber diskret. Er war groß, wohlbeleibt und besaß einen dichten Haarschopf schulterlanger, brauner Locken. Seine Kleidung war elegant – eine grünsamtene, knielange Schecke mit weiten Ärmeln und eng anliegende Beinkleider. Irritierend an ihm war allerdings das stets geschlossene rechte Auge. Aber natürlich getraute sich niemand, nach dem Grund zu fragen. Wenn von Wolkenstein wollte, dass sie ihn kannten, würde er gewiss von allein darauf zu sprechen kommen.

Und der Minnesänger wollte. Vermutlich, weil ihm die ungestellten Fragen geläufig waren, wies er mit dem Finger auf das geschlossene Auge und erklärte schmunzelnd: »Ich habe es einem Unfall zu verdanken, den ich als achtjähriger Knabe beim Erlernen des Bogenschießens erlitten habe. Stört euch also nicht daran. Es gehört zu mir wie das offene Auge.«

Es war kein Geheimnis, das von Wolkenstein preisgab. Alle Menschen, mit denen er Umgang pflegte, kannten diese Erklärung. Keiner von ihnen wusste allerdings, dass sie falsch war. Tatsächlich handelte es sich um eine angeborene Missbildung, die der Ritter aber nicht eingestehen wollte. Der Unfall eines Knaben, der im Waffenhandwerk noch nicht geschult sein konnte, schien ihm allemal eleganter als eine angeborene Abnormität, die als Schwäche ausgelegt werden konnte. Und schließlich, so fand er, war es seine Entscheidung, welche Begründung er lieferte, um zu verhindern, dass die Leute ihn – teils offen, teils versteckt – fragend angafften.

Man setzte sich zu Tisch und genoss die wohlschmeckenden Speisen. Bald darauf kehrten auch van Branden und Sofia in den Kreis zurück. Während die drei Dirnen nun damit beschäftigt waren, die Becher immer wieder nachzufüllen, unterhielten sich die Herren angeregt.

»In der Stadt geht das Gerücht um«, berichtete Imholtz aufgeräumt, »dass der einzige Papst, der zum Konzil nach Konstanz gekommen ist, bei der Anreise am Arlbergpass einen Unfall gehabt haben soll. Sein Wagen sei aus einer Kurve getragen worden und umgestürzt, heißt es. Allerdings sind sich die Verbreiter der Geschichte nicht einig, ob zu dem Zeitpunkt bereits Schnee gelegen hat dort oben. Übereinstimmend wird jedoch berichtet, dass Johannes XXIII. zornig ausgerufen haben soll: ›Hier liege ich in Teufels Namen!‹«

Die Männer lachten vergnügt.

»Geschieht ihm recht, diesem Baldassare Cossa«, stellte van Branden amüsiert fest. »Ein Mann, ein Laie zudem, der sich zum Papst wählen lässt, obwohl es schon zwei Heilige Väter gibt, musste damit rechnen, über kurz oder lang, mit dem Teufel Bekanntschaft zu machen.«

Lautes Gelächter quittierte seine Bemerkung, bis Imholtz die Hände hob. »Wartet. Die Geschichte ist ja noch nicht zu Ende. Als der Papst im weiteren Reiseverlauf von einer unwegsamen Bergstraße aus einen ersten Blick auf Konstanz und seine wehrhaften Stadtmauern werfen konnte, sei er ganz nachdenklich geworden und habe verlauten lassen: ›So fängt man Füchse‹. Ihr könnt sagen, was ihr wollt. Vielleicht hofft Johannes ja darauf, während des Konzils zum alleinigen Oberhaupt der Kirche gewählt zu werden – wirklich überzeugt ist er davon aber nicht.«

Die Männer grinsten zustimmend und bedienten sich noch einmal an der Platte mit dem köstlichen Schweinebraten. Da Messer zum Schneiden des Fleisches, wie allgemein üblich, nicht aufgedeckt waren, benutzte ein jeder die Klinge, die er stets, in einem Lederfutteral am Gürtel hängend, mit sich führte.

Die Laune bei Tisch war denkbar gut, und die Anwesenden sprachen fleißig dem süffigen Wein zu, aber auch dem hochprozentigeren Met, den Thore spendiert hatte. Des Weiteren unterhielt man sich über Gott und die Welt: darüber, dass sein großes Gefolge den König so langsam vorankommen ließ; über das Gerücht, dass der Heilige Vater in Rom, der greise Papst Gregor XII., angeblich zugunsten von Johannes XXIII. abgedankt habe; über die bevorstehende Konstanzer Bürgermeisterwahl; und über einen Mann namens »Jan Hus«, einen böhmischen Prediger, der in einer Herberge, in der Nähe von Imholtz' »Haus zur Sonne«, abgestiegen war und dort jeden Tag seine Reden hielt.

»Auf dem Weg hierher haben wir diesem Hus für kurze Zeit gelauscht. Was er sagt, ist wirklich aufrührerisch«, entrüstete sich von Wolkenstein.

»Und was sagt er?«, wollte van Branden wissen, während er mit Genuss eine Hühnerkeule abnagte.

»Lauter krudes Zeug«, gab von Wolkenstein zurück. »Jan Hus predigt eine strenge, tugendhafte Lebensweise. Modische Kleidung, jede Art von Schmuck, ausgiebiges Essen und Alkohol sind ihm zuwider. Vermutlich wird er in Kürze die Zünfte der Weinhändler und Wirte, aber auch die der Hutmacher, Schuster und die der Gold- und Silberschmiede gegen sich aufbringen. Ich meine, wenn er für sich entscheidet, asketisch zu leben, muss er Andersdenkende doch nicht gleich als Sünder darstellen.«

Die übrigen Herren bei Tisch stimmten lebhaft zu.

»Eine Einrichtung wie diese hier«, fuhr von Wolkenstein fort, würde der Prediger schlichtweg verteufeln.« Mit einem werbenden Lächeln sah er Imperia an. »Und das haben die drei Schönheiten wahrlich nicht verdient.«

Wieder pflichteten die Herren ihm bei und hoben ihre Becher, um einander in froher Übereinkunft zuzutrinken.

»Ist der heutige Abend eigentlich die offizielle Eröffnung der ›Aphrodite‹?«, wollte von Wolkenstein wissen. Und da er bei der Frage Imperia anblickte, gab sie ihm bereitwillig Auskunft: »Aber nein. Heute wollen wir unseren Freund Luc van Branden verabschieden, der morgen zu einer weiteren Handelsreise aufbricht. Die Eröffnung der ›Aphrodite‹ wird noch ein paar Tage auf sich warten lassen. Wir sind mit den Umbauten ja noch nicht fertig.«

Der Minnesänger nickte. »Dann bitte ich aber unbedingt darum, zu der Einweihung eine Einladung zu erhalten.«

»Sehr gerne, Euer Hochwohlgeboren. Es wird uns eine Ehre sein«, antwortete Imperia erfreut.

»Ach was – Hochwohlgeboren«, erklärte von Wolkenstein wegwerfend. »In diesen Wänden, in denen ich gewiss noch häufig zu Gast sein werde, heiße ich einfach Oswald. Einverstanden?«

Die drei Huren lächelten und tranken ihrem ersten erklärten Stammgast mit Freude zu. Nachdem er das geklärt hatte, griff von Wolkenstein nach seiner Laute, die er nahezu ständig bei sich trug.

»Wenn es recht ist, werde ich einige meiner Lieder zum Besten geben«, sagte er und erwartete darauf keine Antwort, erst recht keine Ablehnung. Also begann er lustig, die Laute zu schlagen und mit wohltönender Stimme zu singen:

»Herr Wirt, uns dürstet allzu sehre
Trag auf Wein! Trag auf Wein! Trag auf Wein!
Dass dir Gott dein Leid verkehre
Bring her Wein! Bring her Wein! Bring her Wein!
Und dein Einkommen mehre!
Nun schenk ein! Nun schenk ein! Nun schenk ein!«[4]

Lachend folgten seine Gastgeberinnen der Aufforderung.

Zufrieden sah Imperia sich um. Genauso hatte sie es sich vorgestellt: Fröhliche Menschen, die sich in der »Aphrodite« wohlfühlten und ihre Freude hatten. Es war ein guter Auftakt.

❧

Hauptmann Thore blieb von nun an auch des Nachts im Haus in der Krotengasse. Er schlief auf einer Bank am Kamin, was ihm, dank der zahlreichen Kissen, auch recht bequem erschien. Griets Angebot, ihm ihr Bett zur Verfügung zu stellen, lehnte er ab.

»Ich bin hier, um aufzupassen. Und das kann ich besser, wenn ich unten schlafe. Oben würde ich es nicht einmal mitbekommen, wenn Eindringlinge die Tür öffneten.«

Das sah auch die Kölnerin ein und schlief weiterhin und ohne schlechtes Gewissen in ihrem Bett.

❧

Zwei Tage nach dem Abschied von van Branden, erschien der Maler Caspar Lorenz morgens im Haus in der Krotengasse. Der Untergrund, auf dem er die gewünschte Liebesgöttin malen wollte, war nun bereit.

Am liebsten hätte Imperia ihm den ganzen Tag bei seiner Arbeit zugesehen, leider fehlte ihr die Zeit dazu. Doch am Abend des ersten Tages, als die Dämmerung begann und Lorenz seine Malerei einstellen musste, weil das Licht zu schlecht wurde, konnte man anhand der Konturen schon gut erkennen, was das Bildnis darstellen sollte.

»Du bist wahrlich ein Künstler, Caspar«, sagte Imperia bewundernd, inzwischen per Du mit ihm. »Wie steht es? Hast du, wenn die Aphrodite fertiggestellt ist, Zeit für weitere Arbeiten?«

Der Maler, der gerade seine Utensilien zusammenpackte, sah erwartungsvoll auf. »Aber ja. Mein Auftragsbuch ist leer. Lass es mich also gerne wissen, wenn du weitere Verwendung für mich und meine Kunst hast.«

»Vorerst ist es nur eine Idee«, erklärte Imperia, »von der ich nicht weiß, ob sie durchführbar ist. Ich würde mir Bahnen aus Leinenstoff wünschen, die wie ein Wandteppich aufgehängt werden und mit verschiedenen Motiven bemalt sind. Kannst du dir so etwas vorstellen?«

»Oh ja, sehr gut sogar«, entgegnete Caspar. Gewiss wird man anderes Material benötigen; aber mit Leimfarbe, denke ich, könnte ich ausdrucksstarke Bilder auf das Leinen bringen.«

»Gut.« Imperia zeigte sich zufrieden. »Dann hast du einen weiteren Auftrag. Das heißt, genau genommen sogar drei, weil ich drei Bahnen vor Augen habe. Auf der ersten sollte Sofia, auf der zweiten Giulia und auf der dritten ich dargestellt sein – allesamt im Evakostüm, allerdings nicht unanständig und schlüpfrig, sondern kunstvoll, wie Liebesgöttinnen eben. Verstehst du, was ich meine?«

»Ja, ich denke schon«, antwortete der junge Mann und beschäftigte sich angelegentlich mit seinen Farbtöpfen. Ohne die

Hure anzublicken, wollte er wissen: »Soll ich euch aus der Fantasie heraus malen, oder werdet ihr mir alle drei Modell stehen?«

Imperia grinste. »Das musst du entscheiden. Was wäre dir lieber? Du bist der Künstler.«

»Ich …, ich werde darüber nachdenken«, stammelte Caspar Lorenz, unsicher und mit hochroten Ohren.

»Wunderbar«, meinte Imperia. »Dann teile uns deine Entscheidung mit, sobald du sie getroffen hast. Wichtig ist nur, dass die bemalten Leinwandbahnen bis zur Eröffnung fertig sind. Und die planen wir in etwa einer Woche. Wirst du das schaffen?«

Der Maler schnappte hörbar nach Luft. »Das ist eine sehr knapp bemessene Frist«, stellte er fest. Als er jedoch ihren Blick bemerkte, mit dem sie ihn ansah und der nichts anderes als eine Zusage zu erwarten schien, beeilte er sich zu versichern: »Ich werde Tag und Nacht arbeiten, Imperia. Das verspreche ich. Und irgendwie werde ich es gewiss schaffen.«

❧

Ende November 1414 erfolgte im Rat der Stadt die jährliche Wahl des Bürgermeisters. Gekürt wurde ein gewisser Hans Schwarzach. In der »Aphrodite« änderte dieser Wechsel jedoch nichts.

Danach zog der Dezember ins Land. Übermäßige Kälte brachte er nicht mit sich, sondern das Wetter blieb, zum Erstaunen der Gäste aus südlichen Ländern, erstaunlich mild. Allerdings regnete es häufig, und am Morgen und Abend lag dichter Nebel über Stadt und See.

Im Haus in der Krotengasse hatte der Böttcher inzwischen den Badezuber geliefert und aufgestellt. Er war groß genug, um drei Personen aufzunehmen, die, dank des Servierbretts, mit dem der Kübel ausgerüstet werden konnte, während ihres Bades bequem ein gutes Mahl zu sich nehmen konnten. Auch die Liebesgöttin an der Eingangstür war inzwischen fertiggestellt. Sie war wunderschön gelungen und löste jeden Tag einen Strom von Neugierigen aus, die sie besichtigen wollten. Mit einer Absperrung sorgte

Thore dafür, dass die Schaulustigen auf der Straße bleiben mussten und den Hof nicht betreten konnten. Dennoch erfüllte die gemalte Aphrodite ihren Zweck: Sie war schon bald in aller Munde und versprach auf eindeutige Weise, das hier etwas Neues entstand: ein Tempel der sinnlichen Begierden.

Die drei Betreiberinnen dieses Tempels durchstreiften indes noch immer den Markt nach Beigaben, die ihre künftigen Kunden verwöhnen und unterhalten sollten. Dabei erstanden sie wohlriechende Wässerchen und Massageöle ebenso wie die beliebtesten Brettspiele. Schon bald standen in einem eigens dafür errichteten Regal, fein säuberlich sortiert, mehrere Schachzabelspiele sowie Mühle, Dame und Backgammon. Auch Würfel fanden sich hier – sechs- und vierseitige.

❧

Es war zwei Tage vor der geplanten Eröffnung, als Giulia etwas von runden Würfeln verlauten hörte. Sie machte sich noch einmal auf den Weg, um die Stände auf den Plätzen und in den Gassen danach abzusuchen. Währenddessen saßen Sofia und Matteo über der Abrechnung des vergangenen Tages. Ihnen gegenüber, an der großen Tafel, waren Imperia und Griet mit der Speisenaufstellung für das große Eröffnungsfest beschäftigt.

Es war erstaunlich, wie sehr sich die Kölnerin in den letzten Tagen verändert hatte. Kaum etwas erinnerte noch an das alte heruntergekommene Weib, dass die drei Huren unlängst auf der Straße aufgelesen hatten. Aus Griet war inzwischen eine adrette Frau mittleren Alters geworden, die das Handwerk einer Köchin hervorragend verstand und deren Kräfte mit jedem Tag mehr zurückkehrten. Imperia, Sofia und Giulia empfanden Griet inzwischen nicht mehr als Belastung, sondern als immense Bereicherung für die »Aphrodite«. Rührig sorgte sie für das leibliche Wohl aller und hielt nicht nur in ihrem Küchenzelt, sondern auch im Haus Ordnung.

Am anderen Ende des langen Tisches arbeitete Caspar an der letzten Leinwandbahn. Zwei seiner Kunstwerke hingen bereits an den Wänden, und mit ihnen hatte er sich selbst übertroffen. Von der einen Leinwand lächelte eine lebensgroße Giulia auf den Betrachter herab. Ihre langen dunklen Haare hatte sie zurückgestrichen, sie selbst war vollkommen nackt und hatte lediglich ein leuchtend gelbes Wolltuch umgenommen, das den Anschein erweckte, als wäre es ihr gerade von den Schultern auf die Arme gerutscht. So gab es den Blick auf ihre kleinen festen Brüste frei, während ihre Scham von den Enden des Tuchs verdeckt wurde. Diese waren jedoch schmal genug, um Giulias wohl gerundete Hüften und ihre schlanken Beine zu zeigen. Die andere Leinwand zeigte Sofia, die dem Betrachter ihre hüllenlose Kehrseite zuwandte. Ihr Gesicht, eingerahmt von schwarzen Locken, war nur im Profil zu sehen.

Nun arbeitete Caspar an der Leinwandbahn der Imperia. Sie wurde, auf einem Stuhl sitzend, in der Seitenansicht festgehalten. Den Kopf hatte sie weit zurückgelehnt, sodass sich ihre herrlichen blonden Locken über die Stuhllehne ergossen, aber den Blick auf ihren schön geschwungenen Rücken freigaben. Auch Imperia war vollkommen nackt – bis auf ein rotes Tuch, das sie so tief gegen ihren Busen drückte, dass seine üppigen Rundungen ausreichend erkennbar waren. Das Ende des Tuchs fiel ihr über den Bauch in den Schoß.

Der Maler hatte somit genau das erschaffen, was von ihm gewünscht worden war. Keine der drei Darstellungen wirkte unanständig oder gar schlüpfrig. Dennoch zogen sie die Blicke auf sich und weckten Begehrlichkeiten – und um genau das ging es schließlich in einem Freudenhaus.

Als Imperia von ihrer Arbeit aufsah, bemerkte sie, dass Caspar auf eine der Bänke gesunken und eingeschlafen war. Natürlich, der Maler war völlig übermüdet.

»Bitte, Thore«, wandte sie sich an den Hauptmann. »Leg ihn richtig auf die Bank und decke ihn zu. Ein, zwei Stündchen Schlaf hat er sich wirklich verdient, und die sollten dann nach Möglichkeit auch erholsam sein.«

Wenig später erhob sich Griet. »Ich denke, wir sind fertig, nicht wahr? Dann werde ich mich jetzt um einen Imbiss für die Mittagszeit kümmern.«

Imperia nickte. »Und heute Nachmittag nehmen wir uns alle frei. Ein bisschen Erholung wird uns wirklich guttun. Nicht dass wir am Eröffnungstag alle vor Erschöpfung auf der Bank einschlafen wie unser Künstler hier.«

Matteo stimmte zu. »Im Grunde genommen habe ich meine Arbeit ohnehin vollendet. Es gibt nichts mehr, was mir hier noch zu tun bleibt. Die Schreiner habe ich schon nach Hause geschickt, und ab morgen werde auch ich mich schweren Herzens nach anderen Aufträgen umsehen müssen. Schade. Die Arbeit an und in eurer ›Aphrodite‹ hat mir sehr viel Freude gemacht.«

Auch Imperia konnte sich kaum vorstellen, den geschickten Steinmetz nicht mehr jeden Tag um sich zu haben. Liebend gern hätte sie ihm eine dauerhafte Stellung als Hausknecht angeboten, aber daran war im Augenblick noch nicht zu denken. Einstweilen mussten sie ihre Kosten gering halten. Schließlich wussten sie nicht, was sie künftig verdienen würden und wie lange sie mit dem Rest ihres Geldes auskommen mussten.

»Du wirst doch aber gelegentlich immer wieder bei uns hereinschauen, nicht wahr, Matteo? Das ist doch kein Abschied für immer, hoffe ich.«

Matteo lachte. »Nein, gewiss nicht. Wenn ich auch bestimmt niemals als Kunde kommen werde, so doch gewiss immer wieder als Freund.«

Imperia lächelte ihm dankbar zu. Matteo begriff die Situation, ohne dass sie darüber hatten sprechen müssen. Er war nicht der Freier, den sie in der »Aphrodite« zu bedienen wünschten. Schon allein deshalb nicht, weil Matteo zu einem Freund geworden war; aber vor allem, weil sie dem Ratschlag De Rosas, sich ausschließlich an reiche und mächtige Männer zu halten, uneingeschränkt folgen wollten.

Imperia erhob sich und trat zu Thore. »Ich will dich nicht drängen, aber hast du schon eine Antwort für uns? Wirst du bei uns bleiben – als verlässlicher Hüter von Haus und Hof?«

Der Hüne lächelte auf sie herab. »Ich habe mit dem Kardinal gesprochen. Grundsätzlich hat Oddo di Colonna gegen die Regelung, euch während der Zeit des Konzils zu beschützen, nichts einzuwenden. Vorausgesetzt, ich bin wieder an seiner Seite, wenn er Konstanz verlässt.«

»Das ist alles, was wir uns wünschen«, versicherte Imperia erfreut. »Als Kardinal ist dein Herr vonnöten, wenn ein neuer Papst gewählt wird. Das ist schließlich der Zweck des Konzils. Danach wird es sich voraussichtlich ohnehin auflösen, und wir werden Konstanz alle verlassen.« Sie umarmte ihn herzlich. »Ach, Thore. Wie schön. Du glaubst gar nicht, wie sehr ich mich über diese Neuigkeit freue. Bei keinem anderen Mann würde ich mich sicherer fühlen als bei dir.«

Und es war nicht nur Imperia, die sich erfreut über diese Entscheidung zeigte, sondern auch ihre Freundinnen Sofia und Giulia und sogar Griet waren glücklich. Eigentlich war Thore ja schon die ganze Zeit ein fester Bestandteil ihrer Gemeinschaft – doch nun war er es auch offiziell.

Giulia kam zurück und wies stolz ihre runden Würfel vor, wollte dann aber wissen: »Was ist das eigentlich für ein Galgenvogel, der da im Hof herumlungert? Dem möchte man fürwahr nicht im Dunkeln begegnen. Schon allein die hässliche Narbe, die er auf seiner Wange trägt …«

Thore zögerte nicht, lief zur Tür und öffnete sie rasch. Als er den Mann erblickte, rief er ihn an. Daraufhin verschwand der unwillkommene Besucher sofort.

»Ich habe den Kerl noch nie gesehen«, stellte der Hauptmann fest. »Aber was heißt das schon. Bisher habe ich nur wenige Menschen in Konstanz kennengelernt. Und Giulia hat recht. Vertrauenswürdig sah er wirklich nicht aus.«

»Gewiss nur ein weiterer Neugieriger, der sich unsere schöne ›Aphrodite‹ aus der Nähe anschauen wollte«, vermutete Imperia.

Giulia pflichtete ihr bei, wechselte dann aber rasch das Thema und erklärte, mit deutlichem Kummer in der Stimme: »Ist euch eigentlich bewusst, dass wir die ›Aphrodite‹ übermorgen unmöglich werden eröffnen können?«

Erstaunt sahen die anderen sie an. »Ach ja? Und warum nicht?« Es war Imperia, die als Erste die Frage stellte.

»Weil wir an alles gedacht haben, um diese Räume schöner zu gestalten und Sorge dafür zu tragen, dass sich unsere Gäste wohlfühlen. Nur an eines nicht: an uns.«

»Wie meinst du das?«, wollte Sofia verwirrt wissen.

»Wie ich es gesagt habe«, gab Giulia zurück. »Wir haben uns vergessen. Oder wollt ihr unseren zukünftigen Freiern etwa in dieser Aufmachung entgegentreten?« Sie wies auf die zwar sauberen, aber schlichten Kleider der Freundinnen.

Imperia begriff. »Du hast recht«, stellte sie halb verzagt, halb belustigt fest. »Wir brauchen unbedingt dem Anlass gemäße Kleidung. Mein Gott, wie haben wir das nur außer Acht lassen können?«

»Sag ich doch«, bestätigte Giulia. »Ich bin darauf gekommen, als ich auf dem Markt ein paar abgetakelte Hübschlerinnen gesehen habe. Sie trugen bunte Kleider, die vielleicht einmal ganz schön gewesen ein mögen, nun aber völlig verdreckt und zerrissen waren. Ja, und dabei fiel mir siedend heiß ein, dass wir für unseren ersten großen Auftritt in Konstanz tatsächlich nichts anzuziehen haben.«

Thore lachte schallend. »Nun ja«, feixte er. »Das ist für Dirnen eines Freudenhauses ja nicht der schlimmste Umstand. Dann begrüßt ihr eure Gäste eben nackt, wie Gott euch schuf. Ich kann mir beim besten Willen nicht vorstellen, dass sich einer der Herren darüber beschweren würde.«

Ein vernichtender Blick aus drei Augenpaaren traf ihn.

»Das mag für Dirnen eines gewöhnlichen Freudenhauses ja zutreffen«, behauptete Sofia verdrossen. »Aber doch nicht für uns, die Liebesdienerinnen der Aphrodite.«

»Beruhigt euch«, beschwichtigte Giulia. »Ich habe bereits eine Lösung gefunden. Da keine Zeit zu verlieren ist, bin ich sogleich zu dem Stand gegangen, an dem wir die Kleider für Griet gekauft haben, und habe mit der Händlerin gesprochen. Ich hatte Glück. Tatsächlich arbeitet sie mit einer Schneiderin zusammen, die sie noch heute zu uns schicken wird. Sie wird uns beraten und kann auch gleich unsere Maße nehmen. Da es schnell gehen muss, verzichten wir auf richtige Kleider, mit Bordüren hier und Schnickschnack dort. Stattdessen stelle ich mir schlichte, ärmellose Gewänder aus fließendem Stoff vor. Diese sind gewiss schnell herzustellen und könnten außerdem, geschlitzt an den richtigen Stellen, sehr verführerisch wirken.«

»Du hast recht«, stimmte Sofia begeistert zu. »Wann wird die Schneiderin kommen?«

Giulia zuckte mit den Schultern. »Das werden wir abwarten müssen. Auf jeden Fall noch heute.«

Imperia umarmte die Freundin herzlich. »Du bist wunderbar, Giulia. Ohne dich hätten wir übermorgen alle drei sehr dumm dagestanden.«

❧

»Wir nehmen Barchent«, erklärte die Schneiderin mit einer Stimme, die keinen Widerspruch duldete. »Das ist ein Mischgewebe aus Leinen und Wolle. Es schimmert ein wenig, hat einen sanften Fall und ist in allen möglichen Farben zu haben, weil es sich besser färben lässt als Leinen. Ich würde es in Rot vorschlagen. Das ist eine Farbe, die euch allen dreien steht. Außerdem habe ich ausreichend roten Barchent in meinem Lager und müsste den Stoff nicht erst besorgen. Es soll ja schließlich schnell gehen.«

Die drei jungen Frauen nickten gehorsam. Alles schien ihnen besser, als sich zu dem großen Fest nicht passend ankleiden zu können.

»Wie lang sollen die Gewänder werden? Bodenlang, bis zum Knöchel oder nur bis zur Wade?«

»Bis zum Knöchel wäre uns angenehm«, antwortete Sofia.

»Gut«, stellte die Schneiderin fest und zog aus ihrem Beutel eine Garnrolle, mit der sie die Größe ihrer Kundinnen, von der Schulter abwärts, festhielt und den Faden in Höhe der Fesseln abschnitt. »Einmal messen reicht«, murmelte sie dabei. »Ihr seid ja alle drei etwa gleich groß – und schließlich haben wir wenig Zeit.« Dann erklärte sie ihr Vorgehen: »Mein Stoff liegt etwa zwei Ellen breit. Daraus werde ich sechs Bahnen in der ausgemessenen Länge schneiden. Dann werde ich jeweils zwei Bahnen an den oberen Enden zusammennähen. Nicht ganz natürlich, sondern nur ein kleines Stück an den Schultern. Dazwischen werde ich ein Band fertigen, mit dem man die Weite regulieren kann und das verhindert, dass das Gewand über die Schulter rutscht. Zwangsläufig entstehen durch den so gerafften Stoff vorne und hinten tiefe Ausschnitte. Ein weiteres Band, unter dem Busen gebunden, bringt die Passform und lässt den Stoff in weichen Falten bis zu euren Knöcheln fallen. Des Weiteren werde ich Bänder in Hüfthöhe anbringen, mit denen das Vorder- und das Rückenteil zusammengebunden werden können. Die Folge wird sein, dass ihr euren Gästen bei jeder Bewegung freizügige Einblicke gewährt, aber, wenn ihr stillsteht, als elegant gekleidet wirken werdet.«

»Das ist … unglaublich«, stellte Sofia nach Luft schnappend fest.

Die Schneiderin bestätigte: »Aber ja, ich verstehe mich auf mein Metier. Die Gewänder werden raffiniert sein, sind aber im Übrigen das Einzige, was ich euch in der Kürze der Zeit anbieten kann.«

Imperia, Sofia und Giulia überlegten nicht lange und bestellten die Kleider, die, verbindlich zugesagt, am folgenden Nachmittag geliefert werden sollten.

Nachdem die Schneiderin gegangen war, meinte Thore, der die ganze Zeit auf der Kaminbank gesessen und die Glätteisen, mit denen Griet das große Tafeltuch behandelte, bei Bedarf ausgetauscht hatte: »Ich verstehe nichts von Kleidern, aber wenn ich den Ausführungen richtig folgen konnte, werden es ziemlich aufregende Gewänder sein, die diese Frau euch fertigen will. Eines steht fest, auf die Straße könnt ihr mit den Kleidern nicht gehen. Die gesamte Konstanzer Männerwelt, bis zum Heiligen Vater hinauf, würde Kopf stehen.«

Imperia lachte. »Genau so soll es sein, lieber Freund. Ganz genau so.«

An diesem Abend legte man sich in der »Aphrodite« früh nieder. Der morgige Tag würde, mit den letzten Vorbereitungen für das Fest, noch einmal anstrengend werden. Auch die Vorkehrungen, die Griet für ihre Kocherei benötigte – das Schneiden des Gemüses, das Mahlen der Kräuter, das Würzen und Einlegen der verschiedenen Fleischsorten –, waren sehr aufwändig. Ja, aber dann würde es endlich so weit sein!

Voller Spannung erwarteten Imperia, Sofia und Giulia den Augenblick, da die »Aphrodite« ihre Türe öffnete. Würde sich die ganze Mühe gelohnt haben? Sie waren so aufgeregt, dass sie glaubten, kein Auge schließen zu können. Doch machten sich die vorausgegangenen langen Arbeitstage bemerkbar, und die jungen Frauen schliefen rasch ein.

Auch Thore machte sich zum Niederlegen bereit. Zuvor warf er jedoch noch ein paar Brocken Kohle in den Kamin, wartete, bis sie zu glühen begann, und bedeckte sie dann sorgfältig mit Asche. Meistens gelang es, die Glut auf diese Weise bis zum nächsten Morgen zu bewahren und sich die Arbeit des Feuermachens zu ersparen. Und das war mittels Feuereisen, Feuerstein und Zunder immerhin ein langwieriges, mühevolles Geschäft. Wenn man die Glut aber erhalten konnte, war es leicht, das Feuer neu zu entfachen. Griet konnte dann mithilfe eines Kienspans einfach eine Flamme zu der Feuerstelle ihres Küchenzeltes tragen. Die Kohle war daher eine große Erleichterung, und Thore hatte es übernommen, da er ohnehin am Kamin schlief, die abendliche Prozedur durchzuführen.

Anschließend genehmigte er sich noch einen Becher Met und trank ihn, während er die Leinwandbahn mit dem Abbild Imperias eingehend betrachtete. Caspar Lorenz hatte sie zum Trocknen auf dem Tisch ausgebreitet und wollte sie morgen aufhängen.

Wie schön diese Frau war! Bei Gott, sie konnte einem Mann den Atem rauben! Auch wenn Thore wusste, dass seine Zuneigung zu ihr niemals Erfüllung finden würde, verehrte er Imperia sehr. Und natürlich konnte er seinen Freund Oddo di Colonna verstehen, der sich mit Absicht fern von ihr hielt und sich zugleich nach ihr verzehrte.

Thore seufzte tief, leerte seinen Becher und löschte die Kerzen. Dann streckte er sich auf der Kaminbank aus, zog die Decke über die Schultern und sah in die glimmende Glut. Irgendwann fielen auch ihm die Augen zu.

Es war noch mitten in der Nacht, als er erwachte. Irgendetwas hatte seinen Schlaf gestört, doch noch vermochte er nicht zu sagen, was es war. Alles schien ruhig. Dennoch spürte Thore die drohende Gefahr fast körperlich. Und da er sich im Allgemeinen auf seine Instinkte verlassen konnte, setzte er sich lautlos auf und sah sich um.

Der Raum lag im Dunkeln. Die Glut im Kamin war die einzige Lichtquelle. Dennoch konnte sich der Hauptmann schnell davon überzeugen, dass er allein war. Nein, die Bedrohung befand sich außerhalb des Hauses, da war er sich sicher.

Er wollte sich gerade erheben, als er das leise Kratzen hörte. Sofort wusste er es einzuschätzen: Da musste sich jemand an den Fensterläden zu schaffen machen! Rasch schlüpfte Thore in seine Stiefel und griff nach dem Säbel, der wie üblich und stets griffbereit neben ihm lag. Schon wollte er ins Freie laufen, um den Eindringling auf frischer Tat zu ertappen, als der Fensterladen nachgab und aufsprang. Nun ging alles ganz schnell. Thore konnte die Spitze eines Messers erkennen, die mit zwei raschen Schnitten die Tierblase zerteilte. Und dann kam etwas geflogen – etwas Brennendes, Qualmendes.

Geistesgegenwärtig stürzte Thore herbei und ergriff die Fackel. Sie war auf einer der Bänke niedergegangen und hatte sogleich das Kissen, das darauf lag, entzündet. Auch das über der Lehne hängende, frisch geglättete Tafeltuch, das Griet zudem mit Wachs behandelt hatte, um ihm einen sanften Schimmer zu verleihen und es gegen Schmutz unempfindlich zu machen, fing sofort Feuer. Hastig zerrte Thore mithilfe seines Säbels Kissen und Tuch von der Bank auf den Boden, um den Brand geschwind auszutreten und zu ersticken. Dabei entging ihm jedoch, dass kleine Flammenzungen den Tisch erreicht hatten und über die bemalte Leinwandbahn leckten. Als er es bemerkte, brannte das Bildnis Imperias bereits lichterloh.

»Feuer!«, rief er mit lauter Stimme. Und noch einmal: »Feuer!«

Die Erste, die die Treppe herabgestürmt kam, war Griet. In ihrer Hand trug sie einen Wasserkrug.

»Ich glaube, der Brand ist schon gelöscht«, rief Thore ihr hastig entgegen. »Bleib aber hier und gibt acht, Griet, ob es noch einmal aufflackert. Ich muss hinter dem Brandstifter her.«

In der einen Hand noch immer die brennende Fackel, in der anderen den Säbel haltend, stürmte Thore ins Freie. Sogleich gewahrte er den Schatten eines Mannes, der sich in den Durchgang des Torhauses drückte. Offensichtlich wartete er darauf, das ehemalige Lagerhaus in Flammen aufgehen zu sehen. Da er nun jedoch den Hauptmann erblickte, verschwand er eilig. Als Thore die Gasse erreicht hatte, war von dem Mann weit und breit nichts mehr zu sehen. Auch keine Schritte waren zu hören.

Rechts oder links? In welche Richtung mochte der Brandstifter geflohen sein? Der Hauptmann entschied sich, zunächst zum Hafen hinunterzulaufen. Ohne Erfolg. Auch als er umkehrte und in Richtung Münster hastete, konnte er keine Menschenseele entdecken. Dem Galgenstrick war es gelungen, im Gewirr der Gassen zu verschwinden. Oder war er etwa noch einmal an den Ort seiner Freveltat zurückgekehrt? Thore bekam es mit der Angst zu tun und lief, so schnell er es vermochte, zur »Aphrodite«. Bevor er das

Haus betreten konnte, musste er erkennen, dass die schöne Liebesgöttin neben der Tür stellenweise mit schwarzer Farbe übermalt war. Was für ein trauriger Anblick! Hastig trat Thore ein.

Die Frauen erwarteten ihn aufgeregt. Nur Imperia machte einen vergleichsweise ruhigen Eindruck. In der Hand schwang sie einen Dolch. Fast hätte ihr Auftritt dem Hauptmann ein Grinsen entlockt. Als er jedoch in ihre entschlossenen Augen blickte, verging ihm die Anwandlung. Diese Frau würde sich mit ihrer ganzen Kraft auf jeden stürzen, der ihr, ihren Gefährtinnen oder der »Aphrodite« Übles wollte. Daran konnte kein Zweifel bestehen. Als Imperia den Freund erkannte, senkte sie die Waffe sogleich und atmete erleichtert auf.

»Hast du den Halunken erwischt?«, wollte Giulia wissen. Ihre Augen waren rot. Sie hatte geweint.

Thore schüttelte bitter den Kopf. »Nein, leider nicht.«

»Was ist denn überhaupt geschehen?«, fragte Sofia.

Der Hauptmann berichtete, was sich abgespielt hatte. »Als ich endlich aus dem Haus konnte«, fuhr er fort, »habe ich nur noch einen Schatten gesehen. Ich bin aber überzeugt, dass es sich bei dem Brandstifter um den Mann handelt, der hier gestern im Hof herumlungerte. Und wenn er es war, werde ich ihn finden. Schließlich haben Giulia und ich sein Gesicht gesehen.«

Imperia zuckte mit den Schultern. Sie, die eben noch so entschlossen gewesen war, wirkte nun mutlos. »Und dann? Was wirst du tun mit ihm, Thore? Falls du seiner überhaupt habhaft wirst.«

»Ich werde ihm eine tüchtige Abreibung verpassen und ihn danach der Konstanzer Gerichtsbarkeit übergeben. Mit Männern wie ihm, die innerhalb der Stadtmauern ein Feuer legen, macht man kurzen Prozess.« Er verstummte und fuhr niedergeschlagen fort: »Es tut mir wirklich leid, dass ich nicht besser achtgegeben habe. Und ich könnte es verstehen, wenn ich euer Vertrauen nun verloren hätte und ihr euch lieber einen anderen Beschützer suchen wollt.«

»Bist du von Sinnen, Thore?«, widersprach Imperia eindringlich. Ihre Mutlosigkeit war wie weggeblasen. »Ohne dich und dein geistesgegenwärtiges, beherztes Eingreifen wäre die ganze ›Aphrodite‹ abgebrannt – und wir vielleicht sogar mit ihr. Wir sind dir zu allergrößtem Dank verpflichtet, lieber Freund. Und was unser Vertrauen zu dir angeht – es ist grenzenlos. Oder seid ihr etwa anderer Meinung?« Fragend sah sie die anderen Frauen an. Die stimmten ihr sofort und ohne zu zögern zu.

»Du bist doch nach wie vor unser Held, Thore«, meinte Giulia und umarmte den Hünen dankbar.

Auch Sofia lächelte ihm anerkennend zu. »Bevor das Ganze hier jedoch zu rührselig wird«, entschied sie, »sollten wir uns überlegen, was jetzt zu tun ist. Auf jeden Fall haben wir einstweilen keine Zeit, den Galgenstrick zu verfolgen. Wir müssen uns tummeln, die Schäden zu beheben, die er angerichtet hat. Denn auf unseren großen Tag morgen wollen wir doch alle nicht verzichten. Ich vermute, dass eben dies sein Ziel gewesen ist, und die Genugtuung werden wir ihm nicht geben. Oder?«

Thore nickte nachdenklich. »Das ist natürlich durchaus möglich. Vielleicht ist er der Leiter eines öffentlichen Frauenhauses oder ein Hurenwirt, der die Konkurrenz fürchtet. Aber sei's drum. Das werden wir später klären. Damit wir morgen wie geplant eröffnen können, brauchen wir dringend Matteo und Caspar.«

»Ihr habt recht«, stimmte Imperia zu. »Sobald es Tag geworden ist, werden wir sie verständigen. Einstweilen sollten wir uns jedoch noch einmal niederlegen. Im Dunkeln können wir ohnehin nicht viel ausrichten, und morgen werden wir unsere ganzen Kräfte brauchen.«

Der Rest der Nacht verlief ereignislos. Zwar hielt Thore Wache, um zu verhindern, dass der Brandstifter noch einmal zurückkam, um sein Werk zu vollenden. Aber alles blieb ruhig.

Als der Tag graute, gingen alle an die Arbeit. Griet bereitete einen kleinen Imbiss zur Stärkung, während Sofia sich auf den Weg machte, Matteo und Caspar zu verständigen. Imperia und Giulia begannen, die »Aphrodite« zu säubern. Immerhin hatten nicht nur die Flammen Schaden angerichtet, sondern auch Ruß und Qualm.

Der Maler brachte die erste gute Nachricht: »Die Farbe, mit der die Liebesgöttin verunstaltet wurde, lässt sich entfernen, ohne dass das Gemälde in Mitleidenschaft gezogen wird. Die Säuberung wird nicht lange dauern. Und sobald eine neue Leinwandbahn vorhanden ist, kann ich das Bildnis Imperias neu gestalten. Ich werde mir große Mühe geben, es bis zum Abend fertigzustellen. Weil die Farben dann noch feucht sind, werden wir es sehr vorsichtig aufhängen müssen; an der Wand trocknet es dann von allein.«

Sogleich machten sich Imperia und Giulia auf den Weg, eine weitere Leinwandbahn zu kaufen. Bei der Gelegenheit erstanden sie auch ein neues Tafeltuch und zwei Kissen. Matteo tauschte derweil den verbogenen Riegel am hölzernen Laden gegen einen massiveren Verschluss aus und spannte eine neue Tierblase in das Fenster. Mit vereinten Kräften gelang es ihnen tatsächlich, die Schäden binnen kurzer Zeit zu beheben.

❧

Als es dunkel wurde, war alles bereit: Im Kamin flackerte ein munteres Feuer, zahlreiche Kerzen tauchten den ganzen Raum in warmes Licht, ein Spielmann begann seine Laute zu schlagen, die Tafel war gedeckt und die Speisen warmgestellt. Imperia, Sofia und Giulia hatten ihre pünktlich gelieferten Gewänder angelegt und waren, nach Aussage von Thore Ragnarsson, »die reinste Augenweide«. Auf Schminke hatten die drei Dirnen selbst an diesem Abend verzichtet. Zwar galt ein blasser Teint als Schönheitsideal, und es gab auch eine Paste namens »Cerussa« die, auf die Haut aufgetragen, eine perfekte Blässe hervorrief. Da diese allerdings auch zu schwer heilbaren Abszessen führen konnte, nutzten die drei Venezianerinnen sie nie. Das hatte immerhin zur Folge, dass ihr Teint zwar nicht die gewünschte Blässe aufwies, dafür aber klar und ihre Haut zart war. Zudem hatten sie alle drei ihre Haare aufgesteckt und dufteten dezent nach Rosenwasser.

Vor der Tür wartete die von einer Laterne beleuchtete, makellose Liebesgöttin auf die Gäste. Und der erste Besucher, der sich an ihr erfreute, war Oswald von Wolkenstein. Als er eintrat, nahm Thore ihm Waffe und Mantel ab und versorgte beides in einer eigens dafür aufgestellten Truhe.

Mit ausgebreiteten Armen ging der Ritter und Minnesänger auf seine Gastgeberinnen zu. »Wie wunderschön ihr seid, alle drei!«, lobte er und betrachtete aufmerksam ihre Gewänder. »Dreht euch einmal.«

Lachend kamen Imperia, Sofia und Giulia seiner Aufforderung nach und bewiesen damit, dass er, der Frauenkenner, sich nicht geirrt hatte und ihm die Kleider während ihrer Bewegung aufregende Einblicke gewährten.

Von Wolkenstein lächelte verzückt. »Wie ich bereits sagte: wunderschön!« Dann machte er sich daran, die Einrichtung zu besichtigen. Als er die Leinwandbahnen mit den freizügigen Bildnissen entdeckte, schnalzte er wohlgefällig mit der Zunge. Den Becher Wein, den Griet ihm nun kredenzte, nahm er dankend entgegen und ging damit zum Badezuber hinüber, um ihn einer genaueren Betrachtung zu unterziehen. Dabei nickte er immer wieder beifällig. Auch das Regal mit den Brettspielen schien von Wolkenstein zu gefallen. »Es ist wahrlich an alles gedacht, um einen angenehmen Abend zu verbringen«, rief er begeistert aus. »Ich kann euch zu eurem Haus der mannigfaltigen Freude nur beglückwünschen, meine Schönen.«

Inzwischen waren weitere Gäste eingetroffen. Unter ihnen befanden sich der Garnhändler Imholtz, aber auch Herren, die den drei Huren vollkommen fremd waren. Zwei von ihnen stellten sich als Kaufleute auf der Durchreise vor, die dem Rat eines gemeinsamen Bekannten, des Flamen Luc van Branden, gefolgt waren und die »Aphrodite« aufgesucht hatten.

Bei den übrigen Herren übernahm Oswald von Wolkenstein die Bekanntmachung: »Darf ich vorstellen – dies ist der Schweizer Edelmann Wilhelm von Mülinen. Er kam gemeinsam mit mir im Gefolge des österreichischen Herzogs Friedrich IV., dessen Kammerherr er ist, nach Konstanz. Und diese beiden Herren sind die Ritter Werner und Albrecht von Holtzendorff.« An die Gäste gewandt, fuhr von Wolkenstein fort: »Seht euch um, meine Freunde. Meiner Meinung nach ist dies der behaglichste Ort in ganz Konstanz. Hier findet ihr alles, was euer Herz begehrt: Speis und Trank im Überfluss, Wärme, Geselligkeit und Zerstreuung – aber vor allem Liebreiz und Anmut.«

Die Herren setzten sich zu Tisch und begannen, ausgiebig zu tafeln, wobei auch der Wein in Strömen floss. Ausgelassen forderte von Wolkenstein die drei Gastgeberinnen, die emsig die Becher füllten, auf: »Tanzt für uns, meine Schönen. Wir wollen euch und eure freizügigen Gewänder ausgiebig bewundern.«

Auf diese Bitte waren Imperia, Sofia und Giulia vorbereitet. Und hätte Ritter Oswald sie nicht ausgesprochen, hätten sie die Darbietung dennoch erbracht und ihren eigens dafür einstudierten Tanz vorgeführt. Imperia gab dem Spielmann ein Zeichen, der die Laute nun gegen eine Fidel tauschte und eine Melodie intonierte, die langsam und mit sanft gestrichenen Tönen begann. Die drei jungen Frauen bewegten sich dazu, setzten zierliche Schritte, hoben graziös die Arme, tanzten Wendungen, Verbeugungen und Reverenzen. Schon bald wurde die Musik schneller und schneller und die Bewegungen der Dirnen immer geschwinder. Die verschiedenen Teile ihrer Körper, die die Gewänder dabei freigaben, blitzten stets nur kurz auf, bewirkten jedoch, dass ihre Zuschauer teilweise sogar vergaßen, die Bissen zum Munde zu führen. Immer rascher bewegten sich die Tänzerinnen im Takte der Musik. Bis sie sich am Ende wie Kreisel um sich selbst drehten und ihre Kleider, nachdem sie die Hüftbänder geöffnet hatten, in stetigen Wellen bis zu ihren Leibern hinaufstiegen. Mit einer tiefen Verneigung beendeten sie schließlich ihren Tanz.

Einen Augenblick war es in der »Aphrodite« so still, dass man eine herunterfallende Nadel hätte hören können. Noch immer betrachteten die Zuschauer die schönen Frauen mit offenstehenden Mündern. Danach brach der Tumult los. Die Männer applaudierten begeistert, pfiffen und riefen ihre Bewunderung frei heraus. Und dann hielt sie nichts mehr auf ihren Bänken. Sie umringten die drei Dirnen und griffen zu.

Da es in Freudenhäusern gemeinhin nicht üblich war, sich zu zweit zurückzuziehen und ein intimes Beiwohnen in einer extra Kammer nur die Ausnahme von der Regel darstellte, hatte auch keiner der Herren Hemmungen, sich hastig bis aufs Hemd zu entkleiden und mit den Huren, vor den Augen der anderen, den Beischlaf durchzuführen. Die übrigen, die warten mussten, bis sie an der Reihe waren, legten die Körper der willigen Dirnen frei, streichelten und betasteten sie hungrig, raubten sich Küsse und beobachteten ansonsten das emsige Geschehen.

Nur Imholtz war an der Tafel sitzen geblieben. Er war glücklich verheiratet und wollte sich weder der Sünde des Ehebruchs schuldig machen, noch seiner Gemahlin Kummer bereiten. Stattdessen tat er sich an den köstlichen Speisen gütlich, genoss den süffigen Wein und begann schließlich mit Thore eine Partie Schachzabel.

So wurde der erste Abend in der »Aphrodite« ein voller Erfolg. Und als die Herren sich anschickten sich zu verabschieden, wurden sie von dem Hauptmann diskret auf ein hölzernes Kästchen hingewiesen. Zwar waren anlässlich der Eröffnung alle Dienstleistungen im »Haus der mannigfaltigen Freuden« frei. Dennoch bekamen die Gäste die Gelegenheit, einen Obolus, ihrer Zufriedenheit gemäß, in das Kästchen zu legen.

Der Morgen graute bereits, als auch der letzte Freier ging. Doch keiner von ihnen hatte das Haus ohne die Versicherung verlassen, bald wieder zu kommen. Sofia zahlte den Spielmann aus und bot ihm an, am Abend erneut zu musizieren. Freudig nahm er das Angebot an. Nachdem auch er gegangen war, blieben die jungen

Dirnen und ihre Getreuen allein zurück. Endlich fanden sie die Zeit für einen ruhigen Imbiss und einen guten Becher Wein.

»An unserem Tanz müssen wir noch arbeiten«, gähnte Sofia. »Er macht die Kerle zu gierig. Mir jedenfalls tut jeder Knochen weh.«

Giulia grinste. »Aber genau das haben wir doch mit unserer Vorstellung bezweckt, oder? Du bist nach der langen Mußezeit einfach nichts Gutes mehr gewohnt.«

»Vermutlich hast du recht«, gab Sofia zu. »Dennoch werde ich mich jetzt zurückziehen. Ich wünsche euch allen eine gute Nacht.«

Bevor sie jedoch die Treppe nach oben steigen konnte, hielt Thore sie zurück und brachte die Holzschatulle herbei. »Lasst uns erst noch sehen, ob sich der Abend gelohnt hat«, sagte er, öffnete das Kästchen und schüttete die Münzen auf den Tisch.

Viel zu zählen gab es nicht. Tatsächlich lagen vor ihnen nur sieben Geldstücke – doch jedes von ihnen war ein blanker Rheinischer Goldgulden!

7. KAPITEL

Ein Kardinal, ein Galgenstrick und der König

Man schrieb den 13. Dezember 1414, als sich vier Kardinäle vor dem Kreuzlinger Tor einfanden. Wie es sich gehörte, wurden die hohen Würdenträger von den fünfzehn bereits in Konstanz weilenden Kardinälen und etlichen geistlichen und weltlichen Herren willkommen geheißen. Auch Hauptmann Thore Ragnarsson hatte sich zur Begrüßung eingefunden, denn immerhin war einer der Kardinäle sein Dienstherr: Oddo di Colonna. Er und seine drei Amtsbrüder hatten endlich miteinander Frieden geschlossen und fühlten sich nun bereit, am Konzil teilzunehmen.

Im Übrigen war di Colonna, in der Abgeschiedenheit der dicken Klostermauern, zur Ruhe gekommen. Zwar wurde ihm das Herz noch immer schwer, wenn er an die schöne Imperia dachte, aber die Verzweiflung über ihre Ablehnung war gewichen. Nun freute er sich sogar darauf, die Venezianerin wiederzusehen. Man konnte schließlich befreundet bleiben, ja, sogar das Bett miteinander teilen, nur für sich allein konnte er sie nicht gewinnen. Das hatte der Kardinal begriffen.

Da Papst Johannes XXIII. in der Bischofspfalz am Oberen Münsterhof Wohnung genommen hatte, war auch Oddo di Colonna, als sein Anhänger, dort untergebracht. Thore begleitete den Freund, wies ihm den kurzen Weg über die Hofhalde zur »Aphrodite« und wollte sich rasch verabschieden.

»Du hast es wirklich eilig, zu deinen Schutzbefohlenen zurückzukehren«, murrte der Kardinal. »Ich bin zumindest davon ausgegangen, dass du mir erzählst, was sich in diesem Liebestempel zugetragen hat.«

»Das würde ich wirklich gerne, Oddo«, entgegnete Thore. »Doch ich will noch gar nicht zurück in die ›Aphrodite‹. Dort hat es nämlich erst vor wenigen Tagen einen Brandanschlag gegeben. Wie frevelhaft diese Tat ist, zumal innerhalb der Mauern einer Stadt, muss ich dir nicht erklären. Daher bin ich auch auf der Suche nach dem Brandstifter. Ich habe ihn kurz gesehen und denke schon, dass ich sein Gesicht wiedererkennen würde – vor allem an der auffälligen Narbe, die ihm von der Schläfe über die Wange bis zum Kinn reicht.«

»Ich fürchte, dass es ein ziemlich aussichtsloses Unterfangen ist, in dieser völlig überlaufenen Stadt, in der es vor Konzilsgästen nur so wimmelt, einen Mann zu finden, dessen Namen man noch nicht einmal kennt«, gab der Kardinal zu bedenken.

»Damit hast du natürlich recht«, bestätigte Thore. »Ich vermute jedoch, dass der Galgenstrick unter den Hurenwirten zu finden ist und die Konkurrenz fürchtet. Warum sonst sollte er der ›Aphrodite‹ schaden wollen?«

Nachdenklich legte Oddo di Colonna seine Stirn in Falten. »Das kann natürlich zutreffen. Dennoch macht es das Auffinden des Mannes nicht einfacher. Ich weiß nicht, wie viele Frauenhäuser es in der Stadt gibt. Doch schon auf dem Weg hierher ist mir aufgefallen, dass auf den Märkten zahlreiche Holzbuden stehen, vor denen sich Huren anbieten. Kommt es da wirklich auf ein Bordell mehr oder weniger an?«

»Auch das stimmt«, gab Thore zu. »Und weil das so ist, muss der Brandstifter der Besitzer eines Freudenhauses der besseren Art sein. Und eben davon gibt es nur wenige. Sie aufzusuchen, wird kein Problem darstellen.«

Di Colonna grinste. »Ich sehe schon, ich werde dich nicht aufhalten können, Thore. Also tu du, was du nicht lassen kannst. Ich für meinen Teil werde mich derweil mit der Akte dieses böhmischen Predigers befassen. Jan Hus soll ja wohl inzwischen verhaftet worden sein.«

Das konnte Thore nur bestätigen. »Ja, der Mann hat viel unliebsames Aufsehen mit seinen Reden erregt. Daraufhin hat man ihn für ein paar Tage im Haus des Domkantors festgesetzt. Inzwischen soll er aber in einem Verlies des Dominikanerklosters gefangen gehalten werden. Es liegt auf einer kleinen Insel, nur durch den Stadtgraben von Konstanz getrennt und über eine Brücke zu erreichen. Ich denke nicht, dass die Inhaftierung rechtens ist. Was immer dieser Mann getan haben mag – er steht unter dem Schutz des römisch-deutschen Königs, der ihm freies Geleit zugesichert hat: für die Anreise nach Konstanz, für seine Rückreise nach Böhmen und für die Zeit seines Aufenthaltes in der Konzilsstadt. Hus einzukerkern, bedeutet, das gegebene Wort Seiner Majestät zu brechen.«

Der Kardinal nickte. »Gewiss. Darum werde ich zunächst einmal prüfen, wer den Arrest veranlasst hat. Immerhin leite ich noch immer die Ermittlungen gegen den Prediger, also werde ich mich auch darum kümmern müssen. Aber am Abend werde ich die ›Aphrodite‹ aufsuchen. Dann können wir einen Becher zusammen trinken und einen ausgiebigen Schwatz halten, einverstanden?«

»Da bin ich gern dabei«, gab Thore zurück. »Das heißt natürlich«, fuhr er grinsend fort, »falls du dann überhaupt noch Zeit für mich hast, Oddo. Vielleicht übermannt dich das Wiedersehen mit der schönen Imperia ja so vollständig, dass du keinen Blick mehr für einen alten Freund erübrigen kannst.«

Der Hauptmann erwartete keine Erwiderung, sondern verabschiedete sich lachend und verließ schnellen Schrittes die Bischöfliche Pfalz.

❧

Kurz vor der Abenddämmerung kehrte Thore Ragnarsson unverrichteter Dinge in die »Aphrodite« zurück. Hier war schon alles für das Abendgeschäft bereit, und Thore brauchte nur noch sein Holzkästchen aufzustellen. Nach der Wirkung, den die Schatulle am ersten Abend gehabt hatte, beschloss man, das Rezept beizubehalten: Es wurde kein Geld verlangt, sondern die Freier durften nach Gutdünken bezahlen. Der Erfolg gab ihnen recht. Auch die Gewänder der Dirnen waren nicht geändert worden. Imperia, Sofia und Giulia hatten sich bei der Schneiderin zwar weitere Kleider bestellt, aber in der gleichen Machart, nur in unterschiedlichen Farben.

Wenig später kamen bereits die ersten Gäste. Wie üblich war Oswald von Wolkenstein der Erste, dicht gefolgt von Ulrich Imholtz, dem Garnhändler. Man begrüßte einander auf das Herzlichste. Dann setzten sich die Herren an die Tafel und begannen zu schmausen. Griet hatte sich mit ihren Leckereien wieder einmal selbst übertroffen. Ihr standen nun zwei Küchenmägde zur Seite, die zugleich den Badezuber zu besorgen hatten. Auf diese Weise wurde die Kölnerin deutlich entlastet, und ihr blieb mehr Zeit, die feinsten Köstlichkeiten herzustellen.

Drei Handelsherren waren die nächsten, die die »Aphrodite« betraten. Sie stammten aus Flandern, hatten Tuche nach Konstanz gebracht und würden in zwei Tagen wieder abreisen. Zu Stammgästen konnten sie während ihres kurzen Aufenthaltes zwar nicht werden, aber wegen der guten Geschäfte, die sie in der Konzilsstadt getätigt hatten, saßen ihnen die Beutel zumeist recht locker.

Zum Schluss gab sich der Kammerherr des österreichischen Herzogs, Wilhelm von Mülinen, die Ehre. Und er kam nicht allein, sondern war in Begleitung eines elegant gekleideten Herren mit mächtigem Vollbart – Seine Durchlaucht Friedrich IV. höchstpersönlich! Es war von Wolkenstein, der Imperia den Namen des hochadeligen Herrn selbst zuraunte.

Ehrerbietig versanken die drei Huren zu einer Referenz, doch der Herzog winkte leutselig ab. »Offiziell bin ich gar nicht hier«, grinste er. »Aber die Verpflegung in meiner Herberge ist so katastrophal, dass ich mich von meinen Herren«, er wies auf von Wolkenstein und von Mülinen, »überreden ließ, die vortreffliche Küche der ›Aphrodite‹ zu versuchen.«

»Es ist uns eine große Ehre, Durchlaucht«, lächelte Imperia. »Bitte nehmt an unserer bescheidenen Tafel Platz.«

Der Herzog dankte und entdeckte nun voller Freude den Badezuber. »Ist es wohl möglich, das Mahl in dem Bottich einzunehmen? Ich habe, solange ich in Konstanz bin, kein Bad nehmen können. Die Badehäuser sind mir einfach zu überfüllt, und einen Zuber gibt es dort, wo ich untergebracht bin, nicht. Ihr würdet mir wirklich eine große Freude bereiten.«

»Aber selbstverständlich, Durchlaucht«, entgegnete Sofia. Sogleich machte sie sich auf den Weg, die Mägde anzuweisen. Als sie an Thore vorbeikam, der an der Tür Aufstellung genommen hatte, flüsterte sie ihm zu: »Ein leibhaftiger Herzog in unserer ›Aphrodite‹! Hat man Worte?«

Der Hauptmann lachte. »Ihr drei macht Furore. Und das beweist schließlich, dass euer Geschäftsmodell das richtige ist.«

Sofia nickte zufrieden. »Ja, ich denke das kann man ohne Übertreibung sagen. Im Übrigen bin ich der Meinung, dass wir sogleich eine neue Regel einführen sollten: Sieben Gäste sind genug. Würden wir mehr zulassen, könnten wir uns um den Einzelnen nicht mehr ausreichend kümmern. Er wäre unzufrieden, würde weniger zahlen und nicht wiederkommen. Falls heute Abend also noch weitere Freier Einlass begehren, sollte man sie höflich abweisen und auf morgen vertrösten. Was meinst du, Thore?«

»Ich denke, das müsst ihr zunächst miteinander besprechen. Grundsätzlich gebe ich dir aber recht. Für heute wird allerdings noch ein besonderer Besucher erwartet – mein Dienstherr, Kardinal Oddo di Colonna.«

Sofia kicherte. »Nun, den können wir natürlich auf keinen Fall vor der Tür stehen lassen. Ich bin gespannt, was Imperia zu diesem Gast sagen wird. Oder weiß sie bereits von seinem Kommen?«

»Nein«, lächelte Thore. »Und ich bin mir auch nicht sicher, ob ihr die Überraschung gefallen oder eher unangenehm sein wird.«

Darauf wusste auch Sofia keine Antwort. Außerdem winkte ihr Imperia gerade. Es war an der Zeit, dass der Tanz begann.

❧

Es war bereits dunkle Nacht, als Oddo di Colonna seine Akten endlich beiseitelegen und sich auf den Weg in die »Aphrodite« machen konnte. Bekleidet war er mit einer schlichten schwarzen Soutane und einer gleichfarbigen Calotte. Nichts wies äußerlich auf seinen hohen Kardinalsstand. Wie es in Konstanz Vorschrift war, führte er eine Laterne mit sich. Thore hatte ihn auf die schon mehrere Jahre alte Verordnung[5] aufmerksam gemacht, wonach niemand ohne gut sichtbares Licht bei Dunkelheit durch die Stadt spazieren durfte. Wer sich nicht daran hielt, hatte eine deftige Strafe zu erwarten.

Als der Kardinal von der Krotengasse in das Torhaus abbog, das zur »Aphrodite« führte, wäre er fast mit einem Mann zusammengestoßen, der sich offensichtlich nicht an diese Verordnung hielt. Der Unbekannte murmelte eine Entschuldigung und eilte davon. Zuvor hatte Oddo di Colonna aber deutlich sein Gesicht gesehen, das von einer langen Narbe verunstaltet wurde. Sofort fiel dem Kardinal die Beschreibung ein, die ihm sein Hauptmann von dem Brandstifter, nach dem er auf der Suche war, gegeben hatte. Kein Zweifel – das musste der Mann sein.

Di Colonna zögerte einen Augenblick und wollte erst Thore verständigen. Dann erkannte er jedoch, dass der Galgenstrick so schnell zu Fuß war, dass man ihn bei jeder weiteren Verzögerung aus den Augen verloren hätte. Also machte er sich selbst an die Verfolgung. So konnte er sehen, wie der Mann sich an der Ecke zur Hofhalde in eine Mauerspalte zwischen zwei Häusern drückte, eine brennende Laterne herausfischte und seinen Weg mit ihr ordnungsgemäß fortsetzte. Als er den Stephansplatz erreicht hatte, hielt er sich rechts, passierte das Münster und bog dann in das Gewirr der Gassen des Konstanzer Stadtteils, der sich »Niederburg« nannte.

Schon bald fiel dem Kardinal der bestialische Gestank auf, der hier herrschte und von dem knöcheltiefen Schmutz herrührte, der die Straßen bedeckte. Zwar hatte man in der Mitte der Wege Rinnen eingerichtet, die Mist, Dreck und Fäkalien aufnehmen und bei Regen wegspülen sollten, doch offensichtlich schien die Konstruktion nur mangelhaft zu funktionieren. Schließlich verschwand der Mann in einem dreistöckigen, ziemlich heruntergekommenen Fachwerkhaus, das dringend eines neuen Anstriches bedurft hätte. Über der Tür prangten, in ungelenk geschriebenen Lettern, die Worte »Haus der Wonnen«. Wie es schien, hatte Thore tatsächlich recht gehabt und der Brandstifter war ein Hurenwirt, dem die Konkurrenz der »Aphrodite« ein Dorn im Auge war.

Oddo di Colonna verzichtete darauf, das schmuddelig anmutende Bordell zu betreten. Zwar waren Geistliche in Hurenhäusern, weiß Gott, keine Seltenheit; aber ihm lag viel mehr daran, Auskünfte über den Mann zu erhalten, der die »Aphrodite« bedrohte. Und die würde er in diesem angeblichen Haus der Wonnen gewiss nicht erhalten. Also kehrte di Colonna um, ging zurück in Richtung Münster und betrat schließlich eine Schenke, die in einem Eckhaus, zu Beginn der Niederburg, eingerichtet war. Das Gasthaus war gut besucht, und die Luft, die ihm entgegenschlug, zum Schneiden dick. Es roch nach menschlichen Ausdünstungen, abgestandenen Speisen und schalem Bier.

Oddo di Colonna bestellte sich einen Becher Wein, den er allerdings nicht anrührte, weil das Trinkgefäß vor Schmutz zu starren schien. Seinen Ekel überwindend, setzte er sich auf einen der wenigen freien Plätze und fand sich an einem Tisch mit johlenden, betrunkenen Männern wieder, die sofort Witze über das »Priesterlein« zu reißen begannen.

»Hast du dich verlaufen, Pfaffe?«

Der Kardinal gab sich zurückhaltend. »Ich bin fremd hier.«

»Ah, noch ein Italiener«, lallte einer seiner Tischgenossen. »Fast könnte man glauben, dass die Konzilsbesucher alle nur aus Rom kommen.«

»Ich bin aus Pisa«, erklärte di Colonna, so, als müsse er den Eindruck korrigieren.

Die Männer grinsten belustigt. »Das macht keinen Unterschied«, stellte einer von ihnen fest, während ein anderer wissen wollte: »Und was führt dich nun in diese Schenke? Willst du die armen Konstanzer zur Gottesfürchtigkeit aufrufen oder uns zur Buße anhalten, indem du uns gefälschte Reliquien verkaufst?«

Oddo di Colonna schüttelte den Kopf. »Nein, natürlich nicht. Ich sagte doch, dass ich mich verlaufen habe. Tatsächlich bin ich auf der Suche nach einem Gasthaus, das sich ›Haus der Wonnen‹ nennt. Es wurde mir empfohlen, weil es dort gutes und preiswertes Essen geben soll.«

Entgeistert sahen die Kerle ihn an, und für einen Augenblick wurde es am Tisch ganz still. Dann brach die versammelte Mannschaft in brüllendes Gelächter aus. Einer der Männer, offensichtlich gutmütiger als seine Kumpane, versuchte zu erklären: »Da hat dir aber jemand einen Bären aufgebunden, Priesterlein. Gewiss, im ›Haus der Wonnen‹ kann man seinen Magen füllen, wenn auch nur mit minderwertigen Speisen und zu überhöhten Preisen. In der Hauptsache handelt es sich jedoch um ein Frauenhaus. Und zwar um ein ziemlich verrufenes, weil der Wirt dort junge Mädchen zur Hurerei zwingt. Fast täglich sind die Büttel bei Messer-Gägge, um Anzeigen nachzugehen. Meistens kann man ihm jedoch nichts nachweisen.«

Erschrocken sah Oddo di Colonna den Redner an. »Dann muss ich dem Herrn ja dankbar sein, dass ich dieses Haus nicht gefunden habe.«

Der Mann nickte grinsend und wollte neugierig wissen: »Wer hat die Empfehlung denn ausgesprochen?«

Der Kardinal zuckte hilflos mit den Schultern. »Ich kannte den Mann nicht. Er hat mich auf dem Markt angesprochen.«

»Hatte er eine lange Narbe auf der Wange?«

»Ja, daran erinnere ich mich gut«, erwiderte di Colonna.

»Dann war es Messer-Gägge selbst«, stellte der Frager amüsiert fest. »Er brüstet sich stets damit, dass das Frauenhaus, dem er als Wirt vorsteht, etwas ganz Besonderes ist. Aber wenn er nun schon schlichte Priester ansprechen muss, um sie mit falschen Versprechungen in seine Kaschemme zu locken, scheint es ihm nicht besonders gut zu gehen.«

»Das ist wohl so«, bestätigte Oddo di Colonna. »Auf jeden Fall bin ich froh, dass ihr mir über dieses ›Haus der Wonnen‹ reinen Wein eingeschenkt habt. Somit werde ich es nicht länger suchen müssen, sondern kann mir ein anderes Gasthaus für meine Mahlzeiten suchen.« Er erhob sich. »Doch für heute ist mir der Appetit vergangen. Es wird Zeit, in meine Herberge zurückzukehren.«

Er verabschiedete sich, verließ die Schenke und atmete erleichtert die frische Luft in seine Lungen. Die Auskünfte, die für Thore und die jungen Dirnen der »Aphrodite« wichtig waren, hatte er bekommen.

Wenig später bog der Kardinal in die Krotengasse. Und da es gerade zu regnen begann, beeilte er sich, ins Trockene zu gelangen. In der »Aphrodite« war bereits Ruhe eingekehrt. Der Herzog und die meisten anderen Abendgäste waren aufgebrochen. Nur Giulia hielt sich noch mit einem Freier im Badezuber auf. Es war einer der Kaufleute aus Flandern, der offensichtlich nicht genug von ihr bekommen konnte. Leises Stöhnen bewies, dass die emsige Hure ihm immer neue Wonnen bescherte. Imperia, Sofia und Griet saßen indes am Tisch und hielten hungrig ein üppiges Resteessen, während von Wolkenstein und Thore sich eine Partie Schachzabel gönnten.

Als der Kardinal eintrat, erhob sich Thore sofort und ging ihm entgegen. »Du kommst spät, lieber Freund. Hielten dich deine Akten so lange auf? Wir haben nicht mehr mit dir gerechnet.«

In kurzen Worten teilte Oddo di Colonna dem Hauptmann den Grund für seine Verspätung mit und gab die Auskünfte, die er in Erfahrung gebracht hatte, an ihn weiter. Während er sprach, suchten seine Augen jedoch Imperia. Und als sie ihn gewahrte, sprang sie sofort von der Bank auf und sah ihm voller Freude über das Wiedersehen entgegen.

»Ich werde sogleich losgehen und diesen Messer-Gägge dingfest machen«, raunte Thore dem Kardinal leise zu. »Solange er auf freiem Fuß ist, stellt er für uns eine Gefahr dar, und wir werden keine Ruhe haben. Wirst du bis zu meiner Rückkehr in der ›Aphrodite‹ bleiben, Oddo? Ich lasse die Mädchen bei Nacht nur ungern allein. Am Ende der Treppe hängt ein Säbel an der Wand, für den Notfall. Ich denke aber nicht, dass du ihn brauchen wirst.«

Der Kardinal nickte nur, zum Zeichen, dass er verstanden hatte. Natürlich wusste er als Fürstensohn mit einer Waffe umzugehen. Auch wenn er aus der Übung war, hatte die Unterweisung in diesem Handwerk zu seiner Ausbildung gehört. Im Augenblick war er jedoch mit ganz anderen Gedanken beschäftigt. Mit großen Schritten ging er zu Imperia hinüber. »Es ist mir eine große Freude, dich wohlauf zu sehen«, lächelte er wohlmeinend. »Du wirst immer schöner, wie es scheint.«

Sie dankte ihm herzlich für das Kompliment und bot ihm einen Platz bei Tisch. »Habt Ihr Hunger, Eminenz? Oder vielleicht Durst?«

»Ich würde sagen«, entgegnete di Colonna schmunzelnd, »sowohl das eine als auch das andere. Aber von der Eminenz will ich nichts mehr hören. Wir sind doch immer noch Freunde, oder?«

Imperia strahlte ihn an. »Ja, das sind wir. Von Herzen gern, lieber Oddo.«

Rasch brachte Griet nun ein Brett, eine Schale und einen Löffel, schob dem späten Besucher Platten und Schüsseln entgegen und füllte seinen Becher mit Wein. Der Kardinal dankte freundlich und griff herzhaft zu. Dabei vergaß er nicht, sich aufmerksam umzusehen und wohlgefällig zu nicken. Wie ansprechend alles hergerichtet war, wie sauber und appetitlich! Eine ganze Welt schien zwischen der schmutzstarrenden Schenke, die er gerade verlassen hatte, und der »Aphrodite« zu liegen. Hier konnte man sich wahrlich wohlfühlen.

Thore war bereits fort, und auch von Wolkenstein verabschiedete sich nun. »Gute Nacht, meine Schönen«, sagte er gähnend. »Wenn ihr morgen wieder diesen vorzüglich gebackenen Hecht auftischt, wüsste ich nicht, wo ich meinen Abend lieber verbringen würde als bei euch.«

Griet lachte. Sie freute sich immer, wenn den Gästen ihr Essen mundete. »Dann bis morgen, werter Herr Ritter. Ich werde mich bemühen, einen besonders schönen Hecht für Euch auf dem Fischmarkt zu ergattern.«

Von Wolkenstein nickte zufrieden und ging. Und obwohl er deutlich angetrunken war, vergaß er nicht, seinen Obolus in das Holzkästchen an der Tür zu legen. Griet schickte ihre beiden Mägde nach Hause und verabschiedete sich dann selbst zur Nacht. »Lasst alles stehen. Ich kümmere mich morgen früh darum«, sagte sie noch und verschwand. Kurze Zeit später war auch der flandrische Kaufmann – erschöpft, aber sehr zufrieden – gegangen. Dann wünschten Sofia und Giulia ebenfalls eine gute Nacht.

Imperia und Oddo di Colonna waren endlich allein. Sie löschte die Kerzen und fragte mit leiser Stimme: »Möchtest du mich auf meine Kammer begleiten?«

Der Kardinal antwortete nicht, sondern nahm die junge Frau einfach auf seine Arme und stieg mit ihr die Treppe empor. Oben angekommen, murmelte er: »Du weißt gar nicht, wie sehr ich mich nach dir gesehnt habe, Imperia.« Dann küsste er sie leidenschaftlich.

❧

Nach einem stürmischen Wiedersehen lagen sie eng aneinandergeschmiegt auf der Bettstatt und erzählten einander leise, wie es ihnen während der letzten Wochen ergangen war. Es waren behagliche Minuten, alles um sie herum erschien friedlich und ruhig. Umso mehr schraken sie zusammen, als es unten plötzlich laut wurde. Es krachte, rumste, Holz splitterte.

Oddo di Colonna sprang auf und schlüpfte in Windeseile in

seine Soutane. »Irgendetwas muss bei Thore schiefgelaufen sein«, murmelte er und stürzte auch schon die Treppe hinab.

An ihrem Fuße fand sich, wie von dem Hauptmann beschrieben, ein Säbel. Er hing an der Wand. Der Kardinal griff danach und zog die Waffe hastig aus der Scheide. Dann versuchte er, sich einen Überblick zu verschaffen, indem er seinen Kopf vorsichtig um die Mauerecke schob. Im Halbdunkel erkannte er den Mann, den man »Messer-Gägge« nannte. Seine massige Gestalt hob sich deutlich vor dem Schein des heruntergebrannten Feuers im Kamin ab. In den Händen hielt er eine Axt, mit der er wutschnaubend auf Tische und Bänke einschlug. Die zerhackten Holzteile warf er in die Glut, gefährliche Funken stoben auf.

Todesmutig und mit erhobener Klinge stürzte sich Oddo di Colonna auf den Feind. Für einen Augenblick war der Hurenwirt überrascht. Offensichtlich hatte er damit gerechnet, in der »Aphrodite« nur Frauen vorzufinden. Als er jedoch die Soutane bemerkte, grinste er. Der Angreifer schien ihm nicht sonderlich gefährlich. Immerhin konnte sich der Kardinal den Augenblick der Verwirrung zunutze machen und den Eindringling am Arm verletzen. Allerdings nur leicht.

Messer-Gägge lachte höhnisch auf. »Willst du mich kraulen, Pfaffe? Wenn du mich besiegen willst, musst du dir schon mehr einfallen lassen.« Dann fiel der Blick des Hurenwirtes auf Imperia, die dem Kardinal gefolgt war und sich ängstlich an den Treppenaufgang drückte. »Siehe da«, spottete er, »ein Leckerbissen, der sich auch in meinem Hause gut ausnehmen würde. Sei versichert, Pfaffe. Wenn ich mit dir fertig bin, werde ich mir die kleine Hure schnappen. Ich weiß gut, wie man sich die Weiber gefügig macht. Und wenn ich sie eingeritten habe, wird sie mir die Füße küssen, um für mich arbeiten zu dürfen.«

Er feixte böse und wandte di Colonna nun wieder seine ganze Aufmerksamkeit zu. Lauernd beäugte er den Kardinal, dann schoss plötzlich seine Hand mit der Axt vor, mit einer Behändigkeit, die man dem schweren, feisten Mann kaum zugetraut hatte. Die

Schneide traf di Colonna an der Hüfte. Zwar konnte dieser geistesgegenwärtig zurückspringen und somit eine schwere Verletzung verhindern, dennoch begann Blut zu fließen. Er biss die Zähne zusammen und griff nun seinerseits an. Doch im Gegensatz zu seinem Gegner fehlte es ihm an Kampferfahrung. Als er die Klinge hob, schlug Messer-Gägge erneut mit einer Schnelligkeit zu, dass man seiner Axt kaum mit den Augen zu folgen vermochte. Ein heller, metallischer Klang war zu vernehmen, als Axtblatt und Säbel aneinanderstießen. Gleich darauf flog eine der Waffen im hohen Bogen durch die Luft. Es war die Axt. Der Hurenwirt schien selbst überrascht. Er brüllte auf und stürzte sich wütend auf den Kardinal.

Inzwischen hatten sich auch Sofia, Giulia und Griet eingefunden. Mit angstgeweiteten Augen sahen sie den beiden Männern zu, die wild miteinander rangen. Nun konnte man Oddo di Colonna nicht gerade einen Hänfling nennen: Er war kräftig, mit breiten Schultern und einem stämmigen Körper. Doch wenn er sich auch tapfer wehrte, seinem Gegenüber war er eindeutig unterlegen. Plötzlich bückte sich der Hurenwirt und zog blitzschnell ein Messer aus dem Schaft seines Stiefels. Noch während die Frauen erschrocken aufschrien und auf die Knie sanken, um zu beten, führte der Eindringling sein Messer gegen die Brust des Kardinals. Zwar wurde die Klinge durch irgendetwas aufgehalten und stach nicht zu tief, aber Oddo di Colonna geriet dennoch ins Straucheln und ging zu Boden. Die drei Huren und Griet erschraken zutiefst, brachten aber keinen Ton mehr über die Lippen.

Das ist das Ende, dachte Imperia verzweifelt und beobachtete, wie Messer-Gägge zu seiner Axt ging und sie grinsend aufhob. Dabei beging er jedoch die Unvorsichtigkeit, der jungen Frau den Rücken zuzuwenden. Und diesen winzigen Augenblick nutzte Imperia. Schnell griff sie sich die schwere Pfanne vom Tisch, in der Griet den gebackenen Hecht serviert hatte, und schlug sie dem Hurenwirt todesmutig und mit aller Kraft auf den Kopf. Mit starrem Blick ließ der Mann seine Axt fallen und stürzte wie ein gefällter Baum zu Boden.

Mühsam rappelte sich Oddo di Colonna auf. »Gut gemacht«, murmelte er. Gebeugt und mit hängenden Armen stand er da, selbst einer Ohnmacht nahe. »Schnell!«, rief er dann mit letzter Kraft. »Löscht das Feuer und bringt etwas, womit wir den Kerl an Händen und Füßen binden können.« Dann sank der Kardinal wieder zu Boden.

Imperia lief zu ihm und kniete nieder, um seine Wunden zu untersuchen. Sofia und Giulia schöpften derweil mit Eimern Wasser aus dem Badezuber und gossen es in die immer kräftiger lodernden Flammen. Indes suchte Griet fieberhaft nach Bändern, die man dem Hurenwirt als Fesseln anlegen konnte. Und dann stand plötzlich Thore in der aufgebrochenen Tür. »Was ist denn hier los?«, wollte er entgeistert wissen.

Vor Erleichterung, ihn zu sehen, stiegen Imperia die Tränen in die Augen. »Wie gut, dass du da bist! Endlich! Ich fürchte, der Kardinal benötigt einen Medicus.«

Thore warf einen flüchtigen Blick auf Oddo di Colonnas Wunden. »Sie sind nicht tief, verbinde sie einfach. Wenn du hast, gibt etwas Salbei-Tinktur auf die Schnitte. Dann heilen sie besser«, riet er. Eilig prüfte er, ob das Feuer vollends gelöscht war und nahm schließlich Griet die Lederriemen aus der Hand, mit denen sie versuchte, den Galgenstrick, der langsam wieder zu sich kam, zu binden. »Der Kerl ist doch kein Rollbraten«, grinste Thore und legte gekonnt die Fesseln an.

Als Imperia die Wunde an Oddo di Colonnas Brust versorgte, entdeckte sie das Kreuz Jesu, das er an einer Kette um den Hals trug. Der Anhänger war es, der die Messerklinge aufgehalten hatte!

❧

Holz galt als vielverwendetes Baumaterial – auch in Konstanz. Feuersbrünste waren daher eine allgegenwärtige und ständig gefürchtete Bedrohung innerhalb der Stadtmauern. Das Brandlegen war im Gesetz der Stadtfriedensordnung ein Bußdelikt, das mit der Todesstrafe geahndet wurde. Dabei wurde unterschieden zwischen der fahrlässigen Brandstiftung, die lediglich das Auspeitschen und eine Geldstrafe zur Folge hatte, einfacher Brandstiftung, die mit Enthauptung bestraft wurde, und der absichtlich vollzogenen Brandstiftung, der das Erhängen als Strafe folgte. Als besonders schweres Vergehen galt die heimliche, speziell die nächtliche Brandlegung, die mit der Spiegelstrafe des Verbrennens gerichtet wurde. Und eben diese Strafe erwartete Messer-Gägge, unabhängig davon, ob man ihm zudem eine Mordabsicht beweisen konnte.

Die Stadtfriedensordnung war in dieser Beziehung hinlänglich bekannt – auch der Gemeinschaft der »Aphrodite«. Und als sie ihren wohlverschnürten Peiniger von den Stadtbütteln abholen ließen, war ihnen allen bewusst, dass sie den Hurenwirt in den sicheren Tod schickten. Gewiss, es würde noch eine Gerichtsverhandlung geben, auf der zumindest Thore als Zeuge befragt werden würde, aber die Verbrechen Messer-Gägges waren so eindeutig, dass es keinen Zweifel an der Härte des Urteils geben konnte. Mitleid hatte der Frevler nicht zu erwarten. Im Gegenteil, in der Krotengasse war man allgemein erleichtert, dass die Bedrohung, die tagelang von diesem Mann ausgegangen war, endlich ein Ende gefunden hatte.

Am Abend des folgenden Tages konnte die »Aphrodite« wie gewohnt öffnen. Das Feuer hatte keinen großen Schaden angerichtet, weil das aus dem Kamin gefallene Holz nur auf den eisernen Funkenschutz geraten war. Die beschädigte Bank und der Tisch waren repariert, die Haustür notdürftig geflickt.

»Wir sollten die neue Tür aus hartem Eichenholz fertigen und sie mit Eisenbeschlägen zusätzlich verstärken«, riet Matteo.

Imperia, Sofia und Giulia stimmten zu, und der Auftrag wurde an die Schreiner weitergeleitet.

»Es wird ein paar Tage dauern, bis das neue Tor fertig ist«, erklärte Matteo, »aber dann habt ihr eine wirklich sichere Eingangspforte.

Und wenn ihr wollt, werde ich mich, bis es so weit ist, des Nachts zu Thore gesellen und die ›Aphrodite‹ und euren Schlaf bewachen.«

»Darüber wollten wir ohnehin mit dir sprechen«, erklärte Imperia. »Magst du ab heute ganz für uns arbeiten? Du weißt, wir konnten dir das Angebot nicht früher unterbreiten, weil wir erst abwarten mussten, wie sich unsere Einnahmen entwickeln. Aber nun würden wir dir gern eine Stellung als Hauswart anbieten.«

Matteo zögerte nur kurz. Steinmetze waren in Konstanz zur Zeit nicht sehr gefragt. Zwar wurde noch immer an der nördlichen Stadtmauer gebaut, aber die Stellungen waren alle mit Einheimischen besetzt. Ansonsten errichtete man zumeist nur behelfsmäßige Hütten, und dabei brauchte man weder Steinmetze noch Maurer. Eine dauerhafte Beschäftigung war daher nicht zu verachten, erst recht nicht im Dienste von Arbeitgeberinnen, die zuverlässig Löhne auszahlten. Und dass dies in der »Aphrodite« der Fall war, wusste er schließlich aus eigener Erfahrung.

Also nahm Matteo das Angebot gerne an und gehörte nun zur festen Belegschaft des kleinen, aber inzwischen sehr einträglichen Bordells.

❧

Es war Mitte Dezember des Jahres 1414, als die französische Delegation in Konstanz eintraf – Erzbischöfe, Bischöfe, aber auch studierte Geistliche und die Gelehrten von der Universität in Paris. Doch noch immer fehlten die Engländer, die Spanier und vor allem der König. Zwar hatte Papst Johannes XXIII. das Konzil für eröffnet erklärt, aber einstweilen geschah nichts. Es gab keine Tagungssitzungen, keine Vorträge und keine Diskussionsrunden. Eine ganze Stadt wartete.

Endlich, am 24. Dezember, fanden sich Botschafter ein, die meldeten, dass die Ankunft König Sigismunds unmittelbar bevorstünde. Mit ihm wurde Königin Barbara erwartet, außerdem ihre Schwester, die böhmische Königin Anna, sowie Kurfürst Rudolf von Sachsen. Die Herrschaften kamen auf direktem Wege aus

Stuttgart, so hieß es, und würden zunächst in Überlingen, auf der anderen Seeseite, Station machen.

Daraufhin entwickelte sich in Konstanz eine fieberhafte Betriebsamkeit, und für die hohen Gäste wurde alles vorbereitet. Im Rathaus am Fischmarkt, in dem König und Königin offiziell willkommen geheißen werden sollten, heizte man tüchtig ein und stellte edlen Wein zur Begrüßung bereit. Zu guter Letzt wurden die Schiffer, die mit ihren Barken und Kähnen im Hafen lagen, aufgefordert, nach Überlingen überzusetzen, um die edlen Besucher samt Gefolge einzuholen.

❧

Im Freudenhaus in der Krotengasse hielt man am Heiligen Abend eine besondere Überraschung für die Gäste bereit. Schließlich war es die letzte Nacht des Jahres. Am folgenden Tage, dem Weihnachtsfest zur Feier von Christi Geburt, würde das neue Jahr 1415 beginnen. Zeitig öffnete die »Aphrodite« am 24. Dezember ihre nagelneue Tür. Immerhin wurde ein Teil der Gäste zur Christmette im Münster erwartet. Daher würden sie das Bordell früher verlassen müssen.

Der Abend begann wie üblich. Nach und nach trafen die Besucher ein und setzten sich an die lange Tafel, die mit köstlichen Speisen gedeckt war. Als alle gesättigt schienen, wurden die Schlüssel und Platten jedoch abgeräumt. Das gefiel vor allem den Stammgästen nicht sonderlich. Sie waren es gewohnt, den ganzen Abend über speisen zu können. Doch Sofia beruhigte die Herren: »Wir werden später wieder auftischen. Einstweilen brauchen wir jedoch den Platz, und zwar für eine besondere Nachspeise. Und Ihr könnt gewiss sein«, fügte sie geheimnisvoll hinzu, »dass der Hauptbestandteil dieser Nachspeise so besonders ist, dass Ihr ihn noch nicht einmal anschneiden werdet.«

Daraufhin verschwand der Unwille in den Gesichtern der Gäste und wich einer gespannten Neugierde. Und dann war es endlich so weit. Vier Männer, an jeder Ecke einer, trugen ein Holzbrett herein, das fast so groß war wie die Tischplatte. Vorsichtig setzten sie ihre Last auf der langen Tafel ab. Die Herren verstummten vor Überraschung. Denn auf dem Brett lag Imperia – nackt, wie der Herrgott sie erschaffen hatte. Ihre herrlichen blonden Haare waren wie ein Sternenkranz um ihren Kopf ausgebreitet, ihre Augen geschlossen und ihr Körper über und über mit Leckereien bedeckt: Da gab es getrocknete und in Honig eingelegte Früchte, allerlei Lebkuchen, Waffeln, Eiercremes, gefülltes Gebäck, Nüsse und natürlich Käse, der, nach Ansicht der Anwesenden, jede gute Mahlzeit beenden sollte.

»Habe ich Euch zu viel versprochen?«, wollte Sofia lächelnd wissen. Die Herren antworteten nicht. Sie waren noch immer sprachlos. Und während Giulia Mundtücher verteilte und Griet die Becher mit einem gewärmten, mit Gewürzen angereicherten Wein füllte, fuhr Sofia fort: »Gegessen wird bitte mit den Händen. Löffel werden daher keine benötigt. Bei Bedarf dürft Ihr aber gern Eure Lippen und Zungen zu Hilfe nehmen. Und die Messer bleiben bitte vollständig in ihren Futteralen. Aber das versteht sich ja wohl von selbst, denn wie ich bereits sagte: Keiner von Euch, Ihr edlen Herren, wird diese besondere Nachspeise anschneiden wollen.«

Einmal mehr zeigten sich die Besucher der »Aphrodite« von dem Einfallsreichtum ihrer Gastgeberinnen begeistert und stürzten sich voller Inbrunst auf die angebotenen Süßigkeiten. Dabei wurden die Körperteile Imperias, die die größten Begehrlichkeiten weckten, natürlich und in stiller Übereinkunft zuerst freigelegt. Und da der gewärmte Würzwein während des süß-pikanten Mahles in Strömen floss, fiel auch die Beherrschung rasch. Ohne Hemmungen leckten, saugten und fingerten die Herren an Imperias Körper herum. Sogar der Herzog von Österreich, der seine Speisen vorzugsweise im Badezuber einzunehmen pflegte, war mit von der Partie und beschäftigte sich eingehend mit den Früchten, die auf Imperias rechter Brust drapiert waren. Da sie in Honig eingelegt waren, hatten sie dort eine klebrige Spur hinterlassen, die sich nur mit der Zunge beseitigen ließ.

Thore und Matteo standen zwar im Hintergrund, hielten aber ein wachsames Auge darauf, dass die Herren nicht zu stürmisch wurden. Auch Oddo di Colonna beteiligte sich nicht an dem Festessen. Er hatte dem Spektakel den Rücken zugewandt und kämpfte mit seiner Eifersucht. Mitfühlend legte Thore ihm die Hand auf die Schulter. »Du wusstest von Anfang an, dass sie eine Hure ist«, sagte er leise. »Gräm dich also nicht. Und einer Sache kannst du gewiss sein: In ihr Bett lässt sie ausschließlich dich.« Oddo di Colonna nickte, zum Zeichen, dass er die Worte verstanden hatte. Doch getröstet fühlte er sich nicht.

Als es von den Konstanzer Kirchtürmen zur abendlichen elften Stunde läutete, mussten sich die meisten Herren verabschieden. Thore achtete darauf, dass sie, trotz des überstürzten Aufbruchs, nicht vergaßen, das Holzkästchen an der Eingangstür zu bedenken. Für die köstlichen Speisen, das Naschwerk und die edlen Weine hatten ihre Gastgeberinnen schließlich tiefer als sonst in den Beutel greifen müssen. Und es ging natürlich nicht an, dass sie auf ihren Kosten sitzen blieben.

Kurz vor Mitternacht begaben sich die verbliebenen Gäste der »Aphrodite«, die drei jungen Dirnen und ihre Getreuen an den Strand des Bodensees. Dort hatten sich schon viele Konstanzer eingefunden und warteten auf das Läuten der Kirchenglocken, die das Christfest und das neue Jahr verkündeten.

Als es dann endlich zwölf schlug, hob ein Heidenlärm an. Die Glocken klangen, Trommeln wurden geschlagen und Schalmeien geblasen – je unharmonischer und lauter, desto besser. Schmiede hieben mit ihren Hämmern laut auf ihre Ambosse ein, und die Menschen machten einen ohrenbetäubenden Lärm, mit allem, was ihnen an Geräten zur Verfügung stand. Unten am Ufer wurden zudem Feuerräder entzündet. Auch Thore hatte eines vorbereitet, das er nun mit einem Kienspan entflammte. Schließlich galt es, die bösen Geister und die Dunkelheit zu vertreiben – ein vorchristlicher Brauch, der sich auch bei den gottesfürchtigen Konstanzern erhalten hatte.

Dann verstummten die Menschen plötzlich. Auf dem dunklen See waren Lichter zu erkennen, die langsam näherkamen und immer zahlreicher wurden. Furchtsam bekreuzigten sich die eben noch so ausgelassen Feiernden am Strand. Hatten sie am Ende die bösen Geister, die sie vertreiben wollten, mit ihrem Lärmen herbeigerufen? Immerhin sollten in den Raunächten um den Jahreswechsel herum übernatürliche Kräfte am Werk sein und Dämonen der »Wilden Horde« durch die Lüfte ziehen, um den Menschen zu schaden.

Doch bald beruhigten sich die Furchtsamen wieder. Es stellte sich nämlich heraus, dass es sich bei den Lichtern um die mit Fackeln beleuchteten Konstanzer Schiffe handelte, die aus Überlingen zurückkehrten. Und wie ein Lauffeuer verbreitete sich nun die Nachricht: Der König kommt!

Seine römisch-deutsche Majestät Sigismund, aus dem Hause derer von Luxemburg, hielt endlich seinen Einzug in Konstanz.

8. KAPITEL

Die Schwarze Königin

IN DEN ERSTEN TAGEN DES JAHRES 1415 verschaffte sich der römisch-deutsche König Sigismund einen Überblick über die bisherigen Geschehnisse des Konzils. Dabei gab er sich angesichts des Jan Hus gegenüber gebrochenen Versprechens auf freies Geleit zwar zornig, tat aber nichts, um den böhmischen Prediger aus seiner misslichen Lage im Verlies des Klosters auf der Dominikanerinsel zu befreien. Um Seine Majestät nicht als wortbrüchig gelten zu lassen, erklärte die Hohe Geistlichkeit des Konzils – unter ihnen auch Kardinal Oddo di Colonna – die königliche Zusage für nichtig. Schließlich war Hus nicht bereit, seine ketzerischen Ansichten gegen Papst und Klerus zurückzunehmen. Und da er somit gegen die Kirche sprach, konnte für ihn auch nicht mehr die weltliche Ordnung zuständig sein, sondern einzig und allein kirchliches Recht. Sigismund erhob keinen Einspruch gegen die Entscheidung und konnte auf diese Weise seine Hände in Unschuld waschen. Das war ihm schon allein deshalb wichtig, weil er es sich nicht mit den Böhmen verderben wollte, deren Königskrone, die zur Zeit sein Halbbruder Wenzel trug, er einmal erben wollte.

Natürlich konferierte König Sigismund auch mit Papst Johannes XXIII. Dabei wurde ihm schnell klar, dass der Heilige Vater eifrig die Absetzung seiner Konkurrenten – Papst Gregor XII. und Papst Benedikt XIII. – betrieb. Wenn er allein übrig blieb, so dachte Johannes XXIII., wäre das Schisma schließlich auch beendet.

König Sigismund war jedoch anderer Ansicht. Er bestand darauf, einen neuen und von allen anerkannten Papst zu wählen, und drängte Papst Johannes XXIII. daher zurückzutreten. Schließlich zeigte sich der Heilige Vater dazu bereit – allerdings nur unter der Bedingung, dass auch seine beiden Konkurrenten auf ihre Papstwürde verzichteten. Insgeheim rechnete sich Johannes XXIII. dabei dennoch eine gute Chance für seine Neuwahl aus. Schließlich stellten die italienischen Kardinäle in Konstanz eine Mehrheit, und ihrer Stimmen konnte er sich sicher sein.

Sigismund durchschaute die Taktik und ließ sich etwas einfallen: Nach seiner Rücksprache mit einflussreichen Kirchenrechtlern wurde dem Konzil eine neue Wahlordnung gegeben. Diese besagte, dass die Abstimmung nicht, wie bisher üblich, nach Köpfen erfolgen sollte, sondern vielmehr nach Nationen. Das bedeutete, dass die Italiener in Konstanz nur noch eine Stimme besaßen – ebenso wie die Engländer, die Franzosen, die Spanier und die Deutschen.

Johannes XXIII. sah seine Felle davonschwimmen und überlegte bereits, Konstanz zu verlassen. Doch der König nahm ihm den Eid ab zu bleiben. Schließlich wäre das Konzil, ohne die Anwesenheit eines Papstes, nicht mehr beschlussfähig.

Auch in der »Aphrodite« änderte sich nach dem Eintreffen König Sigismunds einiges. Unter den Männern des königlichen Gefolges und den hochrangigen Besuchern, die nun in Konstanz Einzug hielten, sprach es sich schnell herum, wie angenehm die Aufenthalte in dem kleinen Bordell in der Krotengasse waren, wie unterhaltsam es dort zuging. Die Schönheit der drei venezianischen Huren, die exquisiten Speisen, die edlen Getränke, die Spiel- und Bademöglichkeiten, aber auch Sauberkeit und Ordnung wurden in den Kreisen der Hochedlen sehr geschätzt und waren schon bald in aller Munde. Wie selbstverständlich begann man, sich in der »Aphrodite« zu verabreden, um einen angenehmen Abend unter seinesgleichen verleben zu können.

Kaufleute auf der Durchreise, einst gern gesehene, spontane Besucher des Bordells, gehörten der Vergangenheit an. Von nun an mussten die Abendgäste einen Platz reservieren, waren daher handverlesen und auf eine Anzahl von maximal zehn Personen beschränkt. Das Konzept des italienischen Händlers Giovanni De Rosa war somit vollständig aufgegangen. Zwar gab es in Konstanz bereits weitere Hurenhäuser, die sich bemühten, die Geschäftsidee nachzuahmen, aber in einer Zeit der Wohnungsknappheit war es ihnen so gut wie unmöglich, ausreichend große Räumlichkeiten zu finden, die sie komfortabel genug herrichten konnten. Das gefeierte Original war und blieb daher die »Aphrodite« – eine Stellung, die dem Haus ungeheure Einnahmen und ihren Liebesgöttinnen kostbare Geschenke bescherte.

❧

»Es steht zu erwarten«, erklärte Thore eines Tages, »dass die florentinische Banco Medici über kurz oder lang eine Bankfiliale in Konstanz einrichten wird. Bis es aber so weit ist, können wir unser Geld und eure Juwelen nicht länger unter einem gelösten Dielenbrett in der ›Aphrodite‹ aufbewahren. Ich schlage daher vor, dass wir uns entweder eine mit Eisen beschlagene Truhe herstellen lassen, die mit mehreren Schlössern versehen und so schwer ist, dass man sie nicht einfach wegzutragen vermag, oder uns einen seriösen Goldschmied suchen. Die Angehörigen dieser Zunft haben in der Regel sichere Vorkehrungen gegen Einbruch getroffen.«

Matteo stimmte zu. »Leider verfügt die ›Aphrodite‹ über kein Kellergewölbe, indem man Wertgegenstände sicher aufbewahren könnte. Eine andere Möglichkeit wäre, unter der Treppe eine Vorrichtung zu mauern, die sich nur mit einer massiven Eisentür öffnen ließe. Ich befürchte jedoch, dass man diese Arbeiten nicht so geheim halten könnte, wie es erforderlich wäre. Darum würde auch ich euch zu dem Vorschlag mit dem Goldschmied raten. Wenn ihr es wünscht, kann ich mich ja einmal diskret umhören.«

Imperia und Sofia waren sofort bereit, seinem Vorschlag zu folgen. Auch Giulia schloss sich an, klatschte dabei begeistert in die Hände. »Hättet ihr euch das jemals träumen lassen, damals in Venedig, als wir unsere Piccoli noch für eine Minestrone zusammenkratzen mussten, dass wir uns einmal den Kopf darüber zerbrechen, wo wir unser vieles Geld am sichersten aufbewahren können?«

Alle stimmten in ihr vergnügtes Gelächter ein.

Tatsächlich gelang es Matteo schon bald, einen angesehenen Goldschmied ausfindig zu machen, der bereit war, das Vermögen der »Aphrodite« zu verwahren. Zwar musste dafür eine Gebühr entrichtet werden, doch die Erleichterung, Geld und Wertsachen endlich in größtmöglicher Sicherheit zu wissen, war die Kosten allemal wert.

Um zu verhindern, dass ganz Konstanz erfuhr, wo die Gemeinschaft des Freudenhauses ihre Ersparnisse deponierte, wurde die Fastnachtszeit mit ihren Masken und Verkleidungen genutzt. Als rote Teufelchen aufgetan, die im Gedränge der feiernden Narren nicht auffielen, betraten Imperia, Sofia und Giulia eines Tages die angesehene Goldschmiedewerkstatt in der Münstergasse. Jede von ihnen hielt ein Kästchen, mit ihrem Namen versehen, unter ihrer Kleidung verborgen. Der Inhalt wurde gezählt, aufgelistet, und die Kästchen schließlich im gut gesicherten und zusätzlich bewachten Kellergewölbe hinterlegt.

Ansonsten verlief die Fastnachtszeit in der Krotengasse ausgelassen und vergnügt. Immerhin stammten die drei Inhaberinnen des Liebestempels aus Venedig und waren somit durchaus erfahren im Feiern des Karnevals. Am Ende der Fastnacht begann dann die vierzigtägige Fastenzeit vor Ostern – auch in einem Hurenhaus. Von nun an war nur noch eine Mahlzeit am Tage erlaubt und der Verzehr von Fleisch verboten. Auch andere tierische Produkte wie Eier, Milch, Butter und Käse standen auf der Verbotsliste, ebenso Alkohol, das Tanzen und fleischliche Genüsse.

Frei nach dem Motto »Zu jedem Verbot gibt es Ausnahmen!«

hatte man vor allem in den Klöstern hilfreiche Tricks erdacht, um die strengen Fastenregeln zu umgehen. Da Fisch als Fastenspeise erlaubt war, wurden nun auch Enten und Gänse kurzerhand zu Wassertieren erklärt und als solche mit Fischen gleichgesetzt, weil sie laut Schöpfungsgeschichte am selben Tag erschaffen wurden. Auch die Biber mit ihrem wohlschmeckenden Fleisch zählten wegen des unbehaarten Schwanzes plötzlich zu den Fischen. Gegen Muscheln und Krebse gab es keine Einwände, ebenso wenig wie gegen Mehlspeisen und Trockenfrüchte. Und was den Wein anging: Mit Wasser verdünnt, durfte er, wenn man ein Auge zudrückte, getrunken werden. Wie viel Wassers es dabei bedurfte, war jedoch nicht festgelegt

Griet war gern bereit, diese Klosterregeln zu übernehmen. Und auch die Geschichte mit dem »Herrgottsbscheißerle« gefiel ihr. Danach hatten die Mönche eines Klosters mit dem Namen »Maulbronn« während der Fastenzeit ein Stück Fleisch kleingehackt, es mit Spinat und Kräutern vermischt und anschließend in einem Teigmantel verborgen. Diese Speise, die man entweder braten oder in einer Brühe kochen konnte, hatten sie schließlich »Maultaschen« genannt. Nun konnte sich Griet nicht wirklich vorstellen, dass der Herrgott sich so einfach täuschen ließ, glaubte aber auch, dass er schon aufgrund der fantasievollen Herstellung ein Auge zudrücken würde. Nur die Sache mit dem Ferkel, das ein Mönch in einen Brunnen geworfen und, nachdem es ertrunken war, als Wassertier bezeichnet hatte, ging ihr dann doch zu weit. Auf jeden Fall konnte sie auf diese Weise ihre abendliche Tafel auch während der Fastenzeit abwechslungsreich decken – ein Umstand, den die Gäste sehr zu schätzen wussten.

Vor allem der österreichische Herzog Friedrich IV., ohnehin ein gern gesehener Stammgast, wurde während der Fastenzeit ein täglicher Besucher. Er bewunderte Griets Küche und fühlte sich auch ansonsten wohl in der »Aphrodite«. Obwohl er niemals einer der Huren beiwohnte, genoss er ihre Schönheit und die übrigen Annehmlichkeiten des Hauses.

Auch den Abend des 19. März 1415 verbrachte Seine Durchlaucht in der Krotengasse. Wie häufig wünschte er, im Badezuber zu speisen, orderte danach eine kräftige Rückenmassage bei Sofia und setzte sich anschließend entspannt an den Kamin, um einen Becher Wein zu genießen und ein vertrauliches Gespräch mit Thore zu führen.

»Gesetzt den Fall, ich würde heute beim Abschied eine größere Summe in euer Holzkästchen legen«, sagte Friedrich IV. leise, »könnte ich dann in einigen Tagen einen Teil des Geldes zurückfordern?«

Verwundert sah Thore ihn an. »Ich fürchte, Euer Durchlaucht, ich verstehe nicht ganz …«

Der Herzog nickte schmunzelnd. »Natürlich nicht. Ich habe mich sehr nachlässig ausgedrückt. Lass mich versuchen, mein Ansinnen zu erklären. Dafür müsste ich jedoch absolute Diskretion einfordern. Kannst du mir die zusagen, Hauptmann?«

»Aber selbstverständlich«, entgegnete Thore. »Verschwiegenheit ist in der ›Aphrodite‹ ehernes Gesetz.«

»Dann stell dir vor, mir geschieht etwas, und ich wäre von heute auf morgen mittellos. Es wäre hilfreich, wenn ich in diesem Fall auf eine geheime Bank zurückgreifen könnte. Verstehst du nun, was ich meine?«

»Von der Sache her schon«, gab Thore zögernd zurück. »Allerdings könnte ich mir keinen Umstand vorstellen, der Euch in eine derartige Situation bringen sollte, Durchlaucht.«

»Gut, dann will ich dir gegenüber ganz offen sein. Es gibt einen Mann, dem ich einen Freundschaftsdienst schuldig bin. Wenn ich ihm aber diesen Gefallen erweise, stelle ich mich gegen den König und hätte harte Strafen zu erwarten – unter anderem die Einziehung meines Vermögens. Gewiss wird mir Seine Majestät über kurz oder lang verzeihen; aber vorübergehend könnte ich in Ungnade fallen und wäre auf eine geheime Rücklage angewiesen.«

Thore begriff. »Damit würden aber auch wir in der ›Aphrodite‹ in Gefahr geraten, nicht wahr? Jemandem zu helfen, der den

Unwillen des Königs auf sich gezogen hat, kann schließlich gleichfalls Strafen nach sich ziehen.«

»Das ist richtig.« Der Herzog nickte. »Aber ich versichere dir, dass es so weit nicht kommen wird. Du müsstest mir vertrauen, ebenso wie ich dir.«

Thore blieb unschlüssig. Um nichts auf der Welt wollte er die Bewohnerinnen der »Aphrodite« einer Gefahr aussetzen. Andererseits hatte er den Herzog als Ehrenmann kennengelernt, der nicht leichtfertig ein Versprechen gab und offensichtlicher Hilfe bedurfte.

Friedrich zog einen Lederbeutel hervor. »Das sind 500 Goldgulden. Ich bitte dich um die Möglichkeit, 400 davon binnen der nächsten zwei Monate zurückfordern zu können. Wenn ich es nicht tue und die Zeit ungenutzt verstreichen lasse, gehört das ganze Geld euch.«

Noch immer zweifelnd, ob er richtig handelte, nahm Thore den schweren Beutel an sich.

Zwei Tage später war die Aufregung groß und Papst Johannes XXIII. geflohen. Seine drohende Absetzung und die zunichtegemachte Hoffnung auf eine Wiederwahl hatten den Heiligen Vater zu diesem Schritt bewegt – in aller Heimlichkeit versteht sich. Trotz des geleisteten Schwures, in der Stadt zu bleiben, hatte er im Gefolge Herzog Friedrichs IV., als Stallbursche verkleidet, Konstanz durch das Emmendinger Tor verlassen.

Der König war außer sich. Vor allem, weil das Konzil ohne Papst nun nicht mehr beschlussfähig war, aber auch wegen des Eidbruchs des Papstes. Sigismund hatte Johannes XXIII. vertraut, war überzeugt von seinem guten Willen gewesen, das Abendländische Schisma endlich zu beenden. Auch der Vertrauensbruch des Herzogs traf Seine Majestät tief. Friedrich IV. war doch ein verständiger Mann, der wusste, was auf dem Spiel stand. Wie hatte er da die Flucht des Papstes unterstützen, ja, überhaupt erst möglich machen können? König Sigismund war tief enttäuscht und sandte sogleich seine Schergen aus, um die Flüchtigen zu verfolgen. Unter allen Umständen musste der Heilige Vater zurück nach Konstanz gebracht werden. Und auch Herzog Friedrich sollte sich für seine Tat verantworten müssen und wurde daher einstweilen unter die Reichsacht gestellt.

Oswald von Wolkenstein, der am Abend dieses nachrichtenreichen Tages in die »Aphrodite« kam, zeigte sich von der Flucht Johannes' XXIII. entsetzt, bemühte sich aber um Verständnis für den Herzog. »Friedrich IV. stand im Bund mit dem Papst und war als Ehrenmann im Grunde verpflichtet, ihm zu helfen. Und dennoch – wenn das Konzil nun im Chaos versänke, trüge mein Dienstherr, den ich bisher sehr geschätzt habe, daran eine große Mitschuld. Das Schisma zu beenden, ist allemal wichtiger, als sein Wort gegenüber einem Mann zu halten, den die Nachwelt ohnehin einen ›Gegenpapst‹ nennen wird.«

Thore lauschte von Wolkensteins Worten, blieb aber selbst stumm. Er war in großer Sorge. Hätte er vorher gewusst, was der Herzog plante, wäre er niemals auf das Geschäft mit ihm eingegangen. Zu groß war nun die Gefahr, dass der verstimmte König nach Schuldigen suchte und von irgendjemandem einen Fingerzeig in die »Aphrodite« bekam.

Als alle Gäste gegangen waren und die Frauen sich zurückgezogen hatten, nahm Thore den schweren Beutel mit den Golddukaten, den er unter einem Dielenbrett verborgen hielt, aus seinem Versteck und trug ihn nach draußen, um ihn in einer Nische des Küchenzeltes zu vergraben. Als er das Zelt wieder verließ, stand plötzlich Oddo di Colonna vor ihm und musterte ihn erstaunt. Doch dann grinste er. »Nun Thore, habe ich dich erwischt? Plünderst du zu nächtlicher Stunde insgeheim Griets Vorräte?

Der Hauptmann mühte sich, sein Erschrecken zu verbergen, und lachte leise. »Leider vergebens. Ich hatte gehofft, noch ein paar Bissen von den vortrefflichen Ferchen vorzufinden, aber die haben offensichtlich bereits einen anderen Abnehmer gefunden.

Doch sag, Oddo, was führt dich zu dieser späten Stunde her?«

Der Kardinal seufzte. »Seine Majestät hat uns nicht früher fortgelassen. Immer wieder wollte er wissen, ob es außer dem Papst und dem Herzog noch weitere Verräter gibt, die das Konzil gefährden. Er ist gerade in der richtigen Stimmung, Mitwisser und Mittäter ausfindig zu machen und hart zu bestrafen.«

»Das kann ich mir vorstellen«, gab Thore besorgt zurück, doch der Kardinal achtete nicht auf ihn. »Nun bin ich dem Hof aber entkommen«, fuhr di Colonna mit seiner Rede fort, »und kann nach meiner Imperia schauen. Hat sie sich schon zur Nacht niedergelegt?«

Thore war beruhigt. Bisher schien noch kein Verdacht auf ihn oder die »Aphrodite« gefallen zu sein. Wenn es anders wäre, würde sein Freund Oddo es wissen und nicht mit Vorwürfen sparen.

❧

Zwei Tage darauf, es war am späten Nachmittag, betrat ein Bote des Königs das Freudenhaus in der Krotengasse. Sein Erschrecken über diesen Besuch tunlichst verbergend, fragte Hauptmann Ragnarsson ihn nach seinem Begehr.

»Seine Majestät bittet die Hure Imperia, sich heute Abend zur achten Stunde im ›Haus zur wilden Katz‹, in der Sankt-Paulsgasse, einzufinden.«

Thore hatte das Gefühl, einen derben Hieb in die Magengrube zu erhalten. »Aber nein«, wehrte er erblassend ab. »Sie weiß doch gar nicht ... In Wahrheit bin ich derjenige, den der König sucht.«

Der Page lachte belustigt auf. »Nichts für ungut, Hauptmann. Aber ich kann mir beim besten Willen nicht vorstellen, dass Seine Majestät das, was er bei Imperia sucht, bei Euch finden wird.«

Verständnislos sah Thore den Boten an. »Aber was will der König denn von ihr?«

Nun war es an dem Pagen, überrascht dreinzuschauen. »Ich kann Euch nicht folgen. Wir befinden uns hier in einem Bordell, nicht wahr? Was erwartet man hier für gewöhnlich?«

Endlich verstand Thore. »Seine Majestät will Imperia …?«

Der Bote verdrehte die Augen ob der Tölpelhaftigkeit. Wäre er selbst ein wenig intelligenter gewesen, hätte er vielleicht Verdacht geschöpft. So aber wollte er nur seinen Auftrag so schnell wie möglich ausführen und fühlte sich daher bemüßigt zu erklären: »Der König reist nur mit seiner Gemahlin und ohne seine Mätresse. Daher möchte er sich mit einer hiesigen Hure, deren Schönheit er in den höchsten Tönen loben hörte, vergnügen. Und weil Seine Majestät dafür kein gewöhnliches Freudenhaus aufsuchen kann, bittet er die Dirne in das ›Haus zur wilden Katz‹. Was findet Ihr daran so ungewöhnlich, Hauptmann?«

»Nichts, rein gar nichts«, beeilte sich Thore nun zu versichern. »Ich habe dich anfangs lediglich falsch verstanden, Page. Verzeih. Selbstverständlich wird sich Imperia zur genannten Zeit am genannten Ort einfinden. Es wird ihr eine Ehre sein.«

Es war ihr eine Ehre.

Imperia, aber auch Sofia und Giulia konnten ihr Glück kaum fassen. Seine Majestät, der römisch-deutsche König Sigismund, einer der mächtigsten Männer der Welt, hatte nach einer von ihnen schicken lassen! Mit diesem Aufstieg hatte selbst ein De Rosa nicht rechnen können.

Der Rest des Tages wurde damit verbracht, Imperia in wohlduftenden Ingredienzien zu baden und sie zu beraten, welches Kleid, welche Frisur und welche Juwelen sie zu diesem ungeheuerlichen Anlass tragen sollte. Am Ende stand die junge Hure, auf das Feinste herausgeputzt, in der »Aphrodite« und wurde von ihren Freunden bewundert. Nur sie selbst fühlte sich nicht wohl. Natürlich, die Aufregung mochte dazu beitragen, aber auch das Gefühl, verkleidet zu sein.

Thore, der beabsichtigte, Imperia bis zum »Haus zur wilden Katz« zu begleiten, stand bereits in der Tür und mahnte, dass sie, wenn sie pünktlich sein wollten, aufbrechen müssten. Doch Imperia schüttelte den Kopf.

»Nein, so kann ich nicht gehen«, entschied sie. Rasch entkleidete sie sich, legte die kostbaren Juwelen ab und löste ihre aufgesteckten Locken, sodass ihr das herrliche Blondhaar als einziger Schmuck über die Schultern flutete. Dann verbarg sie ihre Nacktheit einzig unter einem nachtblauen, pelzverbrämten Umhang und zog die Kapuze auf den Kopf. »Nun bin ich fertig, und wir können aufbrechen«, sagte sie schmunzelnd. Und als Erklärung fügte sie hinzu: »König Sigismund ist ein Mann der Tat. Er wird sich nicht lange damit aufhalten wollen, eine Hure zu entblättern. So hat er alles, wonach ihm gelüstet, griffbereit. Das wird ihn zwar überraschen, ihm aber gewiss auch gefallen. Schließlich hat der arme Mann, den gerade so viele Sorgen drücken, ein wenig Spaß verdient.«

❧

Wie es heißt, soll Seine Majestät seinen Spaß gehabt haben. Allerdings war Sigismund nicht an einer langen leidenschaftlichen Nacht gelegen, sondern vielmehr an einer kurzen Entspannung. Er wollte sich lediglich ein wenig ablenken und hernach einen ruhigen Schlaf genießen, der ihm schon länger versagt geblieben war. Imperia erfüllte ihm diesen Wunsch, und schon bald sank der König in die Kissen der komfortablen Bettstatt zurück, über die ein blausamtener Himmel gespannt war. Müde schloss er die Augen.

»Du kannst gehen«, murmelte er. »Deine Bezahlung werde ich dir morgen zukommen lassen.«

Imperia erhob sich schweigend. Obwohl Sigismund als säumiger Zahler bekannt war, machte sie sich keine Sorgen um ihren Lohn. Gleichgültig, ob der hohe Herr bezahlte oder nicht, ihr Ansehen war mit dieser Zusammenkunft derart gestiegen, dass sie auf die paar Münzen durchaus verzichten konnte.

Schnell kleidete sie sich an – was sich immerhin problemlos bewerkstelligen ließ. Lediglich hatte sie ihre Schnabelschuhe mit den hölzernen Trippen an die Füße zu ziehen und sich ansonsten nur noch in ihren wärmenden Umhang zu hüllen. Als sie gleich darauf leise den Raum verließ, drangen vom Bett her bereits tiefe Schnarchgeräusche. Lächelnd zog Imperia die Tür hinter sich zu.

Schon bei ihrer Ankunft war ihr aufgefallen, dass es sich bei dem »Haus zur wilden Katz« um ein großes, hochherrschaftliches Anwesen handelte. Daher fiel es Imperia auch nicht ganz leicht, im Dunkeln den Ausgang wiederzufinden.

Eine Weile irrte sie durch Gänge und über Treppen und bemerkte schließlich ein Licht, das aus einer nur halb geschlossenen Tür fiel. Sie trat näher und warf einen Blick durch den Spalt. Was sie entdeckte, war eine Art Laboratorium, mit einem Ofen, mit Tigeln, Mörsern, Waagen und absonderlich geformten Glasgefäßen. An einem Tisch saß eine Person und hantierte mit einem Pulver. Sie trug einen weiten Leinenkittel, vor den eine feste Lederschürze gebunden war.

Ohne sich umzuwenden, fragte die Person: »Was tust du hier?«

Mit Erstaunen stellte Imperia fest, dass es sich um eine Frau handelte. »Verzeihung, aber ich … ich suche den Ausgang des Hauses«, antwortete sie unsicher.

»Warte«, kam es zurück. Offensichtlich war die Frau nicht bereit, ihre Arbeit zu unterbrechen. Nach einer Weile fluchte sie wie ein Stallknecht und warf die Gerätschaften, mit denen sie hantiert hatte, wütend auf den Boden. Dann zog sie ein Buch heran und las eine Passage. Kopfschüttelnd erhob sie sich schließlich und wandte sich um.

Vor Überraschung stockte Imperia der Atem. Bei der Frau, die in diesem Laboratorium werkelte, handelte es sich um keine Geringere als die römisch-deutsche Königin Barbara von Cilli. Ein Zweifel war nicht möglich, erst gestern hatte Imperia Ihre Majestät mit Gefolge in der Stadt gesehen. Und sie war von so erlesener Schönheit gewesen, dass eine Verwechslung undenkbar war.

»Tritt näher«, befahl die Königin, die im Lichte stand und die Besucherin im Dunkeln nicht sehen konnte.

Gehorsam betrat Imperia das Laboratorium.

»Du bist schön«, stellte Barbara von Cilli fest. »Bist du die Hure, nach der mein Gemahl schicken ließ?«

Imperia konnte nur nicken.

Die Königin lachte. »Du musst deswegen nicht verlegen sein. Mir ist durchaus bekannt, dass mein König eine Mätresse hat und hin und wieder eine Gespielin nebenher. Solange diese Frauen keinen Einfluss auf ihn ausüben, ist es mir recht. Hat er dich wenigstens gut bezahlt?«

Imperia, noch immer verschüchtert, antwortete mühsam: »Seine Majestät schläft.«

Barbara von Cilli lachte. »Ja, so kenne ich ihn. Aber keine Sorge, du wirst deine Entlohnung erhalten. Und was ist nun dein Problem? Du findest den Ausgang nicht?«

»Es war dunkel, und ich hatte keine Laterne«, gab Imperia zurück.

Die Königin begriff. »Du kannst dir gleich eine von meinen nehmen. Einstweilen benötige ich für meinen Versuch jedoch alles Licht, über das ich verfüge.« Sie wandte sich wieder ihrer Arbeit zu und begann erneut, ein Pulver zu mischen. »Interessiert es dich, was ich hier treibe? Dann tritt näher.«

Gehorsam folgte Imperia der Anweisung. Und als sie neben der Königin stand, erklärte diese: »Wie jeder ehrgeizige Alchemist suche natürlich auch ich nach dem ›Stein der Weisen‹, der unedle in edle Metalle verwandeln, Krankheiten heilen kann und eine verjüngende Wirkung haben soll. Manchmal stelle ich in meinen Laboratorien, die mich auf allen meinen Reisen begleiten, aber auch nur Schönheitsmittelchen her – zum Beispiel eine Salbe gegen meine Sommersprossen. Derzeit hingegen versuche ich, mit einem Pulver aus Quecksilber, Arsen und einigen anderen Zutaten Kupfer in Silber umzuwandeln. Ich nutze dafür die Aufzeichnungen eines berühmten Alchemisten aus dem Orient. Aber irgendwie will mir das Kunststück nicht gelingen.«

Als die Königin ihr Pulver abermals gemischt und es durch Zusätze die Konsistenz einer Paste angenommen hatte, reichte sie den Tigel Imperia. »Ich werde noch einmal prüfen, ob ich auch wirklich nichts vergessen habe. Könntest du inzwischen weiter rühren?«

Die junge Hure gehorchte, und die Königin zog noch einmal ihr Buch zurate. »Ah, da könnte der Fehler liegen«, stellte sie schließlich fest. »Das Rezept ist so verschlüsselt angeordnet, dass ich eine Ingrediens bisher völlig übersehen habe.«

Und während Imperia die Paste noch immer mit einem hölzernen Löffel rührte, gab die Königin ein paar Tropfen aus einer Phiole in die Masse. Eine Weile sah sie zu, wie die neuerliche Beimengung untergemischt wurde, dann meinte sie: »Ich denke, jetzt ist es genug.«

Sie nahm den Tigel wieder an sich und bestrich gleich darauf mit seinem Inhalt eine kupferne Schale. Und tatsächlich – das Kupfer begann sich weiß zu verfärben. Eine Weile beobachteten Königin und Hure die Veränderung gespannt, dann jubelten beide. Ohne Zweifel hatte sich das Kupfer verwandelt, und die Schale wirkte nun, als sei sie aus purem Silber. Vorsichtig stellte Barbara von Cilli sie mittels einer Zange in ein Regal. »Morgen werde ich den Strich prüfen und die Hammerprobe vornehmen. Dann werden wir sehen, ob unsere Arbeit wirklich erfolgreich war.«

Mit einem herzlichen Gruß und einer Laterne wurde Imperia verabschiedet.

❧

Am folgenden Tag erzählte die schöne Dirne ihren Freunden ausführlich von ihren Erlebnissen des Vorabends. Auch Oddo di Colonna, der zugegen war, lauschte gespannt Imperias Bericht. Dann sagte er: »Ist dir bekannt, dass die Gemahlin unseres Königs Missfallen erregt hat – vor allem wegen der Selbstständigkeit, die sie an den Tag legt, aber auch wegen der zweifelhaften Wissenschaften, die sie betreibt? In Kirchenkreisen nennt man sie bereits, natürlich nur hinter vorgehaltener Hand, die ›Schwarze Königin‹ und ein ›boshaftes Weib‹. *Wäre* Barbara von Cilli eine

Bürgerliche, hätte man sie vermutlich schon längst der Hexerei angeklagt.«

Imperia zuckte mit den Schultern. »Nein, wie eine Hexe hat Ihre Majestät ganz gewiss nicht auf mich gewirkt. Vielmehr wie eine sehr belesene Frau, die in ihrem Laboratorium durchaus weiß, was sie tut. Im Übrigen ist sie eine ausgesprochene Schönheit und war mir gegenüber sehr freundlich, aufgeschlossen und …«

Ein Klopfen an der Tür unterbrach sie. Ein Bote König Sigismunds bat um Einlass und überreichte einen Beutel aus feinstem Leder. Er enthielt fünf Goldgulden.

Imperia lachte vergnügt. »Das war wahrlich leicht verdientes Geld.«

Wenig später erschien ein weiterer Bote. Er überbrachte ein Schreiben der Königin, die Imperia mitteilte, dass Seine Majestät sie am Abend erneut zu sehen wünsche. Ihre Majestät hingegen würde ihre geschätzte Gehilfin gern zwei Stunden vorher in ihrem Laboratorium empfangen.

Diese Verabredung blieb an vielen Tagen der nächsten Wochen bestehen – bis Barbara von Cilli Imperia schließlich einen unglaublichen Vorschlag machte: »Was würdest du davon halten, wenn du mit deiner ›Aphrodite‹ hierher umziehst? Dieses Haus ist groß, komfortabel und gewiss bequemer als das alte Lager in der Krotengasse. Handwerker gibt es genug in Konstanz, und so könntest du das ›Haus zur wilden Katz‹ in wenigen Tagen nach deinen Wünschen und Bedürfnissen umgestalten.«

Verwirrt fragte Imperia die Königin: »Warum tut Ihr das alles für mich, Majestät? Ich meine nicht nur das Angebot für die ›Aphrodite‹, ich meine auch die Aufmerksamkeit, die Ihr mir, einer unbedeutenden Hure, schenkt.«

Barbara von Cilli lächelte. »Dafür gibt es mehrere Gründe. Zum einen ist es deine Bescheidenheit. Weder dem König, der dich übrigens gleichfalls sehr schätzt, noch mir gegenüber hast du jemals einen Wunsch geäußert. Zum anderen sind es deine Loyalität und Verschwiegenheit. Ich habe dir erzählt, dass die Gerätschaften, die ich in Silber verwandelt habe, nur den Anschein erwecken, als seien sie zu Edelmetall geworden. Und ich habe dir gesagt, dass ich die Gegenstände dennoch als Silber verkaufen werde, weil der König ständig Geld braucht. Das ist Betrug, der sofort auffallen würde, wenn man die Schalen, Kannen, Krüge und Kerzenhalter mit einem Hammer zerschlüge. Dennoch hast du es nicht verraten. Am meisten aber schätze ich deine Unabhängigkeit. In dieser Beziehung sind wir uns sehr ähnlich. Wir sind beide starke Frauen, wir wissen, was wir wollen, und erreichen es in der Regel auch. Und so unterschiedlich wir von unserer Herkunft auch sein mögen, sehe ich dich doch als Seelenverwandte. Ist dir das Erklärung genug?«

In der »Aphrodite« beriet man das unerwartete Angebot der Königin ausführlich und entschied schließlich, es anzunehmen. Zwar hatten sie nicht vor, sich zu vergrößern und zusätzliche Huren in ihre Gemeinschaft aufzunehmen. Aber die Räumlichkeiten in der »Wilden Katz« passten doch besser zu den hohen Gästen, die Imperia, Sofia und Giulia inzwischen aufsuchten. Für die jungen Frauen selbst würde alles wesentlich bequemer werden: Sie würden richtige Räume bewohnen und nicht mehr in winzigen Kammern hausen. Auch Thore müsste nicht mehr auf der Ofenbank schlafen, Matteo hätte eine vernünftige Bleibe und würde sein Bett nicht länger mit einem anderen Gesellen teilen müssen, und Griet könnte endlich in einem richtigen Küchenhaus arbeiten und nicht mehr in einem windigen Zelt. Außerdem hätten sie durch den Platzgewinn die Möglichkeit, einen zweiten Badezuber aufzustellen. Mehr als einmal war es nämlich zu Missstimmungen gekommen, weil der eine Bottich zu lange besetzt war. Alles in allem würde der Umzug also nur Vorteile bringen.

»Und was ist, wenn es sich das Königspaar anders überlegt? Können wir seiner Gunst denn auf Dauer gewiss sein? Oder müssen wir damit rechnen, von heute auf morgen auf der Straße zu landen?«, gab Sofia zu bedenken.

»Wer kann das schon sagen?«, entgegnete Imperia. »Daher schlage ich vor, dass wir die ›Aphrodite‹ einstweilen behalten. Der Pachtzins ist ohnehin entrichtet. Vielleicht sollten wir eine Herberge daraus machen – für durchreisende Kaufleute zum Beispiel. Auf diese Weise verdienen wir zusätzlich ein wenig Geld. Matteo könnte sich darum kümmern. Und wenn ihm die Arbeit hier und in der ›Wilden Katz‹ zu viel wird, sucht er sich eben noch einen Gehilfen.«

Alle zeigten sich zufrieden mit der Lösung, ebenso wie sie über die Veränderung glücklich waren. Natürlich würde man, bis das »Haus zur wilden Katz« bezogen werden konnte, den Betrieb in der »Aphrodite« weiterführen.

Nur Oddo di Colonna war nicht wohl bei der Entwicklung. Es war schließlich unschwer vorherzusehen, dass Imperia in Zukunft noch weniger Zeit für ihn haben würde. Natürlich wusste er, dass er daran nichts ändern konnte. Das Angebot, seine Mätresse zu werden, hatte sie ja abgelehnt, und ihre Meinung dazu hatte sie gewiss nicht geändert – nun, da sie so erfolgreich war. Also blieb ihm nur zu hoffen, dass sie sich zumindest hin und wieder ein wenig Zeit für ihn nehmen würde. Sie fehlte ihm, nicht nur im Bett, auch die gemeinsamen Gespräche. Er hatte sich angewöhnt, ihr alles zu erzählen, was ihn beschäftigte. Und mehr als einmal konnte sie ihm bei der Lösung eines Problems mit einem guten Ratschlag helfen. Der Kardinal hoffte sehr, dass sich daran auch in Zukunft nichts ändern würde.

Gewiss hatte Oddo di Colonna mit seiner Einschätzung recht. Vor der Gemeinschaft der »Aphrodite« lag eine arbeitsreiche Zeit – eine Zeit, in der sie sich mit den vielen Ereignissen, die sich in Konstanz abspielten, kaum noch beschäftigen konnten. Und um ehrlich zu sein: Die einzige Frage, die sie in diesem Zusammenhang wirklich interessierte, war, wie lange das Konzil, das sich für sie zu einer reichen Goldgrube entwickelt hatte, noch andauern würde.

Natürlich vergaß Imperia über ihrem Erfolg nicht ihre Freunde, zu denen sie ganz gewiss auch Oddo di Colonna zählte. Er war in ihrem Leben zu einem wichtigen Mann geworden, den sie nicht mehr missen wollte und für den sie sich immer wieder Zeit nahm.

Eines Abends lagen sie wieder einmal nebeneinander auf ihrer Bettstatt. Sie hatten sich zärtlich geliebt und unterhielten sich danach, wie üblich, leise miteinander.

»Wenn wir erst in die »Wilde Katz« umgezogen sind, werden wir es uns bequemer machen können«, lächelte Imperia.

Der Kardinal seufzte und bemühte sich, auf dem schmalen Lager eine bequemere Position zu finden. »Ja, das ist auf jeden Fall eine der angenehmen Seiten dieses Umzugs. Wie weit sind die Arbeiten denn inzwischen vorangeschritten?«

»Es steht alles zum Besten«, entgegnete Imperia zufrieden. »Die Kammern von Thore und Matteo, rechts und links neben der Eingangstür, sind fertig. Und im zukünftigen Baderaum wird gerade der steinerne Fußboden gebaut. Der neue Badezuber kann schon nächste Woche aufgestellt werden. Im großen Empfangssaal des Hauses werden in Zukunft die lange Tafel und die Spieltische sein. Die hinteren Räume wurden abgegrenzt, haben einen eigenen Eingang und stehen weiterhin dem König und der Königin zur Verfügung. Die Schlafzimmer im ersten Stock sind groß und hell. Sechs an der Zahl wird es geben. Vier für uns Frauen und zwei für die Freier, die Diskretion schätzen. Es wird schon alles, im Vergleich zu diesem alten Lagerhaus hier, sehr komfortabel werden.«

Eine Weile wurde es still zwischen ihnen, bis Imperia wissen wollte: »Und wie ist es dir in den letzten Tagen ergangen, Oddo?«

»Nun ja«, entgegnete der Kardinal gedehnt. »Die Flucht des Papstes wirft, wie du dir denken kannst, einige Probleme auf. Wir können besprechen, was wir wollen, die Beschlussfähigkeit fehlt uns. Das bedeutet natürlich, dass wir mit der Beilegung des Schismas nicht so recht vorankommen. Das ist sehr unerfreulich, zumal der Heilige Vater noch immer nicht gefunden wurde.«

»Ich verstehe überhaupt nicht«, entgegnete Imperia, »warum

ihr euch damit so schwertut. Wenn ich einem Handwerker einen Auftrag erteile und er ihn nicht ausführt, gehe ich zu seinem Meister. Der wird es schon richten. Wenn der Heilige Vater flieht und sich damit verweigert, das Konzil weiterhin zu führen, solltet auch ihr, die in Konstanz weilenden weltlichen und geistlichen Eliten, zu dem Meister des Papstes gehen. Und das ist bekanntlich …«

Am 6. April 1415 verabschiedete die Konzilsversammlung ein Dekret, das von Kardinal Oddo di Colonna und seinem Amtskollegen Guillaume Fillastre verfasst worden war. Es besagte, dass die Konstanzer Kirchenversammlung unmittelbar von Christus bevollmächtigt sei. Und dieser Vollmacht zu gehorchen, sei jeder gehalten – egal welchen Standes, selbst wenn es der päpstliche sein sollte.

Zwei Tage zuvor war ein böhmischer Gelehrter in Konstanz eingetroffen und hatte im »Haus zum Delphin« in der Sankt-Paulsgasse Unterkunft gefunden. Er hieß Hieronymus von Prag, war ein Freund des immer noch inhaftierten Jan Hus und wie dieser ein Mitstreiter um die Wyclif'sche Lehre, die den politischen Machtanspruch des Papstes bestritt und für die gesamte Geistlichkeit ein Leben in urchristlicher Bescheidenheit forderte.

Hieronymus hielt sich in seiner Heimatstadt Prag auf, als er von der Gefangennahme Jan Hus' erfuhr, und hatte sich sogleich auf den Weg an den Bodensee gemacht, um dem Freund zur Seite zu stehen. Kurz nach seiner Ankunft wurde er jedoch von seinen böhmischen Landsleuten gewarnt: »Das Konzil findet keine Einigkeit, weil die Päpste in Rom und Avignon sich weigern abzudanken und auch weil Johannes XXIII. durch die Flucht seinen Machterhalt zunächst erreicht hat. Im Augenblick ist an eine Beendigung des Schismas nicht zu denken, und von der notwendigen Kirchenreform, die ein Thema des Konzils sein sollte, redet keiner mehr. Es geht nur noch um Jan Hus und seine angeblichen Verfehlungen. Ja, man wirft ihm sogar vor, dass er in der Prager Bethlehemskirche nicht auf Latein, sondern auf Tschechisch gepredigt hat. Es steht daher zu befürchten, dass die Konzilsteilnehmer, um ein Exempel zu statuieren und überhaupt etwas zu vollbringen, Hus tatsächlich als Ketzer verurteilen. Derzeit kann jedenfalls keiner für ihn sprechen, ohne sich nicht selbst in Bedrängnis zu bringen.«

Hieronymus von Prag begriff, dass er dem Freund nicht helfen konnte, sondern sich selbst in großer Gefahr befand. Bevor sich seine Anwesenheit in Konstanz herumgesprochen hatte, gelang es ihm, sich auf die andere Seeseite, nach Überlingen, zurückzuziehen. Von dort aus beantragte er beim Konzil sicheres Geleit. Da ihm dieses nicht gewährt wurde, machte er sich niedergeschlagen auf den Heimweg …

»Nun sind weitere Schergen unterwegs«, berichtete Oddo di Colonna in der »Aphrodite«. »Die einen suchen den flüchtenden Papst, die anderen verfolgen den Prager Gelehrten Hieronymus. Ich wünschte nur, dass die einen oder die anderen endlich Erfolg haben, damit das Konzil weitergehen kann.«

»Aber warum um alles in der Welt verfolgt ihr den Böhmen?«, wollte Imperia wissen. »Er hat sich doch schon ganz von allein auf den Heimweg gemacht und wird das Konzil nicht stören.«

»Es geht ums Prinzip«, entgegnete di Colonna. »Wie können wir jemanden ziehen lassen, der derart ketzerische Ansichten vertritt?«

Imperia schüttelte verständnislos den Kopf. »Tausende und Abertausende von Menschen sind nach Konstanz gekommen, um ein Konzil abzuhalten. Viele von ihnen haben dafür eine weite und beschwerliche Reise auf sich genommen. Nun ist alles versammelt, was Rang und Namen hat. Ihr könntet Beschlüsse fassen, die die Welt verändern. Und was macht ihr? Ihr pocht auf Prinzipien. Was für eine Verschwendung!«

9. KAPITEL

Im »Haus zur wilden Katz«

FAST ANDÄCHTIG BEOBACHTETEN IMPERIA, Sofia und Giulia den Maler Caspar Lorenz, der letzte Hand an sein Kunstwerk legte.

»So, fertig«, murmelte er schließlich und legte den Kopf schräg, um seine jüngste Liebesgöttin abschließend zu begutachten, die, trotz ihrer Nacktheit, eher keusch und rein als unzüchtig wirkte. »Ich denke, sie ist ganz nett geworden. Könnte fast eine Schwester der Dame in der Krotengasse sein.«

»Ganz nett? Das ist eine glatte Untertreibung!«, lachte Imperia. »Wunderschön ist sie. Und ich bin froh, dass du sie uns gemalt hast, Caspar. Auch wenn das Haus jetzt ›Zur wilden Katz‹ heißt, bleiben wir doch unserer ›Aphrodite‹ treu.«

Auch Sofia zeigte ihre Begeisterung, und Giulia machte deutlich, dass ihr Entzücken nicht nur dem Kunstwerk, sondern auch dem Maler galt. Sie stand neben ihm, hatte einen Arm um seine Hüfte geschlungen und lehnte sich, während sie die Liebesgöttin betrachtete, zärtlich an ihn.

Imperia schmunzelte. Allein die Tatsache, dass der Maler bei Giulias Annäherung nicht wie früher mit hochrotem Kopf davonlief, ließ sie vermuten, dass die beiden sich inzwischen besser miteinander bekannt gemacht hatten. Und als Caspar nun auch seinen Arm um Giulias Schulter legte, die entrüsteten Blicke der Passanten völlig ignorierend, war sie sich ganz sicher: Die beiden waren sich gründlich nähergekommen.

Und dann bemerkte sie Oddo di Colonna. Da er seine Kardinalstracht angelegt hatte – den purpurfarbenen breitrandigen Hut mit den seitlich herabhängenden Schnüren und Quasten und den Purpurmantel –, kam er vermutlich geradewegs aus einer Sitzung im Münster.

»Ich habe eben davon reden hören«, sagte er hastig und ein wenig außer Atem, »dass ein verurteilter Brandschatzer auf seinem Wege zum Richtplatz entkommen konnte. Es war Messer-Gägge.«

Erschrocken sah Imperia zu ihm auf. »Wie konnte das geschehen?«

»Ich weiß es nicht, aber ich werde mich umhören. Jetzt muss ich aber schnellstens zurück. Die Sitzungspause ist gleich beendet. Ich wollte euch nur warnen. Vorsichtshalber. Der Lump ist außerhalb der Mauern geflohen, und es steht kaum zu befürchten, dass er in die Stadt zurückkehrt. Trotzdem wollte ich euch Bescheid geben, damit ihr die Augen offen haltet.« Bevor noch jemand eine Frage stellen konnte, hatte der Kardinal bereits kehrtgemacht und eilte wieder davon.

Imperia, Sofia, Giulia und Caspar Lorenz gingen ins Haus, noch immer bestürzt. Doch dann beruhigten sie sich. Der Kardinal hatte mit seiner Vermutung, dass Messer-Gägge nach seiner Flucht der Stadt fernbleiben würde, gewiss recht. Schon beim Passieren eines Tores konnte er schließlich entdeckt und wieder eingefangen werden.

»Ich glaube nicht, dass wir in Gefahr sind«, meinte Imperia nachdenklich. »Immerhin sollten wir Thore und Matteo warnen. Wo stecken die beiden überhaupt?«

»Soweit ich weiß«, erklärte Sofia, »sind sie in der ›Aphrodite‹, um unser Gepäck und einige Gerätschaften aus dem Küchenzelt zu holen.«

Giulia nickte bestätigend. »Außerdem hat sich wohl ein italienischer Händler angesagt, der in unserer neuen Herberge eine Unterkunft beziehen möchte.«

»Ich könnte schnell in die Krotengasse laufen, um den beiden die Neuigkeit zu überbringen«, bot Caspar an.

Sofort nahm Imperia sein Anerbieten an. »Es würde uns auf jeden Fall beruhigen, wenn Thore und Matteo Bescheid wüssten. Vielen Dank dafür.«

Der Maler machte sich sogleich auf den Weg. Währenddessen durchschritten Imperia, Sofia und Giulia prüfend die inzwischen fertiggestellten Räumlichkeiten der »Wilden Katz«. Heute Abend wollten sie das erste Fest in ihrem neuen Domizil feiern. Und wie es schien, war alles bereit dafür.

Wenig später stieg Imperia die Stufen zu den Schlafräumen empor und betrat ihre eigene Kammer. Auf dem breiten Bett, das über einen dunkelroten Himmel aus feinstem Samt verfügte, lag das neue Kleid, das sie sich extra für den heutigen Abend hatte schneidern lassen. Es war aus himmelblauer Seide und so raffiniert geschnitten, dass sie nur ein Band zu lösen brauchte, um sich vollständig zu entkleiden. Zart strich sie über das glänzende Gewebe. Sie liebte es, Seide auf ihrer Haut zu spüren. Auch das Geschmeide, das sie an diesem Abend tragen wollte, hatte sie bereits aus dem Gewölbe des Goldschmieds geholt – eine fast barbarisch anmutende Halskette mit drei fast pflaumengroßen Goldklümpchen als Anhängern. Die Kette war ein Geschenk des Königs. Die gleichfalls goldenen, mit Bernsteinen geschmückten Ohrgehänge, die böse Dämonen abwehren sollten, stammten von Oddo di Colonna.

»Imperia!« Es war Thore, der von unten heraufrief.

Rasch stieg sie die Treppe hinab, an deren Fuße der hünenhafte Hauptmann sie bereits erwartete. »Hat Caspar euch in der ›Aphrodite‹ angetroffen und die Nachricht überbracht?«, vergewisserte sie sich.

Thore nickte, ging aber nicht weiter auf die Flucht Messer-Gägges ein, sondern fragte: »Wusstest du, dass wir einen ersten Beherbergungsgast in der ›Aphrodite‹ haben?«

»Ja, Giulia erwähnte es vorhin.«

»Es ist ein Kaufmann aus Italien«, fuhr der Hauptmann fort, »und, wie ich höre, ein alter Bekannter von euch.« Grinsend trat er zur Seite. Erst jetzt bemerkte Imperia den Mann, der hinter ihm stand: Giovanni De Rosa! Freudig überrascht, fiel sie ihrem Gönner um den Hals.

❧

Es war ein rauschendes Fest, das an diesem Abend im »Haus zur wilden Katz« gefeiert wurde. Die illustren Teilnehmer, die dazu geladen waren, hätten jeder Gästeliste eines fürstlichen Hofes zur Ehre gereicht. Die neue »Aphrodite« wurde von ihnen eingehend besichtigt und fand große Anerkennung. Mit Freuden sprach man Wein, Bier und Met zu und schlemmte Griets erlesene Speisen. Gerade in einer Zeit, in der auch die ehrwürdigsten Konzilsbesucher ihren Hunger oftmals an einer der fahrenden Garküchen stillen mussten, waren die Gerichte Griets immer wieder eine gern genossene Abwechslung.

Die diskreten Kammern wurden nun, da es sie gab, bevorzugt genutzt. Jede der drei Dirnen verschwand im Laufe des Abends mehrmals mit einem leidenschaftlichen Freier in die Abgeschiedenheit dieser Räume.

Die Sitte mit dem hölzernen Kästchen hatte man beibehalten, auch wenn daraus inzwischen eine reich geschnitzte Schatulle geworden war. Auf jeden Fall war das Behältnis zu später Stunde, als die meisten Gäste gegangen waren, gut gefüllt.

Am Ende saß man nur noch unter Freunden an der Tafel, aß, wie man es sich bereits in der Krotengasse angewöhnt hatte, die Reste des Mahles, trank einen Becher Wein und ließ das Fest ruhig ausklingen. Giovanni De Rosa fühlte sich in diesem Kreis sehr wohl. Er war stolz und zufrieden, wie wunderbar sein Plan Realität geworden war, und konnte seine drei Schützlinge gar nicht genug loben.

Imperia lachte. »Ohne deine Idee hätten wir es in Konstanz niemals so weit gebracht, ohne dein Geld hätten wir deinen Plan nicht umsetzen können, und ohne die Kontakte, die du uns vermittelt hast, würden wir vermutlich, wie viele andere Dirnen in der Stadt, jetzt in einem Zelt auf dem Oberen Münsterplatz sitzen und frieren. Wir danken dir für dein Lob, Giovanni, aber ohne deine Unterstützung hätten wir es nicht geschafft.«

»Umso mehr freut es mich, dass die Rechnung so wunderbar aufgegangen ist. Huren gibt es viele – aber nicht alle sind in der Lage, ein einmal erdachtes Vorhaben auch erfolgreich zu realisieren. Oftmals kommt ihnen die eigene Schwäche oder zumindest der Alkohol dazwischen. Ihr seid etwas Besonderes. Aber das habe ich euch schon damals, in Verona, gesagt.« De Rosa hob seinen Becher und trank ihnen zu.

Auch Sofia erwiderte den Trinkgruß. »Nein«, sagte sie dabei. »Imperia ist etwas Besonderes. Giulia und ich hatten nur das Glück, sie in Venedig kennenzulernen und mit ihr gemeinsam dieses Abenteuer erleben zu dürfen.« Ihre Stimme klang ernst und war ohne die leiseste Spur von Neid.

Die Freundin protestierte sofort. »Aber nein. Wir haben doch alles gemeinsam …«

Doch Sofia widersprach: »Ach, Liebes. Ich glaube fast, das Unwiderstehlichste an dir ist die Tatsache, dass du dir deines Zaubers nicht bewusst bist. Ohne dich hätte uns Giovanni das Angebot niemals gemacht. Habe ich recht?«

De Rosa lächelte, nickte aber dann.

»Siehst du«, fuhr Sofia fort. »Und außerdem: Hättest du in den Alpen das Angebot des Kardinals angenommen, Imperia, wären wir ohne dich ganz gewiss nicht so erfolgreich geworden. Ich weiß, in der Hauptsache ging es dir um deine Unabhängigkeit. Aber du wolltest auch dein Wort, das du uns und Giovanni gegeben hattest, nicht brechen. Du bist ehrlich, treu und die beste Freundin, die man sich denken kann. Egal, wohin uns unsere Wege nach dem Konzil auch führen mögen, ob wir zusammenbleiben oder uns trennen – bis zu meinem letzten Atemzug werde ich deiner voller Liebe und Dankbarkeit gedenken.«

»Darauf trinke ich«, schmunzelte Thore. Erneut hob er seinen Becher, und alle Anwesenden taten es ihm gleich.

Eine knappe Woche später reiste De Rosa wieder ab – um einen gut gefüllten Beutel reicher, denn natürlich hatten ihm Imperia, Sofia und Giulia seinen Anteil auf Heller und Pfennig ausgezahlt. In etwa sechs Monaten würde er zurückkehren, versprach er. Zumindest, wenn das Konzil lange genug währen würde. Aber da war er sich recht sicher. Und seine einstigen Schutzbefohlenen hofften, dass er Recht behalten sollte. Ihretwegen konnte das Konzil noch jahrelang weitergehen.

❧

Ludwig III. aus dem Hause Wittelsbach war Pfalzgraf, Kurfürst, Reichsvikar und einer der getreuesten Gefolgsleute Sigismunds. In Konstanz hatte der König ihn außerdem zum Reichsrichter ernannt, dem nun die Vollstreckung der Reichsurteile oblag und der für Sicherheit und Frieden während des Konzils Sorge tragen musste. In dieser Funktion hatte sich der Wittelsbacher, den man auch »den Bärtigen« nannte, nun auf den Weg gemacht, um den flüchtigen Papst Johannes XXIII. aufzuspüren. Dieser war in Freiburg im Breisgau gesehen worden und verhandelte, wie es hieß, mit den Herzögen von Burgund und Orléans um Unterstützung.

Ludwig III. stellte den Papst, der so schnell wie möglich das Reichsgebiet zu verlassen suchte und gerade den Rhein überqueren wollte, im buchstäblich letzten Augenblick. Er ließ den Heiligen Vater, der eigentlich schon keiner mehr war und immer öfter mit seinem bürgerlichen Namen »Baldassare Cossa« benannt wurde, gefangen nehmen und zunächst nach Radolfzell bringen, wo er für die nächste Zeit gefangen gehalten wurde.

Wenige Tage später tauchte Herzog Friedrich IV. von Österreich wieder in Konstanz auf und bat den König, die über ihn verhängte Reichsacht aufzuheben. Sigismund war bereit, ihm nachzugeben, zumal sein Zorn inzwischen verraucht und der Papst dingfest gemacht worden war. Ganz so einfach wollte er es dem Habsburger aber dann doch nicht machen. Also bestellte er ihn für den 5. Mai 1415 ein, damit Friedrich IV. vor der gesamten Konstanzer Versammlung sein frevelhaftes Verhalten begründen konnte. Der Herzog war einverstanden und machte sich anschließend auf den Weg in die Krotengasse. Dort erfuhr er, dass die »Aphrodite« während seiner Abwesenheit umgezogen war, und so lenkte er seine Schritte zum »Haus zur wilden Katz«.

Dort zeigte man sich sehr erfreut, ihn wiederzusehen, und richtete ihm, auf seine Bitte hin, sogleich einen Badezuber und einen schmackhaften Imbiss her. Während der Herzog es sich im Wasser wohl sein ließ, suchte Thore ihn in der Badekammer auf. Erleichtert darüber, die geheime Barschaft endlich los zu sein, übergab er ihm den schweren Beutel mit den restlichen 400 Goldgulden.

»Blut und Wasser habe ich geschwitzt wegen dieses Geldes. Und ich bitte Euch sehr, Durchlaucht, einen derartigen Freundschaftsdienst nie wieder von mir zu verlangen.«

Das versprach der Herzog und zeigte sich dankbar und zufrieden.

Unterdessen machte sich Griet auf den Weg nach dem Konstanzer Vorort Paradyse. Seit Neuestem pflegte sie den Fisch, den sie für ihre abendliche Tafel benötigte, bei einem dortigen Fischer einzukaufen, weil er frischer und billiger als auf dem Fischmarkt war. Imperia wurde derweil von einem Pagen des Königs aufgesucht, der sie um ein sofortiges Stelldichein mit Sigismund bat. Die junge Frau wunderte sich nicht über dieses Anliegen. Seitdem sie in die »Wilde Katz« umgezogen waren, ließ Seine Majestät sie zu allen erdenklichen Tages- und Nachtzeiten zu sich rufen. Dann ging sie durch die stets verschlossene Tür, die in den Hausbereich des Königspaares führte und für die nur sie einen Schlüssel besaß, und stand Sigismund nur wenige Augenblicke später zu Diensten.

In der Regel war die Lust des Königs schnell zufriedenzustellen. Doch als Imperia heute ihr Werk vollbracht hatte und sich verabschieden wollte, hielt Seine Majestät sie zurück. »Ich habe

Hunger«, erklärte Sigismund. »Kannst du mir auf die Schnelle etwas zu essen beschaffen?«

»Aber gewiss, Majestät«, knickste sie und machte sich sogleich auf den Weg ins Küchenhaus. Griet war von ihrem Einkauf noch nicht zurück, aber Imperia fand eine Schüssel mit kalter Pastete, die sie zum König trug. Er würde sich damit zufriedengeben, wusste sie. Da er stets in Eile war und während der Arbeit aß, war es ihm normalerweise gleichgültig, was man ihm vorsetzte. Hauptsache, er konnte seinen Hunger stillen.

Als Imperia zurückkehrte, bot Sigismund ihr einen Becher Wein und einen Platz an. Hastig verschlang er die Pastete und berichtete dabei, mit vollem Mund sprechend, dass er demnächst auf Reisen gehen müsse. »Der Bankier des falschen Papstes, Cosimo Medici, der in Konstanz weilt, hat mir zu einem Geschäft in Italien geraten. Dieser Empfehlung werde ich folgen, da ich dringend Geld benötige.«

»Wenn Eure Majestät es wünschen, kann ich etwas von meinen Ersparnissen beisteuern«, bot Imperia an.

Der König lachte. »Wenn ich mir auch sicher bin, dass du nicht nur die schönste, sondern auch die reichste Hure in Konstanz bist, kann ich mir nicht vorstellen, dass du meinen Geldbedarf selbst ansatzweise decken kannst. Erst vor wenigen Tagen habe ich die Zusage über mehrere Hunderttausend Goldgulden bekommen. Da sich die Auszahlung jedoch verzögert, muss ich anderweitig Ersatz beschaffen, und ich denke, Summen dieser Größenordnungen werden dann doch deine Möglichkeiten übersteigen.«

Das musste Imperia zugeben.

Eine Weile blieb es still zwischen ihnen. Dann wollte der König wissen: »Was hältst du von Herzog Friedrich? Ich weiß, dass er häufig Gast der ›Aphrodite‹ war, also nehme ich an, dass du dir eine Meinung über ihn bilden konntest.«

»Ja, das stimmt, Majestät. Er hat uns in der Krotengasse oft aufgesucht. Dabei war er jedoch weniger an weiblicher Gesellschaft interessiert als an unserem Badezuber und an unserer reich gedeckten Tafel. Der Herzog war stets ruhig und zurückhaltend, und wir alle mögen ihn gern, weil er ehrlich, aufrichtig und vertrauenswürdig ist.«

»Dennoch hat er uns alle hintergangen, als er dem Papst zu entkommen half«, gab der König zu bedenken. »Stell dir vor, Johannes XXIII. hätte das Konzil während seiner Flucht aus Rache einfach aufgelöst. Wir hätten mit der Planung, das Abendländische Schisma zu beenden, noch einmal ganz von vorne beginnen müssen.«

»Ich glaube nicht, dass der Heilige Vater dem Konzil, auf welche Weise auch immer, hätte schaden können. Erst recht nicht, nachdem Ihr ein Gesetz dagegen erlassen und die Synode einzig und allein unter die Vollmacht von Christus gestellt habt.«

Sigismund nickte nachdenklich. »Das stimmt schon. Dennoch kann ich dem Herzog nicht einfach vergeben. Der Vertrauensbruch war zu groß. Aber unter der Acht will ich ihn auch nicht lassen. Ehrlich gesagt weiß ich nicht genau, wie ich mit ihm umgehen soll.«

»Ihr dürft nicht vergessen, Majestät, dass der Herzog ein Ehrenmann ist und dem Papst gegenüber im Wort stand. Wie hätte er anders handeln können? Doch wenn Ihr wirklich an meiner Meinung interessiert seid: Beendet die Acht und nehmt ihn in Gnaden wieder auf. Herzog Friedrich ist ein wohlhabender Mann, und Ihr benötigt Geld. Zwickt ihn also zur Buße ein wenig an seinem Beutel. Das würde Euch beiden zum Vorteil gereichen.«

❧

Als Imperia in den vorderen Teil des Hauses zurückkehrte, war sie guter Dinge. Nichts wies auf das Unheil hin, das die Gemeinschaft der »Aphrodite« noch heute ereilen sollte. Sie legte die Entlohnung des Königs in die geschnitzte Schatulle, leistete dem noch immer badenden Herzog Friedrich IV. ein wenig Gesellschaft und zog sich dann auf ihre Kammer zurück, um sich noch ein wenig für den Abend auszuruhen. Es war Sofia, die sie aus ihren Träumen riss. »Ein Junge hat gerade diese Nachricht gebracht. Und da ich nicht lesen kann …«

Imperia setzte sich verschlafen auf und ergriff das gefaltete Papier, das Sofia ihr entgegenhielt. Sie erschrak zutiefst, als sie die wenigen Zeilen, geschrieben in der ungelenken Schrift Griets, las: »Ich bin bei Messer-Gägge. Er will 100 Gulden für meine Freilassung. Die sollen bei Sonnenuntergang in die alte Clarissen-Kapelle im Paradyse gebracht werden«

»Wo sind Thore und Matteo?«, wollte Imperia mit tonloser Stimme wissen. Die Sorge um die Freundin schnürte ihr die Kehle zu.

Sofia rang die Hände. »Der Hauptmann ist in der Bischofspfalz. Er kommt erst heute Abend zurück. Und Matteo? Ich weiß es nicht. Vielleicht ist er in der Krotengasse.«

»Dann lauf und schau nach!«, ordnete Imperia an. »Wenn er nicht dort ist, halte dich nicht auf, sondern kehre, so schnell du kannst, zurück.«

Während Sofia davoneilte, zog Imperia sich hastig an. Einen Augenblick überlegte sie, ob sie Herzog Friedrich um Hilfe bitten sollte, entschied sich dann aber dagegen und suchte Giulia, um ihr das Schreckliche zu berichten. Danach nahm sie die 10 Goldgulden, die ihr der König für ihre Dienste gezahlt hatte, aus der Schatulle und verstaute sie in dem Beutel, der an ihrem Gürtel hing. Schließlich machte sie sich auf die Suche nach der Königin. Sie hatte Glück und traf Barbara von Cilli in ihrem Laboratorium an.

»Bitte, Majestät, ich brauche eine Waffe. Mit einem Säbel oder Schwert verstehe ich nicht umzugehen, aber einen Dolch könnte ich handhaben.«

Erstaunt sah die Königin sie an. »Was hast du damit vor?«

Imperia schilderte in kurzen Sätzen, was geschehen war.

»Und jetzt willst du selbst gehen und deine Freundin befreien?«

»Ich habe keine Wahl«, entgegnete Imperia. »Es muss schnell gehen.«

»Ich könnte dir ein paar Büttel zur Unterstützung und zum Schutze mitgeben«, schlug die Königin vor, doch Imperia schüttelte nur den Kopf.

»Vielen Dank, Majestät, aber das ist unsere Angelegenheit. Und die möchte ich heute ein für alle Mal klären.«

Barbara von Cilli musterte sie nachdenklich. Dann nickte sie. »Ich verstehe.« Die Königin nahm einen Dolch aus einer Truhe und eine Glasphiole von einem Regal. Beides reichte sie Imperia. »Sieh dich vor, der Dolch ist zweischneidig und sehr scharf. Und in der Phiole ist ein schnell wirkendes Gift. Vielleicht kann es dir helfen.«

Imperia dankte und verschwand.

Als sie die Tür zum Vorderhaus aufschloss, war Sofia bereits zurück. »Ich kann Matteo nicht finden«, rief sie, noch immer atemlos vom schnellen Lauf.

»Es ist gut. Dann werde ich allein gehen«, entschied Imperia.

»Das wirst du ganz gewiss nicht«, mischte sich Giulia ein. »Wir gehen alle drei.«

Sofia nickte.

Imperia widersprach nicht. »Dann holt euch rasch scharfe Fleischmesser aus dem Küchenhaus und nehmt euch einen Umhang um, um die Messer am Tor zu verbergen. Wir haben keine Zeit für lange Erklärungen, sollten die Wachen Fragen stellen. Und eilt euch. Es wird nicht mehr lange dauern, bis die Sonne untergeht.«

Die drei jungen Frauen verließen die Stadt durch das Geltinger Tor und befanden sich dann auch schon in dem »Paradyse« genannten Vorort, in dem vor allem Fischer und Bauern lebten, die hier Getreide und Gemüse für Konstanz anbauten. Der Weg zu der alten Clarissen-Kapelle war nicht weit. Einst gehörte sie zu einem Kloster, das die Nonnen aber bereits vor fast hundert Jahren aufgegeben hatten. Nun war es nur noch eine Ruine, und einzig die kleine Kapelle wurde von den Bewohnern des Vororts instand gehalten.

Während des ganzen Weges überlegte Imperia, ob es taktisch besser war, die Kapelle allein zu betreten und Sofia und Giulia zur Sicherheit vor der Tür warten zu lassen. Doch nun entschied sie sich dagegen. Sie waren drei Frauen, die der vierten in ihrem Bunde zu Hilfe eilen wollten. Also würden sie auch gemeinsam auftreten und zur Not mit aller Entschlossenheit kämpfen müssen.

Als sie die Kapelle erreicht hatten, ging gerade die Sonne unter, und die Dämmerung brach herein. Einen Augenblick warteten Imperia, Sofia und Giulia vor der Tür. Da aber alles ruhig blieb, traten sie ein. In einer Ecke des Raumes fanden sie Griet. Sie saß auf dem Boden, war gefesselt und geknebelt. Sofort liefen sie zu ihr, um sie zu befreien. Doch noch bevor sie die Bänder lösen konnten, öffnete sich die Tür, und Messer-Gägge trat ein. Vermutlich hatte er die jungen Frauen beobachtet und festgestellt, dass sie ohne männlichen Schutz gekommen waren. Daher traute er sich, ihnen offen gegenüberzutreten, und glaubte, leichtes Spiel zu haben.

»Habt ihr das Geld dabei?«, wollte er mit harter Stimme wissen, während er ein großes Messer aus seinem Gürtel zog.

Imperia fuhr herum und sah ihm mit blitzenden Augen entgegen. »Nein, natürlich nicht. Keinen Heller werden wir dir für die Freiheit dieser Frau zahlen. Stattdessen berufen wir uns hier und jetzt auf das Fehderecht.«

Messer-Gägge blickte zunächst überrascht, dann deutlich amüsiert drein. »Ihr drei Weibsbilder wollt es mit mir aufnehmen?« Er lachte grölend und ging dann breit grinsend auf das Gespräch ein. »Wisst ihr nicht, dass man eine Fehde nur mit einem Fehdebrief eröffnen kann? Ich habe keinen bekommen.«

»Weißt du nicht, dass man das Fehderecht ohne Vorwarnung in die Hand nehmen kann, sofern es zuvor eine vergebliche Gerichtsverhandlung gegeben hat? Dass die stattgefunden hat, wirst du ja wohl nicht abstreiten können. Und da du immer noch unter den Lebenden weilst, muss sie ja wohl vergeblich gewesen sein.«

Offensichtlich hatte Messer-Gägge genug von dieser Unterhaltung. »Schluss mit der Faselei! Als Weiber dürft ihr keine Fehde eröffnen – so oder so. Und als Huren schon gar nicht. Bleibt euch also nur die Möglichkeit, eure Freundin freizukaufen. Ich bin ja bereit, aus der Gegend zu verschwinden und euch in Zukunft in Ruhe zu lassen. Dazu brauche ich aber Geld. Und da in meinem Beutel gähnende Leere herrscht, ist es nunmehr eure Aufgabe, ihn zu füllen.«

Giulia flüsterte leise: »Nun gib ihm schon ein paar Gulden, Imperia. Dann ist die Sache hier beendet, und wir können wohlbehalten alle vier heimkehren.«

»Ich habe für diesen Zweck 10 Gulden eingesteckt«, raunte die Freundin zurück. Aber nun, da wir diesem Scheusal gegenüberstehen ... Nein, ich denke gar nicht daran, sie ihm zu geben. Dieser Mann hat sein Leben verwirkt. Habt ihr vergessen, wie sehr er uns in Angst und Schrecken versetzt hat? Zweimal hat er versucht, unsere ›Aphrodite‹ niederzubrennen, und dabei billigend in Kauf genommen, dass ganz Konstanz in Flammen aufgeht. Von den kleinen Mädchen, die er in seinem Bordell als Leibeigene hält, will ich gar nicht erst reden. Nun hat er auch noch Griet entführt. Und dafür soll er mit Gold belohnt werden? Nein! Ich bin es leid, mich von Männern wie ihm einschüchtern zu lassen.«

Messer-Gägge verdrehte ungeduldig die Augen. Ihm währten die Verhandlungen eindeutig zu lange. »Was ist denn nun? Wo bleibt mein Geld? Ihr könnt die Fehde ohnehin nicht ausfechten. Im Kampf hättet ihr keine Chance gegen mich.«

Imperia lächelte und schnurrte plötzlich wie ein kleines Kätzchen. »Wer weiß? Vielleicht können wir ja mit den Waffen der Frauen gegen dich antreten.« Während sie sprach, öffnete sie ihren Umhang und streifte ihn von den Schultern. Dabei achtete sie darauf, dass er nicht zu Boden fiel, sondern nahm ihn über den Arm, sodass er immer noch den Dolch verdeckte. Sich mit der anderen Hand weiter entkleidend, ging sie langsam auf den bulligen Mann zu. Dazu schwang sie anmutig ihre Hüften und stand schließlich in vollkommener Nacktheit vor ihm. »Nun, ist das etwa kein Angebot?«

Nervös leckte Messer-Gägge sich über seine plötzlich so trockenen Lippen. »Wahrhaftig. Trotzdem muss ich es leider ablehnen. Ich brauche das Geld. Schließlich geht es um meine Freiheit, mein Leben und …«

Es gelang ihm nicht, den Satz zu vollenden. Blitzschnell hatte Imperia mit der freien Hand den Dolch gezogen und ihrem Widersacher tief in den Wanst gestoßen. Überrascht ließ Messer-Gägge seine Waffe fallen. Der metallische Klang auf dem Steinboden war in der plötzlichen Stille deutlich zu vernehmen.

Imperia triumphierte. Allerdings hatte sie genug von Thore gelernt, um zu wissen, dass sie ihren Feind noch nicht zur Strecke gebracht hatte. Daher drehte sie nun kaltblütig und mit aller Kraft die zweiseitige Klinge im Leibe ihres Widersachers, bis ihr das Blut über die Hand lief. Hastig sprang sie zurück und beobachtete dabei aus den Augenwinkeln, dass Sofia sein auf dem Boden liegendes Messer eilig an sich nahm.

Brüllend wie ein Stier, torkelte der Schwerverletzte Imperia entgegen. Behände wich sie ihm aus und rief ihren Freundinnen zu: »Rasch. Die Phiole. In der Tasche meines Umhangs.« Und während Messer-Gägge langsam zu Boden sank, zog Sofia mit zitternden Händen das kleine Glasgefäß hervor. Imperia kam zu ihr und ließ den Dolch fallen. Sie würde es ohnehin nicht über sich bringen, ihn noch einmal in lebendiges Fleisch zu stoßen. Also nahm sie das Fläschchen, öffnete es und kehrte zu Messer-Gägge zurück, um ihm die Phiole der Königin durch die leicht geöffneten Lippen in den Mund zu schieben.

Schnell wollte sie erneut zurückspringen, doch zuvor gelang es ihrem Widersacher, sie am Knöchel zu packen. Wie ein Schraubstock hielten seine Finger sie fest, während er sich mühsam zum Sitzen aufrichtete und mit der anderen Hand nach ihrem Knie griff. Als es ihm gelang, sie zu Boden zu zwingen, schrien Sofia und Giulia entsetzt auf. Imperia wehrte sich nach Leibeskräften, dennoch konnte sie nicht verhindern, dass sich seine Hände um ihre Kehle legten. Er versuchte, noch mit letzter Kraft zuzudrücken, doch dann sanken seine Arme einfach zu Boden, und sein Oberkörper fiel zur Seite. Das Gift hatte gewirkt.

Imperia stand mühsam auf. »Du wirst den Meinen und mir nichts mehr antun können«, murmelte sie erschöpft. Dann verlor sie die Besinnung.

Sofia und Giulia, bis dahin starr vor Schreck, eilten jetzt herbei, stützten die Freundin, um ihren Sturz zu verhindern, und legten sie vorsichtig auf den Steinboden. Und während die eine nun loslief, um Wasser aus einem Brunnen zu schöpfen, hüllte die andere die Ohnmächtige, so gut es ging, in ihren Umhang und befreite Griet anschließend von ihren Fesseln. Keine von ihnen sprach. Noch immer schauderte es sie vor dem, was sie gerade erlebt hatten.

Messer-Gägge war tot, und Imperia wurde mit einem Schuss kalten Wassers ins Bewusstsein zurückgeholt. Am ganzen Körper zitternd, kleidete sie sich an. »Lasst uns nach Hause gehen«, sagte sie erschöpft. »Ich bin müde.«

Sofia und Griet nickten, während Giulia fragte: »Und was machen wir mit ihm? Wir können ihn doch nicht einfach hier liegen lassen.«

»Um ihn sollen sich die Büttel kümmern«, entgegnete Imperia. »Wir werden den Wachen am Tor Bescheid geben.«

Erstaunt sahen die Freundinnen sie an.

»Aber dann wird man uns doch mit seinem Tode in Verbindung bringen«, warf Sofia ein.

»Ja, und?« Verständnislos sah Imperia sie an. »Wir haben doch kein Unrecht begangen. Ihr alle drei seid Zeuge, dass ich das Fehderecht angerufen habe. Und dazu war ich, zumal nach der Entführung von Griet, befugt. Natürlich kann man darüber streiten, ob ich als Frau dazu berechtigt war. Und natürlich darf man im Haus Gottes – und dazu zählt gewiss auch diese Kapelle – eigentlich keine Fehde austragen. Aber man wird mich dafür nicht belangen, sondern uns im Gegenteil die Belohnung auszahlen, die auf seinen Kopf ausgesetzt ist. Sogar Messer-Gägge selbst kann uns dankbar sein. So ist er eines schnellen Todes gestorben und hat nicht die unmenschliche Quälerei auf dem Scheiterhaufen, die ihm eigentlich zugedacht war, erleiden müssen.«

Imperia sollte Recht behalten. Nicht einmal der Rat der Stadt Konstanz kam auf die Idee, ihr eine Schuld zuzuweisen. Und in der »Aphrodite« feierte man sie gar als Heldin. Davon wollte sie jedoch nichts wissen und hoffte inständig, dass sie für den Rest ihres Lebens nicht noch einmal gezwungen sein würde, einen Menschen zu töten.

❧

Der König befolgte Imperias Rat und nahm Herzog Friedrich IV. von Österreich wieder in Gnaden auf. Was Seine Majestät dem Ungetreuen dafür jedoch abverlangte, war deutlich mehr, als die junge Hure gedacht hatte. So forderte Sigismund als Buße nicht nur einen großen Beutel mit Goldgulden, sondern auch Teile der Österreichischen Vorlande der Habsburger – im Elsass, im Breisgau und in Schwaben. Zudem durfte der Herzog Konstanz vorerst nicht verlassen. Damit wollte der König verhindern, dass Friedrich dem Papst noch einmal half, auf freien Fuß zu zu kommen.

Etwa drei Wochen später erhielt Papst Johannes XXIII. seine vom Konzil beschlossene Absetzung, der er als Gefangener wohl oder übel zustimmen musste. Fortan sollte er auf der langen Liste der Päpste als Gegenpapst gelten und sein Papstname nicht gezählt werden. Nun hieß er endgültig wieder »Baldassare Cossa«. Bald darauf wurde er aus Radolfzell in ein anderes Gefängnis gebracht: nach Schloss Gottlieben am Ufer des Seerheins, nur einen Steinwurf von Konstanz entfernt.

Währenddessen verhandelte der pfälzische Kurfürst Ludwig III. mit den Botschaftern des römischen Papstes Gregor XII. über dessen Abdankung. Schließlich erklärte sich der inzwischen achtzigjährige Greis bereit, auf sein Amt zu verzichten, um die

Neuwahl eines Papstes zu ermöglichen. Zum Dank dafür wurde Angelo Correr, wie er mit bürgerlichem Namen hieß, zum Kardinalbischof ernannt. Er starb jedoch, bevor ein neuer Pontifex gewählt werden konnte.

Auch das Papsttum Benedikts XIII. wurde vom Konzil für ungültig erklärt. Da der Avignoneser nur wenige Unterstützer in Konstanz hatte, gab es dagegen lediglich Protest von einer Seite – und der kam von Benedikt selbst: Er widersprach, indem er das Konzil, das nunmehr ohne Papst abgehalten wurde, ebenso wenig anerkannte wie seine Absetzung. Da seine Konkurrenten inzwischen abgedankt hatten, betrachtete sich Benedikt XIII. nun als einzigen legitimen Papst. Und damit das so blieb, zog sich der gebürtige Spanier auf seine Burgfestung Peniscola, im Königreich Aragonien, am Golf von Valencia gelegen, zurück. Hier stand er unter dem Schutz König Alfons' V. von Aragón, nannte seine Feste eine »Arche Noah der wahren Kirche« und herrschte weiter.

König Sigismund, der ohnehin eine Reise nach Südfrankreich anzutreten gedachte, wollte bei der Gelegenheit versuchen, Benedikt XIII. zur Abdankung zu bewegen. Bevor Seine Majestät sich jedoch auf den Weg machen konnte, gab es noch ein anderes Problem zu lösen: Jan Hus. Eigentlich hatte der König gar nicht so viel gegen den böhmischen Prediger einzuwenden. Dieser wollte die Kirche reformieren, und das war immerhin nötig. Er lehnte den Ablasshandel, die Verehrung von Heiligen und Reliquien ab und warf der Kirche Habsucht vor. Aber vor allem forderte Hus, dass das Oberhaupt der Kirche nur Christus sein könne, und stellte damit die weltliche Macht des Papsttums infrage.

Letzteres konnte Sigismund voll und ganz teilen. Er wusste, dass die Kirche ihre politische Macht mit einem Dokument begründete, das sich »Konstantinische Schenkung« nannte – eine Urkunde aus dem 4. Jahrhundert, angeblich verfasst von keinem Geringeren als Kaiser Konstantin persönlich. Wie es darin hieß, war der Kaiser an Aussatz erkrankt, und heidnische Priester hätten ihm geraten, einen Brunnen zu graben, ihn mit dem warmen

Blut unschuldiger Kinder zu füllen und ein Bad darin zu nehmen. Die Kinder wurden zum Kaiser gebracht. Doch die Tränen ihrer Mütter rührten Konstantin, und er schickte sie wieder nach Hause. Daraufhin erschienen ihm die Apostel Paulus und Petrus im Traum und rieten ihm, sich von Papst Silvester I. taufen zu lassen. Konstantin gehorchte und wurde auf wundersame Weise geheilt. Aus Dankbarkeit, so hieß es weiter, habe der Kaiser dem Papst große Teile Italiens zugesprochen und eingeräumt, dass seine Macht nur irdisch wäre, die des Papstes aber heilig und damit höher. Als Zeichen seiner Unterwürfigkeit verlegte Konstantin seinen Regierungssitz von Rom nach Konstantinopel, um dem Papst Platz zu machen. Durch die »Konstantinische Schenkung« unterlagen weite Teile Mittelitaliens nun der weltlichen Herrschaft des Kirchenstaates, und der Vatikan war somit zu einer politischen Größe geworden, die emsig das irdische Geschäft um Macht und Ländereien betrieb. Seither konnte ein gewählter König nur Kaiser werden, wenn ein Papst ihn krönte. Und zu dieser Krönung musste der angehende Kaiser nach Rom reisen, womit er die Vorherrschaft der geistlichen über die weltliche Macht anerkannte. Es war etwa dreihundertfünfzig Jahre her, dass ein römisch-deutscher König versuchte, dagegen aufzubegehren: Heinrich IV. Der Papst jener Zeit, Gregor VII., reagierte sogleich und exkommunizierte den König kurzerhand. Weil in der Folge keiner seiner Vasallen noch mit Heinrich IV. zu tun haben wollte und er dadurch handlungsunfähig wurde, blieb ihm schließlich keine andere Wahl, als seinen Bußgang nach Canossa anzutreten.

Nun, bei allem Verständnis für die Ansichten des Jan Hus – auf einen Machtstreit mit der Kirche wollte sich König Sigismund ganz gewiss nicht einlassen. Zwar hielt er die Urkunde der »Konstantinischen Schenkung« für eine Fälschung – schon allein, weil darin die Rede von Konstantinopel war anstatt von Byzanz, wie die Stadt zu Lebzeiten des Kaisers geheißen hatte –, aber beweisen konnte er es nicht. Nein, Sigismund wollte sich einzig und allein darauf konzentrieren, das Abendländische Schisma zu beenden, um sein Reich zu befrieden. Und auch wenn ihm bewusst war, dass die Böhmen, die sehr zahlreich Jan Hus anhingen, im Falle einer Verurteilung des Theologen aufbegehren würden, erschien ihm das doch als das kleinere Übel. Der Einzige, der am Schicksal des Jan Hus noch etwas ändern konnte, war der Böhme selbst, indem er seine Lehren widerrief. Wenn er es nicht tat, würde er – und daran gab es keinen Zweifel – als Ketzer verurteilt und auf dem Scheiterhaufen verbrannt werden.

Jan Hus widerrief nicht.

Es war der 6. Juli des Jahres 1415. An diesem Tage begann die Versammlung im Münster um die sechste volle Stunde in der Früh. Alle Geistlichen waren zugegen, König Sigismund, Kurfürst Ludwig III. aus dem Hause Wittelsbach in seiner Funktion als Reichsrichter und viele andere weltliche Fürsten und Gelehrte. Sie beschuldigten Jan Hus, dass seine Lehren, die er predigte, falsch, Unrecht und Ketzerei wären. Dann sprachen sie das Urteil über ihn: Tod durch den Scheiterhaufen.

Im »Haus zur wilden Katz« hatte sich für den Abend dieses Tages ein neuer Gast angemeldet – Cosimo Medici. Er entstammte dem reichen und mächtigen Haus aus Florenz, das die Banco Medici gegründet hatte, und war im Gefolge des ehemaligen Papstes Johannes XXIII. nach Konstanz gekommen. Die Absetzung des Papstes war für die Medici ein herber Rückschlag. Immerhin verloren sie damit ihre einflussreiche Stellung im Geschäft mit der Kurie. Grund genug für Cosimo, ein wenig Ablenkung zu suchen. Und wo konnte man das in Konstanz besser als im »Haus zur wilden Katz«?

Es war offensichtlich, dass der Medici-Spross sich bei den Aphroditen wohlfühlte. Er beanspruchte mit Behagen einen Badezuber, ließ sich Griets vortreffliche Speisen munden, trank reichlich von dem guten Wein, wandte sich vorübergehend den

Spieltischen zu und ging zweimal in die diskreten Kammern hinauf – einmal mit Giulia und einmal mit Imperia.

»Ich denke, wir haben einen neuen, sehr solventen Stammgast gewonnen«, flüsterte Matteo dem Hauptmann zufrieden zu. Thore konnte ihm nur beipflichten.

Ein später und seltener Besucher an diesem Abend war Ulrich Richental. Natürlich ließ man den Verpächter der »Aphrodite« auch ohne vorherige Reservierung eintreten.

»Ich hatte mich bereits niedergelegt, konnte aber keinen Schlaf finden«, erklärte Richental dem Hauptmann. »Bekomme ich bei euch noch einen Becher Wein?«

»Selbstverständlich, Herr. Wollt Ihr ihn in Ruhe trinken oder Euch zu den Feiernden gesellen?«

Da Richental die Ruhe bevorzugte, führte Thore ihn in eine abgelegene Nische. Dort standen sich, auf einem wollenen Teppich, zwei mit Kissen belegte Bänke gegenüber und luden zum Sitzen ein. Nachdem der Kaufmann Platz genommen hatte, brachte Thore ihm sogleich den gewünschten Wein. Als er sich wieder entfernen wollte, klopfte sein Gast mit der Hand neben sich. »Leiste mir ein wenig Gesellschaft, Ragnarsson.«

Thore nickte, holte sich gleichfalls einen Becher sowie einen Krug mit Wein und setzte sich Richental gegenüber.

»Ihr wirkt sehr nachdenklich, Herr. Möchtet Ihr reden?«

Der Kaufmann wirkte zunächst unentschlossen, doch dann flossen die Worte wie von allein aus seinem Mund: »Ich war heute Zeuge der Hinrichtung des böhmischen Ketzers. Und bei Gott, es war nicht der erste brennende Scheiterhaufen, den ich gesehen habe. Aber irgendwie ...« Er verstummte.

Thore wartete geduldig und ohne Fragen zu stellen. Und tatsächlich nahm Richental seinen Bericht schon bald wieder, mit kraftloser Stimme, auf: »Der Böhme trug einen schwarzen Rock und auf dem Haupt eine weiße Inful aus Papier, auf die jemand zwei Teufel gemalt und das Wort ›Heresiarcha‹, ›Erzketzer‹, geschrieben hatte. Mehr als eintausend Bewaffnete geleiteten den

Delinquenten vom Münster über die Plattengasse und den Oberen Markt zum Geltinger Stadttor. Hus war nicht gebunden, aber zwei Diener des Reichsrichters führten ihn, und jeweils zwei Ratsknechte gingen vor und hinter ihm. Ihnen folgten verschiedene Herren, die alle Waffen trugen. Vor dem Tor herrschte Gedränge. Eine große Volksmenge hatte sich eingefunden, um der Hinrichtung beizuwohnen. Es waren so viele, dass man sie bei der hölzernen Brücke hinter dem Tor so lange aufhalten musste, bis jeweils eine Gruppe die Brücke überquert hatte. Erst dann durfte die nächste Schar folgen. Nur auf diese Weise konnte man das Zusammenbrechen der Brücke verhindern.« Richental griff nach seinem Becher und nahm einen tiefen Zug.

Nebenan hörte man Oswald von Wolkenstein sein Konstanz-Lied anstimmen:

»Willst du im Leid erheitert sein
und ungenetzt beschoren sein,
dann zieh nach Konstanz an den Rhein,
wenn sich die Reise füge …«[6]

Der Kaufmann achtete nicht auf den Gesang. Stattdessen räusperte er sich und fuhr fort: »Man führte Hus auf den Richtplatz zum Brühl. Und als er die Stapel mit Holz und Stroh für den Scheiterhaufen sah, fiel er auf die Knie und betete leise: ›Jesu Christe, fili Dei vivi, miserere mei!‹ ‚Jesus Christus, Sohn des lebendigen Gottes, erbarme dich meiner!‹ Danach wurde Hus gefragt, ob er abtreten wolle von seinem Unglauben und seiner Ketzerei. Er antwortete nicht und begann, auf Deutsch zu predigen. Das wollte ihm der Reichsrichter aber nicht gestatten und befahl, Hus zu verbrennen. Da packte der Henker den böhmischen Prediger und band ihn mit Schuhen und Kleidern an ein langes, aufrecht stehendes Brett. Unter Hus' Füße stellte er einen hohen Schemel, dann legte er Holz und Stroh um ihn herum, schüttete Pech dazu und wollte gerade alles mit einer Fackel entzünden, als sich ein

Reiter im schnellen Galopp näherte. Es war ein Reichsmarschall Seiner Majestät, und er forderte Jan Hus im Namen von König Sigismund zum letzten Mal zum Widerruf auf. Doch der Böhme weigerte sich. Während nun der Scheiterhaufen entzündet wurde, rief Hus aus: ›Heute bratet ihr eine Gans, aber aus der Asche wird ein Schwan entstehen!‹ Dann begann er, mit lauter Stimme ein Kirchenlied zu singen. Er sang auch weiter, als man alle seine Werke und Schriften zu ihm ins Feuer warf. Und als er geendet hatte, stimmte er ein zweites Lied an, doch da schlug der Wind ihm schon die Flammen ins Gesicht. Hus schrie laut auf, sein Körper zuckte, und dann war es aus mit ihm.«

Abermals griff Richental nach seinem Becher und leerte ihn mit einem Zug. Er seufzte leise. »Es war unheimlich, Hauptmann. Denn als das Holz heruntergebrannt war, fand sich die Inful aus Papier, die der Böhme auf dem Kopf getragen hatte. Sie war noch ganz und unversehrt. Da zerstieß sie der Henker, und sie verbrannte endlich. Anschließend schüttete man die ganze Asche, die Knochen und alles, was sonst nicht verbrannt war, in den Rhein, der dahinfloss und alles mit sich nahm. Nichts durfte von Jan Hus übrig bleiben, auch nicht die kleinste Kleinigkeit, damit niemand dazu verleitet wurde, einen Überrest als Reliquie mitzunehmen. Es sollte nichts geben, was an den Toten erinnerte.«

Thore füllte den Becher Richentals erneut, blieb aber stumm. Er war sich sicher, dass der Kaufmann seinen Bericht noch nicht beendet hatte. Und richtig, mit gesenkter Stimme fuhr Richental fort: »Was wollte Gott uns mit der Inful sagen? Sie war doch nur aus Papier: Und dennoch konnte das große Feuer ihr nichts anhaben? Das lässt mir einfach keine Ruhe. Ebenso wenig wie die Prophezeiung mit der Gans und dem Schwan … Ich weiß, dass das böhmische Wort ›Hus‹ auf Deutsch ›Gans‹ bedeutet. Aber wen könnte er mit dem Schwan angekündigt haben?« Richental seufzte leise. »Versteh mich nicht falsch, Hauptmann. Ich bedauere den Tod dieses Mannes nicht. Er war ein Ketzer und hat seine gerechte Strafe bekommen. Und dennoch … Irgendwie lässt mich das

Gefühl nicht los, dass wir alle hier in Konstanz heute eine große Schuld auf uns geladen haben.«

Auch Imperia hatte die Niedergeschlagenheit Ulrich Richentals bemerkt, als dieser zu ungewohnt später Stunde das »Haus zur wilden Katz« betreten hatte. Und ihr war auch nicht entgangen, dass Thore sich mit dem Kaufmann zu einem langen Gespräch zurückgezogen hatte. Sie spielte mit dem Gedanken, sich zu den beiden zu gesellen, um zu sehen, ob vielleicht Hilfe benötigt würde, als ein Bote der Königin sie davon abhielt.

»Ihre Majestät wünscht, dich zu sehen. Sie erwartet dich in ihrem Laboratorium.«

Natürlich musste Imperia dieser Einladung sofort Folge leisten. Rasch lief sie zu ihrer Kammer hinauf, um den Schlüssel für die stets verschlossene Verbindungstür zum Hinterhaus zu holen, und stand wenig später vor Königin Barbara. Sie knickste vorschriftsmäßig. »Ihr habt mich rufen lassen, Majestät?«

Die schöne Gemahlin Sigismunds lächelte freundlich. »Das ist richtig, meine Liebe. Ich wollte dich noch einmal sehen, denn es ist Zeit, mich von dir zu verabschieden. In wenigen Tagen werde ich Konstanz verlassen und nach Ungarn zurückkehren, wo es meiner Anwesenheit bedarf.«

Betroffen sah Imperia die Königin an. »Oh, Majestät … Ich bedauere sehr … Ganz Konstanz wird Euch auf das Schmerzlichste vermissen.«

Barbara von Cilli schmunzelte belustigt. »Von dir will ich das gerne glauben, meine Schöne. Aber ganz Konstanz? Ich weiß sehr wohl, dass sie sich die Mäuler über mich zerreißen und mir üble Dinge nachreden. Doch das bin ich gewohnt. Es gibt nicht viele Menschen, die mein Temperament, meine Vorliebe für die Alchemie und mein selbstständiges Wesen verstehen. Mir ist es stets die Hauptsache gewesen, dass mein Gemahl zu diesen wenigen gehört.«

»Aber nein, Majestät. Ganz Konstanz bewundert Euch«, widersprach Imperia.

»Man sagt mir nach, ein boshaftes Weib zu sein, das unseren Herrgott verleugnet, das des Nachts in Konstanz umgeht, um den Menschen ihr Blut auszusaugen, und das ihrem Ehegemahl regelmäßig die Hörner aufsetzt.«

Imperia erschrak. »Ich habe niemals etwas von derartigen Anschuldigungen gehört, Majestät. Ihr müsst Euch irren.«

»Sei's drum«, erklärte Barbara von Cilli und wischte die Bitterkeit, die sie kurz überkommen hatte, mit einem Lachen beiseite. »Über diese Dinge will ich gar nicht mit dir reden. Ich wollte dir sagen, dass ich am Dienstag einen Tanz für die Frauen veranstalte. Leider ist es mir nicht gegeben, auch dich dazu einzuladen. Und darum …«

Erst jetzt bemerkte Imperia den Musikanten, der im Schatten des Kerzenlichts gestanden hatte und nun, auf den Wink der Königin, hervortrat und auf seiner Fiedel zu spielen begann.

»Darf ich dich zum Tanze bitten, holde Hure und Freundin?«

Imperia stimmte in das Lachen Barbara von Cillis ein und ergriff die Hand, die die Königin ihr reichte. Anfangs bewegten die Frauen sich, noch immer an den Händen haltend, mit kurzen, schleifenden Schritten, kerzengerade aufgerichtet, durch das Laboratorium, während ihre jeweils freien Hände graziöse Gesten vollführten. Normalerweise wurde der Zug von einem Vortänzer angeführt, der die Figuren vorgab. Da sie zu zweit jedoch keinen Zug bilden konnten und auch keinen Vortänzer besaßen, mussten sie ihre Bewegungen selbst erdenken – und tanzten dabei unterschiedliche Figuren, die mit dem schneller werdenden Spiel des Musikanten immer rascher aufeinander folgten. So tanzten sie Drehungen und Wendungen, Schritte, Sprünge und Verneigungen in völliger Disharmonie und kamen dabei aus dem Lachen nicht heraus.

Schließlich ließ sich die Königin schwer atmend auf eine Bank fallen. »Ich kann nicht mehr«, stieß sie mühsam hervor. »Aber das war ein rechter Veitstanz, den ich in meinem ganzen Leben nicht vergessen werde – und ein gebührender Abschied.«

Dann ergriff sie eine Statue aus massivem Silber, etwa ein Fuß hoch, die neben ihr auf einem Tischchen stand, und überreichte sie Imperia. Die Figur stellte die griechische Liebesgöttin Aphrodite dar. »Und das, meine Liebe, ist mein Abschiedsgeschenk für dich, zur Erinnerung«, sagte die Königin dabei und fügte grinsend hinzu: »Ach ja, sie besteht übrigens aus echtem Silber und wurde nicht von mir mithilfe der Alchemie aus Kupfer verwandelt.«

10. KAPITEL

Eine denkwürdige Wahl

Es war im Sommer des Jahres 1417. Das Konzil währte inzwischen fast drei Jahre, und im »Haus zur wilden Katz« wurde Hochzeit gehalten.

Nun durfte im Heiligen Römischen Reich längst nicht jeder heiraten. Auf dem Lande waren es die jeweiligen Gutsbesitzer, in den Städten die Magistrate, zuweilen auch die Zünfte, die Heiratserlaubnisse erteilten. Und diese gestatteten nur demjenigen die Ehe, der in der Lage war, eine Familie zu unterhalten, der also Vermögen oder ausreichend hohes Einkommen nachweisen konnte. Auf diese Weise war mehr als die Hälfte der Bevölkerung von der Heirat ausgeschlossen. Mägde, Knechte, Diener, Zofen und Handwerksburschen waren einfach zu arm, als dass man ihnen eine Eheschließung gestatten wollte.

Dieses Problem stellte sich für den Maler Caspar Lorenz nicht mehr. Seine Kunstwerke für die »Aphrodite«, auf Mauern und Leinwandbahnen, hatten so viel Zustimmung erfahren, dass sein Ansehen in Konstanz hoch und seine Auftragsbücher wohlgefüllt waren. Also hatte der Rat der Stadt ihm ohne große Umstände die nötige Heiratserlaubnis erteilt. Wen er nun zu heiraten gedachte, war seine Sache.

Das sah der Vater Caspars ein wenig anders. Er wollte es nicht leiden, dass sein immer erfolgreicher werdender Sohn sich mit einer gemeinen Hure vermählte, und verweigerte ihm daher seinen Segen. Davon ließ der junge Maler sich jedoch nicht abhalten. Er liebte die Venezianerin Giulia aufrichtig und sie ihn. Das war alles, was für Caspar zählte. Und da er alt genug und unabhängig war, seine eigenen Entscheidungen zu treffen, war er fest entschlossen, mit seiner Angebeteten vor den Traualtar zu treten.

Aber auch Giulia hatte ihre Vorbehalte gegen diese Ehe. Nicht weil sie sich der Gefühle für Caspar nicht sicher war, sondern weil sie die Gemeinschaft der »Aphrodite« nicht im Stich lassen wollte. Aus diesem Grunde blieb sie ihrem Liebsten immer wieder eine Antwort auf seine Heiratsanträge schuldig – bis die Freundinnen ihr die Bedenken gründlich ausredeten: Nun, da das Konzil eine Möglichkeit gefunden hatte, sich des einzig verbliebenen Papstes, Benedikt XIII., zu entledigen, würde einer baldigen Neuwahl des Heiligen Vaters nichts mehr im Wege stehen. Das bedeutete jedoch, dass das Konzil in absehbarer Zeit beendet werden und sich damit auch die Gemeinschaft der »Aphrodite« auflösen würde. Dieses Argument überzeugte Giulia schließlich, und als strahlende Braut gab sie ihrem Caspar das Ja-Wort.

Bei der Suche nach einem Priester, der bereit war, einer Hure die Sakramente der Ehe zu spenden, war dem glücklichen Paar Kardinal Oddo di Colonna behilflich. Und bei der Suche nach einer gemeinsamen ehelichen Wohnung wurden Caspar und Giulia von den Freundinnen der Braut unterstützt. Einstimmig hatte die Gemeinschaft beschlossen, den Verlobten die alte »Aphrodite« zur Verfügung zu stellen. Nachdem auch der Verpächter, Ulrich Richental, sein Einverständnis gegeben hatte, wurde das ehemalige Bordell in der Krotengasse mit vereinten Kräften zu einem gemütlichen Liebesnest für das junge Paar umgebaut. Somit waren alle Schwierigkeiten beseitigt, und die Hochzeit konnte endlich gefeiert werden. Für die Dauer der Feierlichkeiten wurde das »Haus zur wilden Katz« für seine Gäste geschlossen.

Zu den Hochzeitsgästen sollten nur Freunde gehören, die von Braut und Bräutigam im gegenseitigen Einverständnis geladen wurden. Damit wollte man verhindern, dass Caspar während des

Festes von ehemaligen Stammfreiern Giulias verstimmt werden könnte. So war die Hochzeitsgesellschaft nicht groß, die sich an diesem sonnigen Sommertag im Haus »Zur wilden Katz« einfand. Immerhin stießen kurzfristig zwei weitere Gäste dazu: Luc van Branden, der flämische Kaufmann, der die drei Venezianerinnen vor nunmehr fast drei Jahren nach Konstanz gebracht hatte, und sein Koch Miel. Der Zufall führte sie gerade an diesem Tag in die Konzilsstadt, und das Wiedersehen wurde fröhlich gefeiert.

Das Brautpaar, da waren sich alle Gäste einig, sah gar prächtig aus. Giulia trug ihre langen braunen Haare ein letztes Mal, wie es einer unvermählten Frau geziemte, offen und über Schultern und Rücken herabfallend. Auf ihrem Kopf saß ein Blütenkranz, allerdings nicht aus echten Blumen, sondern aus Gold und Edelsteinen. Er war das Brautgeschenk von Imperia, Sofia und Griet. Ihr Kleid war aus kostbarem, grünem Brokatstoff gefertigt, mit weitem, schleppendem Rock und eng anliegendem Mieder. Es war reich mit feinen Silberfäden bestickt, die, wenn Giulia sich bewegte, immer wieder im Sonnenlicht aufblitzten. Auch Caspar war festlich gekleidet: Zu einer kurzen, dunkelgrünen Schecke, unter der ein weißes Hemd aus feinstem, gefältetem Leinen hervorlugte, trug er eng anliegende Beinlinge in der gleichen grünen Farbe und schwarze Schnabelschuhe.

Wie das Gesetz es vorschrieb, hatte der Priester, der das Paar vermählen sollte, das Aufgebot an drei aufeinanderfolgenden Sonntagen in der Paulskirche verkündet. Dazu war er jedoch nur gegen eine reichliche Spende bereit gewesen, da er befürchtete, dass die braven Bürger seiner Gemeinde gegen die Hochzeit einer Hübschlerin wettern würden. Zu seinem Erstaunen gab es nur wenige Gegenstimmen. Die drei Aphroditen waren in Konstanz inzwischen stadtbekannt, wurden als gute Kundinnen und ehrliche Frauen geschätzt. In ihrem Haus ging es zwar hin und wieder laut und lustig zu, es blieb aber immer friedlich. Im Gegensatz zu anderen Freudenhäusern gab es bei ihnen weder Messerstechereien noch junge Mädchen, die zur Hurerei gepresst wurden. Überhaupt war das Haus ohne Skandale, und niemals hatte eine der Hübschlerinnen vor der Tür gestanden und versucht, brave Passanten anzulocken. Wenn nun eine von ihnen den Pfad der Tugend einschlagen und sich vermählen wollte – bitte sehr, dagegen hatten die Mitglieder der Kirchengemeinde nichts einzuwenden.

Zur festgesetzten Stunde machte sich der Brautzug auf den kurzen Weg zur Paulskirche. Die Zeremonie fand auf dem Kirchplatz statt. Und als sich die Brautleute das Ja-Wort gegeben hatten, Caspar seiner Giulia den Ring an den Finger steckte und der Priester ihre Hände zusammengab, um den Ehebund zu schließen, standen Imperia, Sofia und Griet die Tränen der Rührung in den Augen.

»Glaubt ihr, dass auch wir einmal diesen Schritt gehen werden?«, wollte Sofia flüsternd wissen.

Imperia und Griet schüttelten entschieden den Kopf. »Ich bin zu alt für so etwas«, gab die Köchin leise zurück. »Wer würde mich noch nehmen wollen?« Sie machte dabei jedoch keinen unglücklichen Eindruck, war vielmehr zufrieden mit ihrem Leben, so wie es war. Imperia hingegen gab keine Erklärung ab. Der einzige Kandidat, den sie hätte heiraten mögen, war ein Mann der Kirche. Darum musste sie über dieses Thema gar nicht weiter nachdenken.

Im Anschluss an die Zeremonie fand eine Brautmesse in der Kirche statt. Danach zog die Hochzeitsgesellschaft zurück in das »Haus zur wilden Katz«. Dort angekommen, eilte Giulia sogleich nach oben in ihre Kammer. Als sie wieder zurückkehrte, hatte sie ihre Haare aufgesteckt und trug eine zu ihrem Hochzeitskleid passende Haube – als Zeichen ihrer neuen Würde als Ehefrau. Caspar küsste sie zärtlich und vor aller Augen. Das Glück, endlich Mann und Frau zu sein, war den beiden deutlich anzusehen.

Die Mägde servierten indes die Hochzeitssuppe. Für das Brautpaar gab es nur eine Schüssel. Als Zeichen dafür, dass sie von nun an das Leben gemeinsam meistern würden, mussten sie sich ihre Suppe teilen. Gespannt beobachteten die Gäste, wer von den beiden zuerst den Löffel in die Festspeise tauchen würde und damit anzeigte, die Führung in der Ehe übernehmen zu wollen. Doch die

Frischvermählten lächelten nur und begannen ihr Mahl gemeinsam. Das wiederum galt als Zeichen, dass ihnen eine lange und glückliche Ehe beschieden sein würde.

Natürlich war die Suppe nur der erste Gang des vortrefflichen Hochzeitsessens, das Griet zusammengestellt hatte. Es gab ein reiches Angebot an Gebackenem und Gebratenem, an Fleisch, Fisch und Gemüse. Die größte Überraschung war eine Gänsepastete, auf der ein Pfau mit ausgebreiteter Federkrone saß, der so echt wirkte, als wäre er tatsächlich lebendig. Nach dem ausgiebigen Mahl, bei dem Musikanten und Gaukler die Gäste unterhielten, war das »Brautverstecken« an der Reihe. Dabei verband Thore dem Bräutigam die Augen, während Imperia die Braut unter den anderen weiblichen Gästen zu verbergen suchte. Unter Gelächter und Gejohle musste Caspar nun unter ihnen seine Ehefrau herausfinden.

Für den Rest des Tages wurde lustig weitergefeiert, bis zum Abendessen. Danach begann der »Brautlauf«: Hierbei führte der Bräutigam die Braut in die zukünftige gemeinsame Wohnung. Und alle Gäste folgten ihnen. Man geleitete das junge Ehepaar in das Schlafgemach, wo sie sich vor aller Augen auf das Bett und unter die Decke legen mussten. Nun galten die beiden als verheiratet und wurden gnädig allein gelassen, während ihre Gäste ins »Haus zur wilden Katz« zurückkehrten und weiter feierten.

Drei Tage währte das Fest, wobei es Kardinal Oddo di Colonna erst am letzten Abend gelang, der Hochzeitsfeier beizuwohnen. Er machte artige Komplimente, überreichte kostbare Geschenke und wollte doch nur eines – endlich mit Imperia allein sein, weil er ihr so viel zu berichten hatte. Eine Weile musste er sich jedoch noch gedulden.

Es war schon spät in der Nacht, als sie sich endlich zurückziehen konnten. Da waren beide dann doch zu müde für ein Gespräch und schliefen alsbald ein. So konnte di Colonna seine Neuigkeiten erst am nächsten Morgen erzählen: »Benedikt XIII. ist abermals vernichtet und verflucht worden.«

Imperia verstand den ganzen Umstand nicht, den man um diesen letzten falschen Papst machte: »Das Konzil hat Johannes XXIII. doch auch einfach absetzen können. Warum geht das nicht mit Benedikt?«

»Nun ja, Johannes XXIII. und letztlich auch Gregor XII. haben der Absetzung zugestimmt. Benedikt nicht. Er hat sich auf seine spanische Bergfestung zurückgezogen, sich unter den Schutz des Königs von Aragón begeben und regiert noch immer als Papst.

»Aber der König hat von seiner langen Reise – schließlich ist er erst im Januar dieses Jahres zurückgekehrt – so viele unterzeichnete Dokumente mitgebracht, in denen sich Fürsten und Monarchen von dem falschen Papst lossagen. Und das alles war nicht genug?« Imperia runzelte die Stirn.

»Das Kirchengesetz macht einen Papst nun einmal unangreifbar«, versuchte di Colonna zu erklären. »Daher wollte man Benedikt eine Anhörung gewähren und forderte ihn zweimal auf, in Konstanz zu erscheinen. Beide Male wurde ihm eine Frist von hundert Tagen gewährt, die er jedoch ungenutzt verstreichen ließ. Damit haben wir sehr viel Zeit verloren und …« Er beendete seinen Satz nicht, lachte kurz auf und fuhr fort: »Eigentlich wollte ich auf etwas ganz anderes hinaus: Nach der Verfluchung Benedikts XIII. hat das Konzil nämlich über deinen alten Freund, Herzog Friedrich IV., wieder den Bann verhängt.«

Imperia nickte. »Das stand zu befürchten. Und eigentlich hätte man schon früher damit rechnen müssen. Immerhin ist es mehr als ein Jahr her, dass der Herzog Konstanz erneut unerlaubt den Rücken gekehrt hat. Und da er diesmal seinen Kammerherrn von Mülinen mitnahm, ist es auch unwahrscheinlich, dass er beabsichtigt, noch einmal zurückzukehren.«

»Du weißt, wo der Herzog sich aufhält?«

»Wie sollte ich?«, antwortete Imperia ausweichend.

Misstrauisch sah der Kardinal sie an. »Ich glaube dir nicht. Dennoch will ich dich eines fragen: Beabsichtigt der Herzog nochmals, den ehemaligen Papst Johannes XXIII. zu befreien?«

Imperia lachte. »Nein, gewiss nicht. Herzog Friedrich hat derzeit genug eigene Probleme und muss einen Erbschaftsstreit mit seinem Bruder ausfechten. Und dafür – zu deiner Beruhigung, Oddo – ist er längst außer Landes. Aber mehr werde ich nicht sagen. Mehr habe ich auch dem König nicht verraten.«

Nun schmunzelte di Colonna erleichtert. »Du kleine Geheimniskrämerin. Jetzt verstehe ich, warum der König es nicht eilig hatte, den Herzog für seine neuerliche Flucht zu bestrafen. Er wusste von dir, dass Friedrich IV. keine Befreiungspläne für Johannes hegte.«

Eigentlich hätte das Thema damit erledigt sein können, dennoch fühlte der Kardinal sich bemüßigt zu erklären: »Du musst verstehen. Es wäre eine Katastrophe, wenn dieser Baldassare Cossa alias Johannes XXIII. noch einmal freikäme. Unweigerlich würde er seinen Rücktritt widerrufen, und wir hätten wieder zwei Päpste. Auf diese Weise würde sich das Konzil auf ewig hinziehen.«

»Wäre das denn so schlimm?«, lächelte Imperia. »Solange das Konzil andauert, können wir beide zusammen sein. Danach werden sich unsere Wege gewiss trennen. Findest du das erstrebenswert?«

»Nein, sicher nicht«, entgegnete di Colonna mit zärtlicher Stimme. »Aber für dieses Problem lässt sich gewiss leichter eine Lösung finden als für einen zweiten falschen Papst. Glaubst du nicht, Imperia?«

Nach den dreitägigen Hochzeitsfeierlichkeiten wurde das »Haus zur wilden Katz« wieder für seine Gäste geöffnet. Als einer der ersten Besucher dieses Abends stellte sich der Page des Königs ein. Selbst Sigismund hatte auf die Hochzeitspause Rücksicht genommen, doch nun bestand er darauf, dass Imperia ihn so schnell wie möglich aufsuchte.

Wie üblich war der Hunger des Königs auf leibliche Begierden schnell gestillt, und wie üblich wollte er danach noch ein wenig mit Imperia plaudern: »Auch wenn jetzt keine Gefahr mehr besteht, dass Herzog Friedrich den ehemaligen Papst befreit, habe ich beschlossen, ihn auf Burg Eichelsheim zu belassen. Dort ist Baldassare Cossa in Sicherheit und wird uns nicht mehr daran hindern, das Konzil erfolgreich zu beenden.« Sigismund grinste, als er fortfuhr: »Wohl scheint sich unser Gefangener dort allerdings nicht zu fühlen. Regelmäßig sendet er Beschwerden über seine Unterbringung. Mal ist ihm das Bett zu kurz, mal werden seine Kleider nicht gründlich genug gereinigt, mal begegnet man ihm nicht mit ausreichendem Respekt. Der Pisaner ist und bleibt anspruchsvoll. Ich bin sehr gespannt, wie er darauf reagieren wird, wenn der Reichsrichter ihm die Rechnung für die Unterkunft und die durch seine Flucht vom Konzil entstandenen Kosten präsentieren wird.«

Auch Imperia musste bei dieser Vorstellung schmunzeln. »Beim besten Willen kann ich mir nicht vorstellen, dass er sich darüber freuen wird.« Einen Augenblick blieb es nun still zwischen ihnen, beide hingen ihren Gedanken nach. Schließlich wollte Imperia wissen: »Wie geht es Eurer Gemahlin, Majestät? Habt Ihr Nachricht von ihr?«

»Oh ja, in Ungarn steht alles zum Besten, und Barbara und meine Tochter Elisabeth sind wohlauf. In Böhmen hingegen kommt es immer noch zu Aufständen. Die Menschen dort wollen keine Ruhe geben. Sie sind nach wie vor über die Verurteilung und Hinrichtung von Jan Hus und Hieronymus von Prag entrüstet und fordern dringend eine Reformation der Kirche nach ihren Lehren.« König Sigismund seufzte. »Ich fürchte, Imperia, da bahnt sich Schlimmes an. Die Nachrichten, die ich von meinem Bruder, dem böhmischen König Wenzel, erhalte, klingen zumindest sehr bedrohlich. Doch bevor ich mich darum kümmern kann, muss zunächst einmal das Konzil zum Abschluss gebracht werden. Ich hoffe, dass das bald der Fall sein wird. Wie es aussieht, werden wir demnächst Räumlichkeiten für das Konklave benötigen. Wegen seiner Größe böte sich dafür natürlich das Münster an, aber damit würden wir der versammelten, nicht wahlberechtigten Geistlichkeit den Sitzungsort nehmen. Und das könnte, je nachdem, wie lange sich das Konklave hinzieht, eine große Einschränkung bedeuten, die ohne Zweifel Unzufriedenheit hervorriefe. Hast du vielleicht eine Idee, wo wir die Wahl des neuen Papstes stattdessen durchführen lassen könnten?«

Imperia dachte kurz nach. »Dazu fällt mir nur das Kaufhaus am Hafen ein, das als Lager und Umschlagplatz für Handelswaren dient«, antwortete sie schließlich. »Es ist aus Stein erbaut, dreistöckig und ohne Zweifel das größte Gebäude der Stadt.«

❧

Einmal mehr hatte sich Seine Majestät als vorausschauend erwiesen. Die weltlichen und geistlichen Fürsten, die sich nun schon sehr lange in Konstanz aufhielten, wurden allmählich ungeduldig. Alle wünschten, endlich heimkehren zu können, um wieder ihre eigenen Angelegenheiten zu regeln. Immer häufiger kam es unter den Konzilsteilnehmern zu Streit, und immer häufiger plante der eine oder andere seine vorzeitige Abreise. Mehr als einmal musste der König die Betreffenden unter Eid nehmen, Konstanz nicht vor einem erfolgreichen Ende des Konzils zu verlassen. Und dabei dürfte es keine Ausnahme geben. Wenn Sigismund auch nur einem Einzigen die Heimreise gestattete, würden sich bald alle auf den Weg machen. Um die Herren bei Laune zu halten, wurden daher nun häufige Prozessionen veranstaltet, gelegentlich Feste gefeiert und Ritterturniere abgehalten.

Auch im »Haus zur wilden Katz« bekam man zu spüren, dass sich die weltlichen und geistlichen Fürsten nach Kräften langweilten. An jedem Tag der Woche war das Freudenhaus vollkommen ausgelastet, und mehr als einmal sehnten Imperia und Sofia sich nach der Zeit zurück, in der sie mit Giulia noch zu dritt gewesen waren.

Und dennoch: Eines Tages verließen einige kastilische Bischöfe Konstanz, in der Absicht, nach Hause zurückzukehren. Und das, obwohl sie geschworen hatten, bis zum Ende des Konzils zu bleiben. Doch sie kamen nicht weit. Schon bald holten die Schergen des Königs sie ein und verhafteten sie. Danach gab es großen Streit unter einigen Kardinälen, die Konstanz gleichfalls verlassen wollten und dafür vom Rat der Stadt freies Geleit verlangten. Mit ihnen wurde so lange verhandelt, bis sie sich bereit erklärten, doch noch zu bleiben.

Endlich, Ende Juli 1417, konnte auf einer Generalsession die abschließende Absetzung Benedikts XIII. beschlossen werden. Dabei wurde er abermals vernichtet, verflucht und als Ketzer verurteilt. Damit war der Weg endlich frei für die Neuwahl des einen, des rechtmäßigen Papstes. Hernach nahm die Konzilsversammlung den Vorschlag des Königs an, das Konklave im Kaufhaus abzuhalten. Dann legte man die Wahlstatuten fest. Dreiundzwanzig Kardinäle hielten sich noch in Konstanz auf. Sie sollten die Wahl entscheiden – aber nicht sie allein. Jede Nation sollte sechs ihrer Gelehrten mit ins Konklave entsenden – Italiener, Franzosen, Spanier, Engländer und Deutsche – dreißig Männer also. Daraus ergaben sich insgesamt dreiundfünfzig Wahlberechtigte.

Währenddessen hatte man damit begonnen, das große Kaufhaus am Hafen umzubauen. Für jeden Wähler wurde ein kleines abgegrenztes Abteil errichtet – eine kleine, mit einem Bett, einem Tisch und zwei Stühlen ausgestattete Kammer. Davor befand sich jeweils ein Verschlag für den Knecht, den jeder mitbringen durfte. Ferner wurde das Kaufhaus mit einem Gatter geschützt. Die unteren Fenster und Türen – bis auf eine natürlich – wurden zugemauert, die oberen Fenster mit starken Brettern vernagelt. Man tat alles, um zu gewährleisten, dass das Konklave in sicherer Abschirmung stattfinden konnte.

❧

Einen Tag, bevor die Wahlmänner ins Kaufhaus einziehen sollten, kam Oddo di Colonna in die Sankt-Paulsgasse, um Imperia zu sehen.

»Gott allein weiß, wie lange das Konklave währen wird. Es gibt keinen Favoriten für den Heiligen Stuhl, und niemand hat auch nur die leiseste Ahnung, wen er zum neuen Papst küren soll. Alles ist offen. Und auch wenn die Entscheidung gefallen und das Konklave beendet ist, wird das Konzil nicht sofort aufgelöst werden können. Zu vieles ist noch zu bedenken. Dennoch möchte ich dich fragen, Imperia, wie deine Pläne sind, wenn das alles hier beendet ist. Ich denke nicht, dass du in Konstanz bleiben wirst, oder?«

»Nein, gewiss nicht.« Imperia schüttelte den Kopf. »Obwohl ich mir noch gar nicht vorstellen kann, das alles hier hinter mir zu lassen. Die Gemeinschaft der ›Aphrodite‹ wird mir fehlen. Andererseits wussten wir von Anfang an, dass Konstanz nur eine vorübergehende Station für uns sein wird. Vermutlich werde ich mit Sofia nach Italien zurückkehren. Soweit ich weiß, plant sie, nach Venedig zu gehen. Für mich kommt das aber nicht infrage. Ich habe dort nichts zurückgelassen außer Erinnerungen. Und da ich nicht ausschließen kann, in Venedig immer noch als Ketzerin gesucht zu werden, wird mein Ziel vielleicht Rom werden. Ich bin mir aber noch nicht sicher.«

»Auch ich weiß noch nicht, wohin mich mein Weg führt«, erklärte di Colonna. »Letztendlich wird es davon abhängen, wohin mich der neue Papst schicken wird. Nach Rom wird er vorerst nicht ziehen können, weil die Königin von Neapel die Stadt immer noch mit ihren Truppen besetzt hält. Wir werden also abwarten müssen, welche Lösung es für uns, nach Konstanz, geben wird. Aber ganz gewiss freue ich mich darauf, dich, sobald das Konklave beendet ist, hier wieder aufsuchen zu können.«

Der Kardinal blieb über Nacht und ging am nächsten Morgen in aller Frühe zurück in die Bischofspfalz. Von dort aus begab er sich am 8. November 1417, gemeinsam mit den zweiundfünfzig anderen Wahlmännern und ihren Begleitern zum Konklave ins Kaufhaus am Hafen. Von nun an wurde das Gebäude streng bewacht. Niemand durfte sich ihm ohne Erlaubnis nähern. Sogar die Speisen und Getränke, mit denen man die Wahlleute verköstigte, wurden vor dem Hineintragen gründlich untersucht, um geheime Botschaften unmöglich zu machen. Konstanz unternahm alles, um eine Störung der Papstwahl zu vermeiden, und wollte um jeden Preis verhindern, dass es später einen Grund für eine Wahlanfechtung wegen eines Verstoßes gegen die Regeln geben konnte.

Die ganze Stadt wartete gebannt auf ein Ergebnis, obwohl man wusste, dass es Wochen oder gar Monate dauern konnte, bis die Wahlleute sich einig geworden waren. Jeden Tag hielten die Wartenden – auch der König – eine Prozession ab, die vom Münster bis zum Rathaus führte. Dort, wo der Zaun stand, der das Kaufhaus schützte, knieten alle zum Gebet nieder und sangen. Danach kehrte der Bittgang zum Münster zurück.

»Jedenfalls kommen die Vögel nicht mehr«, wusste Matteo im »Haus zur wilden Katz« zu berichten.

»Welche Vögel?«, wollte Sofia erstaunt wissen.

»Nun die Raben, die Krähen, die Dohlen und Eichelhäher«, lautete die Antwort. »Bei Tag und bei Nacht, bevor das Konklave begann, haben sich die Rabenvögel auf dem Dach des Kaufhauses eingefunden. Nun lassen sie sich nicht mehr blicken. Niemand weiß eine Erklärung dafür.«

»Vielleicht debattieren die Wahlleute zu laut«, gab Sofia zu bedenken, »und den Vögeln ist es daher zu unruhig geworden.«

»Mag sein«, erwiderte Matteo. Überzeugt wirkte er jedoch nicht.

❧

Und dann ging wider Erwarten doch alles ganz schnell. Bereits am Sankt Martinstag, am 11. November 1417, erscholl aus dem Konklave heraus, etwa zur elften Stunde, der Ruf: »Habemus Papam!« – »Wir haben einen Papst!«

Aufgeregt lief alles, was Beine hatte, zum Kaufhaus am Hafen. Nebel hing über der Stadt, und die Straßen waren, da es in den letzten Tagen viel geregnet hatte, morastig. Aber das schreckte niemanden. Und als die Menschen das Kaufhaus erreicht hatten, erfolgte die frohe Botschaft abermals: »Ich verkündige euch große

Freude. Wir haben einen Papst! Den herausragendsten und hochwürdigsten Herrn Oddo, der Heiligen Kirche Kardinal di Colonna.«

Imperia gehörte nicht zu denen, die der Verkündigung am Kaufhaus beigewohnt hatten, Matteo und Thore hingegen schon. Und während der Hauptmann stehenden Fußes zur Bischofspfalz eilte, um seinen Herrn, Freund und Papst dort willkommen zu heißen, machte sich Matteo zum »Haus zur wilden Katz« auf, um die Nachricht dorthin zu überbringen. Er brauchte jedoch seine Zeit, um das Menschengedränge zu durchbrechen. Und so wurde er Zeuge eines denkwürdigen Himmelszeichens: Der dichte Nebel begann sich aufzulösen. Und als er ganz verschwunden war, kamen die Vögel herbeigeflogen – diesmal aber nicht die großen Rabenvögel, sondern die kleinen Singvögelchen. Zu Tausenden ließen sich Meisen, Rotkehlchen, Finken, Zeisige und viele andere mehr auf dem Dach des Kaufhauses nieder, bis es vollständig mit kleinen, flatternden und jubilierenden Vögeln bedeckt war.

»Das war ein Zeichen Gottes«, berichtete Matteo aufgeregt, als er endlich sein Ziel erreicht hatte. »Und es soll uns sagen, dass unser geliebter Herrgott zufrieden ist, dass das Schisma endlich beendet und ein neuer Papst als einziger Stellvertreter Jesu Christi auf Erden einhellig gewählt wurde.«

»Einhellig?«, vergewisserte sich Sofia.

Matteo nickte. »Ja, Oddo di Colonna wurde einstimmig gewählt. Es gab keine einzige Gegenstimme.«

Imperia schwieg. Sie war zu überrascht, um etwas sagen zu können. Niemand hatte mit diesem Ausgang der Wahl gerechnet – selbst Oddo nicht. Und nun? Wie würde es weitergehen zwischen ihnen? Sie war die Geliebte eines Papstes. Unfassbar!

Im »Haus zur wilden Katz« wurde es ein ruhiger Abend. Offenbar hatten die Gäste, die sich sonst in den Räumen drängten, heute andere Verpflichtungen.

Als Thore zurückkehrte, war es bereits spät. »Ich muss mit dir reden, Imperia«, sagte er und zog sie mit sich in seine Kammer. Nachdem er die Tür sorgfältig geschlossen hatte, richtete er ihr einen Gruß von Oddo di Colonna aus. »Er wird in den nächsten Tagen keine Zeit haben, dich aufzusuchen.«

»Natürlich nicht.« Imperia hatte mit nichts anderem gerechnet.

»Er bittet dich aber, auch wenn das Konzil bald zu Ende sein wird, vorerst in Konstanz zu bleiben. Seine Krönung wird wohl in etwa zehn Tagen stattfinden. Schließlich muss er vorher noch zum Priester und zum Bischof geweiht werden. Danach, so hofft er zumindest, wird es ihm leichter fallen, dir unbeobachtet einen Besuch abstatten zu können.«

Imperia lächelte traurig. »Glaubt er das wirklich?«

»Er wird es möglich machen, irgendwie«, entgegnete Thore. »Außerdem bittet er dich, als Zeichen seiner tiefen Verbundenheit, ihm einen Papstnamen auszuwählen.

Ungläubig sah sie den Hauptmann an. »Ich … Ich soll ihm …? Weiß er, was er da tut? Er wünscht, dass eine Hure seinen Namen auswählt?«

Thore grinste. »Ja, genau, Imperia. Er bittet dich herzlich darum. Aber es muss schnell gehen. Schon morgen muss er seinen neuen Namen kundtun.«

»Oh, ich brauche nicht lange dafür«, entgegnete sie prompt. »Schon vorhin habe ich gedacht, dass er sich ›Martin‹ nennen sollte, nach dem Heiligen Martin von Tours, an dessen Tag er ja gewählt worden ist. Ich finde, Martin ist ein schöner Name für ihn.« Leise fügte sie hinzu: »Auch wenn er für mich gewiss immer Oddo bleiben wird.«

❧

In der Nacht vor dem 21. November 1417 läutete zur zwölften Stunde einmal die große Glocke der Bischofskirche, kurz darauf noch einmal. Und schließlich erklangen sämtliche Glocken der Stadt. Zu dieser nächtlichen Stunde fanden sich alle geistlichen und weltlichen Fürsten im Münster ein, wo Papst Martin V.

geweiht und gesalbt wurde. Am Ende der Zeremonie hielt der neue Papst die Messe. Als er den Segen erteilte und die hohen Herren auseinandergingen, graute bereits der Morgen.

Kurz darauf, zur achten Stunde, fand man zur öffentlichen Krönung auf dem Oberen Münsterhof, vor der Bischofspfalz, wieder zusammen. Hier war inzwischen ein hölzernes, mit goldenen Tüchern verkleidetes Podium aufgestellt worden, vor dem die hochwohlgeborenen Konzilsteilnehmer Aufstellung nahmen. Auf dem Podium selbst stand der Thron, über den ein Baldachin gespannt war. Nachdem der Papst dort Platz genommen hatte, kam ein Bischof auf ihn zu, der in der Hand einen Stecken mit einem Büschel aus Werg hielt. Vor den Augen des Papstes wurde das Werg entzündet – traditionell symbolisierte dies im päpstlichen Krönungszeremoniell die Vergänglichkeit der Macht. Danach setzten drei Kardinäle und der Hochmeister von Rhodos dem Papst die Tiara auf das Haupt.

»Empfange die dreifache Krone und vergiss nie, dass Du Vater der Fürsten und Könige bist, das Haupt der Welt und der Statthalter Jesu Christi.«

Danach verließ der neue Papst Martin V. das Podium und stieg auf ein weißes Pferd, das vollständig mit feinem, rotem Tuch bedeckt war. König Sigismund kniete nun vor dem Papst nieder, küsste ihm den Fuß und nahm dann den Zaum des Pferdes zur rechten Seite, während sich an der linken Seite einer der Kurfürsten einfand.

Der Zug des Umritts durch die Stadt wurde von einem hochwohlgeborenen Reiter angeführt, der ganz in Rot gekleidet war und dessen Pferd gleichfalls eine rote Samtdecke trug. In der Hand hielt er einen langen goldenen Stock, mit dem er den Weg freimachen sollte. Ihm folgte eine Schar weißer, gleichfalls mit roten Tüchern bedeckter Pferde. Danach kamen die Abiturienten des Jesuiten-Collegiums, Juristen, Notare, Auditoren und Sekretäre, gefolgt von den Gelehrten und den Doctores. Sie alle trugen Stäbe in ihren Händen, an denen rote Fähnchen wehten. Hinter ihnen wurde das Kreuz des Papstes getragen. Ihm folgte ein singender Chor und dem wiederum ein Priester, der Pfennige in die Menge warf. Danach kamen, auf weiß abgedeckten Pferden, die Äbte, die Bischöfe und Erzbischöfe, immer zwei nebeneinander reitend. Hinter ihnen die Kardinäle, ebenfalls jeweils zu zweit. Schließlich abermals ein Priester, der den Menschen Pfennige zuwarf. Und dann, hinter einem weißen Pferd mit roter Decke, das zwei brennende Kerzen und die Monstranz mit dem »Allerheiligsten« auf dem Sattel trug, erschien der Heilige Vater selbst, Martin V. Er war in seine Messgewänder gekleidet, hatte die dreifache Tiara auf dem Haupt und ritt, damit jedermann ihn gut sehen konnte, ohne Baldachin. Ihm folgte ein Geharnischter auf einem starken Pferd. Er hielt eine lange Stange in der Hand, an der ein gelb und rot gestreifter Schirm befestigt war – oben eng und unten sehr weit. Auf dem Schirm stand ein goldener Engel, mit einem goldenen Kreuz in der Hand. Dahinter ritten Bewaffnete, denen die Domherren und Zunftleute, allesamt mit Kerzen versehen, folgten. Den Schluss bildeten die Pfeifer und Posaunenbläser, die aber nicht auf ihren Instrumenten spielten. Dahinter durfte sich das Volk in den Zug einreihen.

Die Prozession führte vom Oberen Hof zur Stephanskirche und von dort weiter zum Oberen Markt. Dann ging es die Säulen hinab und die Mordergasse entlang. Als der Zug über die Neugasse kam und in die Sankt-Paulsgasse einbog, stand Imperia am Fenster ihrer Kammer und blickte hinab. Oddo würde wissen, dass sie hier auf ihn wartete. Und richtig, für einen Augenblick schaute er zu ihr herauf, grüßte kurz, lächelte und spendete ihr, ihr ganz allein, seinen päpstlichen Segen. Dann war die Prozession auch schon weitergezogen, zurück an den Oberen Markt, nach St. Stephan und auf den Oberen Hof. Dort gab Martin V. allen Anwesenden noch einmal den Segen, stieg vom Pferd und ging zurück in die Bischofspfalz. Damit war seine Inthronisierung beendet.

Von nun an wartete Imperia jeden Tag auf ihn. Sie hatte extra eine Magd an der Hintertür, die eigentlich nur dem König vorbehalten war, postiert. Denn natürlich würde Oddo di Colonna, nun der Heilige Vater, das »Haus zur wilden Katz« nicht mehr einfach so durch das Hauptportal betreten und durch die öffentlichen Gasträume spazieren können, wo ihn jedermann sehen konnte.

Drei Tage musste Imperia warten, dann kam er endlich. Es war mitten in der Nacht und die meisten Gäste schon gegangen, als die Magd den geheimnisvollen Priester meldete, der sich an der Hintertür eingefunden hatte. Imperia ließ alles stehen und liegen und führte Oddo unbemerkt in ihre Kammer. Dort blieb er bei ihr, die Nacht, den ganzen nächsten Tag und noch eine Nacht.

»Wird man dich nicht vermissen und suchen?«, wunderte sich Imperia.

Oddo lachte. »Nein, wird man nicht. Ich habe mir Zeit für eine einsame Klausur ausbedungen. Ich fürchte nämlich, dass wir uns in den nächsten Wochen nur sehr selten sehen können. Und darum will ich mir diese Stunden für uns nehmen und sie genießen.« Während er sprach, lag er auf ihrem Bett, und glücklich schmiegte sie sich an ihn.

»Wie lange wird das Konzil noch währen?«

»Ich denke, wir werden noch mindestens vier Monate brauchen, bis wir es abschließen können. Wirst du so lange in Konstanz bleiben, Imperia?«

Sie nickte. »Und wohin wirst du nach dem Konzil gehen, Oddo?«

»Genau weiß ich es noch immer nicht. Gewiss werde ich in Richtung Rom reisen. Da ich dort jedoch noch nicht meinen Einzug halten kann, werde ich unterwegs lange Zwischenaufenthalte einlegen. Aber wo und wann das genau sein wird – der Herrgott wird es fügen.« Er schmunzelte. »Du weißt aber schon, dass ich meinen Hauptmann dann wieder an meiner Seite wissen möchte, nicht wahr?«

»Natürlich«, gab Imperia gedehnt zurück. »Ich werde mich nur ungern von Thore trennen, weil er zu einem wirklichen

Freund geworden ist, aber gewiss werde ich mich an mein Versprechen halten.«

Die Zeit, angefüllt mit Gesprächen und Zärtlichkeit, verlief wie im Fluge. Es war sehr früher Morgen, noch dunkel draußen, als Imperia ihren Geliebten durch die Hintertür das Haus ebenso heimlich verlassen ließ, wie er gekommen war.

Im »Haus zur wilden Katz« liefen die Geschäfte weiter. Weihnachten kam und der Jahreswechsel. Nun schrieb man bereits das Jahr 1418 und musste, nahezu jeden Tag, Abschied von einem der hochwohlgeborenen Stammgäste feiern, die Konstanz nach und nach verließen, um heimzureisen. Auch der Page König Sigismunds kam in dieser Zeit öfter, um Imperia zu seinem Herrn zu rufen.

Seine Majestät hatte es sich angewöhnt, wenn er sich im »Haus zur wilden Katz« aufhielt, mit Imperia gemeinsam zu Abend zu speisen. Danach kam es in der Regel zu einem Intermezzo in seinem Bett und daran anschließend zu einem Plauderstündchen bei einem guten Wein.

Bei dieser Gelegenheit wollte Sigismund eines Tages wissen: »Wie sehen eigentlich deine Pläne aus, Imperia? Wann hast du vor, Konstanz zu verlassen?«

»Ich weiß es noch nicht«, entgegnete sie unschlüssig. »Vermutlich irgendwann in den nächsten Wochen. Ich habe es nicht eilig.«

Die Antwort schien den König zu erfreuen. »Das ist gut zu wissen. Aber wenn du gehst, wohin wirst du ziehen?«

»Zurück nach Italien. Vielleicht nach Florenz, vielleicht aber auch nach Rom. Das wird sich noch zeigen.«

»Hast du schon Vorsorge getroffen? Ich meine, hast du dir einen Reisewagen bauen lassen?«

Unwillkürlich musste Imperia lachen. »Nein, Majestät, bisher nicht. Auf die Idee bin ich noch gar nicht gekommen.«

»Dann lass mich diesen Wagen für dich in Auftrag geben. Er soll mein Abschiedsgeschenk für dich sein.«

Abschied. Das Wort allein schmerzte schon. Erst jetzt wurde den beiden unterschiedlichen Menschen – Hure und König – bewusst, dass sie sich nach ihrer Abreise niemals wiedersehen würden. Dabei hatten sie sich doch irgendwie aneinander gewöhnt. Und wenn es auch keine tiefe Liebe war, die sie verband, so doch zumindest gegenseitige Bewunderung und innige Freundschaft.

Schließlich war es Imperia, die die niedergeschlagene Stille zwischen ihnen beendete. »Und wie sind Eure Pläne, Majestät? Werdet Ihr nach Beendigung des Konzils nach Ungarn gehen, um Frau und Tochter zu treffen?«

Sigismund seufzte leise. »Ja. Leider werde ich mich jedoch nicht lange bei ihnen aufhalten können, sondern muss dann auf dem schnellsten Wege nach Böhmen reisen. Dort spitzen sich die Konflikte wegen der Hinrichtungen von Jan Hus und Hieronymus von Prag immer mehr zu, und ich werde meinem königlichen Bruder Wenzel zur Seite stehen müssen.«

❧

Wie üblich hielt der König, zumindest Imperia gegenüber, Wort. Bereits zwei Tage später wurde sie von einem Wagenbauer aufgesucht. Er berichtete, dass Seine Majestät ihm den Auftrag für einen Reisewagen erteilt habe, und wollte sich nun nach ihren besonderen Wünschen erkundigen.

Imperia, die das Versprechen des Königs schon wieder vergessen hatte, wollte den Mann zunächst wegschicken, wie sie alles von sich fortschob, das mit ihrer Abreise zusammenhing. »Ich bedauere, aber ich hatte noch keine Zeit, mich damit zu beschäftigen. Vielleicht ist es am sinnvollsten, wenn du in ein paar Tagen wiederkommst. Dann kann ich deine Fragen beantworten und …«

Sofia unterbrach die Freundin. »Oh nein, Imperia. Am besten wird es sein, wenn wir uns von dem guten Mann umgehend beraten lassen. Schließlich benötige auch ich einen Reisewagen. Oder dachtest du daran, dass wir uns einen teilen?«

»Auch über diese Frage habe ich noch nicht nachgedacht«, gab Imperia zu. »Aber vermutlich hast du recht. Es wird Zeit, die Planung in Angriff zu nehmen. So ein Wagen braucht ja gewiss eine Weile, bis er fertiggestellt ist.«

Man vertröstete den Wagenbauer also auf den nächsten Tag und versprach, bis dahin alle Fragen geklärt zu haben. Nachdem der Mann sich höflich verabschiedet hatte, rief Imperia die Gemeinschaft der »Aphrodite« zusammen.

»Meine Lieben, das Konzil wird bald beendet sein, und auch wir müssen Pläne für unsere Zukunft machen«, begann sie. »Das Thore in die Dienste seines Herrn zurückkehren wird, war von vornherein abgesprochen. Giulia beabsichtigt, in Konstanz zu bleiben. Sofia und ich wollen in unsere italienische Heimat ziehen. Daher stellt sich die Frage, was ihr vorhabt?« Bei den letzten Worten sah sie Griet und Matteo an. Unschlüssig zuckten beide mit den Schultern.

»Auch ich werde wohl nach Italien zurückgehen«, meinte Matteo schließlich. »Was sollte ich allein in Konstanz anfangen, ohne Arbeit?«

Griet schwieg niedergeschlagen und mit gesenktem Kopf.

Erst jetzt erkannte Imperia, dass die Freunde unter ihrer eigenen Unschlüssigkeit gelitten hatten und von Zukunftsängsten gepeinigt wurden. Daher beeilte sie sich zu sagen: »Natürlich würden Sofia und ich uns freuen, wenn wir zusammenbleiben und ihr uns begleitet. Aber das müsst ihr entscheiden.«

Griet sah überrascht auf. »Ich ... Wir ... Du meinst, wir könnten mit euch reisen?«

»Aber gewiss«, entgegnete Imperia erstaunt. »Dachtest du etwa, wir lassen euch hier allein zurück? Was wir in Zukunft wo machen werden, wissen wir zwar noch nicht genau. Aber was immer es sein wird, wir hätten euch beide gerne dabei.«

Leise schluchzte Griet auf, doch als man sie besorgt ansah, winkte sie sogleich ab. »Es ist nur die Erleichterung. Gerne werde ich euch begleiten. Liebend gern sogar.«

Und auch Matteo zeigte sich hocherfreut, die Gemeinschaft nicht verlassen zu müssen.

Imperia lächelte den beiden zu und fasste dann zusammen: »Das heißt also, dass der Reisewagen vier Personen beherbergen müsste. Und da man ihn, vor allem wenn man über die Berge fahren will, so leicht wie möglich halten sollte, denke ich, dass wir zwei Wagen benötigen.«

Sofia nickte zustimmend. »Schließlich sind wir ja nicht mehr die kleinen, mittellosen Huren, die sich zu dritt in ein winziges Abteil quetschen, wie damals, als wir herkamen. Wir haben hart gearbeitet und uns schon ein wenig Bequemlichkeit verdient.«

Entsprechend ihren Entscheidungen wurde der Wagenbauer, der wie verabredet am nächsten Tag wiederkam, instruiert. Er versprach, die beiden Reisewagen in vier Wochen liefern zu können. Als der Mann fort war, erklärte Imperia. »Vier Wochen sind keine lange Zeit. Aber wir müssen ja nicht sogleich abreisen, wenn die Wagen fertig sind. Noch gibt es in Konstanz für uns Geld zu verdienen, und es wird gewiss noch eine ganze Weile dauern, bis wir die Stadt verlassen.«

Alle stimmten ihr zu.

Und dennoch, überall roch es nach Abschied, spürte man den Aufbruch. Wenn Imperia durch die Straßen wanderte, sah sie, wie allerorten Hütten und Zelte abgebrochen wurden. Rund eintausendvierhundert Händler und Handwerker waren während des Konzils nach Konstanz gekommen, hieß es, um hier ihr Geld zu verdienen. Darunter allein dreihundertdreißig italienische Bäcker. Zudem hatten etwa siebzig Schankwirte und jede Menge Hübschlerinnen ihr Glück in der Konzilsstadt versucht. Viele von ihnen hatten in einfachen Unterkünften auf den Straßen und Gassen gelebt und gearbeitet. Wie ein breites Band hatte sich die hüttenbebaute Fläche quer durch die ganze Stadt gezogen. Nun war bereits etwa ein Drittel abgebaut, und erst jetzt war zu erkennen, wie breit die Konstanzer Straßen, wie groß die Plätze tatsächlich waren.

Imperia fand es immer wieder erstaunlich, wie die doch recht kleine Stadt mit dem Ansturm Tausender und Abertausender Konzilsbesucher zurechtgekommen war. Und all diese Menschen, die nun ihre Bündel packten, hatten dabei geholfen.

❧

Ein paar Tage später kam Oddo wieder. Diesmal hatte er nur eine Nacht Zeit und kostete sie gründlich aus. Als er Imperia endlich aus seinen Armen ließ, lächelte sie ihm neckend zu. »Darfst du das überhaupt, jetzt, als Papst?«

»Ich glaube nicht, dass unser Herrgott wirklich etwas dagegen hat«, gab er zurück. »Gewiss, ich habe gelobt, mich nicht zu vermählen. Aber auch dieses Verbot kommt von der Kirche, die Angst um das Vermögen ihrer Geistlichen hat und befürchtet, dass ein Sterbender seinen Besitz Frau und Kindern hinterlassen könnte und nicht ihr. Gott hat mit dem Zölibat nichts zu tun.«

»Aber hast du nicht auch Keuschheit und Enthaltsamkeit gelobt?«

»Ach ja«, seufzte Oddo, »darüber streiten sich die Geister seit Hunderten von Jahren. Auch hier in Konstanz war der Zölibat wieder ein Thema, das erörtert wurde. Die einen sind dafür und glauben daran, dass reine Kleriker die besseren Hirten sind, die anderen sind dagegen. Überhaupt gibt es auf diesem Gebiet viel zu viele ungesunde Verbote der Kirche – und das nicht nur für Geistliche, sondern für das gesamte Volk. Genau genommen darf man den Beischlaf nur ausüben, um Kinder zu zeugen. Die Lust dabei ist verpönt – auch für Verheiratete. Die körperliche Liebe ist vor der Vermählung strengstens untersagt, auf Ehebrecher warten unweigerlich die ewige Verdammnis und die Hölle. Und da man den Menschen die Leidenschaft nicht austreiben kann, werden sie zwangsläufig zu Sündern. Auch ich gehöre, wie du weißt, dazu. Immerhin gibt es Möglichkeiten, Verzeihung zu erlangen – durch die Zahlung eines Ablasses, durch Wohltätigkeit, Wallfahrten und das Sakrament der Beichte. Und du, meine Liebste, gehörst ganz gewiss zu den Frauen, die es wert sind, die zur Buße auferlegten Paternoster und Ave Marias zu beten.«

»Ich fürchte, Oddo, du nimmst die Sache nicht so ernst, wie es sich für einen Papst gehört.«

»Mag sein, Imperia. Vielleicht weil ich an den Unsinn nicht glauben kann. Der Verzicht auf Liebe soll mich zu einem besseren Menschen machen? Nein, die Forderung allein ist schon unmenschlich. Zudem bin ich der Überzeugung, dass die Kirche schwerwiegendere Probleme hat. Sie wollte sich auf diesem Konzil von Grund auf reformieren und hätte dafür auch Zeit genug gehabt. Doch was ist davon übrig geblieben? Das Dekret ›Frequens‹. Weißt du, was es aussagt?«

Imperia schüttelte den Kopf.

»Es bedeutet, dass ein jeder Papst, mit mir angefangen, regelmäßig ein Konzil einberufen muss. Die nächste Kirchenversammlung soll in spätestens fünf Jahren stattfinden, und ich bin gehalten, wenn ich dieses Konzil beende, das Datum für die nächste Zusammenkunft bekanntzugeben.« Voller Ironie fügte er hinzu: »Eine wirklich umwälzende Reform, nicht wahr?«

Als Oddo am nächsten Morgen heimlich das »Haus zur wilden Katz« verließ, sah Imperia ihm nachdenklich hinterher.

Mehr als drei Jahre lang ist Konstanz die eigentliche Hauptstadt des Reiches und das Zentrum der Christenheit gewesen, dachte sie. Was wird der Stadt bleiben, wenn das alles vorbei ist? Und geht es mir nicht ähnlich? Hier war ich die Kurtisane der beiden mächtigsten Männer der Welt. Beide werde ich mit dem Ende des Konzils verlieren. Was wird mir bleiben außer Leere und Bedeutungslosigkeit? Doch dann tröstete sie sich: Noch war es ja nicht so weit.

11. KAPITEL

Ende und Anfang

MAN SCHRIEB INZWISCHEN MÄRZ des Jahres 1418, als eines Nachts der Türklopfer am Portal des Hauses »Zur wilden Katz« betätigt wurde. Als niemand öffnete, weil alle Bewohner im tiefen Schlaf lagen, wurde mit fester Faust gegen die Tür geschlagen.

Thore Ragnarsson brummte ungehalten. Draußen war es noch stockdunkel. Er war müde, hatte das Gefühl, sich gerade erst niedergelegt zu haben, und nun begehrte irgendein Betrunkener Einlass? Was für eine Dreistigkeit. Er zog die Decke über den Kopf, um weiterzuschlafen, doch der Klopfer schien keine Rücksicht nehmen zu wollen. Unentwegt polterte er weiter gegen die Tür.

Müde streckte Thore seine Glieder und wollte sich gerade erheben, als er Matteos Stimme vernahm: »Wer stört mitten in der Nacht?« Zufrieden drehte sich der Hauptmann auf die andere Seite. Wer auch immer den Heidenlärm verursacht hatte, der Freund würde sich um ihn kümmern. Dass diese Annahme falsch war, musste Thore nur wenige Sekunden später feststellen. Da betrat Matteo nämlich seine Kammer und erklärte unwirsch: »Wenn dein Herr das nächste Mal mitten in der Nacht nach dir verlangt, dann gehst du gefälligst selbst, um zu öffnen.«

Thore blinzelte. »Ich verstehe nicht ...«

Da warf Matteo ihm ein gefaltetes Papier auf das Bett, das mit dem Zeichen des neu gewählten Papstes, Martins V., versiegelt war, und verließ die Kammer wieder.

Verschlafen erhob sich der Hauptmann und ging nach nebenan, um im glimmenden Kaminfeuer einen Kienspan zu entzünden. Im flackernden Licht erbrach er das päpstliche Siegel, entfaltete das Papier und las die wenigen, offensichtlich in großer Eile geschriebenen Worte. Danach war er hellwach. Mit dem brennenden Kien in der Hand lief er zu Matteo und rüttelte den bereits wieder Eingeschlafenen rüde an der Schulter. »Wach auf, Matteo! Sofort!«

Matteo gähnte zum Herzerweichen. »Was ist denn nun wieder geschehen? Warum kannst du mich nicht schlafen lassen?«

»Komm, steh auf!«, drängte Thore. »Wir haben von Oddo eine geheime Nachricht erhalten. Und von ihr will ich dir erst erzählen, wenn du richtig wach bist.« Ungeduldig zog er den Freund am Arm.

Matteo setzte sich auf. Langsam registrierte auch sein verschlafenes Hirn, das etwas Ungeheuerliches geschehen sein musste. »Ich bin wach, Thore.«

Ungeduldig hielt der Hauptmann ihm den Brief entgegen. Doch dann fiel ihm ein, dass der Freund nicht zu lesen verstand. Leise, als befürchte er heimliche Zuhörer, flüsterte er nun: »Die Pest ist in Konstanz eingefallen, Matteo. Es hat bereits die ersten Toten gegeben. Um in der überfüllten Stadt eine Massenpanik zu vermeiden, wird das Unglück noch geheim gehalten. Papst Martin V. schreibt jedoch, dass wir dafür sorgen sollen, dass Imperia und ihre Freunde Konstanz noch heute verlassen. Wir müssen sofort mit dem Packen beginnen.«

Matteo erschrak. »Die Pest …?« Doch dann stellte er keine weiteren Fragen. Schließlich war Eile geboten. »Weckst du die Frauen? Dann kümmere ich mich um die Reisewagen. Und sobald der Tag angebrochen ist, müssen wir losgehen, um Pferde zu kaufen.«

Thore nickte. »Zwei Kutscher werden wir auch benötigen, ebenso wie einen Händlertreck, der noch heute seine Abreise plant. Also los. Es gibt viel zu tun, Matteo.«

Imperia war wie betäubt, als Thore ihr die Nachricht überbracht hatte. Sie sollte abreisen? Sofort? Aber das ging doch gar nicht! Bisher hatte sie sich weder von Oddo noch von Seiner Majestät verabschiedet.

Doch diesmal ließ der Hauptmann ihr die Unschlüssigkeit nicht durchgehen. »Pack deine Sachen, Imperia«, forderte er sie auf, »nur das Nötigste, was du für die Reise brauchst. Wenn es Tag ist, gehst du mit Sofia und Griet zum Goldschmied, um eure Ersparnisse abzuholen. Übergebt sie Matteo. Er weiß, was damit zu tun ist. Und dann überleg dir, wie du es mit Giulia halten willst. Versuche, sie und Caspar dazu zu bewegen, euch auf ein Stück eurer Reise zu begleiten. Unter keinen Umständen darfst du ihr aber den wahren Grund dafür nennen. Hast du das alles verstanden?«

Imperia nickte widerwillig, war aber im Grunde froh darüber, dass Thore ihr alle Entscheidungen abnahm und die Anordnungen gab. Also begann sie, ihre Habe zusammenzupacken.

Als der Morgen graute, brachte ein Bote eine Nachricht König Sigismunds. Sie dürfe keine Fragen stellen, hieß es darin, müsse aber noch heute abreisen. Um die zehnte Stunde herum würde er ihr Kutscher und Pferde schicken. Bis Mittag warte vor dem Kreuzlinger Tor ein Händlertreck auf sie, der sich auf dem Weg nach Rom befände. Sie solle sich an den Leiter des Trecks wenden. Sein Name wäre Salvatore Lombardo. Er wisse Bescheid. Des Weiteren wünschte Sigismund ihr Glück und dankte ihr für liebenswürdige Stunden, die er niemals vergessen werde.

Imperia stiegen helle Tränen in die Augen.

❧

Alles lief nach Plan.

Die Pferde, die König Sigismund angekündigt hatte, kamen pünktlich und wurden sogleich vor die beiden Reisekoben gespannt. Die Fuhrwerke wirkten sehr elegant. Ihr Erbauer hatte sie mit extra großen Rädern ausgestattet, was einen Vorteil bei morastigen und schlechten Straßenverhältnissen ausmachen sollte. Um die Gefährte so leicht wie möglich zu konstruieren, hatte er das Dach aus robustem Leder gefertigt. Das Innere war denkbar behaglich ausgestattet, mit Decken und Kissen auch für die Nächte bequem hergerichtet. Gold und andere Wertsachen waren in einem doppelten Boden gut versteckt.

Der Leiter des Trecks, Salvatore Lombardo, begrüßte die Reisenden freundlich und wies ihnen ihren Platz zu – gleich hinter seinen eigenen Fuhrwerken. Lombardo hatte die Verhandlungen mit einem Beamten des Königs geführt und gutes Geld dafür erhalten, dass er ein wachsames Auge auf die Reisenden hatte und sie zudem verköstigte. Dass zwei der Frauen in Konstanz stadtbekannte Huren waren, wusste Lombardo allerdings nicht. Er hielt sie für wohlhabende Bürgerinnen, die immerhin wichtig genug sein mussten, dass König Sigismund an ihrem Wohlbefinden interessiert war, und behandelte sie daher mit dem nötigen Respekt. Entsprechend instruierte Lombardo seinen Koch, der auf den Namen »Agostino« hörte, und Vincenzo Russo, den Hauptmann der zwanzigköpfigen Begleitmannschaft, die den Treck gut bewaffnet vor eventuellen Überfällen schützen sollte.

Als sie aufbrachen, fühlte Imperia sich vor Leid ganz elend.

Der Abschied von Thore war tränenreich gewesen, ebenso wie der von Giulia und Caspar. Die beiden hatten sich nicht entschließen können, sie zu begleiten. Immerhin war es Imperia gelungen, sie zu überreden, die Stadt für eine Weile zu verlassen. Auch wenn sie den Grund dafür nicht kannten, hatten sie versprochen, vorübergehend zu Caspars Großeltern zu ziehen, die auf dem Lande lebten. Gewiss würde die Ansteckungsgefahr dort wesentlich geringer sein als in dem überfüllten Konstanz, nahm Imperia an.

Bis zuletzt hatte Imperia darauf gehofft, dass Oddo ihr noch einen Boten mit einem Abschiedsgruß schicken würde. Doch es war niemand gekommen. Tatsächlich hatte der Treck bereits das Kloster Münsterlingen passiert, als der päpstliche Reiter sie einholte. Hastig öffnete Imperia den für sie bestimmten Brief und las: »In meinen Gedanken werde ich stets bei dir sein. Wenn du magst, erwarte mich in Rom. Irgendwann werden wir uns dort wiedersehen. Einstweilen bin ich froh, dass du gesund und außer Gefahr bist.« Unter Tränen drückte sie den letzten Gruß Oddos an sich.

Die Reise verlief ruhig und friedlich. Der Schnee, der noch auf den hohen Passstraßen lag, stellte kein großes Problem dar. Zwar war die Luft hier oben rau und kühl, und Täler und Berge zeigten sich nebelverhangen, aber sie kamen gut voran.

Und dann begann die Übelkeit. Bisher hatte sie vermutet, dass dieses ewige Stoßen und Rütteln des Fuhrwerks daran schuld wäre, doch als sie sich zunehmend matt und elend und wie zerschlagen fühlte, fürchtete sie bereits, Konstanz nicht schnell genug verlassen zu haben und doch an der Pest erkrankt zu sein. Doch Griet wusste sie zu beruhigen: »Du hättest Fieber, würdest von Schüttelfrost geplagt, und deine Haut würde sich dunkel verfärben. Nein, Imperia, die Pest hast du nicht.«

Am nächsten Morgen wurde, wie üblich, die Mahlzeit gemeinsam eingenommen. Agostino bereitete das Frühstück, Griet war ihm dabei behilflich, während sich Imperia, Sofia, Matteo und der Treckführer Lombardo um das Feuer einfanden. Zumeist gesellte sich auch noch Hauptmann Russo zu ihnen – weil es hier, wie er sagte, die schmackhaftesten Speisen des ganzen Wagenzugs gab. An diesem Morgen war Imperia davon alles andere als überzeugt. Der Duft der gerührten Eier mit Speck verursachte ihr eine grauenhafte Übelkeit, und so ließ sie ihre Schüssel unberührt stehen. Nur von dem weißen Brot, das Agostino an Stangen über dem offenen Feuer buk und mit dem Inhalt von Markknochen bestrich, aß sie ein wenig. Doch kaum hatte sie den ersten Bissen zu sich genommen, als sie zu würgen begann. Rasch sprang sie auf und lief in das Gebüsch hinter den Fuhrwerken. Dort erbrach sie sich, bis ihr Magen leer war und sie nur noch Galle spuckte.

Sofia folgte ihr. »Was ist dir, Imperia?«, wollte sie besorgt wissen. »Dir geht es doch schon seit Tagen nicht gut.«

Nun kam auch Griet heran und behauptete lächelnd: »Ich glaube nicht, dass ihr etwas fehlt. Wenn ihr mich fragt, ist unsere Schöne einfach nur schwanger.«

Entsetzt fuhr Imperia herum, begriff aber im selben Augenblick, dass die Freundin recht hatte. Natürlich, durch ihren ganzen Abschiedsschmerz hatte sie nicht mehr auf die Zeichen ihres Körpers geachtet. Aber jetzt ...? Es konnte gar nicht anders sein. Sie erwartete ein Kind!

Überrascht sah Sofia sie an. »Ist das wahr?«

»Ich fürchte, ja«, gab Imperia zurück.

»Ja, und wer ist der Vater?«

»Vielleicht der König. Vielleicht aber auch der Papst.« Einen Augenblick lauschte sie verwirrt ihren eigenen Worten nach. Dann begann sie zu lachen. »Mein Verhütungsschwamm, der mich jahrelang vor ungewolltem Nachwuchs geschützt hat, muss in den letzten Tagen des Konzils versagt haben. Der König oder der Papst?« Sie lachte noch immer. »Was für eine Situation! – Unfassbar.«

Matteos Rufe beendeten ihren merkwürdigen Heiterkeitsausbruch. Der Treck wollte aufbrechen und weiterziehen.

❧

Je weiter sie gen Süden kamen, je mehr klarte es auf, die Sicht wurde weiter und die Luft milder.

Des Abends, wenn sie ihren Lagerplatz bezogen hatten, lief Griet zu Agostino, um ihm beim Kochen behilflich zu sein. Nach und nach fanden sich dann alle am Lagerfeuer ein. Signore Lombardo und auch Hauptmann Russo erwiesen sich ihren Mitreisenden gegenüber als charmant und zuvorkommend. Oftmals wussten sie an diesen Abenden von ihren Erlebnissen und Reisen interessante Geschichten zu erzählen und den Damen die Zeit bis zum Essen zu vertreiben.

Imperia saß zwar oft dabei, war aber viel zu sehr in ihre eigenen Gedanken versunken, um den Erzählungen Aufmerksamkeit zu schenken – zumal sie die Reden, die der Hauptmann führte, ohnehin für große Aufschneiderei hielt. Stattdessen dachte sie an Oddo und an König Sigismund, suchte in ihrem Gedächtnis nach ihren eigenen Erinnerungen: Wann hatte ihr wer beigewohnt? Da sie dem König während ihrer letzten Zusammenkünfte zumeist allein Befriedigung verschafft und er an den Geschehnissen nicht aktiv teilgenommen hatte, konnte eigentlich nur Oddo der Vater ihres Kindes sein. Aber ganz sicher war sie sich nicht.

❧

Und dann gelangten sie im Tal der Etsch zu der Passage, auf der sich seinerzeit Imperia, Sofia und Giulia auf dem Weg nach Konstanz zu Tode erschreckt hatten. Die Burgen auf den Felsen, hoch über dem Fluss, die aussahen, als wären sie an einer Kette aufgereiht, kamen wieder in Sicht. Vormals hatten die Bewohner, wenn der Händlertross im Tal die Festungen passierte, von den Mauern aus ihre Hörner geblasen und lautes Geschrei angestimmt. Das hatten die jungen Frauen damals als Bedrohung empfunden. Die Stille aber, die von den Burgen heute ausging, schien Imperia nicht weniger unheilvoll. Daher sprach sie mit Hauptmann Russo über ihre Eindrücke, aber der lachte nur.

»Es ist doch gut, wenn die Herrschaften dort oben Ruhe geben. Keine Sorge, ich habe alles im Blick. Zumal es bald finster wird und wir uns in Kürze einen Platz für die Nacht suchen müssen. Der Achsbruch am Vormittag hat eben zu viel Zeit gekostet. Trient werden wir heute auf keinen Fall mehr erreichen.«

Lombardo hatte die Worte des Hauptmanns gleichfalls vernommen und sprach dagegen: »Dann müssen wir eben im Dunkeln weiterfahren. Hier werden wir die Nacht jedenfalls nicht verbringen. Schon viele Male habe ich auf meinen Handelsfahrten das Etschtal durchquert und niemals diese unheimliche Stille erlebt. Auch mir scheint sie bedrohlich.«

»Wie Ihr wünscht«, gab Hauptmann Russo zurück. Doch es war offensichtlich, dass ihm die Entscheidung des Treckführers nicht gefiel.

Wenig später musste Lombardo seinen Befehl jedoch aufheben. Eines der Fuhrwerke erlitt abermals einen Achsbruch. Und da der Schaden im Dunkeln nicht behoben werden konnte und die Pferde zudem erschöpft waren, entschied der Treckführer nun doch, ein Nachtlager aufzuschlagen. Das wollte ihm zwar überhaupt nicht gefallen, aber schließlich waren sie mit ihren zwanzig kampferprobten, gut bewaffneten Soldaten ja nicht gerade wehrlos zu nennen.

An diesem Abend wollte sich Lombardo gleich nach dem Essen niederlegen. Zuvor besprach er mit dem Hauptmann nur noch die Aufstellung der Wachen, dann zog er sich zurück. Auch Imperia und Sofia blieben nicht lange am Lagerfeuer. Beide waren besorgt und beschlossen, gemeinsam mit Griet und Matteo die Nacht in einem Koben zu verbringen und selbst Wache zu halten.

Es war schon spät, als Lombardo leise von seinem Fuhrwerk stieg. Lautlos ging er durchs Lager und prüfte die Aufstellung der Wachen. Offensichtlich hatte Hauptmann Russo sich an seine Anweisungen gehalten. Die Soldaten waren dort, wo sie sein sollten – allerdings allesamt betrunken. Bevor der Treckführer sie ansprechen und ermahnen konnte, hörte er jedoch ein Geräusch. Es war der Ruf eines Käuzchens, zweifelsfrei, es hörte sich aber dennoch merkwürdig an, so als wäre der Ruf eher einer menschlichen als einer tierischen Kehle entsprungen.

Jeden Laut vermeidend, schlich Lombardo in die Richtung, aus der der Schrei gekommen war. Wenig später hörte er den Ruf noch einmal, diesmal ganz nah. Dann war ein Knacken im Unterholz zu vernehmen. Schnell warf er sich zu Boden.

»Wo bist du?«, hörte Lombardo eine Stimme raunen. »Verflucht! In dieser Dunkelheit kann man aber auch rein gar nichts erkennen!«

»Hier bin ich«, kam es leise brummend zurück. »Hast du etwas mit den Augen? So finster ist es doch gar nicht. Die Sterne spenden schon ein wenig Licht.«

Lombardo drückte sich tief auf den weichen Boden. Er konnte

jetzt zwei Männer ausmachen. Um sie zu erkennen, war es zu dunkel, doch er glaubte, deutlich die Stimme Hauptmann Russos vernommen zu haben. Aber wer war der andere?

»Wie sieht es aus bei euch im Tross? Schlafen alle? Können wir zuschlagen?«

»Ich denke, es ist besser, noch ein wenig zu warten«, gab der Hauptmann zurück. »Zwar sind meine Soldaten so betrunken, dass sie sich kaum zu wehren vermögen, aber der Leiter des Trecks ist misstrauisch geworden, weil es bei euch dort oben so ruhig war.«

»Nun gut. Wir haben noch Zeit«, gab der andere zurück. »Wie hast du es geschafft, den Tross so lange aufzuhalten, dass er hier sein Nachtlager aufschlagen musste?«

Hauptmann Russo lachte leise. »Oh, das war einfach. Zwei bedauerliche Achsbrüche können die ganze Tagesroute ganz schön durcheinanderbringen.«

Auch der Wegelagerer, der offensichtlich aus einer der Burgen stammte, schien sich zu amüsieren. »Die Achsen also? Darunter tust du es wohl nicht, Russo, was?«

»Wenn schon, denn schon. Ein einfacher Radbruch hätte zu wenig Zeit gekostet. Und bei dir? Stehen die Herren der übrigen Burgen noch immer mit dir zusammen?«

»Notgedrungen. Freunde werden wir in diesem Leben sicher nicht mehr. Aber wir haben begriffen, dass wir nur zusammen stark genug sind, einen lohnenden Händlertreck zu überfallen.«

»Lange genug habt ihr für diese Einsicht benötigt«, meinte Hauptmann Russo belustigt und fuhr dann fort: »Wo sind deine Leute überhaupt?«

»Ganz in der Nähe«, entgegnete der Strauchdieb.

»Gut, dann werde ich jetzt gehen und nachschauen, ob im Lager alles ruhig ist. Erwarte mich in Kürze zurück. Anschließend können wir angreifen.«

Lautlos zog Lombardo sich zurück und eilte gleichfalls in Richtung Lager. Dabei gelang es ihm, den Hauptmann abzupassen. Er zog sein Messer und sprang auf ihn zu. Dabei packte er Russo im

Nacken und stieß ihm die Klinge bis an das Heft zwischen die Schultern. Das Messer war ins Herz gedrungen. Nur ein kurzer, hauchender Laut, und der Verräter sank zu Boden.

Sofort kehrte Lombardo um, denn nun galt es, des Wegelagerers habhaft zu werden, bevor der seine Spießgesellen herbeirufen konnte. Der räuberische Ritter, der annahm, sein Komplize kehre zurück, ließ sich in seiner Überraschung schnell überwältigen. Der Treckführer warf sich auf ihn, fasste mit der einen Hand seine Kehle und hielt ihm mit der anderen das Messer vors Gesicht.

»Wenn du auch nur einen Mucks machst, bist du des Todes!«, drohte Lombardo.

Für einen Augenblick schien es, als hätte der Schreck den Raubritter übermannt, denn er blieb bewegungslos liegen. Doch dann befreite er sich mit einem kräftigen Ruck und stürzte sich nun seinerseits auf den Treckführer. Verzweifelt bemühte sich Lombardo, wieder freizukommen, spürte aber schon bald die Hände seines Widersachers an seinem Hals. Entschlossen kämpfte er um sein Leben, aber der Gegner war stärker und presste ihm die Luft ab.

Plötzlich lockerte sich sein Griff. Lombardo rang nach Luft, als der Wegelagerer besinnungslos über ihm zusammenbrach. Zu seinen Füßen konnte der Treckführer nun eine Frau erkennen, die einen schweren Holzknüppel in der Hand hielt. Offensichtlich hatte sie den Wegelagerer damit niedergeschlagen.

Es war Imperia.

Sie legten den Besinnungslosen in Fesseln und nahmen ihn mit ins Lager. Dort herrschte bereits helle Aufregung. Matteo hatte alle geweckt, nachdem er Imperias Verschwinden bemerkt hatte. Lombardo erklärte, was sich ereignet hatte, sprach von dem Verrat Hauptmann Russos und von dem geplanten Überfall. Dann reichte er Imperia die Hand. »Ich verdanke Euch mein Leben.«

»Und wir alle verdanken das unsere Eurer Wachsamkeit«, gab sie schlicht zurück und fragte dann: »Müssen wir uns jetzt für einen Angriff rüsten? Ich meine, wir haben ja nur den Anführer. Die übrigen Banditen sitzen vermutlich irgendwo im Wald.«

Lombardo nickte. »Ja. Und dort werden sie wohl noch eine Weile auf das vereinbarte Zeichen warten. Danach wird es vermutlich zu spät für einen Überfall sein, denn schon bald geht die Sonne auf. Sollten sie dennoch auftauchen, haben wir eine Geisel, die uns schützen wird. Aber natürlich sollten wir die betrunkenen Soldaten wecken und für den Rest der Nacht besonders wachsam sein.«

Die Bande ließ sich nicht blicken. Bis zum Morgengrauen blieb alles ruhig. Dann reparierte man die Achse des sabotierten Fuhrwerks. Derweil schworen die Soldaten, mit den Machenschaften ihres Hauptmanns nichts zu tun zu haben. Lombardo glaubte ihnen. Schließlich hatte der Verräter Russo die Männer mit dem Alkohol selbst außer Gefecht gesetzt.

Endlich konnte man aufbrechen und sich Richtung Trient auf den Weg machen. Dort wurde der Anführer der Wegelagerer der Gerichtsbarkeit übergeben.

❧

Die weitere Reise verlief ohne Zwischenfälle, wenige Tage später hatte man Verona erreicht. Hier trennten sich nicht nur die Wege der Kaufleute, sondern auch die Imperias und Sofias. Matteo hatte sich entschlossen, mit nach Venedig zu ziehen, wo Sofia ihre Wanderbühne gründen wollte. Griet hingegen wollte bei Imperia bleiben und mit ihr nach Rom gehen.

Als letzte gemeinsame Unternehmung gingen die vier in Verona zu einer Filiale der Banco Medici, wo jeder von ihnen ein Konto eröffnete und sein Vermögen deponierte. Zu guter Letzt wurde auf den Namen Giovanni De Rosas die Abschlusszahlung, die aus ihrer einstigen Partnerschaft noch offen war, eingezahlt. Zwar hatte Imperia mit dem Gedanken gespielt, De Rosa den schuldigen Betrag persönlich zu übergeben, wenn sie Florenz erreichten, hatte sich dann aber doch dagegen entschieden. Zum einen, weil sie nicht wusste, ob der Kaufmann überhaupt in der Stadt sein würde, zum anderen, weil es sie danach drängte, dieses Kapitel in ihrem Leben endgültig abzuschließen. Ebenso wie Sofia und

Giulia dachte auch sie nicht daran, in Zukunft weiterhin als Hure zu arbeiten. Konstanz hatte ihnen Glück gebracht. Inzwischen waren sie vermögend genug, um auf diese Einkünfte verzichten zu können.

Der Abschied voneinander fiel Imperia und Sofia unsagbar schwer, aber die Freundinnen schworen sich, einander wiederzusehen.

»Ich werde mit meiner Schaustellergruppe auf jeden Fall nach Rom kommen. Und dort werde ich dich zu finden wissen«, sagte Sofia unter Tränen.

»Oder ich dich«, gab Imperia weinend zurück. »Zu viel haben wir miteinander erlebt, als dass wir uns jetzt auf Nimmerwiedersehen trennen könnten.«

Sie wussten es noch nicht, aber sie sollten einander tatsächlich niemals wieder begegnen.

❧

Der Händlertross blieb für drei Tage in Verona. Dann brach er zu seiner letzten und längsten Wegstrecke auf – es ging über die Via Imperii nach Rom.

Dass Griet und Lombardos Koch Agostino sich während der Reise näherkamen, war niemandem verborgen geblieben. Wie ernst es den beiden war, begriff Imperia allerdings erst, als die Freundin zu ihr kam und sie um ihren Segen für eine Heirat bat.

»Aber du brauchst doch mein Einverständnis nicht, wenn du dich vermählen willst«, wunderte sich Imperia.

»Ich weiß«, entgegnete Griet. »Aber da ich bei dir bleiben möchte, müsstest du dich bereit erklären, Agostino in unseren Haushalt aufzunehmen. Dafür benötige ich deine Billigung.«

»Was kann er denn?«, fragte Imperia. »Ich meine, wir brauchen schließlich keine zwei Köche.«

»Oh, Agostino ist handwerklich sehr geschickt und könnte die Stelle von Matteo einnehmen und …«

Da umarmte Imperia sie lachend. »Das war doch nur ein

Scherz, Liebes. Selbstverständlich kann Agostino zu uns kommen. Ich bin ja froh, dass du mich nicht verlässt. Das wäre ein schmerzhafter Verlust gewesen. Aber so … Dein Bräutigam ist mir auf das Herzlichste willkommen.«

Da Griet sowohl in der »Aphrodite« als auch in der »Wilden Katz« gut verdient hatte und ihr kleines Vermögen inzwischen sicher auf der Banco Medici lag, konnte sie leicht den Nachweis darüber erbringen. So gab es auch keine Schwierigkeiten mit der Heiratserlaubnis. Das glückliche Paar gab sich in Florenz das Ja-Wort. Allerdings hatte sich Agostino verpflichten müssen, bis zum Ende der Reise in den Diensten Lombardos zu bleiben.

❧

Es war Mai des Jahres 1418, als der Händlertross Rom wohlbehalten erreichte. Imperia war sehr enttäuscht von der Ewigen Stadt am Tiber. Rom hatte Kriege, Seuchen und das Abendländische Schisma teuer bezahlt, wirkte heruntergekommen und schäbig. In der einst so großen Metropole lebten nur noch gut fünfundzwanzigtausend Menschen, damit war die Stadt inzwischen kleiner als Verona. Von den sieben vormals stolzen Tiberbrücken waren nur noch drei erhalten, der Lateranpalast, die Engelsburg, St. Peter – alle verwaist. Während sich in Venedig und Florenz, in Mailand und Genua blühende Stadtrepubliken gegründet hatten, lag Rom leidend darnieder.

Der römische Kaufmann und Treckführer Lombardo, mit dem Imperia inzwischen Freundschaft verband und der sie scherzhaft seine »Kampfgefährtin« nannte, war ihr behilflich, ein Heim zu finden – ein komfortables Haus im Zentrum Roms, in der Nähe der Basilika Santa Maria Maggiore gelegen, mit einem zwar verwilderten, aber bezaubernden Innenhof. Hier zogen Imperia, Griet und Agostino ein, hier wollte Imperia in Ruhe ihrer Niederkunft entgegensehen.

In der Nachbarschaft galt sie schon bald als wohlhabende und unbescholtene Witwe. Somit nahm sie, im rechtlichen Sinne, eine

Sonderstellung ein. Im Gegensatz zu unverheirateten und verheirateten Frauen, die allesamt einen Vormund benötigten, genoss sie als Witwe die Freiheit, ihr Leben und ihr Vermögen eigenständig zu verwalten.

Einmal in der Woche kam die kleine Hausgemeinschaft ihrer christlichen Almosenpflicht nach. Dann kochten Imperia, Griet und Agostino große Töpfe mit nahrhaftem Eintopf, den sie an jeden verteilten, der an ihre Tür klopfte – und da die Armut in Rom groß war, fanden viele Menschen den Weg zu ihnen.

❧

Im September 1418 schenkte Imperia einem gesunden Knaben das Leben. Die Entbindung verlief ohne Komplikationen. Als die junge Mutter den Neugeborenen in ihren Armen hielt, musste sie unweigerlich lächeln. Hatte sie sich vor Kurzem tatsächlich noch gefragt, wie sie nach Konstanz weiterleben sollte? Nun, hier hatte sie ihre Antwort. Zärtlich drückte sie ihren Sohn an sich.

Der Knabe wurde auf den Namen »Oddo« getauft, gedieh prächtig und entwickelte sich zu einem aufgeweckten Kind.

❧

Das Einzige, für das sich »die Witwe Cognati«, als die Imperia galt, neben ihrem Sohn zu interessieren schien, waren die jeweiligen Aufenthaltsorte des Heiligen Vaters, Papst Martins V. Ein jeder, der eine Nachricht darüber kundtun konnte, war in ihrem Haus ein gern gesehener Gast und wurde reich beschenkt.

Imperias fleißigster Informant war ein Priester der Basilika Santa Maria Maggiore, Pater Marino Palosio. Von ihm erfuhr Imperia, dass der Heilige Vater Konstanz im Mai 1418 gesund verlassen hatte. König Sigismund war nur wenige Tage später aufgebrochen. Pater Palosio wusste sogar zu berichten, dass Seine Majestät, wie üblich knapp bei Kasse, sich auf den Weg gemacht habe, ohne seine Schulden in der Stadt zu begleichen. Viele Konstanzer Händler und Handwerker seien daher zu ihrem großen

Ärger auf unbezahlten Rechnungen sitzen geblieben. Auch von der Pest erzählte der Pater: Wider Erwarten habe die schreckliche Seuche zunächst nur wenige Opfer gefordert und kam erst nach dem Ende der Kirchenversammlung vollends zum Ausbruch. Ein Kreuz, dass die Konzilsstadt am Bodensee nun allein tragen musste. Derweil zog Papst Martin V. mit seinem Gefolge über Schaffhausen, Genf und Savoyen nach Mantua. Gegenwärtig residierte er mit seiner Kurie in Florenz und führte von dort die päpstlichen Amtsgeschäfte.

»König Sigismund hat dem Heiligen Vater sogar angeboten, seine Papst-Residenz nach Deutschland zu verlegen«, berichtete Pater Palosio weiter. »Ein ähnliches Angebot hat Martin V. auch von dem französischen König Charles VI. erhalten, der ihm den Papstpalast in Avignon schmackhaft zu machen versuchte. Natürlich erhofften sich beide Monarchen, damit Einfluss auf den neugewählten Papst nehmen zu können. Der Pontifex Maximus hat jedoch beide Anpreisungen entschieden ausgeschlagen. Wie es heißt, will er nur eines: zurück in seine römische Heimat. Hier besitzt der Name ›Colonna‹ einen guten Klang. Und Martin V. ist fest entschlossen, mithilfe seiner Familie die darniederliegende Stadt wiederzubeleben und ihr eine neue Ordnung zu geben.«

Begierig lauschte Imperia jedem seiner Worte. »Und wie geht es dem Heiligen Vater? Ist er wohl auf?«

»Aber ja«, bestätigte Pater Palosio. »Allerdings hat Papst Martin V. eine gewaltige Aufgabe zu bewältigen. Er muss die Heilige Kirche nach dem fast vierzig Jahre währenden Schisma wieder einen und den völlig zerstrittenen Kirchenstaat, von dem sich Mailand, Venedig, Florenz und das Königreich Neapel weite Teile angeeignet haben, befrieden. Gewiss wird diese Verpflichtung an seinen Kräften zehren. Ich zumindest möchte nicht in seiner Haut stecken.«

Von einem Konstanzer Kaufmann, den Lombardo ihr geschickt hatte, erfuhr Imperia außerdem, dass ihr alter Freund, Herzog Friedrich IV. von Österreich, sowohl von König Sigismund als auch von Papst Martin V. zu großen Bußleistungen verurteilt worden war und sie auch erfüllt habe. Kirchenbann und Reichsacht seien daher gegen ihn aufgehoben worden. Friedrichs IV. Verluste seien jedoch so groß gewesen, dass der Volksmund ihn inzwischen nur noch spöttisch »Friedel mit der leeren Tasche« nannte.

Imperia dankte herzlich für diese Nachricht. Auch wenn der Herzog gewiss eine schwere Zeit durchlebte, war sie doch gewiss, dass er einen Ausweg daraus finden würde und sie sich zumindest um ihn keine Gedanken mehr machen musste.

❧

Es war im September 1420, als Pater Palosio aufgeregt an die Tür klopfte. »Der Heilige Vater hat Florenz am 9. September verlassen!«, rief er Imperia entgegen, als sie ihm öffnete. »Martin V. kommt nach Rom! Ein berittener Bote hat gerade die Nachricht überbracht. Nun wird die Not der Stadt bald ein Ende finden!«

Imperia hätte vor Freude weinen mögen. Sie würde Oddo endlich wiedersehen und ihm seinen Sohn vorstellen können! Hastig überlegte sie: Mit dem Händlertross hatten sie seinerzeit von Florenz aus drei Wochen bis Rom benötigt. Oddo, der mit einem großen Gefolge ritt, würde die Strecke nicht schneller bewältigen können. Heute war der 18. September. Er könnte also in etwa zwölf Tagen Rom erreicht haben. Ruhelos ging Imperia den Weg zur Porta del Popolo, dem Stadttor, durch das der Papst unweigerlich in Rom einreiten würde. Aber hier war noch alles ruhig. Gewiss, ein paar Menschen waren auf der Straße, auch einige Fuhrwerke. Doch von dem zu erwartenden großen Papstzug war natürlich noch nichts zu sehen. Imperia schalt sich eine Närrin. Dann kehrte sie wieder heim und verbrachte die folgenden Tage voller Vorfreude.

Am 28. September 1420 erreichte Papst Martin V. Rom. Es war schon spät und dunkelte bereits. Darum endete der Zug gleich hinter der Stadtmauer, wo der Heilige Vater im Kloster der Basilika Santa Maria del Popolo übernachtete.

Am nächsten Tag, es war ein Sonntag, begab sich der Papst in einer feierlichen Prozession von der Porta del Popolo über das Marsfeld zur Kirche San Marco und von dort auf den Vatikanhügel zur Basilika St. Peter. Römische Edelmänner hielten einen purpurnen Baldachin über den Papst, Possenreißer tanzten vor ihm her, und das Volk jubelte dem Heiligen Vater begeistert zu.

Auch Imperia stand am Straßenrand und sah dem Papst auf seinem weißen Pferd entgegen. Martin V., ihr Oddo, zählte nun zweiundfünfzig Jahre und schien deutlich fülliger geworden zu sein. Er wirkte erschöpft – von der Reise, aber gewiss auch von den zahllosen Verhandlungen, die er seit seinem Amtsantritt führen musste. Imperia blieb stumm, als der Zug an ihr vorbeikam, hielt aber die Augen offen – bis sie den großen, rothaarigen Mann erblickte, der in prächtiger Rüstung auf einem schwarzen Ross ritt. Sogleich kam Leben in sie. »Thore!«, rief sie, so laut sie es vermochte. Dabei winkte sie mit beiden Armen. Und noch einmal: »Thore Ragnarsson!«

Trotz des Lärms um sie herum musste der Reiter ihren Ruf vernommen haben. Aufmerksam sah er sich um, erkannte sie und scherte sogleich aus dem Zug aus. Eilig sprang er vom Pferd, lief auf Imperia zu und umarmte sie herzlich. »Liebste Freundin. Wie wunderbar, dich zu sehen. Oddo und ich haben so sehr gehofft, dich in Rom anzutreffen. Bist du wohlauf?«

Imperia, der die Tränen über die Wangen rannen, konnte nur nicken. Zu groß war die Freude über das Wiedersehen mit Thore.

»Rasch«, sagte er. »Sag mir schnell, wo wir dich finden können. Ich muss nämlich weiter.«

Eilig erklärte Imperia ihm den Weg zu ihrem Haus. Thore nickte, als Zeichen, dass er verstanden hatte, umarmte sie noch einmal und bestieg dann hastig sein Pferd. Wenig später hatte er wieder seinen Platz im Zug eingenommen und war kurz darauf außer Sichtweite.

Imperia drängte sich durch die feiernden Menschen und ging nach Hause. Sie rechnete nicht damit, dass Oddo sie noch an diesem Abend aufsuchte. Natürlich nicht. Er würde sich heute unmöglich freimachen können. Dennoch saß sie stundenlang wartend am Fenster und blickte hinaus. Draußen feierte Rom noch immer. Am Abend wurde sogar auf den Plätzen getanzt, während Reiter, mit Fackeln in den Händen, die Dunkelheit erhellten. Und alle riefen begeistert: »Es lebe unser Heiliger Vater Martin!«

Mit dem Einzug des neuen Papstes, der Italiener und zudem Römer war, schienen die Menschen der Stadt neue Hoffnung zu schöpfen. Immerhin, ein Papst verhieß eine Kurie mit vielen Beamten – das bedeutete Arbeitsplätze und eine Belebung der Wirtschaft. Außerdem würde man über kurz oder lang mit einer regen Bautätigkeit rechnen können, da sich jeder Papst in den Kirchen und Palästen zu verewigen suchte. Gewiss würden es keine Neubauten werden, aber schließlich sicherten auch Renovierungen Arbeit und Einkommen. Nicht zuletzt durfte Rom nun, da wieder ein Papst in der Stadt war, damit rechnen, dass der Strom der Pilger, der in den letzten Jahren völlig versiegt war, neu auflebte. Auch sie würden Geld in die leeren Kassen spülen.

Es war schon spät, als Imperia ihren Fensterplatz räumte und noch einmal nach ihrem Sohn sah. Der kleine Oddo schlief tief und fest. Er war nun genau zwei Jahre alt, gesund und munter und wies bereits die Ansätze einer Adlernase auf – ein Zeichen, das Imperia endgültig von der Vaterschaft Oddos überzeugt hatte. Sacht strich sie dem Jungen über die blonden Haare und ging dann leise in ihre Schlafkammer hinüber, als sie ein Klopfen an der Tür vernahm. Sofort spürte sie ihr Herz bis zum Hals hinauf schlagen. Eilig ging sie, um zu öffnen.

In einer schlichten schwarzen Soutane stand er da: Oddo! Schnell trat er ein und schloss selbst die Tür. Dann nahm er sie aufseufzend in die Arme. »Keine Armee hätte mich heute Nacht von dir fernhalten können«, flüsterte er dabei.

Überglücklich verschloss Imperia seine Lippen mit Küssen.

❧

Das Wiederfinden war liebevoll, zärtlich und sehr vertraut, aber auch voller Leidenschaft. Ihr Hunger aufeinander schien unstillbar zu sein. Irgendwann ließen Imperia und Oddo dann aber doch voneinander. Schwer atmend lagen sie nebeneinander auf dem Bett und lächelten sich im stummen Einverständnis zu.

»Wie wunderschön du bist«, sagte er fast andächtig. Und dann: »Bitte, hast du etwas zu trinken für mich? Meine Zunge klebt schon an meinem Gaumen.«

Imperia lachte und erhob sich sogleich. »Wasser oder Wein? Was wünschen Eure Heiligkeit?«

»Wein, bitte. Ich kann mir nicht vorstellen, dass das trübe Wasser des Tibers genießbar ist.

Eilig holte Imperia einen Weinkrug mit zwei Bechern. Als sie zurückkehrte, summte Oddo leise vor sich hin – unverkennbar die Melodie des Konstanz-Liedes Oswald von Wolkensteins. Sie lachte, während sie den Wein in die Becher gab. »Was ist eigentlich aus dem singenden Ritter geworden? Weil ich die Stadt so schnell verlassen musste, habe ich mich gar nicht mehr von ihm verabschieden können. Ebenso wenig wie von den Herren Imholtz und Richental. Dabei habe ich allen dreien viel zu verdanken.«

»Mach dir keine Gedanken, Imperia, das hast du mit deiner Gastfreundschaft allemal wettgemacht. Dem von Wolkenstein habe ich einen Gruß von dir ausgerichtet. Er ist übrigens als Diplomat in die Dienste des Königs getreten und mit Sigismund abgereist. Und was die anderen beiden Herren angeht, habe ich Giulia gebeten, nach ihrer Rückkehr nach Konstanz in deinem Namen bei Imholtz und Richental vorzusprechen. Zufrieden?«

Sie nickte lächelnd und trank ihm zu. »Willkommen in Rom, Geliebter.«

Sofort umwölkte sich Oddos Stirn. »Ich bin entsetzt über das, was aus meiner Stadt geworden ist. Natürlich, man hatte mir berichtet, dass es schlecht steht um Rom, aber mit diesem Elend habe ich bei Gott nicht gerechnet. Die Altertümer, die Häuser und die Kirchen, alles ist verfallen, und die gepflasterten Straßen sind so verschmutzt, dass man durch knöcheltiefen Morast waten muss.«

Imperia sagte nichts darauf. Schließlich war sie selbst noch nicht lange genug in der Stadt, um alle Gründe für das Elend zu kennen. Außerdem wollte sie in dieser Nacht ganz gewiss nicht über Rom sprechen. Stattdessen fragte sie: »Wo bist du untergekommen? Soweit ich weiß, sind weder der Lateran- noch der Apostolische Palast zur Zeit bewohnbar.«

»Vorerst residiere ich in einem Palast bei Santa Maria Maggiore, also ganz in deiner Nähe«, lächelte Oddo. »Und damit bin ich auch sehr zufrieden. Es wird Monate dauern, bis ich in den Vatikan umziehen kann, aber …«

Das Weinen eines Kindes unterbrach ihn. Verwirrt sah er Imperia an. Sie gab jedoch keine Erklärung, sondern ging in die Kammer nebenan und kam mit dem Knaben auf dem Arm zurück.

»Darf ich vorstellen, Heiliger Vater – Euer Sohn. Ich habe ihn auf den Namen ›Oddo‹ taufen lassen.«

Fassungslos nahm er das Kind entgegen. »Mein … Sohn?«, stammelte er. »Ist das wirklich wahr und wahrhaftig?«

»Ja, Oddo«, lächelte Imperia. »Es ist absolut gewiss, dass du sein Vater bist.«

Überrascht sah er auf. »Oh, Liebes. So habe ich das nicht gemeint. Ich käme niemals auf die Idee, dein Wort anzuzweifeln. Aber versteh, bitte, ich bin außer mir vor Erstaunen und Glück. Rom hat mir nicht nur die Frau, die ich über alles liebe, zurückgegeben, sondern mir auch ein Kind beschert – Blut von meinem Blut. Ich bin dem Herrgott unendlich dankbar für diese große Freude.«

Der kleine Oddo blieb von dem Gefühlsüberschwang seines Vaters unbeeindruckt. Fröhlich lachte er ihm zunächst ins Gesicht, um bald darauf ungeduldig in seinen Armen zu strampeln.

»Madre«, klagte er, »mia madre«.

Lächelnd legte sich Imperia zu Vater und Sohn und zog das Kind tröstend an sich, während sie sich selbst zärtlich an Oddo schmiegte. Ein tiefes Glücksgefühl durchströmte sie. So lange hatte sie auf diesen innigen Augenblick warten müssen. Nun genoss sie ihn mit jeder Faser ihres Seins und in der tiefen Zuversicht, dass alles, irgendwie, gut werden würde.

Epilog:
Die göttliche Imperia

Nach der steinernen und der fabelhaften folgt hier eine weitere Imperia – die historische, das ist die Imperia, die tatsächlich im Rom des 15. Jahrhunderts lebte.

Zweifelsfrei belegt sind nur wenige Details ihres Daseins. Ihre Schönheit und ihr von zahlreichen Poeten und Literaten begründeter Nachruhm inspirierten jedoch viele Künstler – Maler, Schriftsteller, Dichter und Bildhauer. So ist ihr Name bis heute nicht in Vergessenheit geraten. Diese Imperia nannte man in ihrer Zeit voller Verehrung »la Divina« – »die Göttliche«.

Die historische Imperia wurde in Rom, in der Via Alessandrina, im Stadtteil Borgo geboren. Das Jahr ist nicht zweifelsfrei belegt. Die Angaben schwanken zwischen 1481 und 1486. Auch wer ihr Vater war, ist unbekannt. Ihre Mutter hingegen hieß Diana di Pietro Cognati und war eine unbedeutende Straßendirne. Da sie jedoch recht hübsch war, verdiente sie ausreichend, um ihre Tochter großzuziehen und ihr eine gute Bildung zukommen zu lassen. Zu diesem Zweck beauftragte sie den Literaten Niccoló Campani, der den Intellekt des Mädchens schärfen sollte und sie zugleich lehrte, wie man sich im Kreise weltlicher und geistlicher Fürsten benahm. Schließlich sollte es die kleine Imperia einmal besser haben als ihre Mutter und zu einer erfolgreichen, angesehenen Kurtisane werden.

In der Zeit der Renaissance entwickelten sich nicht nur Kunst,

Kultur und Wissenschaft, sondern auch das Kurtisanenwesen – eine von der Gesellschaft anerkannte Form der Prostitution. Der Begriff »Kurtisane« stammt ursprünglich aus dem höfischen Bereich: ein »Corte« war im Italienischen ein Königs- oder Fürstenhof. Und so stand eine Kurtisane – italienisch »Cortigiana« – den adligen Kreisen für Liebesdienste zur Verfügung. Kurtisanen mussten gebildet und mit der Etikette vertraut sein, um am Hofleben und an höfischen Gesprächen teilnehmen zu können.

Insbesondere in Rom, wo es zwar keinen Königs-, aber einen Papsthof gab, wurden Kurtisanen die weiblichen Begleiterinnen vor allem kirchlicher Würdenträger. Die hohen Herren, denen die Heirat verboten war, vermissten bei Festen, Theateraufführungen und Empfängen die Anwesenheit von Frauen. Und um diese »Lücke« zu schließen, luden sie ab dem 15. Jahrhundert Kurtisanen zu diesen gesellschaftlichen Anlässen ein.

Im Gegensatz zu einer Mätresse, die nur einen Herren besaß, der sie aushielt, war es für eine Kurtisane üblich, gleichzeitig mehrere Freier zu haben. Genau genommen waren Kurtisanen damit eine neue Klasse von Prostituierten – schön, raffiniert und gebildet genug, um sich in der feinen Gesellschaft behaupten zu können. Und eben diesen gehobenen Dirnenstand strebte Diana für ihre Tochter Imperia an.

Der mütterliche Wunsch sollte in Erfüllung gehen. Das intelligente Mädchen wuchs zu einer Schönheit heran und wurde schon bald von den angesehensten und wohlhabendsten Männern Roms hofiert. Zeitgenossen rühmten ihr Aussehen, ihren Charme und ihre Intelligenz. Und dabei war Imperia gerade einmal vierzehn Jahre alt.

In diesem Alter soll das junge Mädchen bereits sein erstes Kind zur Welt gebracht haben – eine Tochter, die den Namen »Lucrezia« erhielt. Wer der Vater des Mädchens war, ist nicht belegt. Das Kind soll die ersten acht Jahre seines Lebens von seiner Mutter und Großmutter zärtlich behütet und dann in einem Konvent in Siena aufgewachsen und zu einer tugendhaften jungen Dame erzogen worden sein. 1514 heiratete Lucrezia den jungen und einflussreichen Arcangelo di Colonna, einen Spross des bedeutenden römischen Adelsgeschlechts fürstlichen Standes, dem sie zwei Söhne schenkte. Nach dem Tode ihrer Mutter Imperia stritt sie mit ihrer Großmutter Diana jahrelang um das Erbe. 1522 soll Lucrezia versucht haben, sich mithilfe von Gift das Leben zu nehmen – angeblich, weil sie den Tod als einzige Möglichkeit sah, den Annäherungsversuchen Kardinal Raffaele Petruccis zu entgehen. Sie überlebte den Selbstmordversuch jedoch und galt fortan als tugendhafte und treue Ehefrau.

Doch zurück zu der »Göttlichen«: Imperia war siebzehn Jahre alt, als sie ihr zweites Kind zur Welt brachte. Das Mädchen wurde auf den Namen »Margherita« getauft. Und diesmal war der Vater bekannt: Agostino Chigi war als erfolgreicher Kaufmann Herr über dreihundert Handelsschiffe und als Bankier von Fürsten und Päpsten einer der reichsten Männer der damaligen Welt – und er erkannte seine Tochter Margherita offiziell an.

Imperia besaß einen Palast fürstlichen Zuschnitts in der Nähe des Vatikans, an der kleinen Piazza Scossa Cavalli, und eine Villa außerhalb der Stadt – beides Geschenke Agostino Chigis, der es sich leisten konnte, seiner Geliebten den aufwändigen Lebensstil zu ermöglichen.

Chigi war Witwer und führte ein angenehmes Leben. Seine Villa della Farnesina war einer der großen künstlerischen und intellektuellen Anziehungspunkte in Rom. Sie war prächtig und wie geschaffen für Lustbarkeiten und ausgelassene Feste. Eine Terrasse, von der man einen herrlichen Ausblick auf den Tiber genoss, wurde oftmals Schauplatz seiner berühmten Bankette, bei denen, nach jedem Gang, die goldenen und silbernen Teller in den Fluss geworfen wurden. Die Gäste zeigten sich fasziniert von dieser dekadenten Verschwendung. Sie ahnten dabei nicht, dass im Tiber heimlich Netze ausgespannt waren, um das kostbare Geschirr aufzufangen. So wurden viele rauschende Feste in der Villa gefeiert, und wenn Imperia nach dem Aufbruch der Gäste noch blieb, um Agostinos edelsteinverziertes Bett aus Gold und Elfenbein mit ihm zu teilen, dann war das nur ein weiteres Zeichen dafür, wie unendlich reich dieser Mann sein musste.

Agostino Chigi liebte Schönheit, war zudem ein Bewunderer der schönen Künste und galt als engagierter Kunstmäzen. Unter anderem förderte er den jungen Maler und Architekten Raffaello Sanzio da Urbino, der unter dem Namen »Raffael« zu einem der bedeutendsten Künstler der italienischen Renaissance wurde.

Der Maler wohnte gleichfalls an der Piazza Scossa Cavalli, war also ein Nachbar, außerdem ein guter Freund Imperias, hin und wieder auch ihr Geliebter. Auf die Fassade ihres Hauses malte er ein Aktbild von Imperia als Venus. Die Häuser mit dekorativen Mustern zu bemalen, war damals große Mode in Rom, und besonders liebten es die Kurtisanen, denn es ließ die Häuser auffallen, und das war gut fürs Geschäft. Imperias Schönheit inspirierte Raffael, und für eine Weile wurde sie eines seiner bevorzugten Modelle. So soll er der von ihm geschaffenen Darstellung der antiken griechischen Dichterin »Sappho«, im vatikanischen Palast, die Züge Imperias gegeben haben. Auch für das Gemälde »Triumph der Galatea« in Chigis Villa Farnesina stand Imperia Modell, ebenso wie für die linke der Sibyllen in dem Wandgemälde »Propheten und Sibyllen« der Kapelle Chigis, in der Kirche Santa Maria della Pace.

❧

Über den Anfang der Liebesbeziehung zwischen Imperia und Agostino Chigi kursierte im Rom jener Tage eine heitere Anekdote:

Tito Tamisio, ein als Feinschmecker bekannter Römer, der immer auf der Suche nach einem guten Essen war, entdeckte eines Tages auf dem Fischmarkt einen prächtigen Umberfisch. Es war ein besonders großer Fisch, und da ein Ortsstatut vorschrieb, dass ein Fisch dieser Größenordnung den städtischen Beamten zustand, wurde das tote Tier den Behörden auf dem Capitol geschickt. Tamisio folgte dem Fisch, in der Hoffnung, von den Conservatori zu einem Bankett eingeladen zu werden. Die Beamten schickten den prächtigen Fisch jedoch weiter als Geschenk an Kardinal Riario. Tamisio gab nicht auf und folgte dem Fisch, immer noch in der Hoffnung, eingeladen zu werden. Doch der Kardinal war offenbar der Meinung, es sei eine großartige Gelegenheit, einem noch höher stehenden Kollegen eine Aufmerksamkeit zu erweisen, und schickte den Umberfisch an Kardinal Sanseverino. Tamisio folgte ihm unverdrossen, doch hatte der Fisch seine Reise noch immer nicht beendet. Der Kardinal sandte den Fisch nun an seinen Freund Agostino Chigi, der sich in seiner luxuriösen Villa in Trastevere aufhielt. Tamisio war inzwischen recht müde von den weiten Gängen und wartete draußen vor der Villa, bereit sich einzufinden, wenn der Fisch serviert würde. Er hatte jedoch nach wie vor kein Glück und musste zu seinem Missvergnügen feststellen, dass der Fisch wiederum, diesmal auf einer prunkvollen Platte und von Blumen umgeben, weitergesandt wurde. Erschöpft, aber immer noch entschlossen, folgte Tamisio ihm und stand plötzlich vor Imperias Haus. Er wartete eine Weile, und als er dann sah, dass der Umberfisch offenbar sein endgültiges Ziel erreicht hatte, ließ er sich melden, saß bald mit Imperia zu Tisch und teilte die Mahlzeit mit ihr, die aus einer der ersten Liebesgaben Agostino Chigis zubereitet worden war. Imperia dankte ihrem Gönner herzlich – vermutlich aber mehr für das kostbare Tablett als für den Fisch – und wurde noch am gleichen Abend seine Geliebte.

Im Gegensatz zu all den prominenten Persönlichkeiten, denen der Umberfisch geschickt worden war, machte Imperia offenbar keine Geschenke. Sie nahm sie einfach an. Dazu passte auch die eindeutige Inschrift, die sie über ihrem Türportal hatte anbringen lassen: »Der Eintretende möge Geist, Witz und gute Laune mitbringen und der Fortgehende Geld oder ein ansehnliches Geschenk zurücklassen.«

Was Geschenke anging, war Imperia anspruchsvoll. Davon konnte auch der berühmte Humanist Filippo Beroaldo, der an der Universität von Bologna lehrte und später päpstlicher Bibliothekar wurde, ein Lied singen. Denn nachdem er große Anstrengungen unternommen hatte, die Kurtisane kennenzulernen, und schließlich Giulio de Medici bitten musste, sie gemeinsam zum Essen einzuladen, konnte er Imperia mit seinen Präsenten zumindest nicht beeindrucken. Zum Weihnachtsfest sandte er ihr Nüsse in Honig, Obst und eine Flasche Wein. Dabei war die Schöne nun wirklich kostbarere Gaben gewohnt. Ihre zahlreichen Bewunderer legten ihr zum Christfest Samtärmel und kostbares Geschmeide zu Füßen, prächtige Kleider, silberbestickte Pantoffeln und eine goldene Statue der Venus. Aber Nüsse, Obst und Wein …?

Beroaldo hörte nie wieder von Imperia.

❧

Zu dieser Zeit wurde Imperia bereits »la Divina«, »die Göttliche«, genannt. Sie überstrahlte, wie der Mond die Sterne, alle anderen Kurtisanen ihrer Epoche. Mit diesen Worten wurden zumindest die Reize Imperias von den Poeten gepriesen, die ihre Schönheit zu einer Legende werden ließen. Vor allem der Dichter Matteo Bandello war einer ihrer großen Bewunderer. In einem seiner Sonette heißt es:

> *Ihre breite weiße Stirn ist von goldenem Haar gekrönt, sie hat einen schlanken Hals und Brüste, die üppig und kräftig waren.*[7]

Überhaupt entstammen der Feder von Imperias Zeitgenossen Bandello viele Geschichten über die Göttliche. Eine davon berichtet von ihrem großen luxuriösen Haus:

> *Es war so prächtig ausgestattet, dass man darin nichts als Samt und Brokat sah, und auf dem Fußboden lagen die schönsten Teppiche aus dem Orient – dem Gipfel des Luxus in jener Zeit. Die Wände waren mit Goldstoff behängt, überreich bestickt und in üppigen Falten fallend. Über den Behängen war ein Gesims mit Gold und Ultramarin verziert. Auf dem Gesims standen herrliche Vasen aus verschiedenen edlen Mineralien – Alabaster, Porphyr,*

Serpentin. Es gab reich geschnitzte, bunt eingelegte Kommoden, Truhen von großem Wert, und in der Mitte des Raumes stand ein kleiner Tisch, der schönste der Welt, mit einer Decke aus grünem Samt. Darauf lagen Musikinstrumente und Bücher mit italienischer Poesie.

Und Bandello berichtet weiter:

Eines Tages kam der spanische Gesandte Enriques de Toledo zur göttlichen Imperia und unterhielt sich eine Weile mit ihr. Dann spürte er plötzlich das Bedürfnis zu speien, wandte sich zu einem seiner Diener und spuckte den Mann an. »Reg dich nicht auf«, entschuldigte er sich danach, »aber hier ist nichts hässlicher als dein Gesicht.«[8]

❧

Imperia begnügte sich nicht damit, schön und begehrenswert zu sein, sondern entwickelte auch dichterischen Ehrgeiz. Das Italien der Renaissance war ein bemerkenswert freies und zwangloses Land. Dichter zu sein, war tatsächlich der Schlüssel, der fast jede Tür öffnete. Sänger und Dichter machten die Runde an den italienischen Höfen und wurden überall als willkommene Gäste empfangen. Sie alle standen auf mindestens ebenso gutem Fuße mit Kurtisanen wie mit vornehmen Damen. Der begabteste und berühmteste unter ihnen war Serafino, der eine Weile sogar zum Haushalt des berüchtigten Cesare Borgia gehörte. Über Imperias Dichtkunst versicherte Matteo Bandello:

Sie verfasste einige recht erfreuliche Sonette und Madrigale.[9]

❧

Dass eine Kurtisane ihr Gewerbe im Schatten der Peterskirche ausübte, wunderte im Rom des 15. Jahrhunderts niemanden – zumal Imperia nicht nur enge Beziehungen zu Agostino Chigi pflegte, sondern auch zu einigen Angehörigen der hohen Geistlichkeit. Dieser Umstand konnte Fluch und Segen zugleich sein, wie folgende Geschichte beweist:

Rom im Jahre des Herrn 1495. Die Nacht warf bereits ihre Schatten auf die Türme und Kuppeln der Stadt, und über den Hügeln stand eine bleiche Mondsichel, als der Venezianer Giacomo Stella sein Pferd bestieg. Nach einigen leidenschaftlichen Stunden bei der göttlichen Imperia, war er müde, dabei aber bester Laune. Sicher, dieser Abend hatte ihn ein kleines Vermögen gekostet, aber die Schöne war es wert gewesen. Pferd und Reiter verließen die trotz der späten Stunde immer noch lärmende Piazza Scossa Cavalli und bogen in eine stille Straße des Borgo Leonino ein, als ein maskierter Mann aus der Dunkelheit sprang. Ein Dolch blitzte auf, und bevor Giacomo noch wusste, wie ihm geschah, hatte ihn der unbekannte Angreifer bereits vom Pferd gezerrt … Vier Tage später wurde der reiche Venezianer gefunden. Ein Fischer hatte seinen Leichnam aus dem Tiber gezogen. In seinen langen Haaren steckten Zweige und Wasserpflanzen und in seinem Rücken ein Dolch. Ganz Rom wusste, dass dieser feige Mord nicht von einem gewöhnlichen Wegelagerer, sondern vielmehr von einem gedungenen Verbrecher Alberto Becutos, des Sekretärs der vatikanischen Kanzlei, verübt worden war. Das Motiv: Eifersucht wegen einer stadtbekannten Kurtisane mit Namen »Imperia Cognati«, die allgemein nur die »göttliche Imperia« genannt wurde. Da man Becuto, aufgrund seines Standes, nicht belangen konnte, erhob die Familie des Ermordeten bei Papst Julius II. Beschwerde gegen Imperia. Die Kurtisane wurde festgenommen, jedoch nach einem kurzen Aufenthalt – mehr als Gast, denn als Gefangene im Haus eines hohen römischen Regierungsbeamten – wieder freigelassen. Mächtige Fürsprecher, darunter Kardinäle und Verwandte sowie Freunde des Papstes, von denen viele zu Imperias Liebhabern gehörten, hatten sich für sie eingesetzt.

»Die Göttliche« zählte neunundzwanzig Jahre, als sie ihr ausschweifendes Leben allmählich änderte. Natürlich war ihr bewusst, dass sie in einer Zeit, in der Mädchen bereits mit vierzehn als heiratsfähig angesehen wurden, für eine Frau ihres Berufszweiges ein stattliches Alter erreicht hatte. Schließlich konnte sie nicht ewig die tonangebende Kurtisane Roms bleiben. Also begann sie, für ihre finanzielle Zukunft Vorsorge zu treffen. Von nun an bekamen Bewunderer mit Honignüssen und Obst nicht einmal mehr einen Blick geschenkt.

Von dem Geld Agostino Chigis kaufte sie ein Anwesen in bevorzugter Lage, das sie einem gewissen Enea Piccolomini, dem Großneffen des späteren Papstes Pius II., verpachtete. Zudem musste ihr Piccolomini an anderer Stelle ein Haus bauen, das in Größe, Ausstattung und Bequemlichkeit ihren Vorstellungen entsprach. Ja, ihn wickelte sie sogar so weit um den Finger, dass er ihr außerdem vertraglich zusicherte, ihr acht Fässer besten Weines, 17 Rubbie Getreide (1 Rubbio entspricht etwa 280 Liter) und 360 Ladungen Brennholz zukommen zu lassen.

Das Geld für ein weiteres Haus im Stadtteil Borgo erhielt Imperia von einem anderen reichen Liebhaber, für die Kosten des Umbaus und der Renovierung musste ein weiterer Bewunderer aufkommen, und von wiederum einem anderen ließ sie sich einen ganzen Weinberg schenken. Dieser lag unmittelbar an der alten Via Appia, war mit einer Hütte und einer Zisterne, einer eigenen Wasserversorgung also, ausgestattet.

Tatsächlich sah es schon bald so aus, als hätte Imperia ihr weiteres Leben so gut abgesichert, wie ihre Stellung es zuließ. Sie besaß Häuser und Grundstücke, ein wohlgefülltes Konto auf der Bank, kostbaren Schmuck und prächtige Kleider im Überfluss. Mit ihrem Vermögen hätte sie es sich für den Rest ihres Lebens gut gehen lassen können. Doch dann machte sie einen entscheidenden Fehler, den eine Kurtisane sich eigentlich nicht leisten durfte: Sie verliebte sich unsterblich in einen Mann namens »Angelo del Bufalo«. Auch er war ein wohlhabender Bankier und zudem Händler antiker Statuen. Er sah sehr gut aus, trug die dunklen Haare lang und kleidete sich, obwohl in der Herrenmode vor allem das Schwarz dominierte, in bunte Farben. Außerdem war er lebenslustig und ein Charmeur, der ein sehr geselliges Leben führte und seine Freiheit schätzte.

Kennengelernt hatten sie einander auf einem Fest außerhalb von Rom. Beide spürten sofort die gegenseitige Anziehung. Allerdings war Angelo del Bufalo nicht sofort bereit, diesen Gefühlen nachzugeben. Ihre Intensität ängstigte und verdross ihn zugleich. Da es ihm jedoch andererseits auch nicht gelang, Imperia aus dem Kopf zu bekommen, gab er seine Abwehr schließlich auf und besuchte sie. Die beiden wurden ein Paar und verbrachten einige glückliche Monate miteinander. Angelo, das glaubte Imperia gewiss, war die einzig große und wahrhaftige Liebe ihres Lebens.

Irgendwann wurde es dem jungen Mann jedoch zu viel – zu viel Nähe, zu viele Gefühle, zu viele Einschränkungen. Rigoros befreite er sich aus der Beziehung. Er gab Imperia zu verstehen, dass er sie nicht mehr liebte, beendete das Verhältnis und ließ die Unglückliche allein zurück. Etwa zeitgleich wandte sich auch Agostino Chigi von ihr ab und einer anderen, jüngeren Gespielin zu.

Imperia war verzweifelt. Sie litt und sah schließlich keine andere Möglichkeit mehr, als freiwillig aus dem Leben zu scheiden. Am 13. August 1512 geschah das Entsetzliche: Ohne Rücksicht auf ihre jüngere Tochter Margherita zu nehmen, die noch bei ihr lebte, vergiftete sich Imperia.

Als Agostino Chigi von der Tragödie erfuhr, schickte er sofort die beiden besten Ärzte Roms zum Haus seiner ehemaligen Geliebten, um sie zu retten, doch jede Hilfe kam zu spät. Das Gift begann bereits seine Wirkung zu tun. Zwar verbesserte sich Imperias Zustand noch einmal kurzfristig, was ihr ermöglichte, ihren Nachlass zu ordnen und Chigi als Testamentsvollstrecker einzusetzen, aber nach weiteren zwei Tagen schied sie am 15. August 1512 aus dem Leben, nachdem sie die Sakramente und den Segen eines persönlichen Abgesandten Papst Julius' II. empfangen hatte.

Von allen berühmten Kurtisanen war Imperia Cognati die Einzige, von der man weiß, dass sie Selbstmord beging, und die Tatsache, dass sie es aus Liebe tat und auf der Höhe ihrer Schönheit, machte ihren Tod noch dramatischer. Während ihres Todeskampfes, in dem sie sich unter großen Schmerzen gewunden haben soll, tobte das heftigste Gewitter über der Stadt, mit Sturm, Hagel, Blitz und Donner, das Rom seit Jahren erlebt hatte.

Ihrem letzten Wunsch entsprechend, wurde Imperia in der Kirche Santi Andrea e Gregorio auf dem Monte Celius beigesetzt, in einem Grab, das Agostino Chigi für sie errichten ließ und das von Zeitgenossen als »einer Königin würdig« beschrieben wurde.

❧

Der Dichter Biagio Pallai gab den Gefühlen der Männer, die sie gekannt und geliebt hatten, Ausdruck in den Zeilen:

> *Der Stadt Rom machten die Götter zwei große Geschenke. Mars gab ihr das Imperium und Venus die Imperia. Das Schicksal raubte ihr das Imperium und der Tod Imperia. Das Imperium war das Herzstück unserer Väter, doch an Imperia verloren wir unser Herz.*[10]

Anhang

Personenverzeichnis

de Balzac, Honoré (1799–1850): Schriftsteller aus Südfrankreich. »La Comédie Humaine« – »Die menschliche Komödie« gilt als sein Lebenswerk, das er jedoch nicht mehr vollenden konnte, da er nur 91 der geplanten 137 Prosastücke fertigstellen konnte. Doch es sind auch Balzacs »Tolldreiste Geschichten«, die seinen Ruhm begründeten. In ihnen beschreibt er mit viel Sprachwitz die lebenslustige französische Gesellschaft und ihre Skandale. Die erste Geschichte handelt von der »schönen Imperia« (»La belle Impéria«), einer Kurtisane, die sich zur Zeit des Konzils in Konstanz aufhielt und die Herren der Schöpfung reihenweise um den Finger wickelte. Nach dieser fiktiven Figur Balzacs schuf Franco Alfano seine Oper »Madonna Imperia«, der Maler Lovis Corinth sein Gemälde »Die schöne Frau Imperia« und der Bildhauer Peter Lenk die Imperia-Statue im Hafen von Konstanz.

Bandello, Matteo (um 1485–1565): italienischer Dichter. Er war Angehöriger des Dominikanerordens, arbeitete aber zeitweilig als Erzieher Diplomat und Soldat. 1550 wurde er zum Bischof ernannt. Seinen Lebensabend verbrachte er als Schriftsteller. Einige seiner Novellen dienten William Shakespeare als Vorlage. Unter anderem: »Der tragische Tod zweier unglücklicher Liebender Romeo und Giulietta«, aus der Shakespeare seine Tragödie »Romeo und Julia« machte.

Barbara von Cilli, römisch-deutsche Königin (*um 1390–1451): Sie war die zweite Frau König Sigismunds und wurde an seiner Seite 1433 Kaiserin des Römisch-Deutschen Reichs. In Ungarn übernahm sie, während der Abwesenheit ihres Gemahls, häufig die Statthalterschaft. Das Paar hatte eine Tochter, die 1409 geborene Prinzessin Elisabeth. Barbara war wegen ihrer Schönheit und Intelligenz berühmt, wegen ihrer Ausübung okkulter Wissenschaften und der Alchemie jedoch berüchtigt. Man sagte ihr sogar nach, dass sie während des Konstanzer Konzils in der Stadt als Vampir umgegangen wäre. Ihr schlechter Ruf »Schwarze Königin« und deutsche »Messalina« – eine Frau des römischen Kaisers Claudius, die als habgierig, grausam, ausschweifend und nymphoman in die Geschichte eingegangen ist – wurde im 15. Jahrhundert von den um die Kaiserkrone konkurrierenden Habsburgern befördert.

Benedikt XIII., Gegenpapst in Avignon († um 1422): Mit bürgerlichem Namen hieß er Pedro Martínez de Luna y Gotor oder Pedro de Luna, er wurde auch »Papa Luna« genannt. Während des Abendländischen Schismas wurde er 1394 zum Papst gewählt. Unterstützt vom französischen König, residierte Benedikt XIII. in Avignon. Er weigerte sich auch nach dem Konstanzer Konzil zurückzutreten, verließ Frankreich und ging ins Königreich Valencia. Bis zu seinem Tode blieb er bedeutungslos.

Chigi, Agostino (1466–1520): Er wurde »il Magnifico« – »der Prächtige« genannt und war einer der reichsten Männer der Renaissance. Er war Bankier der Päpste Alexander VI., Julius II. und Leo X., erfolgreicher Unternehmer und Mäzen berühmter Künstler seiner Zeit, wie zum Beispiel Raffael. Imperia Cognati, »die Göttliche«, lernte er vermutlich 1502 kennen und wurde Vater ihrer gemeinsamen Tochter Margherita.

Cognati, Imperia (1486–1512): Sie war die historische Imperia, die auch »die Göttliche« genannt wurde. Als Tochter der römischen Prostituierten Diana di Pietro Cognati wurde sie eine sehr erfolgreiche römische Kurtisane. Zeitzeugen bescheinigten ihr Schönheit, Charme und Intelligenz. Ihr bedeutendster Geliebter war der Bankier Agostino Chigi, der ihren aufwändigen Lebensstil finanzierte. Dokumente belegen, dass sie sowohl einen Palast fürstlichen Zuschnitts in Rom als auch ein großzügiges Landhaus außerhalb Roms besaß. Zu ihren Freunden gehörte der berühmte Maler Raffael, dem die Schöne mehrfach Modell saß. Über dem Portal ihres römischen Palastes soll gestanden haben, dass der Eintretende Geist, Witz und gute Laune mitbringen und der Fortgehende Geld oder ein ansehnliches Geschenk zurücklassen möge. Ein weiterer Ausspruch über sie besagt: Rom sei zweimal von den Göttern beschenkt worden – Mars habe das Imperium Romanum gegeben und Venus die Imperia.

di Colonna, Oddo (1368–1431): siehe Papst Martin V.

Fillastre, Guillaume, (1348–1428): Er war Franzose, Kardinal und Doktor der Rechte. Ein wichtiges, von ihm mitverfasstes Dokument, das während des Konstanzer Konzils veröffentlicht wurde, trägt den Titel »Haec Sancta«. Es befasst sich vor allem mit der Frage, ob der Papst über einem Konzil oder umgekehrt ein solches über dem Papst stehe. Diese Frage zu klären, war durch die Flucht Papst Johannes' XXIII. wichtig geworden. Letztlich einigten sich die Konzilsteilnehmer, in diesem besonderen Fall und wegen der dringenden Notwendigkeit, das Abendländische Schisma zu beenden, darauf, dass die Konstanzer Kirchenversammlung unmittelbar von Christus bevollmächtigt und unabhängig von einem Papst sei.

Friedrich IV., Herzog von Österreich (1382–1439): Er stand im Bund mit Papst Johannes XXIII. und war ihm auch bei der Flucht aus Konstanz behilflich. Dafür wurde er von König Sigismund geächtet. Um die Reichsacht aufzuheben, musste er dem König und der Kirche zahlreiche Ländereien abtreten. Am Ende waren seine Verluste so groß, dass er vom Volksmund nur noch spöttisch »Friedel mit der leeren Tasche« genannt wurde. Durch Silberfunde in den Ländereien, die ihm erhalten geblieben waren, konnte er sich von den Einbußen jedoch wieder erholen. Er starb als reicher Mann.

Gregor XII., Papst (*um 1335–1417): Mit bürgerlichem Namen hieß er Angelo Correr. Im November 1406 wurde er zum Papst gewählt. Während des Abendländischen Schismas war er der einzige rechtmäßige Papst, auch wenn er von großen Teilen der katholischen Kirche nicht anerkannt wurde. Im Juli 1415 trat er von seinem Amt zurück. Mit diesem Schritt sorgte er dafür, dass er – im Gegensatz zu Johannes XXIII. und Benedikt XIII. – in der offiziellen Papstzählung genannt wird.

Hieronymus von Prag (*um 1379–1416): Er war ein böhmischer Gelehrter, Mitstreiter von Jan Hus und Mitbegründer der hussitischen Bewegung. Im

Mai 1416 wurde er in Konstanz zum Tode verurteilt und auf dem Scheiterhaufen verbrannt.

Hus, Jan (um 1370–1415): auch »Johann(es) Hus(s)« genannt. Er war ein böhmischer Theologe, Prediger und Reformator. Zudem war er der Beichtvater der böhmischen Königin Sophie von Bayern. Im Juli 1415 wurde er in Konstanz als Ketzer zum Tode verurteilt und auf dem Scheiterhaufen verbrannt. In Tschechien gilt er bis heute als Nationalheiliger. Sein Ausspruch »Heute bratet ihr eine Gans, aber aus der Asche wird ein Schwan entstehen!«, kurz vor seiner Hinrichtung, gehört vermutlich in das Reich der Legende – immerhin eine, von der auch Martin Luther gehört hatte. Dieser nahm Bezug auf die Prophezeiung des böhmischen Reformators und bezeichnete sich selbst als den angekündigten Schwan.

Imholtz, Ulrich: Seine Geburtsdaten sind nicht eindeutig belegt. Fest steht aber wohl, dass er im frühen 15. Jahrhundert als Kaufmann von St. Gallen nach Konstanz zog. Seine innovativen Geschäftsideen brachten ihn zuweilen zwar in Konflikt mit der Obrigkeit, dennoch genoss er hohes Ansehen und wurde sogar in den städtischen Rat aufgenommen. 1428 wurde sein Händlertreck auf dem Weg nach Frankfurt überfallen. Er erlitt große Verluste, verschuldete sich immer mehr und musste 1435 aus Konstanz fliehen. 1444 ging er nach Salzburg, wo er eine Stofffärberei begründete.

Johannes XXIII., Gegenpapst in Pisa (1370–1419): Geboren wurde er als Baldassare Cossa. Gewählt wurde er 1410. Er kam als einziger Papst persönlich nach Konstanz und eröffnete das Konzil am 5. November 1414. Seine Hoffnung, während des Konzils zum alleinigen Papst gewählt zu werden, war zunächst berechtigt, da die italienischen Kardinäle die Mehrheit darstellten. König Sigismund ließ jedoch festlegen, dass nach Nationen und nicht nach Köpfen abgestimmt werden sollte. Da mit einem Wahlsieg nun nicht mehr zu rechnen war, floh Johannes aus der Konzilsstadt. Die Schergen des Königs holten ihn ein und brachten ihn nach Konstanz zurück, wo er inhaftiert wurde. Im Mai 1415 akzeptierte er seine vom Konzil beschlossene Absetzung.

Ludwig III., Kurfürst und Pfalzgraf von der Pfalz (1378–1436): Er entstammte dem Hause Wittelsbach und war als Reichsvikar während des Konstanzer Konzils Stellvertreter des Königs. Er war unter anderem verantwortlich für die Gefangenschaft von Papst Johannes XXIII. Ferner leitete er die Hinrichtungen von Jan Hus und Hieronymus von Prag.

Martin V., Papst (1368–1431): Sein bürgerlicher Name war Oddo di Colonna, und er entstammte einem bedeutenden römischen Adelsgeschlecht, das bis heute zum päpstlichen Adel sowie zum europäischen Hochadel gehört. Oddo di Colonna studierte an der Universität von Perugia die Rechtswissenschaften und war danach unter verschiedenen Päpsten in diversen Funktionen tätig. Im Juni 1405 wurde er zum Kardinal ernannt. 1408 brach er, während des Abendländischen Schismas, mit dem römischen Papst. Er beteiligte sich am Konzil von Pisa, auf dem Papst Johannes XXIII. gewählt wurde. Das Ziel des Konzils, das Schisma aufzuheben, wurde nicht erreicht. Stattdessen gab es nun einen dritten Papst. 1417 wurde Oddo di Colonna auf dem Konzil von Konstanz als Martin V. zum Papst gewählt. Seine Wahl beendete das seit 1378 andauernde Abendländische Schisma. Da Rom in dieser Zeit von feindlichen Truppen besetzt war, residierte Martin zunächst in Mantua und Florenz. Erst im September 1420 konnte er in Rom einziehen.

Medici, Cosimo (1389–1464): Er war der Sohn des erfolgreichen Kaufmanns und Bankiers Giovanni di Bicci de Medici (1360–1429) und auch selbst ein erfolgreicher Staatsmann und Bankier. Auf das Konstanzer Konzil gelangte er 1414 im Gefolge Papst Johannes' XXIII., mit dem er befreundet war und dessen Vermögen er auch verwaltete. Die Absetzung des Papstes bewirkte eine kurze Krise im Hause Medici, dennoch blieb die Familie die reichste in Florenz.

Memo, Guido († 1438): Von 1409 bis zu seinem Tode war er Bischof von Verona. Er war Parteigänger von Papst Gregor XII., der 1415 abdankte, um das Abendländische Schisma zu beenden.

Mocenigo, Tommaso (* um 1343–1423): Er war der 64. Doge von Venedig und regierte von 1414 bis 1423. Unter seiner Regierung stieg Venedig zu einer politischen und wirtschaftlichen Macht auf. Sein Kampf gegen die Piraten brachte der Stadt die Vorherrschaft über die Adria.

von Mülinen, Hans Wilhelm (1388–1449): Der Schweizer Adelige stand im Dienste Herzog Friedrichs IV. von Österreich. Als der Herzog Papst

Johannes XXIII. bei seiner Flucht aus Konstanz unterstützte und selbst fliehen musste, war von Mülinen an seiner Seite und versteckte ihn, als er unter Kirchenbann gestellt wurde.

Raffael (1483–1520): Geboren wurde er als Raffaello Sanzio da Urbino und war ein italienischer Maler und Architekt. Er gilt als einer der bedeutendsten Künstler der Hochrenaissance. Vor allem als Maler erlangte er Berühmtheit. Raffael war ein Freund und Nachbar der »göttlichen Imperia«. Vermutlich war er auch ihr Liebhaber, vor allem aber stand sie ihm Modell – für das Gemälde »Triumph der Galatea«, für die »Sappho« in einem Wandgemälde des vatikanischen Palastes und für eine der Sibyllen in der Capella Chigi der Kirche Santa Maria della Pace in Rom.

von Richental, Ulrich (*um 1360–1437): Er war ein Konstanzer Bürger, erfolgreicher Kaufmann und Zeitzeuge des Konstanzer Konzils. Nach 1420 verfasste er eine umfangreiche Chronik des Konzils in deutscher Sprache.

Sigismund von Luxemburg, römisch-deutscher König (1368–1437): Er entstammte dem Fürstengeschlecht der Luxemburger, das im Mittelalter vier römisch-deutsche Könige stellte, von denen vier zum Kaiser gewählt wurden. Sigismund war ein Sohn Kaiser Karls IV. und ein Halbbruder des böhmischen Königs Wenzel. Er galt als lebenslustiger Mensch, der gerne auf Turnieren focht, war aber auch hochgebildet. Er sprach mehrere Sprachen – unter anderem Deutsch, Französisch, Italienisch und Latein. 1387 erwarb er die ungarische Königskrone durch die Heirat mit Maria von Ungarn, die bereits acht Jahre später hochschwanger bei einem Reitunfall ums Leben kam. Da auch das Ungeborene verstarb, blieb die Ehe kinderlos. 1405 heiratete Sigismund ein zweites Mal: Barbara von Cilli. Sie schenkte ihm Tochter Elisabeth. 1411 wurde Sigismund zum römisch-deutschen König gewählt. Seine größte Leistung bestand darin, die Einheit der römischen Kirche, die lange Jahre durch das Abendländische Schisma gespalten war, während des von ihm initiierten Konzils von Konstanz wiederherzustellen. Verurteilung und Hinrichtung des böhmischen Predigers und Reformators Jan Hus während des Konzils führten 1419 letztlich zum ersten Prager Fenstersturz und zu den blutigen Hussitenkriegen, die erst 1436 beigelegt werden konnten. Am 31. Mai 1433 wurde Sigismund von Papst Eugen IV., dem Nachfolger Martins V., in Rom zum Kaiser des Heiligen Römischen Reiches gekrönt.

von Wolkenstein, Oswald (*um 1377–1445): Er entstammte dem Ritterstand, war Sänger, Dichter, Komponist, Diplomat und stand zunächst in Diensten Herzog Friedrichs IV. von Österreich. Später wechselte er in die Dienste des römisch-deutschen Königs Sigismund.

Wycliff, John (*um 1330–1384): englischer Philosoph, Theologe und Kirchenreformer. Er bekämpfte offen den politischen Einfluss des Klerus und das päpstliche »Antichristentum«. Seine als ketzerisch eingestuften Schriften wurden 1415 auf dem Konzil von Konstanz verbrannt. Im gleichen Jahr wurde Jan Hus, einer seiner Anhänger, in Konstanz zum Tode verurteilt. Wycliff starb 1384 an den Folgen eines Schlaganfalls. 1415 wurde er in Konstanz als Ketzer verdammt, und es wurde befohlen, seine Gebeine auszugraben und zu verbrennen, was 1428 auch tatsächlich geschah.

Glossar

Abendländisches Schisma: eine vorübergehende Glaubensspaltung, von 1378 bis 1417, innerhalb der römisch-katholischen Kirche mit konkurrierenden Papstansprüchen in Rom, Avignon und Pisa. Die Spaltung begann innerhalb der Kirche. Weltliche Einflüsse, wie etwa durch den König von Frankreich, verstärkten sie jedoch.

Allmende: Der Begriff entstand im Hochmittelalter und wurde von »allgemeinde« abgeleitet. Er bezeichnete ein Grundeigentum, das sich im Besitz einer Dorfgemeinschaft befand und oftmals als Gemeindeweide und/oder Marktplatz genutzt wurde.

Bagagewagen: Wagen für das Gepäck.

Bake: ein festes, aber unbefeuertes Seezeichen, das als Orientierung dient.

Banco Medici: Sie wurde 1397 von Giovanni di Bicci de Medici (1360–1429) in Florenz gegründet und übernahm die Funktion einer Depositenbank, war im Wechsel- und Kreditgeschäft aktiv und tätigte Investitionen. Giovannis Sohn Cosimo (1389–1464) soll ein enger Freund Papst Johannes' XXIII. gewesen sein und gehörte während des Konstanzer Konzils zu seinem Gefolge. Die Medici verwalteten daher die päpstlichen Finanzen. Nach der Absetzung Papst Johannes' XXIII. geriet das Bankhaus vorübergehend in eine Krise.

Beinlinge: ein zweiteiliges Kleidungsstück, das die Beine bedeckte und ausschließlich von Männern getragen wurde. Sie gelten als Vorläufer der Hose bzw. der Strumpfhose. Die beiden Beinlinge wurden durch Bändchen gehalten, die man an einem Gürtel oder am Wams befestigte.

Biersuppe: Sie wurde zumeist aus Dünnbier zubereitet – einem Bier mit niedrigem Alkoholgehalt – und oftmals schon am Morgen gegessen. Als Zutaten wurden Fleisch, alle möglichen Getreidesorten und/oder Gemüse verwendet. Ein bekanntes Rezept war dieses: Auf zwei Liter Bier nahm man 250 Gramm altes Schwarzbrot, je einen Teelöffel Kümmel, Ingwer und Zimt sowie ein wenig Butter und Honig.

Bucintoro: »Goldene Barke« – das Staatsschiff der Dogen von Venedig. Dabei handelte es sich um eine prunkvoll ausgestattete venezianische Galeere mit 168 Ruderern an 42 Riemen. Erstmals erwähnt wurde ein Bucintoro im Jahre 1253.

Calotte: eine glatte, eng anliegende Kappe, die besonders von katholischen Geistlichen zum Verbergen der Tonsur getragen wurde.

Campo: ursprünglich ein freies Feld in einer italienischen Stadt. Später wurden daraus gepflasterte Plätze, der Begriff wurde aber beibehalten.

Castelletto: Freudenhaus. 1360 öffnete das erste offizielle Bordell Venedigs seine Türen, und das Rialtoviertel, wo sich das sogenannte »Castelletto« befand, entwickelte sich endgültig zum Rotlichtviertel. Halb privat und halb öffentlich geführt, stand das Freudenhaus unter der Aufsicht der Capi di Sestiere (Ordnungshüter eines Stadtviertels). Sie kassierten einen Teil der Monatseinnahmen der Dirnen, bezahlten die Hausmeister und führten die Miete an die Besitzer der Wohnblöcke ab, bei denen es sich zumeist um ortsansässige Adelsfamilien handelte. Schwierigste Aufgabe für die Capi war es, zu verhindern, dass die herumschlendernden Prostituierten ihren streng reglementierten Aufenthaltsbereich zwischen dem Campo delle Beccarie und dem Campo San Cassiano verließen.

Cerussa: Die bergmännische Bezeichnung lautet »Weißbleierz«. Das giftige Mineral, aus der Klasse »Carbonate und Nitrate«, wurde bereits von den alten Ägyptern zum Aufhellen der Haut benutzt. Die Rezeptur wurde bis ins 17. Jahrhundert hinein beibehalten, um schneeweiße Haut zu erzeugen. Bei fortgesetztem Gebrauch konnte es allerdings zu Abszessen, Zahnfäule und Mundgeruch kommen.

Christo Redentor: »Christus der Erlöser« ist eine monumentale Christusstatue im Süden Rio de Janeiros (Brasilien) auf dem Berg Corcovado. Die 30 Meter hohe Statue wurde 1931 erbaut und zum Vorbild für zahlreiche weitere große Christusstatuen.

Dünnele: regional unterschiedlich auch »Dinnele«, »Dennete«, »Deie«, »Dinnede«, »Dinne« und »Dünne« genannt. Ursprünglich bestanden sie aus dünnen Teigplatten, die vor den großen Brotlaiben in den Ofen geschoben wurden, um die Temperatur abzuschätzen. Anschließend wurden sie mit Rahm bestrichen und mit Speck und Zwiebeln belegt. Ob die Dünnele erst zu Zeiten des Konstanzer Konzils mit den italienischen Bäckern nach Konstanz kamen oder schon vorher am Bodensee heimisch waren – darüber scheiden sich die Geister. Auf jeden Fall sind sie eng verwandt mit dem Elsässischen Flammkuchen. Und sie dürfen auch gerne einmal süß schmecken, zum Beispiel mit Apfel, Walnuss und Honig belegt.

Elle: Längenmaßeinheit. Sie gilt als eines der ältesten Naturmaße und wurde von der Länge eines Unterarmes abgeleitet, wobei die Maße regional unterschiedlich waren. Eine Braunschweiger Elle maß beispielsweise 57 Zentimeter, eine Nürnberger Elle 65 Zentimeter und eine Rheinländische Elle 61 Zentimeter.

Ferchen: heute auch »Felchen« genannt. Ein Süßwasserfisch aus der Familie der Lachsfische, mit festem weißen Fleisch und wenigen Gräten. Wie es heißt, gehört er heute zum Bodensee wie die Insel Mainau oder der Zeppelin.

Feuereisen: das Feuerzeug des Mittelalters. Es bestand aus einem Feuereisen/Feuerschläger, der am Feuerstein herunter geschlagen wurde. Dadurch flogen Funken, die mit dem schnell entzündbaren Zunder aufgefangen wurden. Sobald der Zunder zu glimmen begann, wurde vorsichtig gepustet, bis eine kleine Flamme entstand. Das Feuermachen war in jener Zeit noch eine langwierige und umständliche Angelegenheit.

Fuß: ein altes Längenmaß, das je nach Land und Region meist 28 bis 32 Zentimeter maß. Heute ist das einzige noch übliche Fußmaß der englische Fuß »foot«, der exakt 30,48 Zentimeter misst und international häufig in der See- und Luftfahrt verwendet wird.

Glätteisen: Heute nennt man es »Bügeleisen«. Über die Anfänge des Bügelns von Stoffen ist wenig bekannt. Ursprünglich dürften dafür erhitzte Steine oder ein Glättglas (massives Glasobjekt) benutzt worden sein. Erste mittelalterliche Bügeleisen aus Eisen stammen aus dem 11. Jahrhundert. Dabei benutzte man von Anfang an die heute noch geläufige Schiffchenform der Sohle. Diese Eisen wurden auf dem Herd erhitzt und besaßen einen wärmeisolierten Griff. Um die Wirkung zu erhöhen, legte man zwischen den zu bügelnden Stoff und das Eisen ein feuchtes Tuch. Die Redewendung »mehrere Eisen im Feuer haben« könnte daher stammen, weil bei größerem Bügelwäscheaufkommen zumeist mehrere Eisen gleichzeitig erhitzt wurden.

Grosso: Silbermünze, mit einem Silberanteil von ca. 2,1 Gramm von großer Reinheit (965/1000). Kaufkraft heute etwa 10,50 Euro.

Gugel: eine kapuzenartige Kopfbedeckung, die auch die Schultern bedeckte und aus verschiedenen Stoffen, vor allem aber aus Wolle, angefertigt wurde.

Haube: Kopfbedeckung. Sie wurde zumeist aus Leinen gefertigt und konnte – bei wohlhabenden Frauen – mit Volants, Spitzen oder Bändern verziert sein. Hauben gab es aber auch aus Samt, Brokat, ganz aus Spitze oder mit Stickereien. Verheirateten Frauen war das Tragen einer Haube vorgeschrieben, während Unverheiratete ihren Kopf unbedeckt lassen durften. Die Redensart »unter die Haube kommen« für »heiraten« leitet sich davon ab. Die Haube galt als Zeichen von Frauenwürde und Anständigkeit. Eine Frau ohne Haube wurde als »lockeres Frauenzimmer« angesehen. In ganz Europa war die Haube ein fester Bestandteil der Frauentracht.

Hochzeitskleid: Im späten Mittelalter gab es keine vorgeschriebenen Farben oder Stoffe für die Brautkleidung. Zumeist heiratete man in seinem Sonntagskleid oder, wenn man es sich leisten konnte, in einem eigens für diesen

Tag geschneiderten Gewand, das farbenfroh sein konnte und durch Pelzbesatz, Silberschmuck und Stickereien reich geschmückt wurde. Das heute übliche Weiß der Braut verbreitete sich erst im 19. Jahrhundert.

Hübschlerin: Prostituierte. Im Gegensatz zu ehrbaren Frauen, denen es im Mittelalter verboten war sich herauszuputzen und die Kleider in gedeckten Farben trugen, hatten die Hübschlerinnen sich in den sogenannten »Schandfarben« zu zeigen – Grün, Gelb und Rot. Dadurch unterschieden sich Prostituierte auf der Straße einerseits unmissverständlich von anständigen Frauen, konnten andererseits aber zugleich auch ihre Kunden auf sich aufmerksam machen. Sie »hübschten« sich also auf – auch mithilfe von Kosmetika aus Kohle und rotem Rübensaft. Da das Färben der Stoffe teuer war, war es den Hübschlerinnen, die sich farbenfrohe Kleider nicht leisten konnten, gestattet, lediglich auffällige Accessoires, wie Bänder, Tüchlein oder Kappen, in den genannten Schandfarben zu tragen.

Inful: lat. »infula«, was so viel bedeutet wie »Binde« oder »Band«. Zu Zeiten des Konstanzer Konzils war die Inful gleichbedeutend mit der Mitra, der Bischofsmütze.

Jahreswechsel: Im Julianischen Kalender galt der 24. Dezember, der Heilige Abend, als letzter Tag des Jahres. Demzufolge war der 25. Dezember, der erste Weihnachtstag also, der erste Tag des neuen Jahres. Erst durch die Gregorianische Kalenderreform im Jahre 1582 wurde der 31. Dezember, der Todestag des heiligen Papstes Silvester I., zum letzten Tag des alten und der 1. Januar zum ersten Tag des neuen Jahres.

Karacke: ein Segelschiffstyp des ausgehenden Mittelalters. Erstmals wurden Karacken in Genua in der ersten Hälfte des 14. Jahrhunderts gebaut. Ihre Länge konnte bis ca. 40 Meter und die Tragfähigkeit bis ca. 500 Tonnen betragen. Damit war die Karacke in der westlichen Welt der größte Schiffstyp der Zeit und wurde sowohl als Handels- als auch als Kriegsschiff genutzt.

Kesselhaken: ein viel verwendetes Utensil zum Hantieren mit heißen Kesseln über einem offenen Feuer. Die Zähne des Kesselhakens dienten der Verstellbarkeit. Mit ihrer Hilfe konnte ein Kessel höher oder tiefer, also weiter vom Feuer weg oder näher ans Feuer, gehängt werden. Andere Begriffe sind »Kesseleisen«, »Ketelhaken«, »Hahl« oder auch »Potthohl«.

Kienspan: auch »Leuchtspan« genannt. Kienspäne wurden vom Reifenschneider zumeist aus dem Holz der harzreichen Kiefer hergestellt und dienten im Dunkeln der Beleuchtung – neben Fackeln und Kerzen. Die Brenndauer betrug etwa 20 Minuten. Es gab Halterungen für Kienspäne. Oftmals wurde der Span, um die Hände frei zu haben, aber einfach zwischen die Zähne geklemmt.

Koben: auch »Kobel« genannt. Bedeutet eigentlich »Stall«, ist aber auch die Bezeichnung für einen mittelalterlichen Reisewagen, der bis ins 16. Jahrhundert hinein und fast ausschließlich von Damen genutzt wurde. Der längliche Kasten besaß halbhohe Seitenwände und ein halbrundes Tuch- oder Lederverdeck, vergleichbar mit dem Planwagen.

Konstantinische Schenkung: Man schrieb das 8. Jahrhundert, als die Langobarden unter König Aistulf Rom bedrohten. Da die Kirche noch über keine eigene Armee verfügte, machte sich Papst Stephan II. im Jahr 753 auf den Weg nach Norden, um den mächtigen Frankenkönig Pippin um Schutz zu bitten. In seinem Gepäck trug der Papst eine Urkunde aus dem Jahre 317, verfasst von keinem Geringeren als Kaiser Konstantin persönlich. Darin sprach er dem Papst große Teile Italiens zu und räumte ein, dass seine Macht nur irdisch wäre, die des Papstes aber heilig und damit höher. Als Zeichen seiner Unterwürfigkeit verlegte er seinen Regierungssitz von Rom nach Konstantinopel, um dem Papst Platz zu machen. König Pippin zeigte sich beeindruckt. Er zog gegen die Langobarden in die Schlacht und schlug sie vernichtend. Das Papsttum war gerettet. Ja, mehr noch, der Frankenkönig bestätigte mit seiner sogenannten »Pippinschen Schenkung« zumindest teilweise die gefälschte Urkunde, die Papst Stephan II. vermutlich selbst in Auftrag gegeben hatte. Ganz Mittelitalien unterlag nun der weltlichen Herrschaft des Kirchenstaates. Erst sechshundert Jahre später flog der Schwindel auf. Der deutsche Philosoph, Mathematiker und Theologe Nikolaus von Kues zweifelte 1433 erstmals die Echtheit der Urkunde an. Sieben Jahre später erbrachte der italienische Humanist Lorenzo Valla den Beweis dafür. Er stellte fest, dass die lateinische Sprache des Dokuments Merkmale aufwies, die die Entstehung im frühen 4. Jahrhundert ausschließen. Außerdem war in der Urkunde die Rede von Konstantinopel, das zur angeblichen Ausstellungszeit jedoch noch »Byzanz« hieß. Beginnend mit Papst Silvester I. hatte der Vatikan seine Macht über Jahrhunderte auf eine plumpe Fälschung gestützt, die den weltlichen Herrschaftsanspruch der Päpste legitimierte und den Kirchenstaat zu einer bedeutenden Territorialmacht machte. Die Kirche saß den Vorwurf der Fälschung zunächst aus. Der Buchdruck, der den Schwindel hätte bekannt machen können, war noch nicht erfunden. Erst während der Reformation wurde die Fälschung der Konstantinischen Schenkung bekannt, doch noch stritt die Kirche alles ab. Etwa einhundert Jahre später gab sie zu, dass die Urkunde zwar gefälscht sei, aber nicht im Auftrag des Papstes, sondern der Griechen. Ansonsten habe die Schenkung Konstantins stattgefunden. Im 19. Jahrhundert gab die Kirche schließlich zu, dass es keine Schenkung gegeben habe. Doch erst 2006 verzichtete Papst Benedikt XVI. auf das letzte Relikt der Konstantinischen Schenkung: die Tiara mit den drei Kronreifen im päpstlichen Wappen, die den Papst als Vater der Fürsten und Könige, als Lenker der Welt und als Stellvertreter Christi auf Erden ausweist.

Krotengasse: Sie soll ein Teil der heutigen »Hofhalde« in der Konstanzer Altstadt gewesen sein, ist historisch jedoch nicht zweifelsfrei belegt.

Madre: ital. für »Mutter«.

Marroni: besonders große Früchte der Edel- oder Esskastanie. Eine stärkereiche, süßschmeckende Nussfrucht mit rotbraun glänzender Schale und dichten Streifen. Im Mittelalter war sie in den Bergregionen Südeuropas ein Hauptnahrungsmittel.

Medicus: auch »Medikus«. Eine alte Berufsbezeichnung für einen Arzt.

Meile: Längenmaßeinheit. Die Römer definierten die Meile als eintausend Doppelschritt – »mille passus«. Davon leitete sich der Begriff »Meile« ab, der sich in ganz Europa verbreitete, allerdings mit verschiedenen Längen. Die römische Meile maß rund 1,5 Kilometer, die deutsche Meile hingegen rund 7,5 Kilometer. Im 19. Jahrhundert wurde weitgehend auf das metrische System umgestellt. Die heute gebräuchlichste Meile ist die Seemeile mit 1852 Metern.

Minestrone: ital. für »große« oder auch »gehaltvolle Suppe«. Sie zählt zu den ältesten Gerichten der italienischen Küche, und es gibt sie in den unterschiedlichsten Varianten. In jedem Fall zählen verschiedene Gemüse der Saison traditionell zu den wichtigsten Zutaten einer Minestrone.

Mordergasse: heute die Rosgartenstraße in der Konstanzer Innenstadt.

Mundtuch: Serviette.

Nasenschild/Nasenhaken: auch »Ausleger« oder »Stechschild« genannt. Nasenschilder stammen ursprünglich aus dem Mittelalter und wurden an der Hauswand einer Gaststätte, einer Werkstatt oder eines Geschäftes so montiert, dass sie rechtwinklig, wie die Nase aus dem Gesicht, von dem Gebäude in den Straßenraum ragten. Dies galt – bis heute – als besonders geeignet, Passanten auf die jeweilige Firma aufmerksam zu machen. Im Mittelalter war das besonders wichtig, weil viele Menschen nicht lesen konnten. In der Regel waren es Zunftzeichen, die, von beiden Seiten gut sichtbar, aufgehängt wurden. Für einen Bäcker galt zum Beispiel eine Brezel als leicht verständliches Zeichen, für einen Metzger ein Stierkopf mit zwei Beilen.

Nonna: ital. für »Großmutter«

Österreichische Vorlande (später Vorderösterreich): Ein Sammelname für die früheren Besitzungen der Habsburger nordwestlich von Tirol. Heute liegt dieser Teil Habsburgs vor allem in der Schweiz, in Vorarlberg, im Elsass, in Bayerisch-Schwaben und im südlichen Baden-Württemberg. Das große Landeswappen Baden-Württembergs zeigt bis in die Gegenwart im Schildhaupt das rot-weiß-rote Bindenschild. Es erinnert daran, dass große Teile des Bundeslandes einmal zum Hause Habsburg gehörten.

Padova: Padua, eine der ältesten Städte Italiens.

Piccolo: kleine Silbermünze. Silberanteil 0,1 Gramm. Kaufkraft heute etwa 50 Cent.

Plattengasse: heute die Wessenbergstraße in der Konstanzer Innenstadt.

Prahm: eine flache Fähre zum Übersetzen von Menschen, Vieh und Fahrzeugen.

Promissione Ducale: ein Amtseid, den ein neuer Doge in Venedig ablegen musste. Er enthielt nicht nur einen Treueschwur auf die Republik, sondern formulierte auch die verfassungsrechtlichen Beschränkungen der Macht des Dogen.

Punta della Dogana: der alte Sitz der venezianischen Zollbehörde, an der Spitze der Insel Dorsoduro gelegen, dort, wo Canal Grande und der Giudecca-Kanal zusammentreffen und ins San-Marco-Becken übergehen. Heute ist in dem Gebäude Venedigs Museum für moderne Kunst untergebracht.

Ragazze: ital. für »Mädchen« (Plural). Singular: »ragazza«.

Raunächte: auch »Rauchnächte« genannt. Zumeist handelt es sich um die zwölf Nächte vom 24. Dezember bis zum 6. Januar, die lang und dunkel zu dieser Jahreszeit sind. Das Wetter ist oft stürmisch. Es ist eine Zeit, in der die Tiere sprechen können, in der Häuser und Ställe mit Weihrauch geräuchert werden, in der man auf keinen Fall Wäsche waschen darf. Seinen Ursprung hat der Glaube daran vermutlich in der Zeitrechnung nach einem Mondjahr. Zwölf Mondmonate ergeben nur 354 Tage. Die Differenz zu einem Sonnenjahr mit 365 Tagen weist daher elf Tage bzw. zwölf Nächte auf, die als Tage »außerhalb der Zeit« angesehen wurden. Dem mittelalterlichen Glauben gemäß handelte es sich um »tote« Tage, in denen die Kräfte der Natur außer Kraft gesetzt waren und die Grenzen zur Totenwelt fielen.

Reichsacht: eine Strafe, die im Heiligen Römischen Reich vom König/Kaiser ausgesprochen wurde. Wer in der »Acht« stand, wurde nicht mehr durch das Gesetz geschützt und galt als »vogelfrei«. Niemand durfte ihm dann Unterschlupf gewähren, ihm zu trinken oder zu essen geben, und jeder durfte ihn festnehmen, den Behörden übergeben oder sogar töten. Ein berühmter Vogelfreier war beispielsweise Martin Luther, über den der Reichstag in Worms 1521 die Reichsacht verhängte. Die Strafe galt für das gesamte Gebiet des Heiligen Römischen Reiches.

Reisewirt: Der althochdeutsche Begriff »wirt« steht für »Bewirter«. Das konnte beispielsweise ein Gastwirt sein. Die Kaufleute, die auf ihren langen Reisen hin und wieder Passagiere mitnahmen, galten als Reisewirte, da sie ihre Gäste nicht nur mitfahren ließen, sondern auch mit Speis und Trank bewirteten.

Rheinischer Goldgulden: Er galt im 14. und 15. Jahrhundert als Leitwährungsmünze im Rheingebiet, hatte ein Goldgewicht von etwa 3,39 Gramm und besaß einen Feingehalt von 22 Karat. Ein Goldgulden wurde gestückelt in 20 Schillinge = 120 Pfennige = 240 Heller. Heute hätte ein Gulden am Goldgehalt gemessen einen Wert von rund 175 Euro. Damals, zur Zeit des Konzils, galten jedoch andere Preise: 1 Weißbrot kostete 1 Pfennig, 1 Liter Landwein 3 Pfennige, 1 Pfund Rindfleisch 3 Pfennige, 1 Ei 1 Heller, 1 großer Kohlkopf 2 Pfennige. Zum Vergleich: Ein Schreiner verdiente im Sommer 45 Heller, im Winter 36 Heller am Tag. Ein Steinmetz/Maurer verdiente im Sommer etwa 40 Heller, im Winter etwa 32 Heller am Tag.

Riemer: ein Beruf der Lederverarbeitung. Er galt als Handwerk, und die Meister wurden als »Riemermeister« bezeichnet. Riemer fertigten aus Leder Gürtel und Gurte, Geschirre für Zugtiere sowie Riemen für Schuhe, Trommeln und Dreschflegel, aber auch Wassereimer zur Brandbekämpfung.

Sankt-Paulsgasse: heute die Hussenstraße in der Konstanzer Innenstadt.

Schachzabel: die mittelalterliche Bezeichnung für das Schachspiel. Dabei bedeutet die Wortkomponente »zabel« in diesem Zusammenhang »Brett«. Das Schachspiel war spätestens seit dem 13. Jahrhundert in Europa bekannt. Es gehörte sogar zu den »Sieben Tüchtigkeiten«, die ein Ritter beherrschen musste: Neben dem Reiten, Schwimmen, Bogenschießen, Fechten, Jagen und Verseschmieden. Eine genaue Anleitung des Spiels fand sich in einem »Buch der Spiele«, das der König von Kastilien und Léon, Alfons der Weise, bereits 1283 zusammengetragen hatte.

Schaube: ein weiter, oft glockiger, ungegürteter Überrock für Herren, also eine Jacke. Ein Pelzbesatz war charakteristisch.

Schecke: Herrenjacke. Sie entwickelte sich Mitte des 14. Jahrhunderts, wobei Weite und Länge variieren konnten – von der Taille bis zum Knie.

Schellenkappe: Sie entwickelte sich im 14. Jahrhundert aus der damals verbreiteten Gugel, die den Kapuzen der Mönche ähnelte. Die Schellenkappe der Narren unterschied sich von der herkömmlichen Gugel zunächst durch buntere Farben, einen besonders langen Kapuzenzipfel oder durch mehrere Zipfel. Durch sie zeigte sich der Narr als gottesferner Frevler. Vom 10. bis zum 15. Jahrhundert existierte jedoch zugleich eine ausgefallene Modeerscheinung: die Schellentracht. Man trug nicht nur Schellenkappen, sondern auch Gürtel mit runden, ei- oder birnenförmigen Schellen besetzt; oder ein Schellenbandelier – einen schräg über den Oberkörper getragenen breiten Lederriemen, ebenfalls mit Schellen versehen. Heute gibt es die Schellenkappe nur noch als modernisierte Narrenkappe, die häufig im Karneval oder zur Fastnacht getragen wird.

Schleier: eine Kopfbedeckung aus leichtem Gewebe in meist rechteckiger Grundform von unterschiedlicher Länge. Er konnte auf verschiedene Weise gebunden werden, das Gesicht dabei verhüllen, freilassen oder teilweise bedecken. Er konnte Haar und Nacken bedecken, wobei der Haaransatz in der Regel freigelassen wurde. Ein Schleier konnte auch den Oberkörper schalartig umhüllen.

Schnabelschuh: ein Schuh, der mit einer auffällig langen Schuhspitze versehen ist. Im Laufe der Zeit trugen nicht nur Adlige, sondern alle Schichten Schnabelschuhe, weswegen die Länge der Schuhspitze in Kleiderordnungen genau geregelt wurde und sich am sozialen Stand des Trägers orientierte. Daher stammt auch die Redensart »auf großem Fuß leben«.

Spiegelstrafe: Sie war schon seit der Antike bekannt und bedeutete, dass ein Verbrechen – beispielsweise eine heimliche, nächtliche Brandstiftung – mit dem Verbrennen des Täters gesühnt werden musste. Somit spiegelte die Strafe das Verbrechen wider. Damit versuchte man, nach dem Vergeltungsprinzip, ein Gleichgewicht zwischen dem Schaden des Opfers und der Bestrafung des Täters herzustellen.

Stauer: Hafenarbeiter, die für das Be- und Entladen von Schiffen zuständig sind. Das Wort leitet sich vom »Verstauen« der Güter ab. Von der Antike bis weit ins 20. Jahrhundert hinein wurden in Häfen viele Stauer benötigt. Das änderte sich erst mit dem Aufkommen der Containerschifffahrt.

Steinzeug: Der Begriff bezeichnet Keramiken, die zum größten Teil aus Ton hergestellt wurden. Dazu kamen, je nach Mischverhältnis, weitere Mineralien wie zum Beispiel Quarz oder Feldspat. Keramische Erzeugnisse wurden auch »Scherben« genannt – wie zum Beispiel Vorratsgefäße, die als kostbarer Besitz galten. Waren diese Scherben gut gefüllt, hatte man Glück und musste nicht hungern. Auf die Idee, dass zerschlagene Scherben Glück bringen – wie heute redensartlich zum Ausdruck gebracht –, wäre man damals aber niemals gekommen.

Taverne: auch »Taferne« genannt. Eine alte Bezeichnung für eine Gaststätte, die ihren Ursprung im lateinischen »taberna« für »Gasthof« haben dürfte. Ein Wirt durfte seine Schenke jedoch nur dann »Taverne« nennen, wenn er das sogenannte »Tavernrecht« besaß, das mit der heutigen Gaststättenkonzession vergleichbar ist. Es beinhaltete verschiedene Privilegien. So hatte ein Tavernwirt nicht nur das öffentliche Schank- bzw. Krugrecht, das Herbergs- und Gastrecht sowie die »Fremdenstallung« – die Versorgung und das Unterstellen der Zug- und Reittiere –, sondern er durfte auch festliche Mähler, wie zum Beispiel Hochzeiten und Taufen, ausrichten. Der Wirt durfte zudem Bier, Wein und Branntwein ausschenken, hatte außerdem das Braurecht, das Brennrecht und die Backgerechtigkeit inne, durfte also Brot backen. Eine Taverne musste wandernde Handwerksgesellen gegen Geld oder handwerkliche Gegenleistungen beherbergen. In Tavernen wurde nicht nur der Leichenschmaus abgehalten, sondern es wurden auch die Nachlassverhandlungen geführt. War in einem Ort kein Amtshaus vorhanden, fanden in der Taverne sogar Gerichtsverhandlungen statt. Somit war eine Taverne der kommunale Mittelpunkt in weltlichen Angelegenheiten der Dorfbewohner. Ein Wirt ohne Tavernrecht war lediglich Zapfwirt.

Tierblasen: Sie wurden im Mittelalter als medizinische Spritzbeutel genutzt, dienten auch Reisenden dazu, Wasser oder Wein mit sich führen zu können, wurden außerdem genutzt als Verschluss von Fensteröffnungen. In einer Zeit, in der nur Kirchen und Paläste über Glasfenster verfügten, begnügte sich das Bürgertum mit diesem organischen, dehnbaren Material, um zumindest ein wenig Licht, aber weder Wind noch Regen ins Haus zu lassen. Alternativ wurde speziell bearbeitete Tierhaut, Leinwand oder Pergament verwendet.

Torre Belfredo: ein Turm, der ein Teil der Verteidigungsanlage des Castelnuovo, der Neuen Burg, von Mestre darstellt und aus dem Jahre 1337 stammt. In seinem unteren Teil befand sich das Stadttor Porta Belfredo, das auf die Strada Padovana führte – die Straße nach Padua. Heute trägt die Straße den Namen Via Miranese. Wie alle Außentore des Castelnuovo war auch das Belfredo ein sogenanntes »Zolltor«: Hier hatten die Händler, die nach Venedig wollten, ihre Zölle zu begleichen.

Trippen: Das Wort leitet sich, ebenso wie der Ausdruck »trippeln«, von dem alten niederhochdeutschen Begriff »trippen« ab, der so viel wie »gehen« oder »laufen« bedeutete. Schuhe mit hohem Absatz gab es im Mittelalter noch nicht. Stattdessen dienten Trippen als hölzerne Unterschuhe, die unter die empfindlichen Schnabelschuhe geschnallt wurden. Grund dafür waren zum einen die verschmutzten, zumeist ungepflasterten Straßen, zum anderen die Kälte, die im Winter durch die dünnen Ledersohlen der Schnabelschuhe drang.

Veitstanz: auch »Tanzwut« genannt, ein Phänomen, das insbesondere im 14. und 15. Jahrhundert auftrat. Dabei tanzten Gruppen von Menschen anscheinend willenlos, bis sie erschöpft zusammenbrachen. Man glaubte, die Tänzer seien vom Teufel besessen, und betete zum Heiligen Veit, einem der vierzehn Nothelfer, für ihre Heilung. Heute ist der »große Veitstanz« eine Bezeichnung für die Symptome der erblichen Krankheit Chorea Huntington.

Verhütungsschwamm: Schwämme werden schon seit Jahrtausenden zur Empfängnisverhütung benutzt. Auf dem Muttermund platziert, wirken sie effektiv, da sie das Sperma aufsaugen. Als zusätzliches Spermizid fanden Zitronensaft, Essig oder spezielle Kräutermischungen Verwendung.

Warmbier: In der »Oeconomischen Encyclopädie« von Johann Georg Krünitz aus dem 18. Jahrhundert heißt es: »Warmbier ist ein Getränk, dessen sich unsere Altvorderen jahrhundertelang fast auf eben die Art, wie wir itzt des Caffee, und mit besserm Nutzen für ihre Gesundheit, bedienten. Hin und wieder trinkt man es auch noch heut zu Tage, besonders auf Reisen und in Wirthshäusern auf dem Lande, wo man auf keinen guten Caffee hoffen darf …« Bei der Zubereitung des Warmbiers wurde Bier erwärmt, Ei, Mehl, Butter, Salz und Zucker wurden hineingerührt und, je nach Geschmack und Geldbeutel, Ingwer, Muskat oder Zimt hinzugegeben. Warmbier, ebenso wie Biersuppe und Bierbrei, galten als nahrhafte und stärkende Lebensmittel und wurden auch Kindern verabreicht.

Werg: ein Nebenprodukt, das bei der Verarbeitung von Flachs, Leinen oder Hanf anfällt und eine geringe Faserqualität aufweist. Durch die Eigenschaft des Wergs, schnell und zu sehr feiner Asche zu verbrennen, wurde es im Mittelalter oft als Symbol für Vergänglichkeit verwendet – bei Krönungen zum Beispiel als Symbol für die Vergänglichkeit der Macht. Bis heute wird mit dem weißen Rauch von verbranntem Werg eine erfolgte Papstwahl angezeigt.

Wilde Horde: auch »Wilde Jagd« genannt. Der Legende gemäß zog sie vor allem in den Tagen zwischen Weihnachten und Dreikönig durch das Land, während der sogenannten »Raunächte« zwischen dem 24. Dezember und dem 6. Januar also. In dieser Zeit, so hieß es, stand das Geisterreich offen. Frau Perchte, Frau Holle, Wotan, die Seelen der Verstorbenen, aber auch die stürmischen Wintermächte jagten über den Himmel, oft von Pferden und Hunden begleitet. Regional unterschiedlich wurde die Sichtung der »Wilden Jagd« entweder als Vorbote für Katastrophen, wie Dürren oder Kriege, gedeutet, konnte aber auch den Tod desjenigen zur Folge haben, der ihrer ansichtig wurde. In einer weiteren Version wurden sündige Zeugen mitgezogen, um für alle Zeit Teil der »Wilden Horde« zu werden. Am 6. Januar begab sich, der Volkssage gemäß, die »Wilde Jagd« wieder zur Ruhe.

Zunderschwamm: eine Pilzart, die vor allem geschwächte Laubbäume befällt. Der Begriff entstand aus der früheren Verwendung als Zunder. Da Baumpilze die Eigenschaft besitzen, Wasser zu binden, wurden sie als »Schwämme« bezeichnet. Doch ein Zunderschwamm diente nicht nur zum Feuermachen. Bis ins 19. Jahrhundert hinein wurden aus ihm zudem blutstillende sowie desinfizierende Wundauflagen hergestellt.

Literaturauswahl

BASSERMANN, LUJO, »Die ungekrönte Geliebte«, Wien und Düsseldorf, 1967.

CLEUGH, JAMES, »Die Medici«, München 1984.

HIRSCH, FRITZ, BEYERLE, KONRAD UND MAURER, ANTON, »Konstanzer Häuserbuch. Festschrift zur Jahrhundertfeier der Vereinigung der Stadt Konstanz mit dem Hause Baden«, Heidelberg 1906–1908.

HOEREN, JÜRGEN, »Martin V. Papst der Einheit und der Glaubenskriege«, Konstanz 2017.

KEUPP, JAN UND SCHWARZ, JÖRG, »Konstanz 1414–1418. Eine Stadt und ihr Konzil«, Stuttgart 2013.

RICHENTAL, ULRICH, »Augenzeuge des Konstanzer Konzils. Die Chronik des Ulrich Richental«, übersetzt von Monika Küble und Henry Gerlach, Stuttgart 2014.

RÜGERT, WALTER, »Konstanz zur Zeit des Konzils. Ein historischer Stadtrundgang«, Konstanz 2014.

THIELE-DOHRMANN, KLAUS, »Hetären, Kurtisanen, Mätressen«, München 1997.

THIELE-DOHRMANN, KLAUS, »Ruhm und Unsterblichkeit: Ein Menschheitstraum von der Antike bis heute«, Weimar 2000.

WEIDHASE, HELMUT, »Imperia: Konstanzer Hafenfigur«, Konstanz 1997.

Quellennachweise / Anmerkungen

1 Honoré de Balzac, »Tolldreiste Geschichten«, München 1987, S. 16.
2 Oswald von Wolkenstein, Auszug aus dem »Konstanzer Lied«. In: Walter Rügert, »Konstanz zur Zeit des Konzils. Ein historischer Stadtrundgang«, Konstanz 2014, S. 20.
3 Ebd.
4 Oswald von Wolkenstein, Auszug aus dem Lied »Herr Wirt, uns dürstet«, entstanden vor 1408. Quelle: http://www.oswald-von-wolkenstein.de/lied_03.htm (von Friedhelm Schneidewind, Mannheim).
5 »1388 am 1. Juli: do hieß der groß raut den nachgeschribcn ruft tun in der statt ze Costentz, das nieman fürbaß nach stulii an der gassen noch an der Straß gan sol, er trag deune ain licht offenlich und unverborgen. Wer es darüber tut, der sol 6 schilL pf. ze büß geben jcclis male, als dik ers tut. L T ud wer die büß nit ze geben hat, den sond die Wächter in den tum legen.« Aus dem »Konstanzer Häuserbuch« über die Verordnung des Konstanzer Rats vom 1. Juli 1388, wonach jedermann, der im Dunkeln durch die Stadt geht, eine Laterne mit sich führen muss.
6 Oswald von Wolkenstein, Auszug aus dem »Konstanzer Lied«. In: Walter Rügert, »Konstanz zur Zeit des Konzils. Ein historischer Stadtrundgang«, Konstanz 2014, S. 20.
7 Klaus Thiele-Dohrmann, »Hetären, Kurtisanen, Mätressen«, München 1997, S. 71–78.
8 Ebd.
9 Ebd.
10 Klaus Thiele-Dohrmann, »Ruhm und Unsterblichkeit: Ein Menschheitstraum von der Antike bis heute«, Weimar 2000, S. 173.

MIX
Papier aus verantwortungsvollen Quellen
FSC® C083411
www.fsc.org

Bibliografische Information der Deutschen Nationalbibliothek
Die Deutsche Nationalbibliothek verzeichnet diese Publikation in der Deutschen Nationalbibliografie; detaillierte bibliografische Daten sind im Internet über http://dnb.dnb.de abrufbar.

ISBN 978-3-87800-151-2

Die Veröffentlichung dieses Werkes erfolgt auf Vermittlung von BookaBook, der Literarischen Agentur Elmar Klupsch, Stuttgart.

Lektorat: Annette Güthner
Umschlag, Layout, Satz: nalbach typografik Silke Nalbach, Mannheim
Umschlagabbildung: akg-images / Rabatti & Domingie (AKG331193)
Druck und Bindung: CPI books GmbH, Leck

Südverlag GmbH
Schützenstr. 24, 78462 Konstanz
Tel. 07531/90530, Fax: 07531/905398
www.suedverlag.de